Denise
automne 99

D0995809

Le Talisman d'or

Teresa Crane

Le Talisman d'or

FRANCE LOISIRS
123, boulevard de Grenelle, Paris

Ce roman a paru sous le titre original : *The gold Icon*
(Little, Brown and Company)
Traduit de l'anglais par Bella Norac

Une édition du Club France Loisirs, Paris,
réalisée avec l'autorisation des Éditions Stock.

PREMIÈRE PARTIE

1

Martelant des quatre fers le terrain collant, les chevaux de tête abordèrent la dernière haie en un peloton dangereusement resserré. Leurs cavaliers, casaques trempées, les encourageaient farouchement de la voix et de la cravache. Debout, le public les acclamait avec un enthousiasme intact malgré la pluie qui tombait sans discontinuer sur l'hippodrome. Un cheval fit un écart, trébucha, reprit son équilibre mais c'était trop tard : le jockey avait perdu son assiette. Il tomba avec la légèreté d'un acrobate, roula au sol au moment précis où les chevaux les moins bien cotés franchissaient la haie, fatigués. Il y eut un grand coup de sabot. Et un bruit d'os brisé que le cavalier désarçonné fut seul à entendre.

Adam Sinclair, tête nue sous la pluie battante, hurlait avec les autres. « Allez ! *Allez !* » Tout ce qu'il souhaitait, c'était que le gris gagne. Si le merveilleux cheval gris l'emportait, il rattraperait d'un seul coup toutes ses pertes de l'après-midi.

Le cheval sans cavalier semait la panique : il se faufilait à bride abattue dans le groupe de tête, crinière humide au vent. Dans le dernier tournant, deux concurrents prirent l'avantage : un gris longiligne et un alezan ramassé.

Adam cessa de crier. Serra les poings. Malgré le froid et la pluie, il transpirait.

La course se disputait désormais entre deux chevaux ; les autres, en dépit des efforts effrénés de leurs cavaliers, prenaient du retard. La course avait été épuisante : la moitié au moins des concurrents alignés au départ étaient tombés et les valeureux concurrents restés en lice peinaient. Les deux bêtes de tête, oreilles en arrière et queue au vent, se disputèrent la dernière ligne droite avant l'arrivée tandis que les minuscules jockeys, debout sur leurs étriers, exhortaient leur monture à fournir un dernier effort.

Allez ! *Allez !*

Le cheval gris faiblissait, ses longues foulées gracieuses se faisaient inégales. Lentement, inexorablement, l'alezan se détacha.

L'excitation de la foule allait croissant. Sous les encouragements, le beau cheval gris fit un ultime effort et regagna un peu de terrain. Mais il franchit la ligne d'arrivée une bonne demi-longueur derrière le vainqueur.

Adam chiffonna son bulletin de pari qu'il laissa tomber à ses pieds dans la boue. « Merde ! dit-il très calmement, oh merde ! »

*

« V'là le car qui s'arrête. » Trois paires d'yeux intéressés scrutèrent l'après-midi de novembre morne et venteux qui boudait derrière la vitrine constellée de chiures de mouches de l'épicerie-bureau de poste du hameau d'Aken, un endroit fort quelconque situé à un kilomètre et demi environ de la côte battue des vents du Suffolk. « Première fois qu'y s'en donne la peine, cette semaine », ajouta ironiquement la même voix. La puanteur du poêle à paraffine qui servait à chauffer le magasin l'emportait de loin sur les relents de bacon, de biscuits et l'odeur de renfermé des sacs de haricots, de lentilles et de farine qui imprégnaient le plus souvent les lieux.

Dehors, le vieux car démarra en grinçant des vitesses, laissant une silhouette solitaire sur le bas-côté ; un grand jeune homme mince, habillé pour la ville et tenant un petit sac de voyage à la main.

La benjamine du trio de spectateurs, une femme de vingt-cinq ans peut-être avec un bébé sur la hanche, se haussa sur la pointe des pieds pour mieux voir. Ce n'était pas tous les jours que des inconnus, grands, bruns et présentables faisaient leur apparition à Aken. En tout cas, pas depuis que les Yankees étaient repartis après la guerre. « M'a tout l'air d'être un étranger. »

L'arrivant resta un moment à regarder autour de lui d'un air hésitant et mit la main à son chapeau pour l'empêcher d'être emporté par une rafale.

« Ici, suffit de venir de Thorpness pour être considéré comme un étranger, dit Mrs Hamilton, la postière, d'un ton encore plus ironique.

— Pasque c'est la réalité. » Le vieil homme confortablement accoudé au comptoir ralluma tranquillement sa pipe. « Drôles de gens les gens de Thorpness. Jamais pu m'accorder avec. Jamais. »

La femme lui lança un regard exaspéré. « Dis pas tant de bêtises, Tom Blowers. »

Il lui décocha un sourire espiègle de ses dents brunies par le tabac.

« Le v'là qui traverse. » La jeune femme installa plus confortablement l'enfant qui gigotait. « Ça suffit, maintenant, Jimmy. »

L'inconnu hésita un moment devant la porte puis entra. Le carillon émit un son discordant suivi d'un écho qui ne l'était pas moins. Trois paires d'yeux inquisiteurs se tournèrent vers le jeune homme.

Comme il enlevait courtoisement son chapeau, une boucle d'épais cheveux noirs tomba sur son front. « Excusez-moi... je me demande... »

Ils l'observaient, attendant la suite. « Je cherche Sandlings Cottage. Mr et Mrs Kotsikas. » Impossible de s'y tromper, l'accent américain était immédiatement reconnaissable, mais avec une pointe d'autre chose. Il avait prononcé avec une facilité innée le nom grec sur lequel bien des gens du cru affirmaient trébucher.

Il y eut un court silence intéressé puis : « Montez un peu, dit le vieil homme en indiquant la direction d'un signe de tête. Prenez à gauche, et pis encore à gauche au vélo.

— Je... vous demande pardon ? »

Mrs Hamilton eut pitié de lui. « Mrs Kotsikas laisse une bicyclette au bout du chemin de terre qui mène chez elle. Pour descendre au village quand elle en a besoin. Prenez tout de suite à droite en sortant d'ici, suivez la route sur environ un kilomètre et demi. Sur votre gauche, vous verrez une petite route étroite. Y a pas de panneau parce qu'elle mène nulle part. Continuez jusqu'à la lande et aux deux maisons. À environ un kilomètre et demi plus bas, vous verrez un chemin de terre. C'est là qu'elle laisse le vélo. Vous pouvez pas vous tromper. Continuez à marcher jusqu'aux maisons.

— Je vois. » Il fit un signe de tête un peu gauche. « Merci, madame.

— De rien. »

Au moment de sortir, il se retourna. « Oh... est-ce que vous vendez des cigarettes ?

— Des Players et des Woodbine.

— Vous n'auriez pas des Three Castles ? »

La postière leva un sourcil légèrement sarcastique. « Des Players et des Woodbine, répéta-t-elle.

— Bien sûr... excusez-moi... Je prendrai un paquet de Players, s'il vous plaît. » Il paya les cigarettes qu'il fourra dans la poche intérieure de son pardessus — un pardessus de bonne qualité, nota Mrs Hamilton — ramassa son sac et enfonça bien son chapeau. « Merci encore. »

Mrs Hamilton hocha la tête. La jeune femme au bébé rougit sans raison en croisant le regard du jeune homme. Le vieil homme examina l'inconnu d'un air maussade et impassible.

Une rafale s'engouffra dans l'atmosphère confinée et le carillon retentit à nouveau lorsque l'étranger referma la porte derrière lui.

« Eh ben, eh ben », commenta Mrs Hamilton d'un air impénétrable.

Le vieil homme garda le silence. Un nuage de fumée les enveloppa tous deux. Mrs Hamilton fit claquer sa langue en signe de désapprobation.

La jeune femme regardait par la vitrine la haute silhouette s'éloigner, épaules rentrées contre le vent. Elle eut un petit soupir avant de se retourner. Quels

yeux ! Comme une vedette de cinéma ! Sincèrement...
des vrais yeux de vedette ! On se sentait toute chose
rien qu'à les regarder. Mrs Kotsi-Machin Chouette
ferait mieux de tenir son visiteur à l'écart des filles du
village, ça pour sûr. Trop de parents aux alentours se
souvenaient des Yankees. Elle eut un petit sourire ironique et désabusé. Ils lui avaient laissé quelques souvenirs personnels.

« Une demi-livre de bacon, s'il vous plaît,
Mrs Hamilton. »

*

Nikos Kotsikas avait eu froid à New York. Très froid,
surtout au début, quand il avait débarqué de Grèce
pour la première fois. Il avait vu la grouillante
métropole paralysée par les congères qui ensevelis-
saient les voitures et immobilisaient les transports en
commun. Il s'était promené dans un Central Park de
glace sculptée par des températures en dessous de
zéro. Il s'était hâté vers l'appartement élégant et bien
chauffé de sa grand-mère à travers des blizzards dignes
de l'Arctique.

Mais il ne se souvenait pas d'avoir été transpercé
jusqu'aux os comme maintenant.

Le vent soufflait en violentes rafales venues de la
mer du Nord qui, à environ un kilomètre et demi derrière lui, déferlait avec une force régulière et primitive
sur les longues plages de galets et qu'on apercevait de
temps à autre par des trous de la haie, grise comme les
cieux qui la surplombaient et moutonnante d'écume
cinglée par le vent. Le ciel était immense et rempli de
gros nuages gris ardoise. Il mit son sac sur son épaule

et enfonça les mains dans ses poches. Comme il che-
minait obstinément sur la petite route déserte, une
image chérie lui revint à l'esprit : celle d'une mer étale,
transparente, bleu saphir, avec à l'arrière-plan des
montagnes ensoleillées, remplies du bourdonnement
des abeilles, ourlées par des vergers d'orangers, de
citronniers et d'oliviers, et dont les cimes s'élevaient
sur un ciel pur comme le cristal. Il n'était pas retourné
en Grèce depuis la mort tragique de sa mère. Il allait
alors avoir seize ans et son père l'avait fait sortir discrètement du pays déchiré par la guerre. Au cours des dix
années d'intervalle, il avait visité de nombreux endroits
et vu beaucoup de choses. Mais il n'avait jamais oublié.
Il regarda autour de lui. Rien n'aurait pu être plus différent de cette splendeur ensoleillée que la nature
sauvage qui s'étendait sous ses yeux. Une obscurité
hivernale régnait sur la lande au sol sablonneux : ajoncs
fouettés par le vent, fougères sèches et brunies, bou-
leaux aux branches frêles et dénudées se découpaient
sur le ciel menaçant.

Où diable étaient-ils tous passés ? Il devait bien y
avoir un habitant dans ce trou perdu.

La route se rétrécit encore. Sur sa gauche, il vit un
embranchement grossièrement goudronné qui traversait un bosquet de bois-taillis en piteux état. Ce
devait être ça. Il le prit et eut désormais à main gauche
la mer qui, au loin, continuait à écumer, glaciale et
perpétuellement agitée. Un instant, les arbres blottis
les uns contre les autres coupèrent un peu le vent et
il put reprendre sa respiration. Puis il fut de nouveau
en terrain découvert, tête baissée, col relevé sur ses
oreilles gelées et endolories.

Tournez encore à gauche au vélo. Pour l'amour du ciel, où était ce vélo ?

Dix minutes plus tard, il le trouva : un engin d'avant guerre, déglingué, dont la peinture noire était écaillée et couverte de boue et au guidon duquel était attaché un panier d'osier qui avait connu des jours meilleurs. Il était posé contre la haie à côté d'un chemin de terre sablonneux qui partait vers l'est en direction de la mer. Depuis vingt minutes qu'il marchait il n'avait pas vu âme qui vive. Quelques gros flocons de neige mouillée voletaient dans le vent. Il ne pouvait plus être loin maintenant. L'idée d'un refuge douillet et d'un visage amical le séduisait. Il se dit en grimaçant qu'il se contenterait d'une grange, ne serait-ce que pour échapper au vent. En outre, il était affamé. Il aurait volontiers donné une année de sa vie pour une tasse de café chaud et un beignet ; et, comme souvent, cette perspective alléchante lui rappela des souvenirs : il se mit soudain à repenser à l'appartement de New York qui avait été son foyer pendant tant d'années. Son foyer. À ce simple mot, il faillit suffoquer de chagrin et d'une terrible nostalgie qui lui causait une douleur presque physique. Arrête d'y penser ; il devait arrêter d'y penser. Il devait oublier, tout recommencer. Il se l'était répété mille fois au cours de la longue traversée de l'Atlantique. Mais sa mémoire traîtresse ne voulait pas le laisser en paix.

La tragédie avait été si brutale qu'au début il avait presque été anesthésié : c'est plus tard qu'il avait souffert. Maintenant encore, les souvenirs indésirables le prenaient au dépourvu et il ne pouvait leur échapper. L'espace d'un instant, il crut voir et sentir autour de lui le charmant appartement, calme, harmonieux : parquets et meubles bien encaustiqués, tic-tac paisible des horloges, livres et tableaux. Un havre chaud et confortable en hiver, frais et aéré dans la touffeur de l'été new-yorkais. Sa grand-mère en avait embelli et mis en ordre les pièces comme elle embellissait et mettait en ordre tout ce qu'elle touchait, y compris la vie de Nikos. Les remontrances bienveillantes, la sagesse, les rires, l'affection. La musique.

Ses yeux s'emplirent soudain de larmes brûlantes et, une fois de plus, il se réfugia dans une colère presque enfantine. C'était injuste ! Vraiment injuste ! Elle n'était pas si vieille. Pourquoi avait-il fallu qu'elle meure d'une façon aussi horrible ? D'un cancer ! Il détestait ce mot. Détestait se rappeler ce qu'il avait fait à celle qui, avec sa voix douce et son doux sourire tranquille, n'avait jamais, jusqu'à ce que la maladie la frappe si brutalement, perdu la beauté de sa jeunesse : au contraire elle faisait partie de cette race peu commune de femmes à qui les années apportent davantage qu'elles n'enlèvent. Les épais cheveux argentés, bien coupés, avaient toujours brillé, les yeux d'un vert mordoré insolite, qui étaient passés de la mère à la fille puis à Nikos étaient toujours restés clairs. Le visage, bien découpé et serein, avait été parfait. Il s'était souvent amusé et — même — enorgueilli de voir les yeux des hommes se tourner vers sa grand-mère quand elle entrait dans une pièce ou un restaurant. La qualité que New York prisait chez les femmes était la classe, et Susan Constandina en avait énormément.

Cinglé par le vent, Nikos avait froid au visage. De la mer arriva soudain une bourrasque de flocons de neige collante. Mais ce n'était ni le vent ni la neige qui lui brouillaient la vue. Gêné, il essuya ses larmes d'un geste impatient. Pour l'amour du ciel — il était en Angleterre ! Tout le monde savait qu'en Angleterre les hommes ne pleurent pas.

La petite route accidentée descendait légèrement et il arriva dans un creux où le vent était un peu moins violent. Il releva la tête et huma l'air. Un feu de bois.

La tempête s'était apaisée aussi vite qu'elle s'était levée et la neige avait cessé. Devant lui, à travers les arbres qui se balançaient, il vit un toit bas couvert de vieilles tuiles moussues et une cheminée d'où s'échappait une volute de fumée odorante bientôt déchiquetée puis éparpillée par le vent. Ce devait certainement être là.

Il s'arrêta, horrifié.

La maison semblait à l'abandon. Les vitres étaient crasseuses et dépourvues de rideaux, le minuscule jardin envahi par une jungle de mauvaises herbes, de ronces et d'orties à travers lesquelles serpentait une allée de brique qui s'effritait. Le seul signe de vie humaine était la fumée chassée par le vent.

Il frappa à la porte de bois.

Rien.

Il fit une deuxième tentative. Toujours rien. Il souleva le loquet et la porte s'ouvrit sur une grande pièce sombre où régnait un désordre indescriptible. Un feu brûlait dans une petite cheminée très sale. Toutes les surfaces étaient encombrées et une pile de journaux s'entassait sur un fauteuil. La lumière filtrait à travers la fenêtre incrustée de saletés.

« Cathy ? C'est vous ? L'est grand temps. On se les gèle, là dehors... un de ces jours, z'allez attraper la crève sur cette plage... » Une voix d'homme irascible, fêlée par l'âge. Nikos se tenait gêné et hésitant, cependant qu'un vieil homme s'avançait dans la pièce en tournant un regard myope vers la porte ouverte.

« Non. Je suis... Excusez-moi, monsieur. Je m'appelle Nikos Kotsikas. Je pense que je me suis trompé... *Tournez à gauche au vélo ? Une plaisanterie sans doute et quelle plaisanterie !* Je cherche...

— L'est pas là. L'a emmené ses maudits clebs sur la plage, l'interrompit l'homme, sans ambages. Une bécasse, v'là ce qu'elle est. Vagabonder sur cette plage à toute heure ! L'attrapera la crève. Je me tue à lui répéter... » Il faisait une bonne tête de moins que Nikos et portait un pantalon sale en velours côtelé, trop grand d'une taille ou deux, ainsi qu'un assortiment de vieux pulls et gilets de laine en lambeaux de couleur indéterminée qui auraient fait honte à un épouvantail. Comme la pièce, il sentait mauvais. Il se dirigea en traînant les pieds vers le feu. « Z'êtes pas dans la bonne maison, mon garçon, dit-il. Devriez être à côté. M'entendez ? À côté.

— À côté ? » Nikos était interloqué. Il ne se rappelait pas avoir vu une autre maison.

Le vieux fit un signe de tête. « Allez par-derrière. Vous verrez. Mais comme je vous ai dit... Cathy est pas là. L'est sur la plage.

— Je vois. Eh bien... merci beaucoup... » Embarrassé, Nikos hésita une seconde. Le vieil homme ne se retourna pas, ne répondit pas. Soulagé, Nikos ouvrit la porte et se réfugia à l'air frais : après l'atmosphère fétide qui régnait à l'intérieur, il fut content, l'espace d'un instant, de retrouver les violentes bourrasques.

Il vit que l'allée de brique faisait le tour du cottage. Il mit son sac en bandoulière et la suivit.

La maison, découvrit-il, n'était pas à proprement parler « à côté » de celle du vieil homme, mais adossée à elle. Elle faisait face à la mer et, du petit portail gauchi, le sentier sablonneux qu'il avait vu plus tôt repartait à travers la lande pour mener au-delà des dunes à la côte battue des vents. Le jardin, étonnamment grand, était entouré d'un muret de silex et bien que, contrairement au jardin voisin, il donnât quelque impression d'être cultivé, paraissait tout à fait lugubre en cette saison, sous les rafales au goût salé. Les branches noueuses d'un vieil arbre fruitier craquaient et gémissaient. Une mangeoire pour oiseaux s'était envolée et gisait à demi enfouie dans un buisson de rosiers aux épines menaçantes. Des petits sentiers ne menant nulle part serpentaient parmi les plantes et les arbustes dénudés et sans vigueur. Un siège était installé sous une tonnelle qui s'effondrait, souvenir mélancolique et incongru des beaux jours de l'été.

La maison, comme sa voisine, était de taille modeste et on lui avait ajouté un ou deux appentis. Visiblement très ancienne, elle s'était blottie dans ses fondations de sable tel un oiseau dans son nid. Le châssis de la porte, comme ceux des fenêtres, était de guingois. Au-dessus du chambranle, détériorée par les intempéries mais encore lisible, se trouvait une petite enseigne peinte — *Sandlings Cottage* — dont les bords et les deux majuscules étaient enjolivés de minuscules peintures représentant des petits animaux marins.

Nikos souleva le loquet.

La pièce dans laquelle il entra était quasiment identique à celle dont il sortait. Elle était presque aussi encombrée et sens dessus dessous, mais, Dieu merci, elle était sans conteste plus propre et sentait meilleur.

Partout, des livres. Un croquis au crayon à demi terminé était punaisé à une poutre et un bloc à dessin et des crayons traînaient sur un canapé qui paraissait ancien et confortablement moelleux. Des coquillages et des galets se trouvaient inexplicablement entassés au centre d'une petite table basse, à côté d'une lampe à pétrole à globe de verre qui avait été visiblement poussée pour leur faire place. Du sable et des petits fragments d'algues séchées étaient éparpillés sur la surface cirée. Une paire de chaussures gisait à côté d'un des fauteuils. Une tasse à thé sale était posée sur la cheminée. Un feu dansait joyeusement dans l'âtre noirci. L'impression de chaleur qui se dégageait de la pièce n'était pas seulement due aux flammes. Il y avait des couleurs partout. Des coussins multicolores jonchaient çà et là le canapé élimé et les chaises : vert jade, bleu et terre de Sienne brûlée. Les rideaux étaient du jaune des citrons en plein soleil, les murs de plâtre et les espaces entre les poutres du même jaune légèrement plus pâle et appliqué sans trop de soin. Le plafond était bas.

« Bonjour. » Il referma la porte derrière lui. Il y eut un silence soudain. « Y a quelqu'un ? »

Le vent sifflait à travers les fentes de la porte ; des étincelles brillaient dans l'âtre. Il traversa la pièce, poussa une petite porte qui donnait sur un appentis où était installée une cuisine étonnamment spacieuse avec une grande table en pin et un fourneau de fonte qui répandait une chaleur merveilleusement douillette. La pièce était aussi mal rangée que le salon et aussi peu habitée. Le grand vieil évier contenait deux ou trois assiettes sales, une tasse et une soucoupe. Il entendit le vent chanter dans le tuyau du fourneau. Sur la table se trouvait une planche en bois avec un morceau de fromage et une demi-miche appétissante de ce qui avait tout l'air d'être du pain fait maison. Il n'avait rien mangé depuis l'horrible sandwich qu'il avait avalé à la hâte avant de monter dans le train à la gare de Liverpool Street. Il se coupa un morceau de fromage et mordit dedans. Il avait un goût de revenez-y très prononcé. Il en prit un deuxième morceau accompagné d'une tranche de pain. Il se dit qu'on ne lui tiendrait pas rigueur de s'être servi en attendant. Car il allait attendre. Pas question pour lui de quitter ce havre chaud et accueillant pour affronter de nouveau le temps effroyable.

Une fois fini son pain et son fromage, il but un verre d'eau puis regagna le salon où il s'écroula dans un fauteuil profond et confortable devant la cheminée et sortit ses cigarettes.

*

Catherine Kotsikas retourna le bout d'épave entre ses doigts, fascinée par sa texture lisse et sa forme fantastique. Elle le caressa, complètement absorbée dans l'instant présent et totalement inconsciente de ce qui l'entourait. Une rafale soudaine la fit vaciller et presque tomber. Elle glissa dans sa poche le morceau de bois, qui alla rejoindre une collection hétéroclite de galets et de coquillages, et releva la tête. « Paddy ! Sandy ! Ici ! On rentre. » Les deux chiens, dont l'un était un immense animal à longs poils avec des pieds comme des battoirs et une grande queue hérissée, et dont l'autre, plus petit et d'un pedigree tout aussi douteux, ressemblait pour l'instant à un rat noyé — il était trempé jusqu'aux os pour avoir voulu à tout prix s'attaquer furieusement à une vague — l'ignorèrent allégrement. « Sandy ! Veux-tu venir ici ! » La femme attendit un moment, mains dans les poches, regardant les chiens se jeter dans l'eau glacée et en ressortir. Elle fit la grimace et leva des yeux ironiques vers le ciel orageux. « Cause toujours, Cathy, cause toujours », dit-elle à voix haute, cédant à une habitude qui, elle le savait, avait tendance à provoquer chez ses amis une hilarité tendre et à faire hausser le sourcil des étrangers. Elle commença à rebrousser chemin sur la pente glissante, ses bottes de caoutchouc s'enfonçant jusqu'aux chevilles dans les galets lisses. « Bon. Faites comme vous voulez. Moi, je rentre », cria-t-elle aux chiens.

Le plus petit dressa vivement la tête et l'observa un instant. Puis, oreilles pendantes et queue flottant au vent comme un drapeau, il lui emboîta le pas. Plus à contrecœur, le gros Paddy suivit, se retournant pour contempler les brisants avant de se résoudre à trotter docilement dans sa direction. Cathy releva la capuche de son duffle-coat élimé et resserra son écharpe. Le vent qui soufflait dans son dos lui rabattait des boucles de cheveux bruns dans la figure. Excité par la tempête, le petit chien dansait à ses pieds tandis que Paddy s'attardait à renifler le moindre ajonc, la moindre touffe d'herbe. Cathy parvint tant bien que mal en haut de la plage et rejoignit le sentier sablonneux qui menait chez elle. C'est au sommet que le vent était le plus furieux ; quelques instants plus tard, lorsque les chiens et elle furent à l'abri des dunes, le calme soudain fut presque inquiétant et l'air comparativement immobile. Le vent amenait la neige. La maison serait chaude, vide et merveilleusement calme ; et elle avait accompli sa tâche pour la journée. Maintenant elle pouvait se faire plaisir : *crumpets* devant la cheminée, TSF et bouquin. Elle sourit en rentrant une mèche de cheveux rebelles dans sa capuche et poursuivit sa route.

Nikos, ses longues jambes allongées devant le feu, était à demi assoupi quand il l'entendit rentrer. Il se réveilla en sursaut au bruit du loquet qu'on ouvrait. « Par ici, Sands, allez, rentre, dit une voix de femme, Je ramène le bon vieux Paddy chez Bert. J'en ai pour deux secondes. N'en profite pas pour tout retourner dans la maison, stupide roquet ! » La porte se referma en claquant.

Nikos bondit de son fauteuil. Un petit chien sale et extrêmement mouillé entra en trombe dans la pièce, se secoua violemment en envoyant un peu partout de l'eau et des grains de sable, aperçut l'intrus et montra immédiatement les crocs qu'il avait petits mais parfaits.

Nikos battit nerveusement en retraite. « Gentil le chien, gentil... »

Les babines de Sandy se retroussèrent encore plus et il se mit à grogner sourdement.

« Gentil le chien », dit Nikos, pas très convaincu que ce fût le cas. Sa grand-mère avait toujours eu des idées très arrêtées sur les chiens et trouvait ridicule de les laisser courir en toute liberté dans la maison. Elle considérait le plus inoffensif d'entre eux au mieux comme un embêtement, au pire comme une source de pagaille et un risque grave pour la santé. C'est seulement maintenant que Nikos se rendait compte à quel point il partageait ce point de vue. « Gentil chien. »

Sandy, qui savourait pleinement cette occasion inattendue de montrer ses qualités de chien de garde, émit un aboiement à faire dresser les cheveux sur la tête.

Prudence étant mère de sûreté, Nikos battit en retraite dans la cuisine dont il claqua la porte au nez du petit chien qui, dans une rogne de tous les diables, s'élança contre elle en aboyant comme un fou. Nikos entendit les griffes s'attaquer furieusement au bois et rendit grâce au ciel que son père et sa belle-mère n'aient pas eu une préférence pour les bergers allemands.

Quelques instants plus tard, il entendit une voix. « Sandy, pour l'amour du ciel ! Qu'est-ce qui te prend ? Je t'entendais d'à côté ! » Cathy s'arrêta. Un pardessus gisait sur le canapé. La porte de la cuisine qu'elle se rappelait avoir laissée ouverte était soigneusement fermée. Sandy, toutes griffes dehors, faisait des bonds d'un mètre et éraflait furieusement le bois peint. « Il y a quelqu'un ? » La question fut posée d'une voix ferme mais nullement effrayée. « Sandy ! Couché ! Immédiatement ! » Il y eut un bref silence. « Voilà qui est mieux. Couché, j'ai dit ! » La voix reprit : « Vous pouvez sortir. Il ne vous fera aucun mal sauf si je le lui demande. »

Avec infiniment de précaution, Nikos ouvrit la porte. Cathy se tenait, sévère et attentive, boucles trempées en bataille, duffle-coat informe fumant à cause de la chaleur de la cheminée. Le chien, pantelant, était couché à ses pieds ; les bottes en caoutchouc étaient restées près de la porte. Sandy remua un peu et fit entendre un grondement. Cathy lui donna un petit coup de pied. « La paix, Sands.

— Je suis désolé, dit Nikos en observant l'animal d'un air circonspect et en gardant une main sur le loquet, la porte n'était pas fermée à clé. J'ai pensé que vous ne m'en voudriez pas... »

L'expression de Cathy avait changé. Ses grands yeux étrangement bridés s'étaient éclairés. « Nikos ! Vous êtes bien Nikos, n'est-ce pas ?

— J'en ai peur. » Nikos était embarrassé. « Je suis désolé... je suppose que vous ne m'attendiez pas...

— Nikos ! répéta-t-elle. Que diable... Oh, Sandy, la ferme ! Personne ne te croit, sale cabot !

— Il s'est montré très convaincant », dit Nikos.

Le chien se calma. Jeta un dernier regard à Nikos. Lécha la main de Cathy.

Elle se releva et lui adressa soudain un grand sourire bienveillant. « Il ne vous ferait pas de mal. Sincèrement, il en serait incapable. Mais il fait un sacré effet, hein ?

— À n'en pas douter. » Les mots venaient du fond du cœur. Toujours un peu inquiet, Nikos pénétra dans le salon. Elle s'avança vers lui, lui prit les mains et, sans la moindre gêne, lui effleura la joue de ses lèvres. « Soyez le bienvenu. Où est Leon ? »

Il la regarda sans comprendre.

« Leon. » Elle pencha la tête de côté, amusée. « Votre père. Mon époux. Je suppose qu'il est venu avec vous ? » Puis soudain prise de doute : « Il n'est pas avec vous ? »

Il secoua la tête. « Non, je suis désolé. Je... ne sais pas où il est. »

Elle le regarda pendant ce qui lui parut être une éternité. Puis elle respira lentement, calmement. « Ne me dites pas qu'il n'est pas venu vous chercher au bateau ? » La question n'appelait pas vraiment de réponse.

Elle soupira une fois de plus, exaspérée, et tira l'épaisse portière pour couper les terribles courants d'air glacé. « Oh, Seigneur, il exagère vraiment ! J'aurais dû m'en douter... » Elle s'interrompit et secoua la tête.

« Le bateau est arrivé à Southampton, hier soir tard, comme prévu, dit Nikos. Aucune trace de papa. J'ai attendu jusqu'au milieu de la matinée pour appeler son bureau de Londres...

— Et Miss Hooper ignorait où il était ?

— Oui. Elle ne savait pas trop où il pouvait se trouver ni quand il allait rentrer. Tout ce qu'elle a pu me suggérer, c'est de mettre mes bagages à la consigne et de venir ici. C'est ce que j'ai fait. Excusez-moi... comme vous n'avez pas le téléphone, je n'ai pas pu vous prévenir. Miss... comment avez-vous dit ?... Hooper a déclaré qu'elle en informerait papa quand il rentrerait... »

Elle avait ramassé un long tisonnier avec lequel elle ranima la flamme puis elle se redressa. Malgré le sourire, sa voix était tendue. « Leon peut être tout ce qu'il y a de plus exaspérant. Il ne dit jamais à personne où il va ! Oh, Nikos, je suis vraiment désolée, il doit avoir été retenu...

— Ou il a oublié. » Bien qu'il fît de son mieux, Nikos se rendit compte de la tristesse enfantine de ses paroles et se mordit les lèvres.

« Oh, non ! Bien sûr que non ! » Elle secoua la tête pour le réprimander gentiment et lui toucha le bras. « Bien sûr que non ! répéta-t-elle calmement. Nikos, vous connaissez votre père. L'expression "il ne connaît d'autre loi que la sienne" a été inventée pour lui ! Il est très occupé. Et très difficile à suivre. Personnellement, je n'y arrive pas... j'ai cessé d'essayer. Je pense parfois qu'il n'y arrive pas lui-même. » Elle allait et venait dans la pièce qu'elle rangeait machinalement. « Il y a trop de choses... l'affaire qui prend de l'expansion... la maison en Grèce... vous savez comment il est... il déborde d'énergie, il s'investit tellement dans ce qu'il fait que je suis persuadée qu'il ignore parfois quel jour on est ! Il n'a aucune notion du temps : il s'attend à ce que le reste du monde se mette à son rythme. C'est ainsi en permanence ! Il y a quinze jours, il était censé passer le week-end ici mais il n'est pas venu. Quand il a refait surface — trois jours plus tard —, c'était à Athènes pour une réunion quelconque. La pauvre Miss Hooper — qui est vraiment une chic fille — n'était pas au courant. Nous avons, j'en ai peur, toutes les deux cessé de nous tourmenter à son sujet. » Elle avait conscience d'en rajouter, mais l'expression malheureuse des yeux du garçon l'avait touchée au vif. Au diable Leon et son fichu égoïsme ! Comment pouvait-il blesser ainsi son fils et à pareil moment ? Elle esquissa un sourire pour essayer de détendre l'atmosphère. « C'est la faute de la guerre. Il semble avoir besoin d'être constamment impossible à joindre. On croirait qu'il n'a jamais entendu parler du téléphone. Quant à écrire... elle jeta un coup d'œil rapide à la pièce sur laquelle ses efforts avaient eu peu d'impact et elle fit un geste vague. « Oh, là, là. Si seulement j'avais su que vous veniez, j'aurais rangé un peu. Je crains que Sandy et moi ne devenions très négligents quand nous sommes seuls.

— Ne dites pas de bêtises. » Il lui adressa un grand sourire timide. « C'est joli, dit-il, plutôt surpris de découvrir qu'il le pensait vraiment. C'est très différent. J'aime beaucoup. »

Elle ne put s'empêcher d'éclater de rire. « Quelle diplomatie ! » Elle lui lança un regard pénétrant. « Inutile de prétendre, vous savez. J'imagine votre choc : une maison dans un trou perdu, qui ne ressemble à rien de ce à quoi vous êtes habitué, en désordre par-dessus le marché, et un temps pourri. Alors qu'il faut déjà un certain temps pour s'habituer à cette partie du monde quand il fait beau. Je suis désolée. Vraiment. Deux jours à Londres avec Leon pour vous acclimater et pour tâter le terrain auraient été préférables. »

Il sourit de nouveau et de nouveau elle eut un élan de sympathie envers lui. « Je suppose que oui.

— Trêve de suppositions. Je suis en fait sidérée que vous ayez réussi à me trouver. Cet endroit est tout à fait en dehors des sentiers battus. »

Encore timide mais répondant à cette chaleureuse spontanéité, le sourire de Nikos s'élargit. « Je ne suis pas mécontent de moi, en fait. Un New-Yorkais lâché dans la nature. Le train, le car, les instructions de l'épicerie du village et me voici — bon —, je suppose que je dois aussi mentionner le vieux type d'à côté, dit-il avec une grimace.

— Oh, là ! là ! » Cathy ne put contenir son amusement. « Vous avez rencontré Bert ? Sincèrement — vous devez me croire — il n'est pas aussi terrible qu'il en a l'air. Il adore se montrer désagréable, mais c'est un bon ami. Je l'aime beaucoup. »

Sandy avait décidé qu'il avait rempli son devoir. Il se dirigea tranquillement vers Nikos, renifla son pantalon et s'installa sur son pied avec des airs de propriétaire.

Cathy fit de la place sur une table près de la cheminée en déposant une pile de croquis sur un petit bureau. « Vous aimez les crumpets ? »

Nikos la regarda sans comprendre. Ses cheveux, remarqua-t-il, séchaient en boucles désordonnées et elle avait une petite mèche argentée au-dessus de la tempe gauche. « Les crumpets, répéta-t-il. Je... ne sais pas. Je ne crois pas en avoir déjà mangé. »

Elle ramassa une longue fourchette à griller le pain dans la cheminée et la lui tendit. « Eh bien, c'est le moment de commencer, vous ne pensez pas ? Vous allez les faire griller et je les beurrerai. »

*

« Vous ressemblez beaucoup à votre mère », dit-elle plus tard en le regardant pensivement par-dessus sa tasse.

Il lui lança un regard surpris. Il avait à peine touché à son thé que deux généreuses cuillerées de sucre n'avaient toujours pas rendu buvable.

« J'ai vu des photos, expliqua-t-elle. Elle était très belle.

— Oui, c'est vrai. » Il s'immobilisa soudain, le regard voilé. *Les cris, les hurlements. L'odeur du sang de son père. Le goût de ses propres larmes.* Il plongea brusquement la main dans sa poche. « Ça vous ennuie si je fume ?

— Aucunement. Non, merci, ajouta-t-elle comme il lui tendait son étui en argent. Je ne fume pas. » Elle lança un regard dénué de bienveillance au thé qui refroidissait. « Je suis désolée de ne pas avoir de café. J'en achèterai la prochaine fois que j'irai à Aldburgh. Je pourrais essayer l'épicerie du village mais je n'ai guère d'espoir.

— Je vous en prie... ne vous dérangez pas... » De nouveau il se sentait gauche, un enfant maladroit qui se conduit de son mieux dans une maison étrangère.

« Ça ne me dérange pas. »

Il lui lança un petit sourire. « J'ai bien aimé les crumpets.

— Eh bien, vous voyez ! Nous finirons bien par faire de vous un Anglais. Vous n'allez pas tarder à parler du temps qu'il fait. » Puis, sérieuse, elle se pencha vers lui et lui toucha le bras. « Nikos, je ne sais vraiment pas comment vous le dire — mais je suis sincèrement désolée. Pour votre grand-mère. Leon m'a dit combien vous étiez proche d'elle. »

Il détourna brusquement le visage et fixa le feu. La douleur sourde n'attendait que d'être réveillée pour raviver son chagrin.

« Quel terrible bouleversement pour vous. »

Il haussa les épaules.

« Ça vous ennuie ? »

Il ne la regardait toujours pas. « Ennuie ?

— Que votre père vous ait fait venir. »

Les yeux limpides se tournèrent enfin vers elle. « Que pourrais-je faire d'autre ? demanda-t-il simplement. Je n'ai nulle part où aller. Après que *ghiaghia*... » Il s'interrompit pour avaler. « ... Après la mort de grand-mère... » Il lutta un instant mais ne put continuer. Il regarda à nouveau le feu mais elle avait eu le temps de voir briller des larmes.

Un long silence suivit. Cathy posa sa tasse et se leva.

« Bon, dit-elle brusquement, pourquoi ne pas vous montrer votre chambre ? Vous devez être épuisé. Essayez de vous reposer un peu avant le dîner. C'est en réalité la chambre de mon fils, Adam, qui fait une apparition de temps à autre, elle est donc toujours prête. Il y a quelques vêtements à lui que vous pouvez emprunter si ça vous dit — vous avez le même gabarit. » Elle le précéda jusqu'à une porte de bois qui donnait sur un petit escalier très raide. « Faites attention. C'est un peu sombre. »

Il prit son sac et lui emboîta le pas jusqu'à une chambre assez spacieuse. Le vent battait à la fenêtre, ébranlant les vitres et faisant voleter les rideaux de couleurs vives. La pièce était simplement meublée : une vieille armoire solide, une commode sur laquelle se trouvaient deux photos encadrées et un nécessaire de toilette en faïence fleurie, un grand lit confortable recouvert d'un édredon rose moelleux. Des étagères croulant sous les livres couraient le long d'un mur et une vieille batte de cricket était posée dans un coin. Un feu était préparé dans le minuscule âtre en fonte. Cathy craqua une allumette et l'approcha du papier journal. Un instant plus tard, le charbon et le bois crépitaient et une fumée odorante s'échappait en volutes de la cheminée. « Je suis désolée. Vous devez trouver tout ça un peu primitif, dit-elle.

— C'est charmant. » Il se sentit soudain accablé de fatigue. Dehors, la nuit commençait déjà à tomber.

Cathy eut un petit rire. « Ce n'est pas le mot qu'emploierait Adam, je le crains. Mon fils pense que suis folle de ne pas vendre pour m'installer dans un endroit plus civilisé... il veut dire Londres, bien sûr. Votre père, comme vous devez le savoir, est du même avis, bien qu'il me laisse faire. » Elle le regarda poser son sac sur le lit. « Nikos... ça vous ennuie ? Que Leon et moi ? » Elle haussa légèrement les épaules. « Excusez-moi. Ce n'est guère diplomatique, n'est-ce pas ? Mais je ne suis pas douée pour tourner autour du pot.

— M'ennuyer ? Pour quelle raison ? » De nouveau, il évitait son regard.

« Leon m'a dit que votre grand-mère avait été bouleversée. Que nous nous soyons mariés si soudainement. Que nous ne vous ayons pas invités. » Elle l'observa un moment. « Ça peut sembler bizarre — c'était bizarre, je suppose — mais nous n'avons invité personne. Pas même Adam. C'est ma faute. Je... » Elle écarta les mains. « Je ne voulais pas de tralala. C'était la deuxième fois pour chacun de nous. J'ai pensé qu'il s'agissait d'une affaire très personnelle. Je me rends compte maintenant que c'était très égoïste. Je ne voulais pas bouleverser qui que ce soit, je le jure.

— Ça n'a aucune importance. » Ça en avait eu à l'époque. Terriblement. Marquant le début d'un éloignement qui pour n'être pas ouvertement reconnu n'en avait été que pire. « C'est déjà loin.

— Quatre ans », dit-elle. Quatre années étranges et souvent turbulentes depuis qu'elle avait cédé — malgré ce que lui soufflait la voix de la raison — à la cour passionnée et obstinée de Leon. Quatre années et, à vrai dire, elle ne le connaissait pas mieux maintenant qu'alors. Et voici que le fils, si différent du père, venait bien involontairement troubler sa paix et faire intrusion dans sa précieuse vie privée — elle savait que c'était une pensée indigne et tenta de l'étouffer. Où diable pouvait bien être Leon s'il n'était pas allé chercher ce pauvre garçon et ne l'avait pas emmené à

Londres comme prévu ? L'homme était impossible : un égocentrique sur lequel on ne pouvait compter. La sympathie qu'elle éprouvait pour cette jeune âme en peine l'emporta aisément sur ses petits élans de rancœur. « Reposez-vous un peu, dit-elle. Je suis en bas, si vous avez besoin de quoi que ce soit. Peut-être que vous pourriez descendre prendre un verre plus tard ?

— Avec plaisir. Merci. »

Était-il toujours d'une politesse aussi fastidieuse ? Elle songea au joyeux sans-gêne de son fils et se demanda, une fois encore, pourquoi il fallait que la jeunesse soit toujours aussi extrême. « Il y a des pulls et des pantalons épais dans l'armoire. Je suis sûre qu'Adam ne dira rien si vous les empruntez. Vous serez plus à l'aise. Il est un peu tard aujourd'hui mais demain, si vous le désirez, vous pourrez prendre un bain. Dans la cuisine. » Elle rit devant son étonnement. « Je sais que ça semble primitif, mais vous verrez. C'est moins barbare qu'il n'y paraît et, depuis que l'électricité est arrivée l'an dernier, infiniment plus civilisé qu'autrefois !

— J'en suis sûr. »

Elle hésita à la porte. « Vous n'avez besoin de rien pour l'instant ? »

Il leva la tête. La fatigue tirait soudain les traits de son visage au teint un peu olivâtre et ses yeux extraordinaires étaient las et bordés de rouge. « Non, merci. » Elle s'apprêtait à quitter la pièce quand il ajouta : « Excusez-moi. C'est idiot, mais je ne sais pas comment vous appeler. »

Elle lui lança un sourire par-dessus son épaule. « Vous le savez, je me nomme Catherine. Leon m'appelle Kati. Les autres m'appellent Cathy, y compris Adam, encore qu'il lui arrive de dire "m'man" dans les moments difficiles. Alors puisque "belle-maman", pour je ne sais quelle raison, ne me dit pas grand chose, pourquoi ne pas m'appeler "Cathy" et nous tutoyer ? Et maintenant... reposez-vous, repose-toi. Nous dînerons vers huit heures. »

Elle quitta la chambre sans faire de bruit. Nikos resta longtemps assis à écouter le vent et le crépitement du feu.

Où diable était son père ? Pourquoi n'était-il pas venu le chercher à Southampton comme promis ? Que faisait-il seul dans ce trou perdu ? Pourquoi les choses avaient-elles changé de façon si dramatique ?

Une fois de plus, une vague de chagrin et de nostalgie, qu'il avait obstinément tenue à distance en présence de sa belle-mère, l'envahit et le submergea.

En proie à la lassitude et à la douleur, il enfouit son visage dans ses mains et ses épaules se mirent à trembler.

2

Nikos se réveilla le lendemain matin au milieu d'un silence inquiétant et avec une migraine qui lui vrilla les tempes lorsqu'il tourna la tête pour regarder l'heure.

Dix heures.

« Bon sang ! » Il s'assit. Grimaça de douleur. Se frotta le front avec énergie. Il ne devrait pas boire de whisky, il le savait. Surtout quand il était fatigué et émotif.

« Prends-en donc un deuxième, avait dit Cathy d'un air bienveillant tout en faisant durer le sien. Ça pourrait t'aider à dormir. » Il s'était exécuté et ça avait marché. Et maintenant il regrettait. Énormément.

Il parvint tant bien que mal à se mettre debout et alla ouvrir les rideaux. Des écharpes de brouillard épais flottaient de l'autre côté de la vitre, dansaient de façon inquiétante autour de la maison, se faufilaient à travers les branches dénudées des arbres. Contrastant avec le vent violent de la veille, l'air était immobile, humide et froid. Tout était trempé. L'eau dégoulinait des feuilles et des branches. À travers le voile mouvant et épais, il vit luire l'eau des marais qui s'étendaient derrière la maison. « Sandlings est vraiment une maison aquatique, avait déclaré Cathy, la veille au soir, en souriant. La mer en face et les marais derrière. C'est une des choses que j'aime ici. »

Il l'avait regardée avec curiosité. « Et la maison en Grèce, avait-il demandé. Quand elle sera finie, est-ce que tu iras y vivre avec papa ? »

Elle avait baissé les yeux sur son verre et la courbe de ses cils avait caché l'expression de son regard. « Une partie du temps, je suppose, avait-elle répondu d'une voix calme et neutre. Je ne veux pas renoncer entièrement à ma vie. » Elle lui avait lancé un rapide coup d'œil avant de poursuivre. « La peinture ne rapporte peut-être pas grand-chose mais j'adore ça. Et mes éditeurs se trouvent à Londres... »

Il avait déjà vu et admiré les esquisses qu'elle avait préparées pour le livre d'enfants qu'on lui avait demandé d'illustrer. « Tu ne vendras donc pas cette maison ?

— Non. » La réplique avait été immédiate, presque violente. Elle l'adoucit avec un bref sourire. « Non, je ne la vendrai pas. Mon grand-père me l'a laissée. Je l'ai toujours aimée. C'est ma maison. »

Tout comme, en dépit de ce qui s'y est produit — et peut-être même à cause de cela —, la maison en Grèce est celle de papa, avait-il songé. Appuyant son front douloureux contre la vitre et fixant le marais qui luisait à travers les arbres fantomatiques, Nikos se disait maintenant, comme il s'en était fait plusieurs fois la réflexion depuis son arrivée, que son père si versatile, si typiquement grec et son épouse anglaise semblaient vraiment mal assortis. Artiste au désordre joyeusement avoué, d'une parfaite indépendance, semblait-il, Cathy se souciait peu ou pas du tout des

choses que son père — il le savait bien — idolâtrait :
le pouvoir, la position sociale, l'argent ; le besoin de
réussite. Leon avait tout perdu pendant la guerre : une
femme aimée, la plus grande partie de sa famille, sa
maison et à la fin il avait même failli perdre la vie.
Nikos possédait encore la lettre que son père lui avait
envoyée d'un hôpital anglais où il se remettait des blessures reçues en combattant les communistes qui
avaient tenté par la lutte armée de soumettre la Grèce
au joug des Soviétiques. *« Un jour, cette guerre finira.
Un jour, la Grèce sera de nouveau une et libre. Et je
reconstruirai pierre à pierre notre maison et notre
famille, et notre nom sera de nouveau important... »* Il
connaissait les mots par cœur.

« *Tss !* avait dit sa grand-mère d'un air ironique et
méprisant, des vantardises de Grec. Il est né paysan et
paysan il mourra. » Trois ans après la mort de sa fille
unique adorée, elle ne pouvait toujours pas pardonner
à l'homme qu'elle tenait — tout à fait à tort, Nikos
le savait — pour responsable. Elle n'avait jamais aimé
son gendre.

Nikos se raidit et frissonna un peu. Bon sang, il
faisait froid ! Il mit sa chemise, ramassa le pantalon et
le pull qu'il avait laissés par terre la veille au soir. Il
les enfila et remonta les manches de son pull ; Cathy
avait raison, Adam et lui étaient de la même taille bien
que, semblait-il, le fils de Cathy fût plus large
d'épaules. Il jeta un coup d'œil à la photo sur la
commode, celle d'un beau jeune homme blond souriant, d'à peu près le même âge que lui. Il la prit et
l'examina. En dehors des cheveux épais et indisci-
plinés, il ne reconnaissait pas grand-chose de Cathy en
lui : il devait donc tenir de son père. Elle lui en avait

parlé un peu la veille. Le père d'Adam avait été tué en 1944 au cours d'un des derniers raids allemands sur Londres, laissant Cathy toute seule pour élever un garçon de quinze ans. Elle l'avait amené ici, dans le Suffolk, jusqu'à la fin de la guerre, l'année suivante, et avait ensuite vendu la maison de Londres pour financer les études de son fils et compléter ses propres revenus. Adam travaillait dans la City — sa mère était restée vague sur ses occupations exactes : « Il change si souvent de travail qu'il est difficile à suivre, mais il a l'air de gagner beaucoup d'argent... » Elle avait grimacé un petit sourire. « Qu'il dépense aussi vite. Son père tout craché ! »

Nikos soupira et reposa la photo. Gagner sa vie : un autre problème qu'il allait devoir affronter. S'il y avait bien une chose qu'il ne regrettait pas, c'était son travail à New York : un poste banal d'employé dans une grande banque, qui l'avait occupé huit heures par jour et mis à l'abri du besoin mais ne l'avait guère inspiré ni stimulé. Il disposait désormais du petit héritage que lui avait laissé sa grand-mère et il avait espéré que cela lui donnerait la possibilité de choisir lui-même son gagne-pain. Mais son père — énergique, haut en couleur et qui tenait rarement compte de l'opinion d'autrui — avait simplement décidé qu'il travaillerait avec lui dans l'affaire qu'il avait créée quelques années plus tôt. Certains, se dit Nikos, auraient sauté sur l'occasion : l'affaire semblait extrêmement prospère et en expansion constante. Le dernier projet de Leon était le transport maritime pour la bonne raison, disait-il d'une façon qui était bien dans son caractère, qu'il en avait assez de compter sur autrui pour acheminer les cargaisons Kotsikas. Accablé de douleur et esseulé après la mort de sa grand-mère, Nikos n'avait pas discuté. Maintenant il le regrettait à moitié. Trop tard, il commençait à se reprocher sa faiblesse qui avait permis à un père qu'il n'avait pas vu depuis dix ans d'organiser sa vie comme s'il était encore un enfant. Nikos était citoyen américain car sa grand-mère américaine y avait veillé. Il aurait pu rester dans son pays d'adoption, la patrie de sa mère, et ignorer ou défier la décision tyrannique de son père aux yeux de qui il était temps pour son fils de rentrer dans l'entreprise qui portait son nom. Mais, bien que de nationalité américaine, Nikos était de sang grec, c'est-à-dire quelqu'un pour qui la famille comptait beaucoup. Il était donc rentré.

Et son père n'était pas venu l'accueillir.

Il jeta de nouveau un regard au brouillard qui semblait s'épaissir à vue d'œil, aux arbres qui s'égouttaient, au jardin négligé et détrempé. Il avait toujours des martèlements dans la tête. Et il n'y avait pas de café.

Il s'assit sur le lit, enfila ses chaussures, posant son pied sur une chaise pour nouer les lacets afin de ne pas avoir à trop pencher la tête ni la sentir éclater.

*

Cathy était dans la cuisine où elle faisait du pain en écoutant la TSF en sourdine. C'était une des rares tâches domestiques qu'elle aimait vraiment. La cuisine était chaude et paisible. Calmement, patiemment, Cathy pétrissait et retournait la pâte lisse. Un défaut, elle le savait, mais elle était tout simplement incapable de ne rien faire. Dès que ses mains étaient inoccupées, son cerveau prenait le dessus et pouvait la soumettre à des épreuves beaucoup plus fatigantes que l'exercice physique. Le geste simple, machinal du pétrissage était pour elle, à l'instar de la promenade des chiens ou du jardinage, une détente par excellence. Mozart aidait. La musique, mesurée et belle, lui remplissait l'esprit et le vidait de toute pensée. Le brouillard au-dehors s'interposait, mystérieux, fantomatique, entre elle et le monde, arrêtant le regard et étouffant les bruits. La maison aurait pu flotter sur un nuage. Elle aimait ces brumes de la côte est qui montaient si furtivement de la mer pour envelopper et isoler la maison. Même enfant, elle n'avait jamais eu peur de l'obscurité et l'avait toujours tenue en fait pour amicale. Le danger, c'était la lumière : si personne ne vous voyait, quel danger y avait-il ? On pouvait se cacher dans le brouillard.

Leon, élevé à la chaleur et à la lumière du soleil, en avait bien sûr horreur.

Elle soupira, les mains temporairement immobiles. L'instant était gâché. Où diable était-il ? Pourquoi — *pourquoi ?* — n'était-il pas allé au bateau, comme il l'avait promis, accueillir son pauvre fils, courageux et dérouté ? Comment un homme pouvait-il allier des extrêmes aussi exaspérants et contradictoires ? La gentillesse et la cruauté. La compassion et une indifférence cavalière aux sentiments d'autrui. Une loyauté passionnée et un intérêt personnel sans pitié. L'homme était impossible. Tout en étant follement attachant. Personne ne le savait mieux que Cathy. Elle avait succombé à son charme, en cet été grisant d'il y a cinq ans, où il l'avait rencontrée alors qu'il se remettait de ses blessures, non loin de là, dans une maison de convalescence à Aldburgh. Il avait décrété presque sur-le-champ et malgré ses protestations qu'elle devait l'épouser, l'avait poursuivie de ses assiduités avec un acharnement qui, elle le savait désormais, était inhérent à sa personnalité, et avait fait d'elle sa femme au bout de quatre mois. Davantage une tornade qu'un coup de foudre, s'était-elle souvent dit par la suite avec une pointe d'ironie. Ils avaient passé à Sandlings dix jours d'une lune de miel merveilleuse et passionnée qui s'était terminée par une scène de ménage spectaculaire où elle avait montré que, poussée dans ses derniers retranchements, elle avait du répondant, et où il avait exécuté pour la première fois son numéro favori : il était simplement sorti de la maison pour ne réapparaître que quinze jours plus tard sans un seul mot d'excuse mais avec un énorme bouquet de roses, une bouteille de champagne et la nouvelle qu'il avait utilisé la petite somme qu'elle lui avait prêtée quand ils s'étaient mariés pour créer sa propre affaire à Londres. Comme l'objet de la dispute avait été le refus fermement réitéré par Cathy de quitter le Suffolk pour s'installer dans la capitale — une décision qu'elle avait précisée dès le départ mais que, en dépit de ses promesses, il avait arbitrairement espéré lui voir abandonner une fois qu'elle serait devenue sa femme — elle s'était attendue à d'autres ennuis mais il n'en avait rien été. « Tu as raison, comme toujours, *koukla mou*, avait-il déclaré en l'embrassant. Londres n'est pas un endroit pour toi. Reste ici. Reste là où tu es heureuse. Même si ça me brise le cœur. » Il lui avait fait un grand sourire et ses yeux noirs s'étaient mis à pétiller. « Mais dis-toi bien que… chaque fois que je rentrerai… » Bel homme bâti en lutteur, il l'avait soulevée de terre comme une enfant et l'avait de nouveau embrassée... « Nous aurons une nouvelle lune de miel ! »

Elle mit la boule lisse et élastique dans un grand saladier qu'elle couvrit d'un torchon humide et plaça à l'arrière du fourneau pour que la pâte lève. Presque sans y penser, elle attrapa la bouilloire. Grâce aux tickets de rationnement, il était tout à fait inutile de garder et de réutiliser les feuilles détrempées de la dernière théière — un autre petit signe qui indiquait que la vie reprenait vraiment son cours normal. Elle posa la bouilloire sur la plaque brûlante, s'adossa confortablement au fourneau et regarda pensivement les nappes de brouillard.

Elle était parvenue beaucoup plus tard à la conclusion que le revirement de Leon avait été davantage dicté par un habile sens pratique que par un quelconque désir de lui faire plaisir. Il avait vite compris, soupçonnait-elle, que, pendant qu'il se livrait à ses activités hautement risquées pour gagner de l'argent, moins il y avait de gens qui savaient exactement où il était et ce qu'il faisait, mieux c'était, et cela incluait son épouse dont l'honnêteté le déconcertait. Non qu'il ne l'aimât point. Il l'aimait. Elle en était sûre. Bizarre à quel point, malgré tout, elle en demeurait persuadée. En dépit des promesses non tenues, des longues absences, des autres femmes, elle savait qu'il l'aimait. Mais, chose étrange, elle n'était plus certaine, elle, de l'aimer ni même de l'avoir jamais vraiment aimé. Oh, elle l'aimait bien, et, oui, il l'attirait toujours physiquement. Il attirait la plupart des femmes. Encore aujourd'hui, à cinquante ans, Leon Kotsikas dégageait une énergie presque animale qu'il était impossible de ne pas voir et à laquelle il était difficile de résister. Cathy se retourna pour enlever la bouilloire qui fumait et eut un petit sourire désabusé : depuis son succès fulgurant, rares étaient celles qui avaient essayé de lui résister. L'argent était le plus puissant des aphrodisiaques.

« Le grand âge te rend cynique, dit-elle tout haut en hochant la tête et en versant l'eau dans la théière ébouillantée.

— Tu disais ? »

Elle sursauta. Nikos était appuyé au montant de la porte, le cheveu brun en bataille et la paupière lourde. Son œil d'artiste nota, une fois de plus, son extraordinaire grâce qui n'avait rien d'étudié. Un bourreau des cœurs, à n'en pas douter. Pourtant, par un phénomène bizarre qui ne le rendait que plus attachant, il ne semblait pas en être conscient. Elle rit de sa question. « Je suis désolée. C'est une terrible habitude que j'ai. Je parle toute seule. Tout haut. Tout le monde me dit que c'est un des premiers signes de la folie. C'est probablement vrai. »

Il eut un grand sourire, secoua la tête et grimaça un peu. « Oh, je suis sûr que non. »

Elle l'examina, essayant de dissimuler que sa sympathie n'était pas dénuée d'amusement. « Oh, mon Dieu ! Ça fait mal à ce point-là ? »

Il cligna les paupières comme pour réfléchir à la question.

Elle reprit la bouilloire. « Je sais que tu n'aimes pas le thé. Mais essaie de le boire léger et sans lait, pour l'instant. Dès que le brouillard sera un peu levé, j'irai faire un tour à l'épicerie du village. Ils doivent avoir quelque chose qui ressemble à du café.

— Oh, non... je t'en prie... je ne veux vraiment pas que tu te déranges... Tu t'es déjà montrée si aimable...

— Ne dis pas de bêtises. Il faut de toute façon que j'aille à la poste. Ils gardent mon courrier — ça semble injuste que le facteur fasse tout ce chemin, et Bert ne reçoit jamais de lettres. Leon a peut-être daigné nous envoyer un mot pour nous raconter où il se trouve... » Elle s'interrompit en le voyant baisser les yeux. « Oh, Nikos, je t'en prie, je t'ai dit hier soir que tu ne devais pas le prendre personnellement. Il y a une explication. Attends un peu.

— Espérons-le », répondit-il. Mais il n'avait pas l'air convaincu.

*

Le brouillard se leva vers l'heure du déjeuner, bien que la journée fût grise et très couverte et que la brume continuât à ensevelir la lande.

« Je préférerais que tu me laisses y aller, répéta pour la quatrième fois au moins Nikos, tandis que Cathy enroulait sa longue écharpe de laine autour de son cou.

— Ne dis pas de bêtises. Installe-toi confortablement et fais une petite sieste près du feu. Je reviens tout de suite.

— Mais...

— Mais rien. » Elle le poussa gentiment dans un fauteuil. « Contente-toi de faire ce qu'on te dit. Je n'en ai pas pour longtemps. »

À dire vrai, elle était soulagée de sortir seule et, après s'être assuré que Bert n'avait besoin de rien à l'épicerie, elle remonta le sentier de sable en direction de la bicyclette. « Allons, ma vieille, se réprimanda-t-elle. Tu vas finir par devenir une solitaire indécrottable ! Le pauvre garçon n'y peut rien — ce n'est pas sa faute si son père est un jean-foutre étourdi et égocentrique. » Elle esquissa un sourire. Il y avait des avantages à parler toute seule. À l'époque où elle était infirmière dans un hôpital militaire, pendant et un certain temps après la guerre, elle avait appris un vocabulaire qu'elle utilisait rarement en public mais qui lui procurait, à l'occasion, la plus grande satisfaction en privé. Elle lança son porte-monnaie dans le panier, enfourcha la bicyclette et descendit le sentier en oscillant car la lourde machine mettait un certain temps à se stabiliser. Une fois l'équilibre atteint, cependant, son simple poids l'entraîna en bas de la faible pente. Cathy ôta ses pieds des pédales et tendit les jambes devant elle en riant comme une gamine. « *I'm singin'in the rain... da di da di da di da...* » Elle fredonnait encore lorsqu'elle tourna, avec plus de dignité, dans la petite route qui descendait au village. « Bonjour, Mrs Burton. » La femme qui attendait à l'arrêt du car, lui répondit d'un signe de tête renfrogné. Cathy sentit son regard qui la suivait et résista à la tentation d'enlever les pieds des pédales et de se remettre à chanter.

La petite épicerie était vide. « Bonjour, Mrs Hamilton.

— 'Jour.

— Du café, dit Cathy. Est-ce que vous auriez du café ?

— Doit y en avoir quelque part. Y a guère de demande... » Mrs Hamilton, une grosse dame à l'indéfrisable grise, farfouilla sur une étagère et se retourna en brandissant un pot. « Ça doit être pour le jeune homme, pas vrai ?

— Euh... » Cathy regarda le pot d'un air hésitant. « Oui, c'est-à-dire... je ne suis pas sûre que ce soit exactement...

— C'est tout ce qui y a, répliqua Mrs Hamilton, imperturbable. Oh, et pis y a une lettre qu'est arrivée ce matin.

— Merci. » Cathy prit le pot. Café et chicorée. Oh, mon Dieu ! « C'est mieux que rien, je suppose, dit-elle.

— Pardon ? demanda Mrs Hamilton qui émergea de derrière le guichet de la poste, une lettre à la main.

— Rien. Je parle toute seule. Très mauvaise habitude. »

Les yeux de la femme se plissèrent en un petit sourire malin. « Vous savez ce qu'y disent... ?

— Oui, dit Cathy, allégrement. Je suis au courant. » Elle prit l'enveloppe et la regarda. Ce n'était pas l'écriture de Leon mais celle d'Adam. Elle paya le café, sortit, mit le pot dans le panier et déchira l'enveloppe. Elle parcourut la page en un clin d'œil, émit un petit soupir exaspéré et la relut. « Zut ! » Elle ouvrit son porte-monnaie, fouilla pour trouver quelques pièces et tira la lourde porte de la cabine téléphonique qui se dressait devant le magasin.

*

« Tu ne veux pas dire qu'il occupe ma chambre ? » Ça semblait être la seule chose qui avait retenu l'attention d'Adam. Elle entendait des bruits à l'arrière-plan : brouhaha, bourdonnement de voix, quelques rires.

« Si. J'ai dû l'installer dans ta chambre. Oh, ne sois pas idiot, Adam... dans quel autre endroit voulais-tu que je l'installe ?

— Mais il sera parti avant la fin de la semaine. » Le ton était plus affirmatif qu'interrogatif.

« Comment le saurais-je ? Je n'ai pas la moindre idée de l'endroit où se trouve Leon ni de la date à laquelle il reviendra... Il pourrait être en Grèce, à New York ou encore à Tombouctou, pour ce que j'en sais ! Tu ne voudrais tout de même pas que je mette le pauvre Nikos à la porte ?

— Il y a des hôtels, non ?

— Adam !

— Oh... excuse-moi, maman. C'est seulement que j'avais vraiment envie de te voir...

— Pourquoi cette hâte soudaine ? » Elle ne se rendit compte de la brusquerie de sa question que lorsque le silence à l'autre bout du fil dura un peu trop longtemps. « Adam ?

— C'est juste que j'ai l'impression de ne pas t'avoir vue depuis une éternité. Et qu'un peu de repos ne me ferait pas de mal. » La nonchalance était peut-être délibérément exagérée.

« Pourquoi ? Que se passe-t-il ? » L'inquiétude maternelle prit le pas sur l'irritation.

« Rien. Un peu de fatigue, c'est tout. Il y a beaucoup à faire. Et je n'ai pas souvent l'occasion de m'évader. » Il laissa à ses paroles le temps de produire leur effet avant d'ajouter : « Mais ne t'inquiète pas. C'est sans importance.

— Tu ne pourrais pas venir le week-end suivant ?

— Malheureusement non. Je suis pris. Et le week-end d'après aussi. »

Elle hésita. « Eh bien... je suppose...

— Ce Nikos ne pourrait pas dormir dans le salon ? »

Et toi ? pensa-t-elle sans oser le dire. Après tout, comme il le lui avait fait remarquer, c'était sa chambre. « Je suppose que si.

— Tu veux vraiment que je vienne, n'est-ce pas ?

— Bien sûr, mon chéri. C'est juste que... nous sommes déjà jeudi ! J'aurais aimé que tu me préviennes un peu plus tôt, c'est tout. »

Cette fois-ci, il y eut un silence nettement froissé. « Tu m'as toujours dit, énonça calmement son fils, que Sandlings était ma maison.

— Mais ça l'est ! Bien sûr que ça l'est ! Toutes les fois que tu en auras envie...

— ... À condition que je te prévienne.

— Non ! » Elle avait vécu assez longtemps avec le père d'Adam pour savoir qu'elle était manipulée même si ce n'était pas nécessairement délibéré. Mais c'était Adam, son Adam, et elle ne pouvait rien y faire.

Elle entendit quelqu'un appeler Adam. « Une minute », répondit-il, avant de reprendre : « Écoute, je suis désolé, mais je vais devoir y aller.

— Alors... tu viens ce week-end ?

— Si c'est d'accord.

— Bien sûr. Si Nikos n'est pas encore parti, je lui préparerai un lit en bas.

— Parfait. À samedi dans la matinée. Il faut que j'y aille... Salut, m'man.

— Au revoir, Adam. » Il avait déjà raccroché. Elle garda un instant le combiné à la main et fixa sans les voir les instructions concernant le bouton « A » et le bouton « B ».

Elle aimait énormément Adam.

Et elle le connaissait trop bien.

Elle ne pouvait se défendre de penser que ce désir si soudain et si impérieux de la voir trahissait autant un besoin d'argent que de la piété filiale. Cela s'était déjà produit.

*

Comme d'habitude, Sandy lui fit un accueil hystérique. Nikos qui sortait de la cuisine ouvrit la bouche pour parler. Cathy l'en empêcha. « Je sais, je suis désolée d'avoir été plus longue que je ne l'ai dit... Il y avait une lettre d'Adam et j'ai dû l'appeler de la cabine. Je suis vraiment désolée... j'espère que ça ne te gêne pas... il veut venir ce week-end. Ce qui veut dire que tu devras dormir deux nuits par terre... oh, voici le café — elle fit la grimace en lui tendant le pot —, je crains que ce ne soit ce truc horrible à la chicorée, mais c'est tout ce qu'il y avait. Maintenant que j'y pense, tu vas probablement détester ça encore plus que le thé. Oh, Sandy, la paix ! » Elle se redressa. « On peut faire confiance à Adam pour débarquer sans prévenir ! Il va falloir se serrer, j'en ai peur. » Elle rit un peu. « Il ne manquerait plus que Leon... » Elle s'interrompit.

L'expression de Nikos en disait long. Après un bref silence, il recula et ouvrit toute grande la porte de la cuisine. Cathy resta bouche bée. La table disparaissait sous un amas de boîtes et de sacs arborant le célèbre nom de Fortnum & Mason. Il y avait une caisse de vin, deux bouteilles de whisky et un magnum de champagne. Et deux petits paquets emballés d'une manière exquise.

Cathy dévisagea Nikos qui hocha la tête, et haussa les épaules. « Il est là, dit-il, s'excusant à moitié. Il est arrivé environ dix minutes après ton départ. »

Elle lança un regard à la ronde. « Mais... je n'ai pas vu de voiture. Où est-il ? »

Nikos eut soudain un grand sourire contagieux. « Il est parti pour Aldburgh, répondit-il. Acheter du vrai café. »

*

Leon revint une heure plus tard avec non seulement du café, mais un énorme bouquet de fleurs pour Cathy, un os pour Sandy, quasiment de la taille du chien, une cartouche des cigarettes préférées de Nikos et un immense pull-over en grosse laine comme en portaient les pêcheurs du coin. Il entra dans la maison en riant, embrassa passionnément Cathy, donna à Nikos une claque amicale dans le dos qui le fit chanceler et se débarrassa de ses emplettes sur la table de la cuisine où s'amoncelait un tas à l'équilibre déjà précaire.

Cathy ne put s'empêcher de rire. « Leon ! Où *diable* étais-tu ? »

Il ôta sa veste, la jeta négligemment sur la chaise de Sandy couverte de poils, attrapa le pull-over. « Plus tard. Je te le dirai plus tard. Les choses importantes d'abord. » Il enfila le pull d'où sa tête aux cheveux drus et argentés émergea ébouriffée, avec un large sourire. « J'oublie toujours combien cette maison est glaciale. Un vrai cauchemar.

— C'est bon pour la santé, dit-elle. Et maintenant, raconte-nous. Je connais tes "plus tard". »

Il écarta les mains d'un air innocent en s'adressant à Nikos. « Tu vois comment elle me traite ?

— *Leon...*

— Plus tard, répéta-t-il d'un ton ferme. J'ai raconté à Nikos. Ce n'est pas ma faute. J'ai envoyé un message radio au bateau. On ne le lui a pas transmis. Je demanderai des explications. Il n'y a pas de mal... il est ici. Et maintenant... » Son visage brun s'éclaira de nouveau. Il fouilla dans le désordre de la table et en extirpa les deux paquets-cadeaux. « Voici. » Il en envoya un à Nikos qui l'attrapa d'une seule main, puis prit le bras de Cathy et l'attira à lui. « Et voilà pour ma Kati, déclara-t-il en l'embrassant sur la joue.

— Méfiez-vous des Grecs..., commenta-t-elle d'un ton léger..., même lorsqu'ils apportent des cadeaux. »

Il renversa son énorme tête en arrière et rit à gorge déployée. « Pas besoin d'avoir peur de moi, *koukla mou*. Ouvre ! »

Nikos tenait à bout de bras une montre en or dont le bracelet étincelait même dans la morne lumière de novembre. « Papa. C'est formidable. Mais... vraiment tu n'aurais pas dû...

— Pourquoi pas ? Je ne peux pas souhaiter la bienvenue à mon fils avec un cadeau ?

— Mais quel cadeau ! Il a dû coûter les yeux de la tête ! »

Leon haussa les épaules.

Cathy tournait et retournait le joli paquet entre ses mains.

« Ouvre-le. »

L'objet était exquis : cadran minuscule et joliment gravé, boîtier incrusté de petits diamants, étroit bracelet en or. L'ardillon aussi était orné de diamants, un chef-d'œuvre de délicatesse à lui tout seul. « C'est magnifique, dit-elle.

— Oui. » Leon rayonnait. « Je trouve aussi. Comme ma Kati. Mets-la.

— C'est vraiment magnifique, répéta Cathy avant d'embrasser doucement son époux.

— Elle te plaît ? » Les yeux de Leon brillaient du plaisir de donner. « Elle te plaît vraiment ? Il y en avait une autre... si tu préfères... ?

— Non, non, elle me plaît vraiment. » Elle posa un autre baiser léger sur sa joue. « Merci. »

Il se retourna pour s'emparer du champagne. « Eh bien, nous allons fêter ça. Le fait que nous soyons enfin réunis. Tous les trois...

— Ah », dit Cathy.

Leon leva ses sourcils broussailleux. « "Ah" ? Que veut dire ce "ah" ? »

Elle rit. « Ce "ah", c'est Adam. Il y avait une lettre à la poste cet après-midi. Je lui ai parlé au téléphone. Il voulait venir ce week-end. J'ai dit oui. Je suis désolée, je ne pouvais pas... »

Leon partit d'un rire tonitruant qui devait s'entendre jusqu'à l'épicerie du village. « Et alors ? On sera serrés comme des sardines. Tant mieux ! Ça nous tiendra peut-être chaud ! D'ailleurs, je voulais justement voir Adam. J'ai quelques idées. Je crois qu'on pourrait s'entendre... »

Cathy prit son élan pour parler mais s'abstint. « Ah », répéta-t-elle, mais sur un ton sec cette fois.

Leon se tapota le nez avec l'index. « Il a de la cervelle, ton Adam. Et il connaît des gens. Qui pourraient m'être utiles. Il faut que nous bavardions.

— Je n'en doute pas. » Cathy se dirigea vers le

placard et en sortit trois verres. « Excusez-moi... ils sont dépareillés. Mais je suppose que le goût du champagne n'en souffrira pas.

« *Christos !* » Leon riait de nouveau. « Pas de coupes à champagne ? J'en rapporterai de Londres la prochaine fois.

— Pour l'amour du ciel, Leon, ne dis pas de bêtises. Que ferais-je de coupes ici ? »

— Les affaires marchent bien, annonça-t-il d'une voix douce. Il y aura encore du champagne, je crois.

— Si c'est le cas, nous pouvons aussi bien le boire là-dedans, répliqua-t-elle sans se démonter, et elle leva son verre. À vous deux. Et à l'avenir. » Elle jeta un regard rapide à Nikos. « À une nouvelle vie, lança-t-elle avec un sourire chaleureux. J'espère que tu seras heureux avec nous. »

Suivit un petit silence curieusement embarrassé. Cathy pencha la tête de côté et le regarda droit dans les yeux. « Nikos ?

— Oui, répondit-il en levant à son tour son verre. J'en suis sûr. »

*

Le samedi matin, de bonne heure, Leon alla chercher Adam à Ipswich et, à leur arrivée à la maison, ils parlaient déjà affaires. Cathy avait mis la table pour le petit déjeuner dans la cuisine, et des œufs et des saucisses attendaient sur le fourneau. Une bonne odeur de pain frais emplissait la maison.

« Mmm... Ça sent bon », dit Adam en lui passant un bras autour des épaules et en l'embrassant.

Elle lui sourit. « Le petit déjeuner est prêt. » Elle

s'adressa à Nikos qui se tenait, un peu intimidé, le dos tourné à la fenêtre. « Adam, voici Nikos, le fils de Leon.

— Salut.

— Bonjour. » Les deux jeunes gens se serrèrent la main. Cathy les regarda en souriant : ils offraient un contraste saisissant, l'un mince, brun, à l'indéfinissable air étranger, l'autre large d'épaules et blond, l'image même de l'Anglo-Saxon. Elle tira une chaise. « Bien, à table, les enfants... il y a du café, du thé...

— Kati ? » lança Leon d'une voix incisive.

Elle le regarda d'un air surpris. « Oui ?

— Ta montre. Où est-elle ?

Elle leva le bras. « La vieille est à mon poignet, dit-elle sereine, et la neuve se trouve à sa place, en haut, sur ma coiffeuse, à l'abri des eaux de vaisselle et des mille et un accidents de la vie quotidienne.

— J'aimerais que tu la portes. » Son visage ne souriait pas.

« Je n'y manquerai pas, répondit-elle d'une voix calme et apaisante. Dans les occasions spéciales, comme il convient à un objet aussi spécial. Ne dis pas de bêtises, Leon, comment pourrais-je porter tous les jours quelque chose d'aussi délicat et d'aussi précieux ?

— Parce que je le veux », répéta-t-il avec une désagréable insistance.

Le regard un peu inquiet de Nikos passa de l'un à l'autre. Adam, impavide, se coupa une énorme tranche de pain qu'il tartina d'une épaisse couche de beurre.

« C'est ma montre. Je ne veux pas l'abîmer et tu sais que je...

— Je t'en achèterai une autre.

— Non, Leon... »

Leon attrapa sans trop de ménagements le bras de Nikos et le leva. « Nikos porte la sienne.

— Nikos ne fait pas la cuisine, le ménage, les lits, la vaisselle ; il ne charrie pas le charbon, il ne promène pas les chiens, il ne coupe pas le bois, lança-t-elle. Ne sois pas ridicule, Leon, j'adore ta montre... Mais celle-ci est plus adaptée à la vie de tous les jours. Et maintenant, arrête d'en faire toute une histoire. Assieds-toi et prends ton petit déjeuner. »

L'espace d'un instant, il y eut de l'électricité dans l'air. Puis brusquement, Leon haussa les épaules et rit, avec un amusement sincère. « Tu es aussi têtue qu'une mule, femme !

— C'est ce qu'on dit. Je suis bien obligée de le croire. » Elle sourit soudain de ce grand sourire subversif qui, Nikos commençait à s'en rendre compte, lui était si particulier. « Je n'ai jamais vu de mules. Adam... thé ou café ? »

*

Elle faisait la vaisselle et les trois hommes, après avoir englouti des tonnes de pain et de confiture, étaient assis autour de la table devant un pot de café frais quand le sujet de la maison en Grèce fut évoqué.

« Comment ça se passe ? » C'est Adam qui avait mis la question sur le tapis. « Tu y es allé récemment ? »

Leon gesticula avec enthousiasme et faillit renverser sa tasse. « Ça se passe très bien. » Il haussa les épaules et fit un geste de ses grosses mains pour tempérer son propos. « Il y a certes quelques problèmes de temps à autre. C'est inévitable. Pas facile de trouver les matériaux de construction. Les hommes, si je ne suis pas là... » Nouveau geste expressif... « Ce sont des Grecs. Ils préféreraient pêcher ou s'occuper de leurs oliviers. Mais ils ne savent jamais quand je vais débarquer. Je les félicite quand le travail est bien fait et s'il est mal fait, je le démolis de mes propres mains, et ils recommencent. Je les paie bien. Ils me connaissent, ils savent jusqu'où ils peuvent aller. Je veux du bon travail. Un travail spécial. Ce sera une belle maison. » Nikos qui l'observait vit ses yeux se poser sur le dos de Cathy. Il y eut un bruit d'assiettes entrechoquées dans le grand évier. « Tout le village pense que Leon Kotsikas a perdu la tête. Je fais un jardin. Un jardin avec des fleurs et même de l'herbe. Pour Kati. » Il gloussa. « Personne dans le village n'a un jardin pareil. Ils me demandent : "Qu'est-ce que c'est que ce jardin ? C'est pour garder des chèvres ? Faire pousser des haricots ? Est-ce qu'on peut manger des fleurs ?" Je réponds : "Ma femme adore les fleurs. Et elle en aura..." »

Cathy ne se retourna pas et garda le silence.

« Où est le jardin ? demanda Nikos. Sur les terrasses en contrebas de la maison ? »

Leon détacha son regard du dos de Cathy. « Oui. C'est ça.

— Je me souviens, dit doucement Nikos. La vue est magnifique. On aperçoit la mer au loin de l'autre côté de la vallée... » Il hésita... « Maman adorait cette vue. »

Les mains de Cathy s'immobilisèrent dans l'évier. Puis, résolument, s'attaquèrent à une autre assiette.

« Que fais-tu exactement comme travaux ? » s'enquit Adam en se versant une énième tasse de café.

Leon posa son menton sur son énorme poing. « Après la... mort de la mère de Nikos, Nikos et moi avons dû quitter le village. Les Allemands étaient à nos trousses et les communistes aussi. La maison et celle d'à côté sont restées vides pendant des années et de toute façon les Allemands les avaient toutes deux salement amochées. En Grèce une bâtisse à l'abandon tombe vite en ruine. Elle... » Il hésita, cherchant ses mots... « Elle se détériore. Les mauvaises herbes et la vigne l'envahissent, les murs s'effritent, le toit s'écroule. Et c'est ce qui s'est passé pour ma maison. C'était une maison toute simple, tu comprends. Une maison de village comme les autres. J'ai acheté celle d'à côté et j'ai commencé à reconstruire, à agrandir en réunissant les deux. » Il eut un grand sourire. « Le village pense que je suis riche. » Il haussa légèrement les épaules, s'amusant de la plaisanterie. « Peut-être que je le suis, un peu. Donc... j'ajoute un étage, un balcon, je transforme les étables du bas en chambres — ce sont les pièces les plus fraîches parce qu'elles sont creusées à même le rocher... j'installe une cuisine... ma Kati n'aura pas à préparer les repas dehors comme les autres femmes, ni à porter sa viande au four du boulanger... et j'amène l'eau de la source dans la maison...

— Ça me paraît un projet de grande envergure, fit remarquer Adam.

— C'est ma maison, dit calmement son beau-père. C'était celle de mon père et de bien d'autres avant lui. Je la rebâtis pour nous et aussi pour eux. Et je la reconstruis comme il se doit, à la manière tradition-nelle, ainsi que les gens de mon village l'ont toujours fait. C'est un symbole. »

Cathy se retourna lentement en s'essuyant les mains au torchon. Leon la regarda. « Tu viendras bientôt ?

demanda-t-il. Dans deux mois ou peut-être trois, il faudra que tu décides des couleurs.

— Oui », répondit-elle d'une voix neutre.

Si Leon s'en aperçut, il ne dit rien. Il se renversa sur sa chaise et s'étira. « Nikos... je vais acheter un journal. Ça te dit de m'accompagner ?

— Bien sûr. » Nikos se leva et sourit à Cathy. « Merci. C'était délicieux. »

Elle hocha la tête en souriant.

Adam regarda le père et le fils mettre veste et chapeau et s'en aller. Cathy lui lança un torchon. « Rends-toi utile. »

Il se leva et commença à essuyer les assiettes qu'il empilait sur la table. « Est-ce que je dois comprendre que tu ne partages pas l'enthousiasme de Leon au sujet de la maison grecque ? »

Elle soupira. « Ce sera magnifique. J'en suis certaine. Et l'emplacement est absolument superbe. Quand j'y suis allée l'an passé — lorsque Leon s'est finalement résolu à y retourner —, c'était le printemps. Partout, il y avait des fleurs sauvages. Les flancs de la montagne ressemblaient à un jardin. La vue est vraiment sensationnelle. Et j'ai vu les plans de Leon pour la maison. Ce sera vraiment très agréable.

— Mais ?

— Tu sais bien. J'adore être ici. C'est ma maison. Ma vie est ici.

— Ta vie est avec ton mari, non ? » Les paroles n'étaient pas entièrement dénuées de sympathie.

Elle ne lui répondit pas directement, mais lui lança un bref regard interrogateur. « Tu voudrais que je m'en aille ? »

Il n'hésita pas. « Pourquoi pas ? Le monde devient

de plus en plus petit. Un jour viendra où une île grecque ne sera pas plus éloignée de Londres qu'un trou dans le Suffolk. Sincèrement, je ne sais pas comment tu fais pour tenir ici, maman. Leon gagne beaucoup d'argent. Il peut t'offrir la belle vie. Il veut... »

Elle se retourna pour l'examiner d'un air inquisiteur. « Leon ne t'aurait pas parlé ? »

La peau claire d'Adam rosit légèrement. « Il... m'en a touché un mot. Quand il m'a amené de la gare.

— Il t'a demandé de me convaincre ?

— Pas exactement. » Il était circonspect. S'activait avec son torchon.

La colère monta. « C'est une décision qui m'appartient, Adam, et c'est moi qui la prendrai.

— Tu n'as pas besoin de me le dire. » Son ton était si piteux que, soudain, ils éclatèrent tous deux de rire.

Cathy reprit rapidement son sérieux. « Tu ne comprends pas. Ce n'est pas seulement le fait de partir d'ici. C'est aussi la perspective de vivre dans une autre culture, parmi des gens que je connais pas, que je ne comprends pas, et qui ne me connaîtraient et ne me comprendraient certainement pas. Oh, ceux que j'ai rencontrés étaient charmants, mais c'étaient les associés de Leon, et je les soupçonne d'être très différents des habitants d'un village perché dans la montagne sur une île grecque. Ces gens-là n'apprécient guère les étrangers.

— Je n'aurais pas cru que ça t'ennuierait. Tu aimes être seule.

— Il y a une différence, répliqua-t-elle posément, entre être seule sur son propre terrain, par choix, et être seule au milieu d'étrangers. J'aurais pensé que même toi tu étais capable de t'en rendre compte. Je ne parle pas la langue...

— Tu pourrais l'apprendre. »

Cathy attaqua : « Arrête, Adam ! Je te l'ai dit... ce sont mes affaires.

— Les tiennes et celles de Leon, non ? » ajouta-t-il gentiment.

Elle était dangereusement proche de la colère, d'autant plus qu'elle savait en toute honnêteté qu'il avait raison. « Ce qu'il y a de sûr, c'est que ce ne sont pas les tiennes ! »

Il haussa les épaules, ramassa les assiettes et ouvrit une porte de placard. Cathy se précipita pour la refermer. « Ça va comme ça. Je m'en occuperai.

— Franchement, maman ! s'exclama-t-il avec un sourire amusé. Tu ne ranges jamais ?

— Pas souvent, répondit-elle sans le moindre repentir. Tu ranges, toi ? »

Il étudia un instant son visage. Puis s'adressa au chien qui avait observé la scène d'un air intéressé. « Ici, Sandy. Allons respirer un peu d'air frais. » Il prit une grosse veste accrochée à la porte. Le chien ne fit qu'un bond de sa chaise au seuil et, queue frétillante, tête penchée, fixa ses yeux brillants sur le visage d'Adam. Adam se tourna vers Cathy. « Tu as épousé Leon, maman. »

Elle ne dit rien.

« C'est un type formidable. Et il travaille comme un cheval...

— Ne le lui répète pas, lança-t-elle ironique. Il pourrait essayer de t'en vendre un.

— Ne fais pas la maligne, répliqua-t-il. Tu sais ce

que je veux dire. Il en a vraiment bavé. Je trouve simplement qu'il mérite ton soutien, point. »

Elle garda le silence pendant un long moment. « On dirait qu'il t'a mis dans sa poche, finit-elle par dire en le regardant d'un air perplexe.

— Pas du tout. » Il ouvrit la porte et l'air froid s'engouffra dans la cuisine douillette. Le chien partit comme une flèche. « Je pense seulement que tu devrais y réfléchir sérieusement. Il me semble que la plupart des femmes sauteraient sur l'occasion...

— Je ne suis pas... ! » Elle s'interrompit en serrant les dents.

« D'accord, je sais. Tu n'es pas la plupart des femmes. »

Elle était persuadée que la note de tolérance lasse que trahissait sa voix était délibérée ; l'espace d'un horrible instant, elle crut qu'elle allait le frapper, comme l'enfant maladroit qu'elle ne pouvait s'empêcher parfois de voir en lui. « Ne prends pas ce ton condescendant, Adam Sinclair !

— Je n'oserais pas, maman, dit-il impassible. Je n'oserais jamais ! » La porte se referma doucement derrière lui.

Cathy se tourna vers la table, ramassa une assiette et, l'espace d'une brève et folle seconde, envisagea de la laisser tomber sur les dalles de pierre qui ne pardonnaient pas. Puis, avec un grand luxe de précautions, elle la replaça sur la pile. « Excuse-moi, assiette. Ce n'est pas ta faute. » Elle renversa la tête en arrière et s'adressa à une fissure du plafond. « Et merde ! » dit-elle sur le ton de la conversation avec ce qu'elle jugeait être une admirable retenue. « Merde, merde, merde. »

3

La crise entre Leon et son fils éclata d'une façon aussi brusque et inattendue qu'un orage d'été dans un ciel limpide. Cathy la découvrit en entendant des éclats de voix dans la cuisine au retour de sa promenade à travers bois avec les chiens, le dimanche matin. Elle avait rendu Paddy à son propriétaire et passé comme d'habitude dix minutes à tempérer le pessimisme du vieil homme concernant la météo, l'état du pays et la vie en général. Elle ouvrit la porte d'entrée en souriant intérieurement et s'arrêta, surprise, pour écouter. Nikos parlait sur un ton de colère passionnée.

« En Allemagne ? *En Allemagne ?* Papa... tu as fait des affaires en Allemagne ? Tu as accepté de l'argent allemand ? Je ne... je ne peux pas... le croire ! »

La voix profonde de Leon grondait. Cathy n'arrivait pas à distinguer les mots. Elle ôta son manteau et poussa la porte de la cuisine. Les trois hommes se trouvaient où elle les avait laissés, assis autour de la table de cuisine. Elle nota avec une ironie désabusée que la vaisselle du petit déjeuner avait simplement été débar-

rassée et abandonnée dans le grand évier. Leon disait :
« C'est fini, Nikos. Fini ! On ne peut pas vivre dans le
passé... » Aucun des trois ne bougea lorsqu'elle pénétra
dans la cuisine. Le visage de Nikos avait pâli, ses yeux
lumineux brillaient de colère. Adam, renversé contre
le dossier de sa chaise, tenait nonchalamment une
cigarette entre ses doigts et son regard bleu clair allait,
intéressé, du père au fils.

Nikos se leva et les pieds de sa chaise raclèrent
bruyamment les dalles de pierre. Faisant face à son
père, il se pencha, les mains appuyées sur la table.
« Fini ? Non, papa ! Ce n'est pas fini. Tu as oublié ?
Tu as oublié ce qu'ils nous ont fait ? Et ce qu'ils ont
fait à notre pays ? » Étouffé par l'émotion, il s'interrompit. « Tu as oublié ce qu'ils ont fait à maman ? »

Cette fois, ce fut Leon qui se leva dans un rugis-
sement de colère et qui déversa un torrent d'imprécat-
tions en grec. Adam, le menton sur son poing, les
regardait sans manifester le moindre émoi. Confronté
à la furie de son père, Nikos blêmit encore plus, mais
tint bon en répliquant rapidement et brièvement dans
la même langue, avec un air de défi. Leon tendit un
de ses énormes battoirs, saisit son fils par le plastron
de sa chemise et le souleva de terre. Sandy, excité par
l'atmosphère turbulente, dansait autour d'eux en
émettant des aboiements perçants.

« Leon ! Pour l'amour du ciel ! » Cathy lâcha son
manteau pour attraper le bras de Leon. « Arrête ! Que
se passe-t-il ? La ferme, Sandy ! »

Le chien aboya de plus belle.

Les nerfs de Cathy avaient été mis à rude épreuve
ces derniers jours. Elle se baissa vers le chien, l'attrapa
par la peau du cou et le jeta sur sa chaise. « Suffit ! »

Puis elle se tourna vers son mari. « Leon ! Lâche ce garçon. Où te crois-tu ? Dans un bouge d'Athènes ? »

Il y eut un long et angoissant moment de silence. Lentement, Leon lâcha prise et se redressa. Nikos s'écarta de la table. Père et fils se défiaient du regard. Cathy vit qu'en dépit de tous ses efforts et de son menton obstinément levé, Nikos tremblait. Elle éprouva soudain pour lui un irrésistible élan de compassion. Ce garçon en avait vu de dures récemment. Il n'avait certainement pas besoin de ça.

Leon qui fixait toujours son fils leva un doigt menaçant. « Ne dis plus jamais ça ! Ne me répète jamais que je ne me rappelle pas ce qui est arrivé à ta mère. Je l'ai vu. Comme toi. »

C'était délibérément brutal. Nikos baissa une seconde les paupières. Cathy, détournant son regard de la douleur qui se lisait sur le jeune visage, eut soudain l'attention attirée par Adam. Il observait toujours la scène avec intérêt et ses yeux myosotis allaient de l'un à l'autre. Son visage était impassible.

Leon poursuivit impitoyablement. « Ta mère, que Dieu ait son âme, serait la première à dire que la vie continue. C'est fini. Terminé. Une nouvelle guerre commence. Une guerre de survie. Une guerre de réussite. Une guerre pour montrer au monde que nous ne sommes pas brisés. Et, oui... » Nikos avait ouvert la bouche pour parler... « J'utiliserai tous les moyens pour la gagner. Tous les moyens, tu m'entends ? » Il glissa une main dans l'échancrure de sa chemise et en sortit un objet aux reflets dorés qu'il balança au bout de ses doigts. Cathy connaissait bien le lourd médaillon que Leon ne quittait jamais. Elle savait aussi d'où il venait. « Ta mère m'a donné ceci. Ce fut son dernier présent.

Tu te rappelles ? La Sainte Vierge, pour me protéger. Un jour, il sera à toi. C'est ce qui nous relie à elle, le seule chose que nous ayons d'elle. » La petite icône en or, d'un travail exquis, s'immobilisa et brilla paisiblement à la lumière. « Qu'elle me foudroie si j'ai oublié ce qui s'est passé ! » Il lâcha l'icône et frappa violemment du poing sur la table. « Mais là n'est pas la question. Il est temps de grandir, mon garçon. Il est temps de sortir des jupes des femmes. Ta mère, que Dieu ait son âme, est morte. Et ta grand-mère aussi. » Il pointa son doigt avec force. « Il est grand temps d'entrer dans le monde des hommes. Temps que tu te joignes à moi pour faire de Kotsikas un nom avec lequel il faut compter. Et si cela veut dire faire des affaires avec les Allemands — si cela veut dire faire des affaires avec le diable en personne —, eh bien tu le feras. Et en souriant. Compris ? »

Le silence retomba, pesant.

« Tu m'as entendu ? reprit Leon dont la voix était soudain devenue très calme.

— Je t'ai entendu.

— Et c'est compris ?

— C'est compris », répondit Nikos d'une voix légèrement fêlée. Puis, comme un aveugle, il tourna les talons et gagna la porte de derrière.

Seule Cathy s'aperçut qu'il pleurait : « Nikos... » Il l'ignora. Le déclic du loquet retentit très fort dans le silence.

Sans un mot, Cathy prit son manteau, enfila une manche, se débattit avec l'autre, attrapa une grosse veste accrochée à la porte et sortit à son tour en jetant à peine un coup d'œil à Leon.

Elle ne vit pas qu'Adam relevait vivement la tête et qu'il plissait les yeux pour la regarder.

« Ce garçon est un faible », gronda Leon.

Adam réfléchit un instant. « Je suppose que oui. » Il produisit son sourire le plus serein et mit la main dans sa poche. « Ce n'est pas sa faute. Il s'en remettra. Une cigarette ? »

*

Dehors, Cathy regarda partout. Aucune trace de Nikos. « Nikos ? Nikos ? » Elle écouta attentivement et n'entendit que le murmure du vent dans les arbres et le déferlement lointain des vagues sur les galets. Elle boutonna son manteau, remonta son col et s'engagea sur le sentier qui descendait à la plage.

Elle l'aperçut en atteignant le sommet des dunes et retint son souffle lorsque le vent du nord-est chargé d'embruns la frappa de plein fouet. Il était accroupi sur les talons, bras croisés sur les genoux, tête baissée. Ses cheveux humides lui tombaient dans les yeux... Elle le rejoignit en trébuchant dans les galets. Il ne releva pas la tête. « Tiens. » Elle dut crier pour couvrir le bruit du vent et de la mer. Elle posa la veste sur ses épaules qui soudain se mirent à trembler. Elle se redressa et contempla les vagues grises qui moutonnaient sous le vent. Malgré le vacarme des éléments, elle percevait ses sanglots. Les yeux toujours fixés au loin sur l'horizon brouillé, elle caressa d'une main légère la chevelure brune : un contact, une chaleur, un petit geste de réconfort. Au bout d'un moment, elle sentit la main gelée de Nikos qui étreignait la sienne, mais il resta tête baissée, secoué par les sanglots. Elle offrit son visage au vent pour se calmer les nerfs, pour essayer d'ignorer la compassion presque douloureuse qui menaçait de la submerger. La dernière chose à offrir à ce garçon en ce moment, c'était sa pitié.

Il fallut attendre longtemps pour qu'il se calme un peu. Une pluie fine volait dans l'air. Elle s'accroupit à ses côtés. « Mets ta veste. » Elle la lui tint pendant qu'il enfilait les manches. Il hoquetait encore de chagrin. « Nikos, il ne faut pas, dit-elle doucement, un bras passé autour de ses épaules, la bouche près de son oreille. Je t'en prie. Il ne faut pas. »

Il s'appuya contre elle comme un enfant fatigué. Le vent soufflait, faiblissait un peu avant de repartir. La mer baignait inlassablement les galets. Elle le tenait serré contre elle, souhaitant que sa propre chaleur et sa force pénètrent son corps tendu et tremblant. Lorsqu'il commença à parler, c'est tout juste si elle l'entendit ; puis sa voix s'affermit. « Nous étions cachés dans la montagne au-dessus de la maison. Papa était gravement blessé... il était tombé dans une embuscade... sa jambe était broyée... tu as dû voir les cicatrices... maman a insisté... elle a insisté en disant... que si elle restait seule dans la maison, ils ne soupçonneraient pas... »

La terreur quand le convoi de camions et de motos avait gravi le chemin rocailleux qui montait au village et déversé des soldats en uniforme gris beuglant des ordres, enfonçant les portes à coups de crosse. Le vacarme : femmes hurlant, hommes criant, bruits de coups, et, de temps en temps, une détonation. Il ne pouvait l'oublier. La panique — qu'il ressentait encore parfois dans ses rêves — lorsque la menace brutale

68

déferla sur la montagne et se rapprocha de plus en plus...

« ... Elle m'a obligé à partir et à rejoindre papa. De là où nous étions, on voyait la cour de la maison. » Il s'interrompit.

« Nikos, il ne faut pas. Il ne faut pas y penser. » Elle connaissait l'histoire : une seule fois, après boire, Leon lui avait parlé de ce qui s'était passé. Nikos avait tout juste seize ans. Elle resserra son étreinte.

« Ils sont venus chez nous. Elle se trouvait dans la cour. Elle était toute petite et très belle. Ils étaient cinq. » Il tremblait comme une feuille.

Les énormes mains de paysan de son père blessé l'avaient retenu et empêché de crier. « Tu crois qu'elle veut que tu meures aussi ? »

« Elle n'a pas dit un seul mot. Même quand... » Il se mordit la lèvre... « Même quand ils lui ont fait mal. Même quand ils l'ont tuée après avoir abusé d'elle. »

Leon n'avait eu aucun mal à venir à bout du garçon qui se débattait. D'une poigne de fer, il avait tourné la tête de Nikos contre sa poitrine afin de l'empêcher de regarder. Nikos se rappelait l'odeur du corps de son père, les grosses gouttes de sang qui jaillissaient de la blessure qui s'était rouverte dans sa cuisse. Sentait encore dans son propre corps les tremblements de l'énorme carcasse de Leon.

Il releva son visage las et maculé et regarda Cathy. « Comment a-t-il pu ? demanda-t-il simplement. Comment a-t-il pu ? »

Cathy se tut durant un long moment. Puis : « Il a raison en un sens, tu sais. C'est fini. C'est du passé. On ne peut pas oublier, bien sûr qu'on ne peut pas. Mais le temps est peut-être venu de pardonner... »

Il secoua la tête d'un air farouche.

« Oh... pas aux hommes qui l'ont fait. reprit-elle. Je comprends ça. Mais, Nikos, les blessures doivent cicatriser. Nous devons essayer de nous assurer que cela ne puisse plus se reproduire. Et la haine n'est pas le meilleur moyen.

— Grand-mère les haïssait. »

Cathy ne commenta pas.

« Elle... je crois qu'elle haïssait aussi papa.

— J'espère bien que non, dit-elle doucement.

— Tu ne la connaissais pas. Elle avait une forte personnalité. C'était une femme bonne mais très résolue. Et quand elle aimait, elle aimait de tout son cœur. Maman était son unique enfant. Elle n'a jamais pardonné à mon père ce qui est arrivé, pas même quand il a accepté que j'aille vivre en Amérique avec elle. » Il s'interrompit en frissonnant, appuyé de tout son poids contre Cathy. « Elle me manque, dit-il très calmement. Elle me manque tant. »

Cathy inclina la tête contre la sienne et posa sa joue sur les cheveux humides. « Bien sûr qu'elle doit te manquer. » Ses mains nues étaient gelées, son visage la piquait à cause du vent et des embruns et elle sentait la fraîcheur des galets mouillés sur lesquels elle était assise s'insinuer à travers le tissu épais de son pantalon. Pourtant, malgré l'inconfort de sa position, elle ne désirait nullement bouger. Ils restèrent ainsi un long moment sans parler. Puis, très lentement, il se tourna vers elle. Les cheveux bruns de Cathy étaient tout emmêlés et humides, son visage bleu par le froid. Ses yeux verts, étrangement bridés, qui, lors de leur première rencontre, avaient rappelé à Nikos ceux d'un chat, soutinrent son regard puis soudain se troublèrent. Elle fit mine de s'écarter de lui.

Il la retint par la main.

« Nikos... »

Très doucement, il attira sa main vers son visage, baissa la tête pour appuyer son front à ses doigts légèrement repliés.

« Il faut rentrer, finit-elle par dire tranquillement.

— Oui.

— Il vont se demander ce qui nous est arrivé. »

Il leva les yeux vers elle. Lâcha sa main. « Oui », répéta-t-il.

Ils regagnèrent la maison, en prenant étrangement soin de garder leurs distances, de ne pas croiser le regard de l'autre, tous deux absorbés dans un silence légèrement déconcertant qu'ils auraient été bien en peine de s'expliquer.

*

À leur retour, Leon était seul dans la cuisine en train de lire un journal vieux de deux jours. Il leur lança un rapide coup d'œil mais ne dit rien. Nikos se débarrassa de sa veste mouillée et tendit une main. « Excuse-moi, papa. Tu as raison, bien sûr. »

Le visage de Leon s'éclaira d'un sourire. Il prit la main de son fils et la serra vigoureusement en passant son bras libre autour de ses épaules.

Cathy mit la bouilloire sur le fourneau. « Où est Adam ?

— En train d'allumer le feu dans l'autre pièce. » Sans lâcher Nikos, Leon attira Cathy à lui et l'étreignit.

Elle l'embrassa affectueusement sur la joue.

71

« Attention à mes côtes, ours mal léché. Et maintenant, par pitié, sortez de ma cuisine tous les deux pendant que je débarrasse. Je vous apporte du café dans une minute. Je dois préparer le déjeuner. »

*

Devant le rôti traditionnel du dimanche, on évoqua Noël. « Viens à Londres, dit Leon. Nous irons à l'hôtel... tous les quatre...

— Oh non, Leon. S'il te plaît... pas à Noël. Noël est une période que l'on passe chez soi...

— Mais ça te fait tellement de travail !

— Ça m'est égal. Tu le sais bien. J'adore ça. On devrait toujours fêter Noël à la maison. Autrement ce n'est pas Noël. Écoutez... pourquoi ne pas passer Noël ici et ensuite aller à Londres pour le nouvel an ? » Elle lança un regard à Adam. « Ça te dirait ? »

Adam haussa les épaules. « OK pour moi. »

— C'est donc réglé », dit fermement Cathy.

Leon éclata de rire. « Ça en a tout l'air. » Il jeta un coup d'œil à Adam qui regardait sa montre. « Quel train veux-tu prendre ?

— J'avais pensé à celui de quatre heures. J'ai un rendez-vous à sept heures.

— Tu vois Lorraine ? » demanda Cathy.

Surpris, il leva les yeux. « Oh non ! Je ne t'ai pas dit ? On s'est séparés, il y a plusieurs semaines. Il y en a eu deux autres depuis. »

Elle secoua la tête et lui prit son assiette vide. « J'ai du mal à suivre.

— Tu sais ce qu'on dit : plus on est nombreux, moins il y a de danger.

— Tu n'as jamais envie d'une relation stable ?

— Grand Dieu, non ! » Ce cri du cœur provoqua chez Leon un grand éclat de rire. Cathy commença à débarrasser la table.

« Laisse-moi faire. » Nikos était déjà debout. Il lui prit les assiettes qu'il porta dans l'évier. Il avait peu parlé au cours du repas. Cathy avait senti ses yeux posés sur elle à une ou deux reprises, mais chaque fois qu'elle l'avait regardé à son tour, il avait détourné la tête. Elle soupçonnait sa gêne à l'idée qu'elle ait été témoin de ses larmes. Elle espérait qu'il ne laisserait pas cet épisode gâcher la véritable amitié qui promettait de grandir entre eux. « Merci », dit-elle en souriant.

Il rougit un peu. Ne voulut pas rencontrer son regard. Cathy coupa plusieurs grosses portions de tarte aux pommes qu'elle distribua, un peu en colère contre elle-même, en se rendant compte que c'était elle maintenant qui évitait le regard de Nikos, elle qui faisait attention à ne pas frôler ses doigts en lui passant une assiette, elle qui chassait de son esprit le souvenir de ces moments étranges et singulièrement troublants sur la plage quand, main dans la main, ils avaient paru aller au-delà d'une simple offre et acceptation de réconfort. C'était ridicule : le garçon s'était laissé aller à ses émotions et maintenant il était compréhensible qu'il fût mal à l'aise. Point final. Il s'en remettrait. D'autant plus facilement, se dit-elle ironiquement, si elle réussissait à se conduire comme la grande personne extrêmement raisonnable qu'elle était en général. Elle lui toucha le poignet pour attirer son attention. « Nikos ? Crème anglaise ou crème fraîche ? »

Elle fut contente, un peu plus tard dans l'après-midi,

que Nikos choisisse d'accompagner Adam à la gare avec son père. C'était bien qu'ils passent tous deux du temps ensemble. Et cela signifiait deux heures de tranquillité pour elle. À part les éclats de voix de ce matin, elle avait trouvé le week-end agréable et, malgré la prise de bec au sujet de la maison grecque, elle avait particulièrement apprécié d'avoir la compagnie de son fils pendant deux jours. Adam et elle avaient été autrefois très proches ; il était inévitable, se dit-elle, que leurs relations aient changé à mesure qu'il grandissait et s'éloignait. Cette fois-ci au moins, il semblait qu'il ait vraiment voulu la voir. Il n'avait pas réclamé d'argent comme elle s'y était attendue. Elle se sentit coupable d'avoir eu cette pensée. « Quelle mère je suis, Sandy. » Elle frotta les oreilles rêches du chien et rit de ses yeux pleins d'espoir. « Oh non ! Nous restons ici bien au chaud. Oui, je sais que la maison est sens dessus dessous mais ça peut attendre. J'ai un livre à lire. »

Une heure plus tard, elle referma son livre, s'étira, bâilla, tira la langue au feu qui se mourait. Elle regarda autour d'elle. La pièce, que, même dans les meilleurs moments, on aurait pu rarement qualifier de rangée, était dans un désordre indescriptible. Les tasses et soucoupes sales du thé étaient restées sur la table. Une pile de journaux avait trouvé le moyen de s'éparpiller aux quatre coins de la pièce et la literie de Nikos avait été fourrée n'importe comment derrière le canapé. Cathy se leva en soupirant et, mains sur les hanches, examina l'étendue du désastre. Sandy l'observait. « Tu ne serais pas par hasard une bonne fée déguisée ? » lui demanda-t-elle d'un ton un rien morose. La queue du chien frétilla d'un air encourageant. « Non, je m'en doutais bien. Je suppose que je vais devoir le faire moi-même. » Elle empila les tasses sales et se dirigea vers la cuisine.

Bizarrement, une fois qu'elle eut commencé, elle se découvrit un certain enthousiasme pour la tâche. Bien que souvent en désordre, la maisonnette était rarement dans une telle pagaille : restaurer un certain ordre était en quelque sorte plus satisfaisant que d'habitude. Elle ranima le feu, alluma la radio et se mit à l'ouvrage. En moins d'une heure, elle en avait fini avec le rez-de-chaussée qui paraissait désormais bien rangé et confortable, et décida vertueusement de poursuivre sa croisade dans les chambres. Celle d'Adam était relativement en ordre et il suffisait de changer les draps. La sienne était une autre paire de manches : Leon, se dit-elle excédée, était capable de semer le chaos dans une pièce rien qu'en la traversant. Ses vêtements traînaient partout, sa valise était grande ouverte sur le lit défait, deux paires de chaussures gisaient là où on les avait enlevées et, sur la coiffeuse, se trouvaient des brosses, des peignes, un mouchoir, un rasoir, une poignée de monnaie et le portefeuille en cuir de Leon. Elle le prit d'un air perplexe. Inutile de l'ouvrir pour se rendre compte qu'il était complètement vide. Pourtant, depuis qu'elle le connaissait, elle avait toujours vu son époux transporter de l'argent — beaucoup d'argent — et toujours dans ce portefeuille. C'était un luxueux objet gravé de ses initiales en lettres d'or, ce qui, tout comme l'importance de la somme d'argent qu'il avait d'habitude sur lui, avait souvent excité la verve de Cathy. En ne plaisantant qu'à moitié, il répondait constamment de la même façon : paysan il avait été, paysan il resterait, l'argent qu'on avait dans la poche valait mieux que celui qui était à la banque. Pour chaque ami qu'il vous faisait perdre, il vous en achetait deux. Elle soupesa le portefeuille et haussa les épaules d'un air amusé : il ne faisait pas l'ombre d'un doute que Leon s'était acheté des amis...

Cette idée la figea sur place. Elle se souvint soudain avec netteté que, vendredi soir, Leon avait jeté ce même portefeuille sur cette même coiffeuse. Et qu'il était bien garni. Elle en était certaine. Elle contempla l'objet un long moment. Puis elle l'ouvrit. Il contenait deux vieux billets de dix shillings ; rien d'autre. Acheter des amis. L'expression refusait de lui sortir de l'esprit. Elle secoua la tête...

Du jardin lui parvinrent des bruits de voix et de rires. Elle regarda par la fenêtre. Leon et Nikos remontaient l'allée. Leon hurla de rire et donna un coup de poing pour s'amuser dans le bras de son fils. Nikos fit mine de chanceler. Elle sourit de les voir : on aurait dit deux enfants dans une cour de récréation. Puis comme elle s'apprêtait à descendre pour les accueillir, ses yeux tombèrent de nouveau sur le portefeuille vide et son sourire s'évanouit.

Plein vendredi, vide aujourd'hui. Comme Leon n'avait quitté la maison qu'une seule fois — pour aller chercher Adam à la gare —, il avait dû acheter quelque chose ; quelque chose de très cher.

Se rappelant très clairement la conversation sur la maison grecque — sujet à propos duquel Adam n'avait jamais émis d'opinion auparavant —, elle aurait voulu se débarrasser d'un soupçon peut-être ignoble : à savoir que son très peu scrupuleux époux avait acheté son fils au prix fort.

*

« Pourquoi es-tu si silencieuse, Kati ? Quelque chose te tracasse ? »

Kati leva les yeux et découvrit le regard de son mari fixé sur elle d'un air interrogateur. Pelotonnée dans un fauteuil devant le feu, un livre ouvert sur les genoux, elle avait contemplé pensivement les flammes. « Non. Rien », répondit-elle, consciente de son manque de conviction.

Leon leva ses sourcils broussailleux. « Tu m'en veux encore de ne pas être allé chercher Nikos au bateau ? » Il chauffait son verre de cognac dans son énorme main tout en l'observant.

« Non. Bien sûr que non. Quoique... je continue à penser que c'était horrible de ta part, mais puisque Nikos semble t'avoir pardonné, je ne vois aucune raison de revenir sur le sujet.

— Aucune, en effet. Alors... qu'est-ce que c'est ? »

Elle hésita.

« Kati ? » Il insistait. « Il y a quelque chose. Je le sens. »

Elle referma son livre d'un coup sec et se redressa. « Oui, il y a... eh bien, c'est-à-dire... je ne sais pas...

— Dis-moi. »

Elle le regarda un long moment, puis se mit soudain à parler très vite. « Pendant que vous étiez sortis, je suis montée ranger la chambre. J'ai trouvé ton porte-feuille. Il est vide. »

Il se tut mais elle le sentit sur ses gardes. Il prit une gorgée de cognac. Puis demanda : « Et alors ?

— Alors... vendredi soir, il y avait beaucoup d'argent dedans. Où est-il passé ? »

— En quoi ça te concerne ? » Une étincelle de colère brillait dans ses prunelles.

Elle se pencha en avant. « En rien. Sauf si tu l'as donné à Adam. »

Cette fois-ci, il y eut un long silence.

« Tu le lui as donné ? demanda-t-elle sans le quitter des yeux.

— Et même si je l'avais fait ? C'est mon argent. Pourquoi ne devrais-je pas aider ton fils à se tirer d'une petite difficulté ? Qu'est-ce qui t'arrive, Kati ? Tu lui mesures son argent ? »

Très maîtresse d'elle-même, elle se leva, se dirigea vers le buffet pour se verser un remontant et se retourna, face à son époux. « Voudrais-tu reformuler ce que tu viens de dire ? », demanda-t-elle avec un calme précaire.

Il haussa les épaules. « Que veux-tu que je pense d'autre ?

— Pense ? Je me demande parfois s'il t'arrive jamais de penser ! Leon... il s'est remis à jouer ! N'est-ce pas ? »

De nouveau, il haussa les épaules.

Elle lutta pour ne pas l'insulter comme une marchande de poisson. Nikos était allé se coucher, une demi-heure plus tôt, et sa chambre se trouvait juste au-dessus du salon où ils se tenaient. « Leon, tu sais ce que je pense du fait qu'Adam joue...

— Tu es trop mère-poule. Laisse donc ce garçon — cet homme — s'amuser...

— *S'amuser ?* Tu le penses vraiment ? Leon, le jeu n'est pas un amusement pour Adam. Pas plus qu'il ne l'était pour son père...

— Ah, dit-il. Nous y revoilà.

— Son père était un joueur invétéré. Le jeu l'a ruiné. Nous a ruinés. Je ne tolérerai pas qu'Adam suive le même chemin !

— Kati, pourquoi faut-il toujours que tu pousses les choses à l'extrême ? Adam a eu un petit embêtement, c'est tout. J'ai offert de l'aider. Il m'a dit qu'il avait arrêté de jouer...

— Leon, si tu crois ça, tu es prêt à croire n'importe quoi. N'essaie pas de faire le naïf avec moi ! Tant que tu l'encourageras, il ne pourra pas s'arrêter de jouer. Et dire que tu as fait ça dans mon dos... »

Il se leva, furieux. « Assez. Assez ! C'est une affaire entre moi et Adam. Il est adulte. Tu dois le laisser libre.

— Libre de se détruire ? Comme son père l'a fait ?

— Ne sois pas si mélodramatique. »

Elle renversa la tête, termina son cognac et reposa brutalement son verre sur le buffet. « Ce n'est pas un mélodrame, dit-elle d'un ton empreint de colère. C'est la simple vérité. Je t'ai menti, Leon. J'ai menti à tout le monde. J'ai surtout menti à Adam. »

Il l'observa soudain avec attention et une lueur dangereuse brilla dans ses yeux noirs. « Menti ? À moi ? Que veux-tu dire ? »

Elle se dirigea vers la cheminée et s'abîma, bras croisés, dans la contemplation du feu. « Mon mari n'est pas mort au cours d'un raid aérien », finit-elle par dire, très calmement. Puis elle se retourna et le regarda en face : « Il s'est suicidé. »

Leon ouvrit de grands yeux. Elle attendit. Il ne dit rien.

« Tu m'as entendue ?

— Je t'ai entendue, répondit-il d'une voix totalement dénuée d'expression.

— Et tu n'as rien à dire ?

— Je t'ai entendue, répéta-t-il. Je ne sais pas si je te crois. »

La colère finit par l'emporter sur la raison : dans un élan de rage, elle leva la main pour le gifler. Il fut plus rapide qu'elle. Il lui attrapa le poignet qu'il broya et secoua lentement la tête. « Oh, non, ma Kati. Pas de ça. Et maintenant, explique. »

Elle resta silencieuse, tremblante de colère jusqu'au moment où il lui lâcha le poignet. Il versa un cognac qu'il lui offrit. Sentant retomber sa fureur, elle le prit. « C'est la vérité. Danny s'est suicidé. Il se trouvait qu'Adam et moi étions ici dans le Suffolk à l'époque... C'était pendant la dernière vague de raids aériens et nous pensions que le garçon serait plus en sécurité ici. Il n'a pas été difficile de lui cacher ce qui s'était passé. C'était la guerre. Les gens mourraient tous les jours.

— Pourquoi a-t-il fait ça ? »

Elle soupira. « Je ne suis pas sûre de l'avoir jamais su. La passion du jeu le possédait et il le savait. Il était fragile. La ruine le guettait. Peut-être pire encore. » Elle haussa légèrement les épaules. « Comme j'ai dit, ce n'était pas un homme très solide. Il lui manquait quelque chose. Il était beau, charmant et terriblement frivole. Mais il était aussi... déséquilibré. » Elle leva ses yeux vers les siens. « Comprends-tu maintenant pourquoi je suis en colère ? Pourquoi je ne veux pas que tu donnes de l'argent à mon fils — au fils de Danny ? Surtout derrière mon dos ?

— Oui. Je comprends. » Il s'approcha d'elle et lui

passa un bras autour des épaules. « Kati, je suis désolé. »

Elle soupira de lassitude. « Promets-moi que tu ne lui diras rien.

— Je te le promets.

— Et promets-moi que tu ne l'encourageras pas à jouer.

— Je te le promets également. »

Elle se tint silencieuse, le front appuyé contre sa large épaule. « Leon ? demanda-t-elle d'une voix sourde.

— Oui ? »

Elle releva la tête. « Que lui as-tu demandé en échange ? » Elle l'examina et vit sa peau basanée se colorer légèrement. « Tu lui as bien demandé quelque chose, non ? »

Il ne répondit pas.

Elle attendit longtemps avant de se dégager de ses bras. Elle se rassit dans son fauteuil, posa sa tête d'un air las contre le coussin et ferma les yeux. « Leon, crois-tu qu'on puisse *tout* acheter ? Que tout et tout le monde soient à vendre ? »

Il s'assit dans le fauteuil en face d'elle, se pencha en avant, coudes sur les genoux, fit tourner son verre entre les paumes de ses mains. « Franchement ? Oui. Je le crois. C'est une leçon que la vie m'a apprise.

— Elle est très triste.

— Peut-être. » Les charbons s'écroulèrent dans la cheminée. « Kati ? »

Cathy rouvrit les yeux.

« Je te fais une promesse. Une promesse solennelle.

— Oui ?

— Je veillerai sur ton fils comme s'il s'agissait du

mien. Je le surveillerai du mieux que je pourrai. Je ferai en sorte qu'il ne s'attire pas d'ennuis. » Leon avait trop d'expérience pour ne pas savoir formuler des promesses qui laissaient une grande marge de manœuvre.

Cathy ne remarqua pas l'ambivalence. « Merci, dit-elle.

— Et maintenant, me feras-tu une promesse en échange ? »

Elle attendit, un peu méfiante.

« Au printemps, quand la maison sera finie, viendras-tu la voir avec moi ? »

Il lui tendit une main. Qu'elle prit après une brève hésitation. « Oui, répondit-elle, je viendrai. »

4

Un jour ou deux plus tard, Leon rentra à Londres avec Nikos et Cathy, pas vraiment mécontente de se retrouver seule, reprit sa petite vie tranquille. Tandis que l'hiver se faisait plus froid, et que la neige recouvrait les *sandlings,* ces étendues plates et sablonneuses de l'East Anglia, elle travailla à ses illustrations, promena les chiens sur la plage battue par les vents et, pendant quinze jours, retomba dans ses bonnes vieilles habitudes. Avant le départ de Leon, il avait été convenu qu'elle le rejoindrait dans la capitale à la mi-décembre durant quarante-huit heures qu'elle mettrait à profit pour rendre visite à ses éditeurs, faire les achats de Noël et aller voir la nouvelle pièce d'Agatha Christie : *La Souricière.* D'ici là, Sandlings lui appartenait à nouveau et elle en était ravie.

Entrepris au départ comme une sorte de corvée, le voyage à Londres se révéla éminemment agréable. Ayant dûment remis une demi-douzaine d'illustrations qui reçurent un accueil flatteur, Cathy passa une journée à faire des emplettes dans le West End et rentra à l'hôtel, où elle était descendue avec Leon, épuisée mais triomphante. « Terminé », annonça-t-elle en se débarrassant de ses chaussures et en se laissant tomber sur le lit. « Noël est dans le sac. Au sens propre du mot. » Elle indiqua le monceau de sacs en papier qu'elle avait posés par terre. « Plusieurs sacs en fait. »

Leon vint s'asseoir à côté d'elle, lui toucha les cheveux, enroula une boucle autour de son doigt. « Pas tout à fait, dit-il en souriant. Demain, je veux que tu fasses une course pour moi. »

Elle se mit sur le ventre en ronchonnant. « Oh, Leon, non ! Ne sois pas si vache ! Je refuse — je refuse ! — de voir le moindre magasin, même de loin. Même pour toi. Tu devras faire tes courses de Noël toi-même, voilà !

— Mais j'insiste, *koukla mou*. Demain, tu retournes faire les courses — pour toi. Demain soir, nous allons au théâtre. Ensuite nous rejoignons les garçons au Savoy pour dîner. Je veux que tu t'achètes une robe. Et des chaussures. Et tout ce dont tu as envie. C'est mon cadeau de Noël. Achète quelque chose d'extravagant. Pas pour promener tes chiens sur ta plage déserte et ravagée, mais pour aller au théâtre avec ton mari et dîner avec tes deux beaux garçons. »

Cathy se redressa, ramena ses genoux contre elle et réfléchit à cette idée séduisante. « C'est de l'argent jeté par les fenêtres », risqua-t-elle.

Leon secoua la tête. « Non, je t'ai dit que c'était mon cadeau de Noël. Et même si tu ne le portes qu'une fois, ce ne sera pas perdu. » Il lui prit le menton. « Tu m'obéiras ? »

Elle ouvrit de grands yeux innocents. « N'est-ce pas ce que je fais toujours ? »

Il éclata de rire. Elle le regarda en souriant et lui

tendit la main. « Oui, j'obéirai. Ce sera une rude épreuve mais je pense que je peux y faire face. Traîner dans les magasins et dépenser de l'argent pour moi ! Franchement... est-ce que ce sont des choses qu'on demande à une femme ? » dit-elle d'un ton gentiment moqueur.

Il lui ouvrit la main et embrassa sa paume.

Le cœur léger, elle lui envoya un baiser en retour. « Allez, viens. Je t'autorise à m'inviter à dîner. Je meurs de faim. »

*

Vingt-quatre heures plus tard, elle s'examinait dans un miroir avec un étonnement presque comique. « Dieu du ciel ! Le pauvre Sandy piquerait une crise s'il me voyait. Il s'enfuirait à des kilomètres.

— Tu es splendide. » Leon s'approcha d'elle en souriant.

« Ce sera tout ce qu'il y a de plus épatant avec mes bottes en caoutchouc, tu ne trouves pas ?

— C'est vraiment dommage que tu ne les aies pas apportées », approuva-t-il, pince-sans-rire.

Elle se retourna et lui passa les bras autour du cou. « Je suis contente que ça te plaise.

— C'est parfait. »

C'était une robe en taffetas, avec un beau décolleté, cintrée à la taille et dont la jupe froncée lui arrivait à mi-mollet. De couleur queue-de-paon, elle chatoyait de tout l'éclat de ses bleus et de ses verts au moindre mouvement. « Je me sens horriblement coupable. Elle a coûté un prix exorbitant. »

Leon ramassa l'étole assortie sur le lit et la posa sur

les épaules de son épouse. « Ce soir, il n'y a rien de trop exorbitant. Ce soir, nous faisons la fête. » Il ajusta son nœud papillon noir et brossa les revers de son smoking. Cathy l'approuva du regard : « Tu as l'air drôlement chic toi-même. »

Avec un large sourire il lui offrit son bras sur lequel elle posa délicatement les doigts en disant : « En route pour le bal, Cendrillon.

— Avec son beau prince », ajouta Leon

Elle esquissa une révérence en riant. « Mais bien sûr. »

Cathy goûta chaque minute de sa soirée au théâtre : la rumeur d'excitation qui se transforma en un silence attentif au moment du lever de rideau, le dénouement dont les gens discutaient encore dans les rues envahies de brouillard et l'intrigue astucieuse de la pièce qui s'avérait si populaire. Le Savoy grouillait de gens venus pour boire ou manger après le théâtre. Leon pilota son épouse à travers la foule jusqu'à la table réservée où Nikos, Adam et une jeune femme incroyablement séduisante les attendaient devant un seau à glace contenant une bouteille de champagne presque vide. Les deux garçons se levèrent pour les saluer. La fille, qui portait une robe-bustier en taffetas noir à l'immense jupe bouffante, des gants assortis qui lui arrivaient au coude et des boucles d'oreilles qui bougeaient et brillaient au moindre mouvement, resta modestement assise et manifesta son intérêt pour Leon par de grands battements de ses longs cils au moment des présentations. Cathy réfréna un sourire amusé. Même sans effort, Leon faisait beaucoup d'effet aux jeunes femmes. Adam posa nonchalamment une main de propriétaire sur l'épaule nue de sa compagne. « Je vous présente Dorothy. Dodo, voici Cathy et Leon. »

Les grands yeux bleus glissèrent sur Cathy pour se fixer fermement sur Leon. « Enchantée. » Une voix rauque de petite fille. Les cils battirent de plus belle. Cette fois-ci, Cathy ne put réprimer un grand sourire en tendant la joue à son fils.

Adam l'écarta de lui et la regarda avec une stupéfaction qui n'avait rien de très flatteur. « Tu es splendide. Où est passé ton duffle-coat ?

— Je l'ai déposé au vestiaire. Je ne voulais pas avoir l'air trop habillée. Ne prends pas un air aussi surpris, ajouta-t-elle avec une légère rudesse. Je suis peut-être ta mère mais je ne suis pas encore tout à fait prête pour la chaise roulante. » Elle s'installa dans un bruissement de taffetas entre les deux jeunes gens et sourit à Nikos. « Nikos. Comment vas-tu ?

— Bien. Merci. » Nikos la regardait également avec des yeux brillants d'admiration. « Tu es... — il hésita — ... merveilleuse, dit-il.

— Profites-en. » Elle se pencha vers lui en baissant la voix. « Je me transforme en citrouille à minuit. »

Nikos avait bu, un peu trop vite, une bonne moitié de la bouteille de champagne et l'alcool lui montait à la tête. « Pas avant d'avoir dansé avec moi, j'espère », dit-il à mi-voix.

À sa grande surprise, elle se sentit rougir légèrement. « Bien sûr. Si tu veux. »

Leon était assis à côté de Dorothy, le bras posé sur le dossier de la chaise de cette dernière. « Commandons une autre bouteille de champagne avant de manger », proposa-t-il en arborant un large sourire. « Ce soir, c'est la fête.

— Qu'est-ce que nous fêtons ? » Nouveaux battements de cils et petite voix rauque. Adam fit un clin d'œil à Cathy.

Leon tapota le bras gainé de noir. « Ne vous faites pas de souci, ma chère, répondit-il sur un ton exagérément badin. Nous trouverons bien quelque chose. »

*

Il y avait longtemps que Cathy n'avait pas passé une soirée aussi divertissante. Comme c'était à prévoir, Leon flirta outrageusement avec Dorothy qui, à grand renfort de moues, de gloussements et de battements de cils, parut prendre son numéro pour argent comptant. Où, se demanda Cathy, Adam les dégotait-il ? Loin d'être fâché, il semblait prendre énormément de plaisir à la comédie. Plein d'entrain et en excellente forme, il abreuvait ses compagnons de commérages sarcastiques et, supposait Cathy, non dénués de fondement, sur les autres dîneurs dont il semblait connaître un grand nombre. Nikos de son côté prodigua à sa belle-mère des petits soins qui l'amusèrent et la flattèrent à la fois. La cuisine était délicieuse, le décor splendide. Elle était déjà venue une fois dans cet hôtel très célèbre, avec Danny, mais c'était pendant la guerre, à l'époque du « menu à cinq shillings » : la pénurie et le rationnement limitaient le choix, le dispositif de black-out gâchait la magnifique décoration et les tenues de soirée élégantes avaient été troquées contre l'uniforme militaire. Maintenant, enfin, après les années d'austérité qui avaient suivi la guerre, le Savoy, restauré et rénové, brillait à nouveau de tous ses feux, attirant comme un aimant les gens riches et célèbres et ceux qui aspiraient à le devenir. Elle croisa le regard de Leon. Il leva sa coupe et lui porta un toast muet. Un jeune homme bien mis s'était approché du micro. L'orchestre attaqua un pot-pourri nostalgique des années 30. Dorothy battait la mesure avec son pied. « *I'll be seing you in all the old familiar places...* »

« Je veux danser », déclara Dorothy en regardant non pas Adam mais Leon.

Adam la prit par la main et secoua la tête en riant. « Dodo, ne fais pas l'idiote. Leon est grec. Il ne danse qu'avec des assiettes et des mouchoirs. Allez, mon chou. Tu devras te contenter de moi. » Il l'entraîna sur la piste et ils se glissèrent avec aisance dans la foule des danseurs. Cathy se dit non sans orgueil qu'ils formaient un très beau couple.

« Veux-tu danser ? » C'était Nikos, tranquillement assis à ses côtés. Il regarda son père. « Ça ne t'ennuie pas ? »

Leon fit un grand geste de sa main à laquelle brillait un anneau. « Bien sûr que non. Amusez-vous. C'est pour ça que nous sommes ici. » Ses yeux se fixèrent sur une table, non loin de là. « J'ai aperçu quelqu'un à qui je dois parler. Allez-y. Amusez-vous. »

Nikos prit la main de Cathy pour la conduire sur la piste. Il avait les doigts froids et, l'espace d'un instant, elle crut qu'ils tremblaient un peu. Il dansait bien, avec souplesse et élégance. Elle se détendit au rythme de ses pas, le laissant conduire, et s'abandonna à une légère ivresse due à la fois à la musique et au champagne. Ils ne parlèrent pas. L'air changea. Le chanteur, se dit-elle dans un demi-rêve, était vraiment excellent. Séduisant. C'était le mot. « *Embrace me, my sweet embraceable you...* » Le bras de Nikos se resserra un peu autour de sa taille. Elle ferma les yeux en souriant et les rouvrit pour découvrir que son cavalier la fixait de son regard insolite... Soudain, il l'attira violemment contre lui et appuya légèrement sa joue contre ses cheveux. Cette fois-ci, il était indéniable qu'il tremblait...

La dernière note mourut. La musique s'arrêta, saluée par un tonnerre d'applaudissements ; quelques couples quittèrent la piste. Comme Cathy faisait mine de les suivre, Nikos l'attrapa par la main. « S'il te plaît, dit-il, encore une. »

Elle hésita.

« Je t'en prie. »

L'orchestre avait attaqué un quickstep. À une table toute proche, Cathy vit Leon qui parlait debout à un homme qu'elle ne connaissait pas. Croisant son regard, il lui sourit, agita la main et retourna à sa conversation.

« Cathy, je t'en prie. » La voix de Nikos était douce. Adam et Dorothy dansaient toujours et comme ils passaient près d'eux, Adam lui adressa un grand sourire.

Elle mit une main sur l'épaule de Nikos, sentit une fois de plus son bras sur sa taille et ils se remirent à danser, gracieusement, parfaitement à l'unisson, en silence.

Quand ils regagnèrent leur table, Leon était toujours plongé dans sa conversation et Adam et Dorothy exécutaient un tango spectaculaire sur la piste de danse. Nikos avança une chaise à Cathy puis s'assit à ses côtés, prit son verre de vin et, les yeux fixés sur les danseurs, demanda tout à trac : « Comment va Sandy ? »

Elle sourit. « Toujours aussi désobéissant.

— Et la maison ? »

Le sourire s'élargit. « Toujours aussi en désordre. »

La légère et étrange tension qui l'habitait disparut. Il la regarda et lui rendit son sourire. « Et Bert ? » demanda-t-il en faisant une grimace tragi-comique.

Elle éclata de rire. « Toujours aussi acariâtre. »

Il s'accouda et mit ses deux mains autour de son verre, le visage pensif. « C'est drôle. J'y pense énormément. Sandlings... la mer... ces plages désertes et battues des vents...

— Et le ciel, dit-elle. N'oublie pas le ciel.

— Non.

— Alors... — elle tourna la tête pour le regarder — ... qu'y a-t-il de si étrange à ce que tu y penses ? »

Il haussa légèrement les épaules. « Pour être franc... j'étais horrifié quand je suis venu pour la première fois. Je suis un enfant des villes. Rappelle-toi : j'ai vécu à New York pendant presque dix ans. On pourrait dire que j'y ai grandi. L'idée de vivre dans un endroit comme le tien ne m'aurait rien dit du tout. »

Elle le regardait avec une authentique curiosité. « Et maintenant ? »

Il secoua la tête. « Je ne sais pas. C'est juste que parfois dans une rue passante ou un métro bondé je me surprends soudain à y penser, c'est tout. »

— À l'espace, à la paix, au calme ? »

Il n'hésita qu'un tout petit peu. « Oui, je suppose. »

Elle rit. « Mais pas aux inconvénients : les courants d'air, le bain dans la cuisine et le fait que, si le vent dépasse le stade de la brise vivifiante, l'électricité, récemment installée, est coupée et se désinstalle toute seule. »

Il rit avec elle. « Non. »

Le tango était arrivé à un final passionné et triomphant. Bavardant et riant, les danseurs regagnaient leurs tables. Leon avait terminé sa conversation et revenait vers eux. « Il faut que tu viennes passer un week-end, dit-elle impulsivement. Que je te montre la région comme il faut. Il y a tant de beaux endroits : des marais, des bois et quelques merveilleux villages. Celui que je préfère s'appelle Dunwich. Tu ne le croiras pas quand tu le verras... C'est minuscule aujourd'hui, rien qu'un petit village côtier... mais au Moyen Age c'était un port très actif. Toute la ville a été engloutie sous les eaux... j'ai une carte à la maison...

— Seigneur ! s'exclama Adam dans son dos. Voilà Cathy qui a de nouveau enfourché son dada ! »

Souriante, Cathy mit sa main sur celle qu'il avait posée légèrement sur son épaule. « Sois poli, mon chéri. Les gens vont penser que ta mère ne t'a pas inculqué les bonnes manières.

— Je peux vraiment ? » demanda Nikos.

Elle lui lança un bref coup d'œil, surprise par l'étrange insistance de sa voix. « Bien sûr. » Sans lâcher la main d'Adam, elle plaça son autre main sur celle de Nikos. « C'est ta maison. Tu y seras toujours le bienvenu.

— À propos... » Adam se glissa sur la chaise à côté de sa mère, prit la bouteille de champagne et s'adressa à Nikos... « Comment est le nouvel appartement ? »

Cathy tourna la tête. « Tu as trouvé un appartement ?

— Oui. Enfin, c'est-à-dire, il n'est pas exactement à moi. Un ami américain m'a proposé de l'utiliser pendant son absence jusqu'à ce que je me trouve quelque chose. Un vrai coup de chance, en fait. C'est un endroit tout ce qu'il y a de plus chic.

— Où donc ? » Cathy sourit à Leon qui les rejoignait.

« Kensington. Dans Prince's Street. Tout près de l'Albert Hall. »

Ce qui retint son attention. « Veinard ! Mon seul regret, en tant que plouc, c'est que j'ai rarement l'occasion d'aller au concert ou à l'Opéra.

— Installe-toi à Londres, s'empressa de dire Leon. Nous achèterons un appartement. Tu pourras aller écouter Mozart et... comment s'appelle-t-il déjà ce type... Mahler, tous les soirs. Et deux fois le dimanche. »

Cathy rit. « Et promener Sandy autour de la Serpentine ? Je ne crois pas que ni lui ni moi n'apprécierions beaucoup. »

Leon haussa les épaules avec bonne humeur.

« Tu aimes Mahler ? » demanda Nikos d'un air sérieux.

Adam grogna. « Seigneur ! Nikos, sois gentil, ne la lance pas sur ce sujet ! Comme si Dunwich ne suffisait pas !

— C'est seulement que... » Nikos hésita.

Cathy accepta une coupe de champagne. « Que quoi ?

— On joue du Mahler à l'Albert Hall après-demain. La *Sixième*... j'ai vu les affiches.

— Tragique ! » s'exclama Adam qui s'étrangla de rire devant son laborieux trait d'esprit. Dorothy le regarda avec un étonnement non déguisé qui ne fit que redoubler son hilarité.

Cathy lui fila un petit coup de pied sous la table. « Adam ! Surveille-toi !

— Oui, m'man.

« — Je me demandais... — Nikos regarda autour de lui... — Et si j'achetais des billets pour tout le monde ? Vous pourriez ensuite venir souper à l'appartement. »

Dorothy eut l'air vaguement alarmé. Adam leva un sourcil ironique. Leon secoua la tête en souriant. « Oh non, mon garçon. Emmène Kati. C'est une bonne idée. Emmène Kati et je vous invite ensuite à souper. »

Nikos regarda Cathy. Elle fit signe que non. « Nikos, je suis désolée... c'est une merveilleuse idée, merci, mais je rentre dans le Suffolk demain.

— Reste encore quelques jours, dit Leon, pourquoi cette précipitation ? Tu t'envoles sans cesse à droite, à gauche comme un petit oiseau effrayé ! Sérieusement... pourquoi ne pas rester ? Ta précieuse maison ne va pas s'écrouler...

— Qui sait ? dit-elle.

— ... Ton malappris de Sandy tient compagnie à ton malappris de voisin. Reste. Visite un musée. Va voir les tableaux à la Tate Gallery. » Il écarta les mains. « Tu aimes ces choses-là. Et jeudi soir, Nikos t'accompagnera au concert que vous apprécierez d'autant plus tous les deux que vous ne serez pas entourés de Béotiens. » Ses yeux d'un noir brillant englobèrent Adam et Dorothy, visiblement soulagée. « Je vous emmènerai ensuite tous les deux souper et, vendredi, tu prendras le train pour regagner... — il marqua une pause pour l'effet... — ta retraite campagnarde, après avoir fait plaisir à moi, à toi-même et à Nikos. Un cadeau de Noël avant l'heure. Et une occasion de voir qu'il y au moins quelques avantages à vivre à Londres.

— Ne sois pas trop fine mouche, Leon, dit Cathy, ça ne te va pas. »

Il rit. « Dis-moi quand même. Est-ce que ça ne te paraît pas agréable ?

— Ça paraît merveilleux. » Cathy ne comprenait qu'à moitié sa propre réticence. « Mais...

— Je t'en prie, dit doucement Nikos.

— Mais rien, déclara Leon en croisant les bras. C'est réglé. Adam... redis-moi le nom de l'homme à qui tu as parlé la semaine dernière et qui semblait intéressé par le projet d'Athènes. »

Tandis qu'ils discutaient, Nikos se pencha vers elle. « Je suis désolé, si tu ne veux vraiment pas venir jeudi, dis-le, je t'en prie. Ne te sens pas obligée.

— Ne sois pas stupide. Bien sûr que j'ai envie de venir. Comme Adam l'a fait remarquer, je leur rebats les oreilles de Mahler.

— C'était un homme brillant. Un merveilleux chef d'orchestre et un compositeur d'une grande puissance. Ma grand-mère... » Il s'interrompit et battit légèrement des paupières.

« Oui ? » demanda-t-elle gentiment. Il y eut soudain des éclats de rire comme Adam faisait une repartie pleine d'esprit à Leon.

« Elle l'a rencontré. Quand il était chef d'orchestre au Metropolitan. Elle l'aimait beaucoup ainsi que sa musique.

— Ta grand-mère aimait la musique ? »

Son visage s'éclaira soudain d'un sourire éblouissant. « Elle la vivait. La respirait. C'était une pianiste accomplie.

— Je l'ignorais. »

Les longs cils noirs se relevèrent, les déconcertants yeux vert mordoré croisèrent les siens. « Tu viendras ? S'il te plaît ! » Les paupières s'abaissèrent et les longs doigts bruns jouèrent avec la serviette. « Pour être franc... je sais que c'est stupide... mais c'est la première fois que je me sens capable d'affronter Mahler depuis...

— Je viendrai. Bien sûr que je viendrai. »

La joie que trahissait son visage était une récompense en soi.

« Alors, Kati, dit Leon en se penchant vers elle, tu restes ?

— Je reste, répondit-elle. Juste pour deux jours.

— Je crois que je ne sais toujours pas, déclara Dorothy en choisissant prudemment ses mots, ce que nous avons fêté. »

Adam fit un clin d'œil à sa mère. « Le fait de ne pas devoir aller écouter du Mahler, répondit-il gravement. C'est plus que suffisant. »

Le soir du concert, un brouillard dense, chargé de suie, qui étouffait les sons et émoussait les sens, enveloppait les rues de la capitale. Cathy et Nikos se retrouvèrent dans le foyer. Cathy était un peu énervée. « Je suis désolée d'être en retard. J'ai fait la bêtise de venir en taxi... Il a mis une éternité pour arriver jusqu'ici ! Ç'aurait été bien plus rapide en métro. »

Nikos, qui attendait depuis une bonne demi-heure, secoua la tête. « Aucune importance. En fait, je viens juste d'arriver moi-même. Londres semble paralysé. Laisse-moi te prendre ton manteau. »

Cathy l'enleva. « Leon a réservé une table pour dix heures dans un petit restaurant un peu plus loin dans la rue : le Pescatore. Il nous y rejoindra. Ne te donne pas la peine de le déposer au vestiaire. Allons prendre nos places. Nous n'avons pas tellement de temps... »

Le concert dépassa toutes les attentes de Cathy. Cela faisait si longtemps qu'elle n'avait pas écouté de musique en direct qu'elle avait presque oublié le plaisir, le sentiment exaltant de participation qu'on pouvait en retirer. On aurait dit que le concert avait été conçu en tenant compte de ses goûts personnels : Bruckner pour la première partie, Mahler pour la seconde. L'impressionnante et dramatique *Sixième Symphonie*, plus connue sous le nom de « Tragique », l'émut aux larmes. Quand ils se retrouvèrent sur le trottoir humide, au milieu de l'affreux smog, la musique continua à résonner dans sa tête et dans son cœur. « C'était merveilleux. Merci.

— De rien. J'ai beaucoup aimé. Bien que je déteste l'admettre, je n'aime pas aller au concert seul. La musique est faite pour être partagée. »

Cathy releva son col de manteau sur ses oreilles et glissa son bras sous le sien. « Tu y allais avec ta grand-mère ?

— Oh, oui. Deux ou trois fois par mois. » Leurs pas résonnaient sourdement. Les voitures les dépassaient au ralenti, perçant le mur de brouillard de leurs phares jaunes. Les gens se hâtaient, le visage emmitouflé, pour empêcher le smog de pénétrer dans leurs poumons.

« Elle doit te manquer énormément.

— Oui. »

Elle pencha la tête pour le regarder. « Ça passera, tu sais, dit-elle gentiment. Je sais combien c'est douloureux maintenant, mais ça s'atténuera.

— Oui, je suppose. » La tristesse de sa voix l'émut.

Ils marchèrent un moment en silence. Les vitrines brillaient d'un éclat sinistre à travers le smog. Quand

Cathy reprit la parole, son ton était plus léger. « Dis-moi... tu avais une petite amie à New York ? »

Nikos eut un sourire évasif. « Une ou deux.

— Mais rien de sérieux ? »

Il secoua la tête.

« Jamais ? » Elle aurait préféré ne pas avoir amorcé la conversation et n'arrivait pas à comprendre pourquoi elle l'avait fait.

La tête rentrée dans les épaules, il répondit : « Une fois, peut-être. Mais ça n'a pas marché. Nous y sommes ? »

Le restaurant était douillet et intime, un refuge accueillant après l'humidité glaciale et noire de suie qui régnait au dehors. « Ah... signora Kotsikas... il y a un message. » Le propriétaire, petit, brun et un peu débordé car ses tables commençaient à se remplir de gens qui sortaient des théâtres, les conduisit à une table située dans une alcôve. « Signor Kotsikas... il a téléphoné...

— Oh, non ! s'exclama-t-elle sur un ton de résignation exaspérée.

— ... Il a été malencontreusement retardé. Il se joindra peut-être à vous pour le café. S'il vous plaît... » Il lui avança une chaise. « Désirez-vous un apéritif ? Je vous apporte le menu. Si je peux me permettre de vous recommander quelque chose... la *carbonara* est excellente... »

Une fois assis, ils se sourirent. « Ton père..., commença Cathy.

— ... est impossible, termina Nikos et il éclata de rire. Je suppose qu'il ne nous reste plus qu'à bavarder jusqu'à son arrivée. »

Cathy sirotait son Martini qu'elle savourait. « Oh, je

suis sûre que nous y arriverons sans problèmes, pas toi ? »

Elle avait raison. Au cours de l'heure et demie qui précéda l'arrivée de Leon, la conversation ne faiblit pas un seul instant. Au contraire, la carbonara refroidit dans leurs assiettes et ils ne remarquèrent pas les serveurs qui tournaient discrètement autour d'eux tandis qu'ils parlaient de tout et de rien. Car, par ce qui parut plus tard à Cathy un étrange pacte mutuel, ils évitèrent soigneusement les questions personnelles. Les sujets abordés allaient du léger au sérieux, d'une discussion partisane sur les talents respectifs de Fred Astaire et de Gene Kelly aux résultats des récentes élections en Grèce qui avaient amené le maréchal Papagos au pouvoir. Ils tombèrent d'accord pour dire que la probabilité d'un armistice durable en Corée était... improbable et qu'entre les essais nucléaires de l'Angleterre pour sa première bombe A et ceux de l'Amérique pour sa première bombe H le monde était loin d'être devenu plus sûr. Cathy raconta à Nikos — à sa prière — le dénouement de *La Souricière*... « Je ne suis pas amateur de théâtre, je n'irai jamais voir la pièce, alors, ça n'a aucune importance. C'est simplement que, si tout Londres le connaît, je ferais aussi bien d'être au courant, tu ne crois pas ? » Et, comme tenus par une règle tacite, ils continuèrent à éviter tout ce qui ressemblait à un sujet intime. Lorsque Leon finit par arriver, ils discutaient le sujet brûlant qui était sur toutes les lèvres : le procès et la condamnation à mort de Derek Bentley, Christopher Craig, âgé de seize ans, étant trop jeune pour la peine capitale. Cathy, farouchement opposée à la peine de mort, avait pris l'affaire à cœur. « Ils ne vont tout de même pas le pendre. Il n'a rien fait. Il n'y a jamais eu de doute là-dessus. C'est Craig qui a tiré sur le policier...

— C'est lui qui a crié "Qu'il la prenne !" remarqua Nikos d'un ton songeur en buvant son café à petites gorgées. Que voulait-il dire ? La carabine ? ou la balle ?

— Ça n'a pas vraiment d'importance, non ? Oh, si bien sûr, ça en a, je le sais. Mais pendre quelqu'un sur une preuve aussi douteuse... pendre simplement quelqu'un, à notre époque... c'est barbare. C'est un assassinat juridique.

— Il faut quand même une sorte de sanction ? Une sorte de dissuasion ?

— Je ne crois pas que la peine de mort en soit une. C'est une punition violente et inhumaine qui n'a pas sa place dans une société civilisée. Je ne veux pas qu'on tue quelqu'un en mon nom, quel que soit le crime commis.

— Tu as des convictions très fortes à ce sujet, n'est-ce pas ? »

Elle rit, un peu gênée. « Excuse-moi. Oui, c'est vrai... ah... Leon ! Enfin ! Où étais-tu ? »

Leon l'embrassa sur la joue. « Perdu dans le brouillard. » Son sourire démentait ses paroles. « Comment avez-vous trouvé le concert ?

— Merveilleux. Pourquoi ne me dis-tu jamais où tu es ? » demanda-t-elle sans insister.

Il s'assit à côté d'elle et écarta les mains. « J'avais quelqu'un à voir, c'est tout. Les affaires, *koukla mou*, les affaires ! » Il fit signe à un serveur. « Un café, s'il vous plaît, et un grand cognac. » Il se renversa sur sa chaise et les regarda l'un après l'autre. « Et maintenant racontez-moi ce merveilleux concert. »

*

Le lendemain matin, à travers un des smogs les plus meurtriers de l'histoire, Cathy gagna la gare de Liverpool Street pour rentrer dans le Suffolk. À sa surprise, Nikos avait offert de l'accompagner, offre que Leon avait acceptée pour elle en dépit de ses vives protestations. Nikos se tenait sur le quai et lui parlait par la vitre ouverte. « Tu es sûre que tout ira bien à l'arrivée ? Tu as un nombre incroyable de paquets. »

Elle rit. « Nikos, pour l'amour du ciel ! Bien sûr que tout ira bien. Je prendrai un taxi. Tu es pire qu'Adam ! Je ne suis pas une vieille dame décrépite, tu sais. Pas encore, en tout cas. Et j'ai une langue. »

Il y eut un coup de sifflet, la vapeur jaillit de la loco-motive, les attelages grincèrent et cliquetèrent, et le train s'ébranla lentement. Elle se pencha à la fenêtre et l'embrassa affectueusement sur la joue. Le train prit de la vitesse. Il courut à côté de lui. « Ce que tu m'as dit tient toujours ? Je peux venir te voir un week-end ?

— Bien sûr. Quand tu veux...

— Merci. Je n'y manquerai pas. » Il s'arrêta et agita la main en signe d'adieu. Elle se pencha un instant à la fenêtre pour lui répondre, puis s'installa sur la ban-quette et prit son journal.

Nikos resta sur le quai un long moment après que le train eut disparu. La gare sentait le brouillard et la vapeur. Les gens s'agitaient autour de lui ; quelqu'un le bouscula violemment et s'éloigna sans s'excuser.

Il finit par faire demi-tour, rentra sa tête dans ses épaules, enfonça ses mains dans ses poches et replongea dans les rues pleines de brouillard.

5

Plus d'une fois au cours des jours qui suivirent, Nikos Kotsikas se demanda très sérieusement s'il ne devenait pas fou. Il ne pouvait plus dormir ni manger, sa concentration était réduite à néant. Il était agité comme un enfant malade.

Il ne pouvait penser à rien d'autre — absolument rien d'autre — qu'à la femme de son père.

Ils avaient dansé ensemble, parlé ensemble, écouté ensemble la majestueuse musique de Mahler et, depuis que le train l'avait emportée dans le Suffolk, il avait été incapable de la chasser de son esprit. Son visage et sa voix le hantaient ; le moindre détail la concernant était gravé en lettres de feu dans sa mémoire. Sa façon de pencher la tête de côté quand elle s'adressait à vous ; les cheveux rebelles qui refusaient de se plier aux coiffures lisses et nettes au goût du jour. Son sourire soudain et éblouissant. L'habitude qu'elle avait de parler toute seule. Son rire et son amicale générosité.

Dont il savait qu'il risquait fort d'abuser.

Il tenta en vain de rationaliser : la mort de sa grand-mère le faisait toujours souffrir, il était déstabilisé et l'avenir lui semblait incertain. Dès le début, Cathy ne lui avait témoigné que gentillesse et compréhension. Il était naturel qu'il pense à elle, qu'il se soit senti attiré vers elle dès leur première rencontre.

Une autodérision amère venait toujours mettre un point final au fil de ses pensées ; il savait qu'il se mentait à lui-même. Il ne s'agissait pas d'un attachement rassurant, naturel, filial. Dès la minute où il avait vu sa belle-mère, trempée, ébouriffée par le vent et totalement sans peur, il l'avait trouvée belle. Dès le départ, sa franchise, son humour et sa liberté d'esprit l'avaient enchanté et attiré. Qu'elle l'ait immédiatement accepté comme le fils de Leon n'avait que trop facilité le rapprochement. Elle, bien entendu, n'avait pas vu le danger et, lorsque lui l'avait vu, il était trop tard. La vérité, c'était qu'il était amoureux, éperdument amoureux. Le plus terrible, le plus enrageant, le plus enchanteur, c'était que, si impossible que fût la situation pour lui, il ne s'en souciait pas vraiment. Il avait bien sûr vu décrit dans les livres — avec le scepticisme légitime de celui qui n'en a jamais souffert — cet état de l'amant où la simple existence de la bien-aimée, qu'elle soit ou non inaccessible, si douloureuses que soient les circonstances, était une source de joie constante. Ce propos lui avait toujours paru irrationnel au point d'en être stupide. Et voici que, soudain et de manière ridicule, il ne se conduisait guère mieux que l'infortuné héros d'un roman à trois sous. Pourtant, tout confus qu'il était, le simple fait de penser à elle pouvait illuminer sa journée. Il saisissait la moindre occasion d'amener son nom dans la conversation. Il n'avait qu'une idée en tête : la revoir. Et elle l'avait invité chez elle.

Il repoussa la tentation à d'innombrables reprises. Il ne devait pas y aller. Dans deux semaines environ, ce serait Noël. Il la verrait alors, en toute sécurité, en compagnie de son père et d'Adam. Il devait attendre de se rendre avec son père dans le Suffolk, comme prévu, la veille de Noël. S'il y allait avant, s'il la voyait seule, il savait qu'il y avait de fortes chances pour qu'il se ridiculise et l'embrasse. Dieu seul sait ce qu'elle penserait de lui si elle soupçonnait ses sentiments. Rien que d'y songer, il avait envie de rentrer sous terre. La seule chose sensée à faire d'ici là était de l'éviter. Son côté fortement idéaliste et romantique lui permettait de savourer cela — si exquisément douloureux que ce fût. Il se croyait capable de mourir pour Cathy — de tuer même — tout en sachant qu'elle devrait toujours l'ignorer. À un âge où on est encore impressionnable, Nikos s'était vu inculquer une vision quasi donquichottesque de la femme et il pensait avoir trouvé son incarnation en la personne de sa belle-mère. À mesure que les semaines passaient, il se persuada qu'il pourrait dissimuler ses secrets les plus intimes et les plus dangereux aux yeux du monde. Aux yeux de Cathy elle-même. Il l'observerait, la surveillerait et garderait ses distances. Il ne pourrait jamais se résoudre à la heurter ni à la bouleverser. Il ne se priverait pas — le pourrait-il ? — de ses rêves mais il devrait veiller à ne jamais, jamais la voir seule, et surtout pas à Sandlings.

En ceci, cependant, comme en tant d'autres choses, il avait oublié de prendre en compte son autocrate de père.

La première chose que fit Leon, sans même demander la permission, fut d'emménager chez son fils. Il annonça qu'il avait besoin d'un pied-à-terre. Les chambres d'hôtel, si bien aménagées fussent-elles, n'étaient pas toujours des endroits très pratiques ni très confortables. L'appartement de Prince's Street était agréable, bien situé et comportait deux chambres. La solution était donc toute trouvée. La suggestion de Nikos, qui fit remarquer timidement que son père pourrait avoir besoin de plus d'intimité que ne le permettait un tel arrangement, fut balayée. Tôt ou tard, Leon se trouverait un appartement dans la capitale. Pour l'instant, il était trop occupé. Il s'installa le week-end précédant Noël.

Le lendemain, deux jours avant le réveillon de Noël, un inconnu se présenta au petit bureau de Bayswater où était situé le modeste siège de Kotsikas & Cie. Il se trouva que Leon et Nikos étaient tous deux en train de vérifier un bon de chargement lorsque Miss Hooper, une dame d'âge mûr aux traits anguleux, et un factotum d'une redoutable efficacité, passèrent leur nez à la porte. « Un... gentleman... qui demande à vous voir, Mr Leon. »

Leon leva un sourcil amusé devant l'hésitation plus qu'évidente. « Quelle sorte de... gentleman ? »

— Un gentleman grec, je pense. Il n'a pas voulu donner son nom. » Miss Hooper soit n'entendit pas, soit ignora délibérément la malicieuse imitation. « Voulez-vous le recevoir ? »

Leon glissa un regard amusé à Nikos. « Oui, Miss Hooper. Nous allons le recevoir. »

L'homme fit irruption dans la pièce en déversant un torrent de grec. À la vue de Nikos, il s'arrêta et ses yeux noirs se firent soudain — et plutôt étrangement, se dit Nikos — circonspects.

« Yannis ! » Leon bondit de son siège, fit le tour du bureau et donna de grandes claques dans le dos de l'homme beaucoup plus petit que lui. « Yannis, sois le bienvenu ! Pourquoi n'as-tu pas téléphoné ? » demanda-t-il en grec.

Yannis haussa légèrement les épaules. Il ne quittait pas Nikos du regard.

Leon tendit une main vers son fils. « Nikos, viens que je te présente un très vieil ami, Yannis Vasilios. Ça remonte à loin. Tu l'as rencontré une fois pendant la guerre. Tu ne te rappelles pas ? »

Nikos secoua la tête en souriant.

L'expression méfiante disparut du regard de l'inconnu qui s'illumina. « Nikos ! » s'exclama-t-il avec autant d'enthousiasme que s'il avait vu son propre fils surgir du passé.

« Oui. Nikos. Mon fils. Un homme à présent, et qui est venu se joindre à nous. »

Nikos serra la main tendue. Vasilios, malgré sa taille et sa ressemblance, à bien des égards, à un lapin écorché, était doté d'une poigne de fer. Une longue cicatrice blanchâtre balafrait, de la pommette droite jusqu'au coin de la bouche, la peau brune de son visage émacié. Même dans son pauvre complet, il ressemblait à l'idée que Nikos se faisait d'un pirate.

Leon se tourna vers Nikos. « Yannis travaille de temps en temps pour moi en Grèce. » Puis il s'adressa au nouveau venu. « Quelles sont les nouvelles ? »

Il y eut soudain un silence quelque peu précaire.

Auquel Leon mit fin avec aisance en parlant de nouveau en anglais : « Nikos, sois gentil. Va donc nous chercher une autre bouteille d'ouzo. L'occasion mérite quelque chose de plus fort que du café. »

Nikos hésita un instant, essayant de ravaler sa rancune. Ce n'était pas la première fois que son père le traitait en garçon de bureau qu'on envoie en courses au pied levé et qu'on tient à l'écart des affaires sérieuses. « Il y a une bouteille dans le tiroir, non ? »

Son père, qui s'était retourné pour parler à Yannis, ne le regarda même pas. « Le marchand de spiritueux au coin de la rue. Il le commande pour moi. » Il jeta un coup d'œil à sa montre. « Tu ferais mieux de te dépêcher. Il ferme dans un quart d'heure, en vertu des ridicules lois anglo-saxonnes qui réglementent la vente d'alcool. » Il rit un peu et s'adressa à Yannis : « Comme je le répète souvent au patron, aucun Grec ne supporterait ça ! Et maintenant, dis-moi... comment se porte la famille ? »

Nikos prit d'un air pincé son manteau accroché à la porte. Il avait travaillé assez longtemps avec son père pour savoir qu'une discussion ne servirait à rien. Derrière la porte, il entendit la conversation reprendre en grec. « Alors, il y a des nouvelles ? » demandait son père. Nikos n'entendit pas la réponse. Enfilant son manteau tout en marchant, il traversa le petit bureau de Miss Hooper sans même daigner lui accorder un regard — ce qui fit lever à cette dernière de fins sourcils sarcastiques — et dévala l'étroit escalier sombre recouvert de lino.

Lorsqu'il revint avec l'ouzo, il avait retrouvé une certaine sérénité. Comme Cathy l'avait fait remarquer, Leon avait la manie du secret. Il avait vécu trop longtemps dans un monde en guerre où la confiance, y compris entre père et fils, devait se gagner. Cela viendrait avec le temps. Il poussa la porte du bureau.

« ... Les autres... ils ne sont pas loin derrière... il faudrait faire vite », disait Yannis. Lorsque Nikos entra, il releva vivement la tête, se laissa glisser du bureau sur lequel il était juché et lui adressa un large sourire. Les deux hommes tenaient à la main un verre à demi rempli de la boisson tant aimée des Grecs. Une bouteille presque pleine se trouvait sur le bureau. L'atmosphère était épaissie par la fumée de cigarettes. D'un geste non dépourvu de sous-entendus, Nikos déposa sa bouteille à côté de l'autre et ôta son manteau.

« Parfait. » Leon sortit un verre de dessous le bureau. « Prends-en un, mon garçon. Nous emporterons le reste à la maison pour le finir tous les trois ce soir. »

Nikos battit des paupières. Les regarda l'un après l'autre.

Leon écarta les mains d'un air innocent. « Bien entendu, notre cher ami vient chez nous. »

Nikos respira lentement à fond. « Bien entendu.

— Et puis... demain... » Leon versa l'ouzo avec un soin suspect, sans regarder son fils... « Demain, il y a un petit changement de programme. »

Nikos attendit.

Son père fit le tour du bureau et lui tendit son verre. « Demain, dit-il, Yannis et moi devons nous envoler pour Athènes. »

Nikos le dévisagea avec stupéfaction.

Leon sourit joyeusement et leva son verre pour trinquer avant d'en vider le contenu d'un seul trait.

« Tu ne peux pas », dit Nikos tout net.

La grosse tête de Leon se tourna vers lui. Le sourire avait disparu.

« Tu ne peux pas, papa ! C'est Noël ! Cathy nous attend après-demain ! Tu as promis que nous arriverions tôt pour l'aider à faire les courses !

— Comme je t'ai dit. Petit changement de programme. C'est important. Les affaires. On n'y peut rien. »

Nikos dit la première chose qui lui vint à l'esprit : « Cathy va te tuer. »

Leon rit à gorge déployée. « Non, mon garçon. Tu oublies que c'est le messager, celui qui apporte de mauvaises nouvelles, qui souffre. C'est toi que Kati va tuer ! »

— Merci bien, répondit Nikos, le visage sévère.

— Allons, allons. » Son père posa une main conciliante sur son bras. « Je plaisante. Kati comprendra. Et... tu sais quoi... Je lui donne toi à la place. »

Nikos releva vivement la tête. « Que diable veux-tu dire ?

— Tu as raison. J'ai en effet promis que nous arriverions tôt avec la voiture pour l'aider à faire les courses. Alors... sois mon ambassadeur. Vas-y en voiture. Aide-la à faire les courses. Peut-être qu'Adam pourra prendre deux jours pour vous accompagner. Avec deux jeunes gens costauds, pourquoi aurait-elle besoin de moi ? »

Nikos était en proie à un tourbillon d'émotions contradictoires sans précédent. « Tu sais qu'Adam ne peut pas venir, protesta-t-il. Nous en avons déjà parlé, tu ne te rappelles pas ? Nous lui avons suggéré de voyager avec nous. Il n'est pas libre. Il a une soirée de toute importance au bureau ou quelque chose de ce genre. Il arrivera la veille de Noël, tard.

— Alors, tu sais quoi... » Leon rayonnait. « Demain, Yannis et moi, on part pour la Grèce, toi tu pars pour le Suffolk et notre chère Miss Hooper range le bureau, classe une ou deux petites choses et retourne chez elle pour quelques jours. On se retrouvera tous après Noël. Et tout le monde est content, non ? »

Le regard désespéré de Nikos passa de l'un à l'autre. Le visage balafré de Yannis était impassible comme s'il avait été soudain frappé de surdité. « Papa... tout le monde n'est pas content ! Je ne plaisante pas. Cathy sera *furieuse* !

— Elle s'en remettra. » L'allégresse du ton dissimulait une inflexibilité de pierre.

Les paroles de son père commençaient seulement maintenant à pénétrer le cerveau horrifié de Nikos. Il fixa sur Leon les yeux vert mordoré de sa mère. « Après Noël ? répéta-t-il. Papa... tu ne veux pas tout de même pas dire que tu ne seras pas là pour Noël ? »

Le sourire et le geste qui l'accompagna étaient comme d'habitude évasifs et gauches. « Bien sûr que non. Du moins... — nouveau sourire — ... j'espère que non. »

Nikos gémit et passa une main dans ses cheveux.

« J'essaierai d'être là », poursuivit Leon d'un ton à la fois apaisant et exaspérant, comme s'il s'agissait de rassurer un enfant.

Non sans difficulté Nikos contint sa colère. « En quoi consistent exactement ces "affaires" ? Laisse-moi au moins expliquer ça à Cathy.

— Impossible d'en parler. Ce n'est pas réglé. » Leon se pencha en avant et pointa un doigt en spatule.

« Mais c'est tout ce qu'il y a de plus important. Tout ce qu'il y a de plus vital pour notre société. Si nous perdons ce marché... — il haussa les épaules — ... qui sait ? Nous luttons pour nous établir. Nous devons être prêts à faire des sacrifices. Je te dis que Kati comprendra. Et maintenant... » Sans laisser à son fils le temps de répliquer, il sortit de sa poche un trousseau de clés et les jeta à Yannis qui les attrapa d'une main. « ... Voici les clés de l'appartement. Va prendre un bain et te reposer. Nikos et moi, on finit ce qu'on a à faire et on te rejoint plus tard. C'est moi qui cuisinerai. Attends... » Il ramassa la bouteille d'ouzo que Nikos avait achetée et la lui tendit. « Prends ça, ajouta-t-il avec un clin d'œil, et ne te soûle pas avant qu'on soit rentrés. Ce soir, nous aurons une vraie soirée grecque. »

Yannis leur dit au revoir et partit. Comme la porte se refermait derrière lui, Nikos ouvrit la bouche.

« Non ! » Leon leva sa large main. « Ça suffit. Quand faut y aller, faut y aller. C'est dommage, je sais. Mais pour l'instant, c'est les affaires d'abord. Plus tard, ce sera différent. Demain, je pars avec Yannis, tu descends dans le Suffolk en voiture pour aider Kati. Avec un peu de chance, je serai de retour dans deux jours et tout ira bien. Sinon, nous passerons le nouvel an ensemble, comme prévu. » Il ramassa les papiers qu'ils étaient en train d'examiner avant l'arrivée de Yannis. « Allez, viens. Plus vite on commencera, plus vite ce sera fini. Pas de discussion, Nikos. Un jour, tu me remercieras. »

Nikos le regarda d'un air proche du désespoir. « Oui, papa », répondit-il.

Leon prépara une moussaka dégoulinante d'huile et

de fromage. Le frêle Yannis l'avala comme s'il n'avait pas mangé depuis une semaine et l'arrosa d'une quantité de retsina suffisante pour couler un cuirassé. « Tu n'as pas changé, mon ami ! dit Leon en riant. Tu as toujours mangé pour deux ! »

Dès le début de la guerre, ils s'étaient retrouvés côte à côte dans la Résistance où ils avaient combattu les forces d'occupation de l'Axe dans la montagne. Pendant ces années sombres, ils avaient partagé les aventures et les épreuves, le désespoir et le goût enivrant de la victoire, puis les temps amers et difficiles qui avaient succédé à ce qui pour le reste du monde avait été la fin du conflit mais qui, pour la Grèce, avait été la blessure volontaire de la guerre civile. Tous deux avaient perdu des êtres chers dans des circonstances atroces. À présent, le passage des ans, le besoin d'aller de l'avant, de reconstruire comblaient les fissures, arrondissaient les arêtes vives de la haine, mais n'empêchaient pas, de temps à autre, une sauvagerie impitoyable d'affleurer dans leur conversation à l'humour macabre. Nikos, étranger à la camaraderie née de leurs expériences communes, et à demi absorbé par ses propres démons, écoutait et apprenait. L'ouzo succéda au vin. Leon était assis, coudes sur la table, et son col de chemise déboutonné laissait apparaître un cou fort et musclé qui aurait pu appartenir à un homme deux fois plus jeune. Alors qu'il s'emparait à nouveau de la bouteille, le médaillon se balança au bout de sa chaîne d'or et étincela à la lumière de la lampe. Nikos battit des paupières : ses yeux avaient soudain du mal à se fixer.

Yannis le regarda d'un air solennel. « Un héros, ton père, tu le sais ?

— Allons, allons, dit Leon.

— Un héros. Il m'a sauvé la vie.

— Tout comme tu as sauvé la mienne, plusieurs fois. Boucle-la, Yannis. »

Nikos s'arracha à ses souvenirs. « Que s'est-il passé ? »

Leon renversa sa large carcasse sur le dossier de sa chaise et se nettoya les dents avec un cure-dents en bois. Le médaillon en or se mit de nouveau à briller. « Cet idiot s'était fait prendre par les communistes. Ils avaient décidé de le mettre contre un mur et de l'abattre. » Il fit un grand sourire. « Avec le recul, ce n'était peut-être pas une si mauvaise idée que ça, mais à l'époque je ne le pensais pas. Alors je... les ai fait changer d'avis.

— Comment ?

— À l'aide d'un ou deux bâtons de dynamite et d'une mitraillette. J'étais jeune et impulsif à l'époque. » Cette fois-ci, le sourire était vorace. « Et j'avais un tas de comptes personnels à régler. »

La main de Yannis s'était posée sur son visage balafré. « Ce fut un sacré combat », dit Yannis dont la voix semblait émue au souvenir. Il mit son coude sur la table, puis son menton sur son poing et ferma les yeux. L'instant d'après, il ronflait.

« Pas de ça, mon vieux ! » Avec l'insensibilité d'une amitié de longue date, Leon lui donna un coup sur l'épaule qui l'éveilla en sursaut. « Allez, viens. Une dure journée nous attend demain. » Il le mit debout et le soutint lorsqu'il tituba légèrement. « Pile ou face pour le lit. Comme au bon vieux temps. »

Yannis secoua la tête tel un terrier sortant de l'eau, cligna les yeux dans la direction de Nikos. « Tu devrais être fier de lui, mon garçon. C'est un héros de la Grèce. »

Leon lui donna une autre bourrade. « La ferme, mon vieux, au dodo. »

Yannis tendit la main vers la bouteille d'ouzo presque vide et fit un grand sourire d'homme ivre à Leon. « Ce serait dommage de laisser perdre ça. » Serrant la bouteille contre son cœur, il suivit Leon. Arrivé à la porte de la chambre, il se retourna et leva une main vers Nikos. « *Kalinikhta sas.* »

Leon sourit. « Bonne nuit. Fais de beaux rêves.

— Un héros. Je ne mens pas. Il m'a sauvé la vie.

— Arrête ton char, allez entre ! » Un énorme battoir le saisit par le collet et le poussa dans la chambre. Le visage hilare de Leon réapparut dans l'embrasure de la porte. « Bonne nuit, Nikos. »

Nikos fit signe de la main.

La porte se referma. Il entendit des voix et des rires, un bruit de verre. Il prit sa tête entre ses mains et fixa sans le voir son verre vide. Il resta ainsi un très long moment à écouter le murmure tranquille de leurs voix. Il y eut un fracas, de nouveaux rires, puis le silence.

Le destin.

« *Ne tente pas les étoiles, jeune homme, tu ne peux jouer avec la sévérité du destin...* » D'où venaient donc ces mots ? Quelque chose à voir avec un cœur brisé...

De l'autre côté de la porte, Yannis ronflait paisiblement.

Nikos se leva, éteignit la lumière et alla se coucher sans trouver le sommeil.

Le lendemain matin, fatigué, déshydraté et en proie à une migraine qui lui martelait les tempes, il vit son père et Yannis monter dans le taxi qui devait les emmener à l'aéroport. Il faisait soudain une chaleur qui n'était pas de saison et un crachin pénétrant tombait sans discontinuer. Avant de suivre Yannis dans le taxi, Leon avait pris son fils par les épaules et l'avait embrassé sur les deux joues. « Mon cher garçon, occupe-toi de Kati pour moi. Dis-lui de ne pas s'inquiéter : elle aura le plus beau cadeau que son Leon lui ait encore acheté. Dis-le lui. » Un instant plus tard, le taxi démarrait et disparaissait dans la circulation dense de Londres.

Nikos secoua lentement la tête. Un cadeau, pour l'amour du ciel ! Comment Leon pouvait-il si mal connaître sa femme ?

L'Austin noire était garée un peu plus bas dans la rue. Cinq minutes après le départ de son père pour l'aéroport et Athènes, Nikos se faufilait dans Knightsbridge et prenait la direction opposée.

*

Un crépuscule hivernal assombrissait déjà l'après-midi de décembre lorsqu'il tourna dans la petite route goudronnée qui traversait la lande. Il avait conduit lentement, pris délibérément son temps pour déjeuner à Colchester et pour s'acquitter de quelques emplettes personnelles. Il faisait chaud et il y avait foule dans les magasins décorés pour l'occasion. L'austérité des années d'après-guerre se relâchait enfin. Partout régnait un sentiment d'optimisme, l'idée qu'avec l'accession au trône d'une jeune reine, une nouvelle ère allait voir le jour. Un nouvel âge élisabéthain, bien mérité par une population demeurée seule à un sombre moment de la guerre, avant d'endurer les épreuves infligées par un conflit qui avait déchiré l'Europe pendant six terribles années. Mais les choses changeaient enfin et, en la personne de sa jeune reine, de son séduisant époux et de ses deux robustes charmants enfants, l'« homme de la rue » voyait le symbole d'un brillant avenir. On était encore à presque six mois du couronnement et pourtant journaux, magazines, étalages de magasins ne parlaient que de cela : 1953 serait un nouveau départ pour la nation.

Les phares de l'Austin éclairèrent la bicyclette de Cathy appuyée contre la haie dénudée. Avec lenteur et prudence, Nikos négocia le brusque virage. La voiture heurta la surface inégale du chemin qui faisait à peine la largeur du véhicule. Le seul endroit où il était possible de se garer, c'était dans un petit trou de la haie à une centaine de mètres environ des maisons. Nikos le trouva, manœuvra pour s'y introduire, coupa le moteur, prit dans la boîte à gants la torche qu'il s'était souvenu d'emporter au dernier moment. Le vent fouaillait la voiture. Une lumière sourde brillait à la fenêtre sans rideaux de Bert, rendant l'obscurité qui s'amassait encore plus inhospitalière. Au loin, couvrant le bruit du vent, la mer déferlait en faisant entendre sa chanson hivernale. Une odeur de feu de bois imprégnait l'air marin.

Cathy, habillée comme toujours d'un pantalon pratique et d'un gros pull-over, décorait le salon en prévision des festivités. Un feu joyeux dansait dans l'âtre. Nikos resta un instant parmi les arbustes du jardin agités par le vent, au bord du rond de lumièrc en provenance de la fenêtre, à la regarder. Des guirlandes en papier peintes par Cathy dans des couleurs vives étaient accrochées aux poutres. La pièce était pleine

116

de houx, de lierre et de sapin noué avec des rubans. À une extrémité, se dressait un petit arbre de Noël qui attendait qu'on s'occupe de lui. Cathy, montée sur la table, essayait d'attacher une décoration d'or et d'argent au plafond. Elle baissa les bras, regarda d'un air soupçonneux l'objet qui se balançait périlleusement au-dessus d'elle. Elle le menaça du doigt, dit quelque chose et la décoration s'écroula sur sa tête et ses épaules. De l'autre côté de la fenêtre, Nikos l'entendit exploser de rire. Elle s'assit sur la table et se débattit pour se dépêtrer de ses scintillants. Sandy, jusque-là fasciné par la scène, sentit soudain la présence d'un intrus, bondit à la fenêtre et se mit à aboyer comme un fou. Cathy tourna brusquement la tête.

Nikos gagna la porte à laquelle il frappa de grands coups. « Cathy ? Tout va bien... c'est moi... Nikos. »

Il entendit Cathy enlever la barre, soulever le loquet ; puis elle se découpa sur la lumière de la lampe et le regarda avec une incrédulité ravie. « Nikos ? Que fais-tu ici ? Je ne vous attendais pas avant demain... » Ses yeux fouillèrent l'obscurité fouettée par le vent. « Leon est avec toi ? Oh, Sandy, la paix ! Et cesse de lécher ce pauvre Nikos comme un malade ! On croirait que tu ne l'as pas vu depuis un an ! Entre donc te réchauffer, mon chou. » Elle gratifia Nikos d'une brève et vigoureuse accolade et le prit par le bras pour l'attirer dans la pièce chaude et joliment éclairée. « J'étais justement en train d'accrocher quelques décorations. Noël n'est pas Noël sans décorations, n'est-ce pas ? » Elle hésita, la main sur le loquet, le visage interrogateur.

« Papa n'est pas avec moi », dit Nikos qui, tout en se

traitant de lâche, ajouta : « Il m'a envoyé en éclaireur. Pour te venir en aide. »

Elle referma la porte, s'empara de l'épais manteau dont il se débarrassait. Son visage brillait de plaisir. La maison sentait exactement comme dans le souvenir de Nikos : le pain frais et la fumée de feu de bois. Sandy fit un dernier bond défiant les lois de la pesanteur et vint atterrir pantelant à ses pieds, queue frétillante. Tout en emportant le manteau dans la cuisine pour l'accrocher derrière la porte, Cathy demanda : « Est-ce qu'il viendra avec Adam demain ? Je lui ai parlé hier... à Adam, je veux dire... Il prend le train de six heures à Liverpool Street. » Elle réapparut à la porte en souriant. « Je sais que c'est idiot mais tu ne peux pas savoir combien j'ai hâte de nous voir réunis tous ensemble ici. J'ai réussi à obtenir un énorme poulet du fermier un peu plus haut... enfin... il avait l'air énorme quand il courait dans la basse-cour, j'espère qu'il ne rétrécira pas trop une fois plumé. Nous irons le chercher demain matin. Et il y a aussi une commande à passer prendre chez l'épicier d'Aldburgh. Si Leon et Adam se débrouillaient pour être là, disons, vers les sept heures et demie, nous pourrions manger un morceau puis descendre prendre un verre au pub... D'habitude la veille de Noël on y chante. Je me demandais..., bien sûr tu n'es pas obligé si ça ne te dit rien..., je me demandais si nous ne pourrions pas aussi aller à la messe de minuit à St Peter. C'est idiot... hypocrite je suppose... pas plus Adam que moi ne mettons jamais les pieds à l'église, et toi et Leon êtes tous deux orthodoxes, je sais, mais Noël est différent, n'est-ce pas ? Ce serait si agréable... » Elle s'interrompit. Nikos se tenait d'un air gauche au milieu de la pièce et ne faisait pas le moindre effort pour lui répondre ni pour s'asseoir. Cathy examina son visage pendant ce qui lui parut être un très long moment. « Nikos ? finit-elle par demander très calmement. Que se passe-t-il ? »

Il ouvrit la bouche. La referma et fit un geste impuissant.

« Leon ? » dit-elle sur un ton à peine interrogatif.

Il opina du chef.

« Où est-il ?

— Il a dû partir pour Athènes. Pour affaires.

— Je vois. » Elle était toujours très calme, entièrement maîtresse d'elle-même, en apparence. « Quand ?

— Ce matin.

— Ce matin », répéta-t-elle et elle respira longuement à fond. « L'avant-veille de Noël. »

Il ne souffla mot.

« Et a-t-il daigné expliquer en quoi pouvaient consister ces... affaires ? Quand... ou même si... il a l'intention de nous faire l'honneur de sa présence dans la ou les semaines à venir ?

— Il... » Nikos s'interrompit.

« Oui ? » Elle passa devant lui, alla à la table où elle se mit à tripoter la décoration qu'elle avait essayé d'accrocher au plafond et qui, Nikos le voyait maintenant, était une construction complexe à base de fil de fer, de coton et de capsules de lait dorées et argentées.

« Il a dit qu'il essaierait d'être là.

— Il faut dix heures pour se rendre à Athènes, fit-elle observer.

— Oui. »

Elle lui jeta un coup d'œil. « *Ergo...* » Le mot était

119

éminemment sarcastique... « Il faut dix heures pour en revenir. »

Il ne put soutenir son regard.

« Auquel cas, même en mettant les choses au mieux, je n'arrive pas à imaginer comment ton père pourrait passer Noël au sein de sa famille. Pas toi ? » La légèreté de la remarque était démentie par les doigts qui tordaient et détruisaient méthodiquement les capsules métalliques. « Je le tuerai, déclara-t-elle enfin sur le ton de la conversation. S'il a jamais le culot de se représenter ici, je le tuerai. À petit feu.

— Je lui ai dit que tu dirais ça. »

Elle le regarda de nouveau. « Ah oui ? Et qu'a-t-il répondu ? »

Il secoua la tête d'un air malheureux. « Il a dit que tu me tuerais, moi. Tu sais bien... le messager. Le porteur de mauvaises nouvelles. »

Le visage de Cathy s'adoucit. « Oh, ne dis pas de bêtises ! » Elle s'approcha de lui, mit ses mains sur ses épaules, s'appuya contre lui affectueusement. « Ce n'est pas ta faute. » Elle poussa un long soupir, ravala sa colère, et parvint presque à surmonter son amertume. « Tant pis pour Leon s'il est incapable de distinguer ce qui est important de ce qui ne l'est pas. Et de toute façon... » Elle releva la tête et sourit avec cet irrépressible humour qu'il aimait tant... « Regardons les choses sous un autre angle : au moins Adam et toi n'aurez pas à vous battre pour la cuisse de poulet. Comme on dit : à quelque chose malheur est bon. »

Il se tenait raide sous son emprise, les bras ballants. Il aurait voulu la serrer contre lui, poser son visage sur sa crinière rebelle. Il ne bougea pas. « Papa m'a demandé de te dire... commença-t-il.

— Quoi ?

— Qu'il te rapporterait le plus beau cadeau que tu aies jamais eu. »

Il y eut un long silence. « Vraiment ? répondit Cathy avec légèreté. Eh bien, ça devrait être une expérience. Pour l'un de nous au moins. » Elle se dirigea vers le buffet où se trouvaient bouteilles et verres. Sans rien demander, elle versa deux grands cognacs. En lui mettant un verre dans les mains, elle leva le sien. « Aux amis absents », dit-elle d'un ton sec.

Et aux amours présentes. Durant le voyage, Nikos n'avait pu se défaire de l'idée, de l'espoir peut-être, que le charme serait rompu lorsqu'il la reverrait. Il avait passé le début de sa vie adulte dans une métropole sophistiquée, aimé et entouré de soins par une femme de goût qui avait fait tout son possible pour le couper de ce qu'elle considérait ouvertement comme son regrettable passé paysan. Élégance discrète, apparence méticuleuse, savoir-vivre impeccable, sang-froid imperturbable : voilà ce à quoi devait aspirer toute femme qui se respectait, tout homme qui avait quelque prétention à la culture. Un dédain paisible et peu conventionnel pour ces fort admirables qualités n'avait pas sa place dans le monde bien ordonné de Susan Costandina. Dernièrement, Nikos s'était plus d'une fois demandé, non sans réticence, ce que sa grand-mère aurait pensé de Cathy : de son rire spontané, incontrôlé, du peu d'importance qu'elle accordait à son apparence, de son incapacité à entrer dans une pièce sans y semer immédiatement le désordre. Il l'avait vue essayer de passer un peigne dans sa crinière emmêlée après une promenade sur la plage, puis renoncer à cette bataille inégale en envoyant promener le peigne, tordre sa chevelure humide et rebelle en un chignon ébouriffé d'une main pendant que de l'autre elle cherchait des épingles partout dans la cuisine. Ses vêtements étaient solides, chauds, confortables et ne faisaient pas la moindre concession au goût du jour. Presque invariablement, comme c'était le cas maintenant, nota-t-il, son visage arborait des traces de peinture ou d'encre. Même à Londres, il avait remarqué qu'elle ne vernissait jamais ses ongles courts et carrés. Elle était de taille et de corpulence moyennes. Son nez était constellé de taches de rousseur. Son visage, dépourvu de toute crème et de toute poudre, était hâlé comme celui d'une bohémienne à cause de l'air marin. La seule chose vraiment remarquable chez elle, c'étaient ses yeux verts légèrement bridés avec leurs rides d'expression révélatrices. Elle comptait vingt ans de plus que lui, bien qu'il l'oubliât souvent : elle n'avait pas d'âge et il l'aimait. Pis encore, tandis qu'il la regardait, verre levé, il comprit avec une douleur presque physique qu'il la désirait. Elle était la femme de son père. Par le seul fait d'y penser, il enfreignait un tabou aussi vieux que la civilisation dans laquelle il vivait et il le savait. Il trinqua avec elle. « Aux amis absents. »

Elle avala une grande gorgée d'alcool. « J'ai une idée.

— Oui ? »

Elle lui mit l'index sur la poitrine. « Tu vas aller me chercher quelques bûches et allumer le feu. » Elle leva le pouce qu'elle pointa derrière elle en direction de la cuisine. « Je vais nous préparer un petit dîner en vitesse. Nous mangerons devant la cheminée, puis avec un peu de Mahler et beaucoup de ceci — elle leva son verre — nous décorerons l'arbre de Noël. Avec ou sans Leon, à Sandlings, c'est Noël et nous le fêterons contre vents et marées. D'accord ? » Elle eut un sourire un peu trop radieux.

« D'accord, répondit-il.

— Et ensuite, si tu en as envie, nous pourrions jouer aux échecs. Ou aux cartes. » Le sourire, cette fois, était plus naturel. « Ou aux petits chevaux, si nous avons un peu trop abusé du flacon qui donne l'ivresse.

— Je crois que je devrais t'avertir, déclara-t-il, que je suis un joueur redoutable aux petits chevaux.

— Parfait. » Elle hocha la tête d'un air solennel. « J'aime les défis. Les bûches sont rangées derrière la maison. Le dîner sera prêt dans une demi-heure environ. Nous allons entamer les bonnes choses prévues pour Noël et faire la fête. » Elle se dirigea vers la porte de la cuisine, se retourna. « À propos... si nous jouons aux petits chevaux...

— Oui ?

— ... Je prends les verts », dit-elle en disparaissant dans la cuisine.

Pour Nikos, la soirée fut à la fois un enchantement et un supplice. Pendant que Cathy s'affairait dans la cuisine en chantant à tue-tête des chants de Noël, un tantinet trop fort et sur un ton un rien trop provocateur, il sortit soigneusement de la boîte en carton qu'elle avait posée sur la table les précieuses décorations de verre destinées au sapin. Elles étaient fragiles et délicates comme du sucre filé, lui avait-elle affirmé, des reliques de son enfance que l'on sortait chaque année et qui avaient, inévitablement, subi un ou deux accidents. Aujourd'hui, il n'en restait plus qu'une ving-taine peut-être. « Le double au moins a survécu à une guerre mondiale, avait-elle dit en balançant un glaçon de verre étincelant au bout de son doigt, mais la mala-dresse d'Adam est un autre paire de manches. Fais-moi penser à ne pas le laisser approcher du sapin. On n'en trouve plus aujourd'hui. » Ils dînèrent agréa-blement devant une belle flambée, écoutèrent du Mahler, rayé mais toujours magnifique, sur un vieux phono à manivelle. Une fois la décoration du sapin achevée à l'aide de minuscules nœuds en ruban argenté et d'une vieille poupée — une fée dont la baguette magique était quelque peu terni —, ils regar-dèrent le jeu d'échecs, secouèrent la tête à l'unisson et optèrent pour les petits chevaux. La bouteille de cognac étant vide, Cathy, sans manifester le moindre repentir, en ouvrit joyeusement une autre. Elle sem-blait en proie à une gaieté sans frein. Elle tricha scan-daleusement, exhorta Nikos à l'imiter, changea deux fois les règles et trouva quand même le moyen de perdre, ce qu'elle parut trouver immodérément amusant. Lorsqu'un des pions tomba par terre et que Sandy d'un coup de langue nonchalant l'avala, ils déci-dèrent d'arrêter les frais.

Cathy s'étira, se passa une main dans les cheveux. « Monte donc. Je vais débarrasser.

— Tu es sûre ? » Il mourait d'envie de la toucher, de sentir ses bras autour de lui. Il se leva. « Pourquoi ne pas tout laisser ? Nous pourrions nous en occuper demain matin. »

Elle bâilla. « Non. Va te coucher comme un grand garçon. Demain, il y a beaucoup à faire.

— Très bien. » Il hésita. « Bon... eh bien, bonne nuit. »

Cathy qui rangeait le jeu des petits chevaux lui adressa un bref sourire. « Bonne nuit. Dors bien. »

Il se dirigea vers la porte donnant sur l'escalier. L'ouvrit. S'arrêta. Se retourna vers elle. « Cathy, je suis vraiment désolé. Pour papa, je veux dire. »

Elle s'immobilisa un instant. Secoua la tête. « Voyons, ce n'est pas ta faute. Je suppose que j'aurais dû m'y attendre. Que j'aurais dû... » Sa voix mourut et elle haussa les épaules.

Il la regarda un long moment. Elle se détourna et s'affaira à refermer la boîte défoncée.

Bien longtemps après qu'il l'eut entendue monter l'escalier et entrer dans sa chambre, bien longtemps après que tout bruit eut cessé et que la maison, bercée par le ressac lointain de la mer sur les galets, eut été ensevelie dans l'obscurité et le silence nocturnes, bien après qu'il eut fumé sa dernière cigarette, il ne pouvait toujours pas fermer l'œil. Quand enfin il sombra dans un sommeil intermittent, il fit des rêves très troublants dont il eut un peu honte au réveil.

6

« Quelque chose me dit, déclara Cathy avec une franchise désarmante tout en contemplant d'un air hésitant son bol de céréales, que j'ai bu un tout petit peu trop de cognac hier soir. » Elle se pencha pour vider son restant de céréales dans l'écuelle de Sandy. Le chien, ravi, les fit disparaître à grand bruit. Cathy se versa une autre tasse de thé et bâilla. « Tu reprendras des toasts ? »

Nikos secoua la tête. « Non, merci, c'est parfait. »

Elle le regarda d'un air compatissant. « Je suis désolée. Ça ne va pas être un Noël très amusant pour toi...

— Oh, ne dis pas de bêtises ! s'empressa-t-il de protester. Je m'amuse déjà », ajouta-t-il en souriant.

Cathy sourit à son tour, se leva et entreprit de débarrasser la table. « Eh bien, tu ne vas pas tarder à changer d'avis. Avant d'aller en courses, nous devons passer voir Bert. Voilà qui devrait te couper toute envie de sourire. » Devant sa légère grimace, elle éclata de rire. « Oh, ne t'inquiète pas... le pauvre Bert n'est pas aussi méchant qu'il essaie de le faire croire. C'est un brave vieux bonhomme par en dessous.

— Vraiment ? » Nikos ne dissimula pas son scepticisme. « Est-ce qu'il faut creuser profond ? »

La maison d'à côté était aussi sordide que dans ses souvenirs. Nikos, un peu gêné, demeura près de la porte tandis que Cathy harcelait et grondait le vieil homme pour qu'il leur donne une liste de ce dont il avait besoin en ville. « Vous dépassez les bornes, Bert, franchement vous dépassez les bornes ! Je vous ai dit, il y a je ne sais combien de jours, que j'allais en ville ce matin. Vous étiez censé préparer la liste ! » Elle s'assit à la table, repoussa sans ménagement les choses qui l'encombraient pour se faire de la place et accepta le bout de crayon et le morceau de papier froissé que Bert lui offrait. « Bon. Envoyez. »

Bert haussa les épaules, regagna son fauteuil défoncé en traînant les pieds. « J'sais pas. Rien que je pourrais pas acheter au magasin du village, j'suppose.

— Certaines choses sont meilleur marché en ville, affirma Cathy sans se laisser démonter. Le pétrole, par exemple. Vous en êtes où pour le pétrole ? Et les pastilles pour la toux ? Vous avez dit qu'elles vous avaient fait du bien la dernière fois que je vous en ai acheté. Mrs Hamilton n'en vend pas... » Il fallut dix minutes pour arracher une petite liste de courses au vieil homme obstinément récalcitrant — un exercice que Nikos compara plus tard, pour le plus grand amusement de Cathy, à l'extraction d'une dent. Enfin Cathy se renversa sur sa chaise, reposa son crayon et jeta un coup d'œil à la pièce encombrée. Le grand Paddy se laissa tomber à ses pieds, posa sa truffe sur ses genoux et ferma les yeux d'un air béat tandis qu'elle lui grattait la tête. « Sincèrement, Bert, vous n'êtes qu'un vieux grigou, dit-elle d'un ton allègre.

C'est Noël et vous n'avez même pas accroché un brin de houx. »

Bert grommela et ses petits yeux brillèrent de quelque chose qui ressemblait à de la délectation. « Du houx ? Dites pas de bêtises, ma fille. Voudriez p't-être aussi que j'entonne des chants de Noël ! Foutu Noël. Du temps perdu, si vous voulez mon avis.

— Foutu Scrooge, oui ! Dickens devait penser à vous, vous savez ?

— Dickens ? J'connais point de Dickens », gloussa-t-il. Nikos eut la nette impression qu'il s'agissait, à quelques variantes près, d'un jeu familier auquel ils jouaient souvent tous les deux.

« Je crois que vous auriez été trop dur à avaler même pour lui, vieux sac d'os », lança Cathy sur un ton qui faisait écho à l'affection amusée de son sourire.

Nouveau gloussement. « Z'avez p't-être ben raison, ma fille. Z'avez p't-être ben raison. »

Elle le regarda droit dans les yeux : « Bert ?

— Non, répondit-il. Je vous l'ai déjà dit une fois, des dizaines de fois. C'est non.

— Juste pour le déjeuner. Juste pour le repas de Noël. Je ne supporte pas l'idée de vous savoir seul le jour de Noël...

— Noël, la Saint-Michel, la Saint-Glinglin, quelle différence ça fait ? » Le vieil homme ne riait plus. Affichait un entêtement de mule. « J'ai la TSF, j'ai le chien. Si ça me suffit pendant le reste de l'année, pourquoi que ça me suffirait point le jour de Noël ?

— Vous n'êtes qu'un vieil imbécile obstiné. »

Très sérieux, il acquiesça : « C'est ça.

— Venez au moins prendre un verre. »

Il indiqua la cuisine d'un signe de tête. « J'ai ma gnôle que je me fabrique. Merci quand même.

— Je sais que vous en avez ! » Cathy ne parvenait plus à dissimuler son exaspération. « Je veux dire... oh, vous savez bien ce que je veux dire ! »

Tout à coup, les épaules étroites s'agitèrent et le visage ridé comme une noix se fendit dans un grand sourire triomphant. « Du calme, du calme, ma fille », fit-il.

Cathy renversa la tête et rit. « Vous êtes impossible, protesta-t-elle, je devrais vraiment vous laisser tomber, vous savez ? »

Nouvelle lueur triomphante. Nouveau haussement d'épaules. « À vot'guise ! » Paddy avait quitté Cathy et se dirigeait sans se presser vers son maître. « Couché », ordonna le vieil homme. Le chien s'installa tranquillement à ses pieds, la truffe entre ses pattes. « Va point croire que tu pourras te dégourdir les pattes ces jours-ci, déclara Bert à son chien. Not'voisine sera ben trop occupée avec son Noël pour penser à toi.

— Faux. » Cathy se leva, fourra la liste dans son porte-monnaie. « En fait, je les sortirai probablement cet après-midi. » Elle se dirigea vers son fauteuil, le contempla un moment en silence. Lorsqu'elle reprit la parole, sa voix était calme. « Bert, s'il vous plaît ? Vous ne changerez pas d'avis ? Vous ne voudriez pas passer un instant avec nous demain ? »

Nikos vit le vieil homme se pencher de côté pour la regarder. Soudain et à sa surprise, il sentit le lien d'affection presque palpable qui les unissait. Une main tavelée, très brune, mais à l'air remarquablement solide prit celle de Cathy et la garda un instant. « N'en parlons plus, ma belle, répliqua Bert. Pour dire la vérité vraie, j'ai jamais pensé grand-chose de Noël. »

Cathy soupira et secoua un peu la tête. « Oh, vous ne vous en tirerez pas aussi facilement, dit-elle. Je passerai vous apporter un morceau de poulet et de pudding. Il ne sera pas dit qu'un de mes voisins pourra ignorer que c'est Noël ! » Elle lui tourna le dos et rejoignit Nikos à la porte.

« Et vot'mari, va-t-y se joindre à vous ? »

La question était inattendue. Cathy hésita un moment. Puis déclara d'une voix légère : « Non, il est parti. En voyage d'affaires. Mais j'ai les deux garçons. »

Il branla du chef. « Y en a qu'ont pas un sou de bon sens dans la tête », décréta le vieil homme. La petite étincelle malicieuse réapparut dans ses yeux. « Mais faut dire que c'est un étranger, pas vrai ? On peut jamais savoir avec les étrangers », conclut-il en regardant Nikos avec un sourire béat.

Cathy retourna déposer un baiser léger sur sa joue parcheminée et le menaça du doigt. « Savez-vous que vous n'êtes qu'un vieux méchant qui mériterait de n'avoir pas un seul ami au monde ?

— J'en ai point. Pas à ma connaissance. M'aurez pas comme ça, ma fille. Vous croyez p't-être que je sais point que c'est Paddy que vous venez voir ? » répliquat-il en touchant le grand chien efflanqué avec son pied.

Dehors, tandis qu'ils luttaient contre le vent qui se levait pour atteindre la voiture, Nikos fit remarquer : « C'est un bonhomme très bizarre. »

Cathy rit. « C'est un brave type. Il aime jouer au vieux ronchon, c'est tout. C'est un des rares plaisirs qui lui restent. Ça et la gnôle qu'il fabrique lui-même. À propos... » Ils étaient arrivés à la voiture, elle ouvrit la portière et monta à l'intérieur. « ... Si jamais il se décidait à t'en offrir un verre, refuse gentiment. C'est un breuvage mortel. »

Nikos se glissa au volant. « Je continue à penser qu'il devrait montrer un peu plus de... de gratitude, je suppose.

— Il le fait. Il a une drôle de façon de la montrer, c'est tout. Mais nous nous comprenons. » Son souffle était chaleureux. Son bras frôla celui de Nikos qui, un instant, crut que le souffle allait lui manquer. Il ouvrit la vitre et sortit la tête pour remonter en marche arrière le sentier étroit et inégal, un exercice difficile même dans les circonstances les plus favorables. Le vent s'engouffra dans la voiture. Au cours des quelques minutes que prit la manœuvre, il retrouva presque son sang-froid. Il remonta la vitre. « Le vent se lève. »

Il l'entendit éclater de rire et il lui lança un regard interrogateur. « Je te l'avais dit que tu finirais par parler du temps ! déclara-t-elle ravie. Ça fait partie intégrante de la vie anglaise. Oui, tu as raison, il se lève. En fait, nous avons déjà essuyé quelques grains cet hiver. Mais dans l'ensemble, ça va. Ce n'est que lorsque le vent souffle à marée haute qu'il y a un danger quelconque. »

Il avait atteint le tournant qu'il entreprit de négocier pour s'engager sur la petite route, plus large.

« Un danger ?

— D'inondation. Nous en avons de temps à autre par ici. Mais, d'habitude, pas grand-chose. Qui c'était déjà qui disait "Attention à mon vélo ?" » ajouta-t-elle tout à trac.

Il retira le pied de l'accélérateur et la regarda sans comprendre.

« Quelqu'un à la TSF. Un comique, poursuivit-elle gentiment. Arthur Askey ou quelqu'un comme ça. Peut-être qu'il garait aussi son vélo dans un drôle de coin ? » fit-elle remarquer.

Il pila. Le vélo, à quelques centimètres du pare-chocs avant gauche, fut un peu ébranlé lorsque la voiture toucha la haie contre laquelle il était posé. « Désolé, s'excusa-t-il. Ce fichu sentier n'est pas des plus facile à remonter, je dois dire.

— S'il pleuvait, tu ne pourrais probablement pas le remonter du tout, rétorqua-t-elle allégrement. C'est un bourbier quand il fait mauvais. Pourquoi ne pas garer la voiture sur cette route plus large ? Ce n'est pas loin à pied et cela faciliterait grandement la vie. Tout va bien. » Elle avait ouvert sa vitre et regardait le fossé et la haie dense qui se trouvait de son côté. « Tu es sorti d'affaire. Il ne te reste plus maintenant qu'à faire attention au tracteur, au cheval ou à la charrette qui pourraient venir dans l'autre sens. » De nouveau ce sourire soudain et généreux. Il en eut le cœur chaviré. « Tu sais maintenant pourquoi je me déplace à vélo. »

*

Les courses les occupèrent la majeure partie de la matinée, mais ils étaient de retour à la maison pour l'heure du déjeuner avec, fit remarquer Cathy, assez de provisions pour soutenir un long siège. Pendant qu'elle allait porter les emplettes qu'ils avaient faites pour Bert, Nikos déchargea les sacs et les boîtes qu'il entassa sur la table de cuisine. À son retour, Cathy s'activa à remplir les placards et le garde-manger et il entreprit de nettoyer la cheminée du salon et d'allumer le feu en l'écoutant s'agiter dans la cuisine et fredonner un chant de Noël. Un moment, tandis qu'assis sur les talons il regardait les flammes grandir et lécher le petit bois, il fut profondément et étrangement satisfait. Il n'avait jamais éprouvé autant de plaisir en compagnie de quelqu'un. Il aimait l'atmosphère douillette de cette petite maison. La maison de Cathy, si fortement marquée du sceau de sa personnalité. Il aimait la sentir tout près, savoir que, s'il tournait la tête, il pourrait la voir apparaître à la porte de la cuisine ou marcher vers lui avec son sourire séduisant. L'espace de ce bref instant, toute sa culpabilité, toutes ses angoisses s'envolèrent et il lui suffit qu'elle fût ici avec lui, qu'il l'aimât, qu'il jouît à tout le moins de son amitié et de son affection. Les pensées et les désirs moins avouables disparurent également, et furent — sans qu'il s'en rende compte — dangereusement refoulés, à l'instar de la belle flambée étouffée temporairement sous les bûches et le charbon qu'elle finirait par consumer.

« Sandwiches au fromage. Ça ira pour le déjeuner ? demanda Cathy en passant sa tête à la porte.

— Parfait. »

Elle retourna dans la cuisine. « Je me demandais, cria-t-elle, si ça te dirait de prendre un bain pendant que je promène les chiens cet après-midi. L'eau aura tout le temps de chauffer et je pourrai prendre le mien lorsque tu iras chercher Adam à la gare. »

Il installa le pare-étincelles devant le feu et la rejoignit. Elle beurrait du pain et la bouilloire chantait sur le fourneau. « Ce serait épatant, répondit-il.

— Je sais que c'est un peu compliqué, dit-elle, mais c'est assez rigolo quand la cuisine est toute chaude et toute douillette comme maintenant. » La baignoire était ingénieusement dissimulée sous une planche qui, recouverte de coussins de couleurs vives, la transformait en siège en temps ordinaire. Elle se remplissait à l'aide d'un tuyau d'arrosage branché sur le robinet de la cuisine et se vidait par un tuyau qui traversait le mur pour s'écouler dans les w-c situés sous l'appentis : un système simple mais parfaitement fonctionnel, un des nombreux traits de cette maison dont Nikos savait qu'ils l'auraient à une époque probablement horrifié, mais qui, maintenant, lui semblaient non seulement acceptables mais indissociables du charme des lieux. Il prit son sandwich. « Tu es sûre qu'il y aura assez d'eau pour nous deux ? »

Elle tapota affectueusement l'énorme fourneau. « Oh, oui. Ce vieux truc chauffe de quoi laver une armée. Bonne trempette. Je vais me dégourdir les jambes et faire une belle promenade avec les chiens. »

Il rit. « Te dégourdir les jambes ? Tu as été debout toute la matinée ! »

Elle le regarda avec une surprise non feinte. « Mais c'était en ville. Sur des trottoirs et dans des magasins étouffants. C'est précisément la raison pour laquelle j'ai besoin à présent d'aller me balader sur la plage. »

Il la regarda pendant qu'elle préparait du thé pour elle et du café pour lui. « Tu ne pourrais vraiment pas vivre dans une ville, n'est-ce pas ? demanda-t-il au bout d'un moment.

— Non. » La réponse était sans appel. Elle se pencha pour poser sa tasse à côté de lui. « Je ne

pourrais pas. Pas de façon permanente. Plus maintenant. »

L'air pensif, Nikos versa lentement du sucre dans
son café et, sans la regarder, poursuivit calmement :
« Et la Grèce ? Quand la maison sera terminée, seras-
tu capable de vivre en Grèce ? »

Cathy se tut un long moment. Craignant de l'avoir
offensée ou bouleversée par sa question trop directe,
Nikos lui lança un coup d'œil. Elle secoua la tête sans
sourire. « Même réponse. Pas en permanence.

— Tu sais que papa... » Il s'interrompit, haussa les
épaules, souhaitant, trop tard, ne pas avoir abordé le
sujet.

Elle s'assit, coupa très adroitement son sandwich en
quatre et releva la tête. « Nikos, expliqua-t-elle
patiemment — et, pour la première fois, il mesura la
profondeur de la colère qui l'habitait sous son calme
apparent —, pour le moment, ce que ton père veut ou
ne veut pas, ce qu'il a ou n'a pas l'intention de faire —
elle hésita — n'est pas, dirons-nous, ce qui m'empêche
le plus de dormir. J'ai une maison. C'est ici. Leon sait
où me trouver. Je ne pourrais pas, loin de là, en dire
autant de lui, ajouta-t-elle sèchement. Quand il ren-
trera de là où il est, ce que, je suppose, il faudra à un
moment ou à un autre, nous en reparlerons. » Devant
l'air un peu déconcerté de Nikos, elle sourit pour
alléger l'atmosphère. « Mais ce sera après que j'aurai
piqué une crise et lancé quelques assiettes plutôt
qu'avant. »

Elle continua de penser à leur conversation en
arpentant la plage fouettée par le vent en compagnie
des chiens qui frétillaient sur ses talons, se précipi-
taient avec fougue dans les vagues et à l'occasion l'un

sur l'autre. Dans sa détermination à rester occupée, à ne pas laisser gâcher la fête, c'est à peine si elle avait mesuré l'ampleur de sa rancune devant ce qu'elle considérait comme la dernière trahison de Leon. Une fois de plus, elle entendit les paroles d'Adam quand il avait évoqué la maison en Grèce : « *Ta vie est avec ton mari, non ?* » Elle se pencha pour ramasser un gros galet lisse et le jeta de toutes ses forces dans la mer grise et moutonnante. De lourds nuages s'amassaient, l'air s'assombrissait, le vent amenait la pluie. Elle continua de marcher comme une aveugle. Ta vie est avec ton mari. Ta vie est avec ton mari, encore faudrait-il qu'il daigne te dire où il est et ce qu'il fait. Et, maintenant qu'elle y pensait, avec qui il le fait. Ta vie est avec lui, même s'il passe son temps, apparemment sans le faire exprès, à piétiner brutalement ton cœur et ton amour-propre et s'il croit pouvoir se faire pardonner en t'offrant une babiole de prix. « Sandy, sors de là ! » Le petit chien était monté dans les dunes couvertes de chardons bleus et criblées de terriers de lapins, et s'activait à creuser ; le sable mouillé volait sous ses pattes. Cathy resta un moment, visage au vent, à regarder autour d'elle. Son ressentiment augmenta. C'était ici qu'était sa vie. Ici qu'était sa place. Si l'homme charmant, cruel, coureur et changeant qu'elle avait épousé pouvait la traiter aussi cavalièrement ici, qu'est-ce que ce serait si elle acceptait de perdre complètement son indépendance en le suivant en Grèce ?

Amenée par le vent qui soufflait de la mer, la pluie redoubla soudain et des trombes d'eau s'abattirent sur la plage. Cathy siffla brusquement. Les chiens trempés accoururent, leur entrain quelque peu refroidi par le déluge. « Allons, mes grands. Ça suffit comme ça. On ferait mieux de rentrer avant de périr noyés.

*

Nikos avait vraiment apprécié son bain. Comme Cathy l'avait dit, il faisait bon dans la cuisine et il y avait de l'eau chaude à volonté. Il avait pris la liberté de se servir un whisky. Allongé dans un confort somnolent, il écoutait la pluie battre au carreau. Le sentiment de satisfaction, pervers peut-être, qu'il avait éprouvé plus tôt, réapparut. Il sirota sa boisson, renversa la tête, ferma les paupières. Le verre faillit lui échapper des doigts et il sursauta en riant à moitié. Il s'assit, vida le restant de son verre et attrapa une serviette.

Il s'était séché, à demi rhabillé et frictionnait ses cheveux humides quand il entendit la porte de devant s'ouvrir et se refermer, et la voix de Cathy crier : « Nikos ? Ce n'est que moi. »

Torse nu et serviette à la main, il alla à la porte et l'ouvrit. « Tout va bien. J'ai fini. Oh, dieux du ciel ! » s'exclama-t-il en riant.

Cathy déboutonna son imperméable trempé qui s'égoutta au hasard sur le parquet ciré et sur le tapis. Elle avait l'air d'un rat noyé : ses cheveux dégoulinants étaient plaqués sur sa tête et ruisselaient le long de son cou et de son visage. « Mon chapeau s'est envolé, dit-elle avec humeur, et je n'ai pas réussi à le rattraper. À quoi ça sert d'avoir deux chiens s'ils laissent s'envoler votre chapeau sans même essayer d'aller le chercher, je vous demande un peu ! Et ça prétend être un chien ! » Cette dernière remarque s'adressait à Sandy qui, aussi mouillé que sa maîtresse, avait sauté sur sa chaise à côté du feu et se léchait tranquillement pour se sécher. J'irais t'échanger contre un chat si j'en avais le courage, espèce de nouille, de sale cabot ignorant ! Et toi, qu'est-ce qui te fait rire ? »

Nikos s'esclaffa. « Tu devrais te voir ! Allons... » Il mit sa serviette autour de son cou, s'approcha d'elle et l'aida à se débarrasser de son imperméable trempé. La pluie avait été si torrentielle qu'elle avait transpercé le tissu au niveau des épaules et mouillé son pull-over. Cathy l'enleva en continuant à maugréer.

« Fichu pantalon... Regarde-moi ça... On dirait que j'ai pataugé dans la mer ! » Elle se frotta le visage avec son pull, leva la tête et le regarda d'un air sévère. « Nikos, ça n'a rien de très drôle !

— Je sais, je sais. » En la voyant ronchonner comme une enfant, il sentit monter en lui un élan de tendresse inattendue, complètement incontrôlable, et son rire s'éteignit. Il crut l'espace d'un instant que son cœur avait cessé de battre. Il ne pouvait la quitter des yeux. Soudain, il y eut un long silence. Cathy s'immobilisa. Nikos prit la serviette qui pendait autour de son cou et, au lieu de la lui tendre, il dit gentiment : « Tourne-toi. » Déconcertée, elle soutint son regard puis, très lentement, elle lui tourna le dos. Avec une infinie douceur, il se mit à frotter ses cheveux ruisselants, massant le cuir chevelu à travers l'épaisseur humide de la serviette. Il la sentit qui se détendait, s'appuyait contre lui. Elle leva légèrement la tête. Elle avait fermé les yeux, hypnotisée. Ayant terminé de se lécher, Sandy avait posé sa truffe entre ses pattes et les observait avec un intérêt paisible. La pièce était très silencieuse.

Il s'aperçut de la soudaine tension qui s'empara d'elle et il l'écarta de lui. Comme elle se retournait brusquement pour lui faire face, les doigts de Nikos restèrent pris dans sa chevelure. Elle se raccrocha à lui et sa main froide sur sa peau tiède lui fit l'effet d'une décharge électrique. Plus que tout au monde, il désirait l'embrasser.

Elle baissa la tête ; il extirpa ses doigts de sa chevelure. Elle lui prit la serviette des mains et y enfouit son visage en se frictionnant le crâne sans ménagement. Il recula. Lorsqu'enfin elle émergea de la serviette, il y avait deux taches écarlates sur ses joues. Elle ne le regarda pas. « Je ferais mieux de monter me changer si je ne veux pas attraper une pneumonie. » Elle lança la serviette sur une chaise et, le dos très raide, gagna la porte menant à l'escalier, et la referma très doucement derrière elle. Nikos renversa la tête, ferma les yeux une seconde et passa une main dans ses cheveux ébouriffés. Au bout d'un moment, il pivota sur ses talons, ramassa la serviette et retourna dans la cuisine. Il resta un long moment les mains appuyées sur la table. « Imbécile ! murmura-t-il doucement à travers ses dents serrées. Imbécile que tu es ! » Puis, tandis qu'il prenait conscience de l'étendue des dommages qu'il avait provoqués, il donna un grand coup sur la table. « Oh, Seigneur, imbécile que tu es ! » Les mots étaient à la fois doux et féroces, et proches du désespoir.

En haut, très posément, Cathy entreprit de se changer en évitant avec soin de se regarder dans la glace. Même lorsque, bien au sec et au chaud dans un pantalon et un pull propres, elle ramassa une brosse et se mit à la passer sauvagement dans l'enchevêtrement humide de ses cheveux, elle le fit en contemplant par la fenêtre l'endroit où les marais derrière la maison luisaient comme de l'étain astiqué, dans l'après-midi gris. Il avait cessé de pleuvoir. Elle se tourna pour remettre la brosse sur la coiffeuse et, cette fois, ne put éviter son reflet dans le miroir. S'armant de courage, elle lui fit face. Ses joues brûlaient. Ses yeux autour desquels les années avaient laissé de fines rides d'expression brillaient, comme éclairés par une bougie. Les fils argentés qu'on ne remarquait d'habitude pas ressemblaient à une trace de peinture appliquée sans soin.

Nikos avait voulu l'embrasser. Elle l'avait senti, deviné, compris de façon aussi sûre que si ses lèvres l'avaient réellement touchée.

Mais il y avait pire — bien pire : elle l'avait désiré également. Elle ne pouvait le nier.

Ébranlée au plus profond d'elle-même, elle contempla ce visage qui soudain paraissait celui d'une étrangère. Elle n'aurait pas été plus secouée si le sol s'était entrouvert traîtreusement sous ses pieds. Une série d'incidents apparemment sans lien défilèrent dans sa mémoire. Nikos pleurant sur la plage, sa main dans la sienne, son visage posé contre ses cheveux mouillés par les embruns. Le tremblement presque imperceptible de ses doigts lorsqu'il l'avait entraînée sur la piste de danse du Savoy. Son corps contre le sien pendant qu'ils dansaient. L'enchantement de Mahler. L'avait-elle encouragé ? Elle dévisagea longuement, sans comprendre, le reflet de cette étrangère. Puis : « Les tartelettes, dit-elle tout haut avec une sorte de calme maniaque. Il faut que je m'occupe des tartelettes. »

L'espace d'un instant terrible et délicieux, elle s'autorisa à se demander à quoi aurait ressemblé son baiser.

Elle regarda sa montre. Dans deux heures, Nikos irait chercher Adam à la gare. Ensuite, ils ne seraient plus seuls et tout rentrerait dans l'ordre : le monde au-delà du miroir, dans lequel elle semblait avoir si soudainement pénétré, redeviendrait rationnel et maîtrisable. « Les tartelettes, répéta-t-elle, tel un mantra absurde, une invocation au bon sens. Je dois faire les tartelettes. Adam vient. Il aime les tartelettes. »

Nikos était d'une humeur massacrante en se rendant à Ipswich. L'heure qu'il venait de passer avait été la plus difficile de sa vie. Sa belle-mère et lui avaient pris toutes les peines du monde pour ne pas croiser leurs regards, pour ne pas approcher l'un de l'autre, pour ne pas parler de quoi que ce soit de personnel. Il avait goûté ses tartelettes et l'avait félicitée, elle lui avait posé des questions polies sur les Noëls passés à New York avec sa grand-mère. Toutes les deux minutes, il avait lancé un coup d'œil à l'horloge et souhaité que les aiguilles avancent plus vite. Pour finir, il était parti au moins une demi-heure trop tôt. Il attendait maintenant, tandis que le train entrait en gare, et guettait la haute silhouette d'Adam au milieu de la foule, ravi pour la première fois que le fils parfois sans grâce mais souvent divertissant de Cathy vienne se joindre à eux. S'il avait été franc, il aurait dû reconnaître qu'il se fichait pas mal d'Adam ; le moins qu'on puisse dire, c'est qu'il ne se serait probablement pas donné la peine de s'en faire un ami s'il n'y avait pas eu de lien de famille, et il soupçonnait qu'il en allait de même pour Adam. Mais après le désastre de cet après-midi — car

141

c'en était un à ses yeux — il aurait accueilli le diable en personne à bras ouverts pour détendre l'atmosphère entre lui et Cathy. Une chose était certaine : en aucune circonstance, il ne pouvait se permettre de rester seul avec sa belle-mère dans les jours à venir. Sans le savoir, se surprit-il à penser avec un brin d'ironie, Adam venait de se trouver une ombre pour la durée des vacances.

Une atmosphère de fête se dégageait de la gare et de la foule. Chargés de sacs et de paquets, les gens se hâtaient, contents de rentrer chez eux pour ces vacances de Noël exceptionnellement longues. Un petit orchestre de l'Armée du Salut jouait des chants de Noël ; un enfant faisait la quête en agitant une boîte de conserve. Nikos lui donna une pièce et, relevant la tête, aperçut Adam qui approchait à grandes enjambées tout en discutant avec un petit homme au visage étroit, vêtu d'un pardessus miteux et d'un feutre sombre. Adam avait deux ou trois paquets sous le bras. Juste avant d'arriver au contrôle, il s'arrêta pour chercher son billet dans sa poche. Le petit homme s'arrêta aussi en continuant à parler d'un air sérieux, à agiter ses mains étroites, comme s'il indiquait une direction. Adam hocha la tête. Son compagnon lui glissa quelque chose dans la poche, lui adressa un sourire et un clin d'œil et, tel un poisson dans un ruisseau bourbeux, disparut dans le flot de voyageurs qui se pressaient. Adam releva la tête, vit Nikos et lui fit signe. Quelques minutes plus tard, ils traversaient la ville en voiture. Nikos eut l'impression qu'Adam était plein d'entrain, content de lui, impression qui se confirma lorsque Adam déclara en allumant une cigarette : « Eh bien... il se pourrait que Noël à la campagne ne soit pas tout compte fait aussi enquiquinant que prévu.

— Ah bon ? » demanda Nikos sans quitter la route du regard. Il sentit que le jeune homme à côté de lui s'étirait un peu, s'installait confortablement, posait un bras sur son siège. C'était une des choses qu'il enviait à Adam : cette aptitude et cette facilité à appréhender son environnement, à traiter tout endroit, toute situation, comme son domaine naturel. Nikos ne l'avait jamais vu mal à l'aise ni gauche.

« Rencontré un type dans le train. » Adam renversa la tête pour exhaler une grosse bouffée. « Il y a une réunion. Le lendemain de Noël. À Huntingdon. »

Nikos lui jeta un coup d'œil sans comprendre. « Une réunion ? Quel genre de réunion ? »

Adam rit. « Une course. D'obstacles. Le type du train était un bookmaker. » Il tapota sa poche. « Il m'a donné sa carte. »

Nikos le regarda. « Le lendemain de Noël, s'exclama-t-il. Il est hors de question d'aller où que ce soit le lendemain de Noël ! »

Adam le dévisagea avec une surprise non feinte. « Pourquoi pas ?

— Tu... tu es censé être là pour Noël. Cathy sera terriblement déçue si tu disparais le lendemain...

— Oh, ne dis pas de bêtises. Elle aura Leon et toi pour lui tenir compagnie... à moins bien sûr que vous ne vouliez venir avec moi.

— Justement, elle ne l'aura pas, dit Nikos.

— Elle n'aura pas quoi ?

— Cathy n'aura pas papa. Il n'est pas là. Il ne vient pas. »

Il y eut un long silence. Puis Adam siffla tout doucement. « Ça, c'est trop fort. Le vieux salaud ! Il est où ?

— À Athènes, je pense. Quelque part en Grèce, en tout cas. Un homme s'est présenté, il y a deux jours. À propos d'une sorte de marché... ou je ne sais quoi. Toujours est-il que ça ne pouvait pas attendre. Papa s'est envolé pour la Grèce hier. Il est impossible qu'il soit rentré à temps pour se joindre à nous.

— Le vieux salaud ! » répéta Adam et, cette fois, il y avait une note d'admiration dans sa voix. Il se tourna de nouveau pour regarder Nikos dans la lumière vacillante. « C'est vraiment là-bas qu'il est allé ?

— Qu'est-ce que tu veux dire ?

— Tu es sûr qu'il n'y a pas... » Adam s'interrompit, haussa les épaules... « Une petite partie de jambes en l'air là-dessous ? »

Les mains de Nikos se raidirent sur le volant. Il attendit un moment avant de répondre brièvement et simplement : « Si tu veux dire par là qu'il est avec une autre femme, alors, non, je ne le crois pas. J'étais présent quand ils ont discuté. Il ne s'agit pas d'une femme. Il s'agit d'argent.

— D'accord, d'accord, dit Adam d'un ton conciliant. Je demandais, c'est tout. On sait tous que Leon a la cote auprès des dames. » Il se tut un moment, regarda par la vitre les lumières qui se faisaient de plus en plus rares tandis que la voiture s'enfonçait dans les ténèbres de la campagne. « Eh ben, dis donc, finit-il par déclarer. Je parie qu'elle était furax.

— Oui.

— Je ne voudrais pas être dans les souliers de Léon quand il réapparaîtra.

— Non.

144

— Il ferait mieux de lui rapporter quelque chose de tout à fait spécial, j'imagine.

— Elle le lui jettera à la figure.

— À ce point-là ?

— À ce point-là. »

Nikos devina le haussement d'épaules d'Adam. « Oh, eh bien, c'est leur problème. Je ne vois pas pourquoi ça devrait m'empêcher de m'amuser un peu le lendemain de Noël.

— Adam... ! »

Adam lança d'un ton coupant : « Écoute... ce n'est pas moi qui ai eu l'idée de ce petit Noël familial à la campagne, si tu te souviens. Nous sommes mercredi soir. Le foutu week-end vient s'ajouter aux jours fériés et je ne rentrerai pas à Londres avant dimanche. Il faut que je fasse *quelque chose* pour ne pas devenir marteau dans ce bled perdu. J'irai aux courses le lendemain de Noël, un point, c'est tout. »

Ils parcoururent deux ou trois kilomètres avant que Nikos ne brise le silence légèrement hostile qui s'était installé entre eux. « Ce Huntingdon, demanda-t-il en hésitant. C'est loin ? On peut faire l'aller-retour en un après-midi ? »

Adam tourna la tête pour le regarder. Nikos ne quitta pas la route des yeux. Il sentit que le visage de son compagnon s'illuminait soudain d'un sourire malin. « Oui, répondit Adam. On peut. Très facilement. »

7

Avec un talent que, tout en le réprouvant, Nikos ne put s'empêcher d'admirer, Adam entreprit de charmer et de manipuler sa mère dès qu'il eut franchi le seuil de Sandlings. « Laisse-moi faire, mon vieux, avait-il dit dans la voiture. Laisse-moi faire. Nous serons à cette réunion de vendredi ou je ne m'appelle pas Sinclair. Tu verras. Mais laisse-moi le soin d'amener la question sur le tapis, d'accord ? »

Le fait que Cathy fût si ouvertement contente de le voir ne nuisit pas à sa cause. Elle se jeta dans ses bras et l'étreignit. « Joyeux Noël, mon chéri.

— Toi aussi. » Il se pencha pour l'embrasser, se redressa pour lancer un coup d'œil à la ronde. « C'est magnifique. C'est le souvenir que j'ai de Noël... la façon dont tu as toujours embelli les choses, même pendant la guerre. » Il alla déposer ses paquets sous l'arbre, se retourna vers sa mère et lui passa un bras autour des épaules. « Drôlement dommage que Leon ne puisse pas venir.

— Oui.

— Ça ne fait rien. On se débrouillera. » Il leva la tête, huma l'air. « Mmm, ça sent bon. »

Elle sourit. « Le dîner. Qui nous attend. » Elle jeta un coup d'œil à sa montre, la vieille solide, nota Nikos, pas le bel objet que son père lui avait offert. « Je me demandais si, après souper, ça te dirait d'aller à la messe de minuit à St Peter ? Mais seulement si tu n'es pas trop fatigué, s'empressa-t-elle d'ajouter. Si tu préfères rester ici...

— Pas du tout, pas du tout. Il n'y a qu'un Noël par an, etc., etc. Je sais que le réveillon est ton moment favori. Nous ferons tout ce que tu voudras, n'est-ce pas, Nikos ? »

Nikos opina du bonnet.

Cathy glissa son bras sous celui de son fils. « Venez manger. Je veux tout savoir : où tu es allé et ce que tu as fait. Tu vois toujours Dorothy ? Vous avez fait bonne route depuis la gare ? Il y avait beaucoup de monde dans les trains ? » Pas une seule fois depuis que les deux jeunes gens étaient entrés dans la pièce, elle n'avait daigné accorder le moindre regard à Nikos. Muré dans son silence, il les suivit dans la cuisine. Durant le repas, il ne participa quasiment pas à la conversation : l'attention d'Adam était tout entière concentrée sur sa mère et celle-ci n'essaya pratiquement pas de mêler Nikos à leurs échanges. Le repas terminé, Adam insista pour que Nikos et lui fassent la vaisselle pendant que Cathy se préparait. Une fois qu'ils furent seuls dans la cuisine, il jeta un torchon à Nikos, cligna de l'œil et leva le pouce. « C'est dans la poche. »

Ils eurent beau arriver tôt, l'église était déjà pleine

à craquer. La vieille nef, resplendissante à la lumière des cierges, était entièrement décorée de houx et de sapin. Sous le porche, était installée une crèche dont les personnages étaient peints de frais dans des tons criards. Un vieil orgue, confié à un musicien maladroit, joua dans un bruit de soufflerie un morceau que Nikos ne reconnut pas. Plusieurs personnes saluèrent Cathy et Adam lorsqu'ils entrèrent ; on lança quelques regards furtifs, curieux dans la direction de Nikos. Il ne fut pas surpris quand, arrivée à un banc où il restait quelques places, Cathy entraîna Adam à sa suite de sorte que, lorsqu'ils s'assirent, Adam se retrouva entre eux. Nikos se sentit isolé et solitaire au milieu de la foule. Presque inconscient de ce qui l'entourait, il ruminait, maudissant son père pour son égoïsme, lui-même pour sa sottise et Adam parce qu'il voulait le mêler à une comédie cruelle, qui, quoi qu'il en dît, ne pouvait finir que par bouleverser Cathy. Il se contenta de se lever, de s'asseoir et de s'agenouiller en même temps que les autres, mais n'essaya pas de chanter. À ses côtés, Adam, cheveux blonds brillant à la lumière des cierges, chanta chaque parole avec l'enthousiasme vertueux d'un enfant de chœur. Lorsque le service prit fin, ils se joignirent à la lente procession qui s'acheminait vers le portail. On échangea des « Joyeux Noël », on fit des présentations ; Nikos sourit, hocha la tête et serra poliment des mains. Enfin, ils se retrouvèrent dans la voiture, Nikos au volant, Adam à ses côtés chantant des cantiques à tue-tête, Cathy, présence silencieuse à l'arrière.

De retour à Sandlings, Adam se jeta sur la bouteille de whisky. « J'ai été sage suffisamment longtemps.

Cathy, tu prendras bien un verre avec moi ? demanda-t-il sans attendre la réponse. Nikos ? »

Cathy accepta le verre. Nikos refusa : « Pas maintenant, si ça ne te fait rien. J'ai un peu mal au crâne. Je crois que je vais aller me coucher. » Il avait été décidé que, cette fois, Adam dormirait en bas.

« Voudrais-tu une aspirine ? » Pratiquement pour la première fois de la soirée, Cathy croisa son regard. Elle semblait soucieuse. Il secoua la tête. « Non. Franchement, ça ira. Je suis un peu fatigué, c'est tout. »

Adam leva la bouteille. « Tu es sûr qu'une petite goutte n'aiderait pas ?

— Non, merci. » Nikos se tenait gauchement au milieu de la pièce. En temps normal, Cathy lui aurait souhaité bonne nuit en lui effleurant la joue de ses lèvres ou en lui posant légèrement la main sur le bras. « À demain matin, alors.

— Nous sommes au matin, dit calmement Cathy. C'est le matin de Noël. » Doucement, elle s'approcha de lui et se mit sur la pointe des pieds pour l'embrasser sur la joue. « Joyeux Noël. » Sa voix et son regard étaient parfaitement assurés.

Il s'écarta d'elle brusquement. « Joyeux Noël. À toi aussi, Adam. »

Adam leva une main pour le remercier et se tourna pour ranimer le feu. Comme un aveugle, Nikos ouvrit la porte menant à l'escalier, s'y adossa un instant dans l'obscurité avant d'allumer l'interrupteur. À travers la porte, il entendit la voix d'Adam. « Dis donc, tu ne crois pas qu'on pourrait entamer les tartelettes ? Je meurs de faim. »

Cathy murmura quelque chose. Il entendit la porte

149

de la cuisine s'ouvrir ; lentement il grimpa l'escalier et les laissa ensemble.

Dans le salon, Adam dévora à belles dents sa tartelette, se lécha les doigts et se versa un deuxième whisky. « S'il y a bien une chose que je regrette depuis que j'ai quitté la maison, c'est ta cuisine. »

Cathy, qui avait fixé pensivement le petit arbre scintillant avec ses boules en verre, ses jolis nœuds et son amoncellement de paquets multicolores, se retourna. « Trouve-toi une gentille fille et range-toi », suggérat-elle d'un air un peu absent et le regard toujours préoccupé.

Adam s'étrangla de rire. « Ne dis pas de bêtises ! Où trouverais-je une fille capable de cuisiner ? La plupart de celles avec qui je sors ne font pas la différence entre un œuf dur et une côtelette d'agneau ! » Il se jeta dans un fauteuil et étendit ses longues jambes devant le feu.

Elle s'arracha à sa rêverie et lui ébouriffa affectueusement les cheveux. « Merci d'être venu à la messe. Ça m'a fait plaisir. »

Il renversa la tête, et lui offrit son grand sourire désarmant. « Moi aussi. Ça m'a rappelé quand j'étais gosse. On y allait toujours, n'est-ce pas ?

— Oui », répondit-elle en souriant.

Adam se pencha en avant, coudes sur les genoux, verre entre les mains, yeux bleus brillants. « Tu te souviens de l'autre chose qu'on faisait toujours ? demanda-t-il en jetant un coup d'œil au sapin. On ouvrait toujours un cadeau, tu te rappelles ? En rentrant de l'église. On gardait les autres pour le lendemain matin mais on en ouvrait toujours un. »

Elle rit un peu. « C'est vrai. Ça a commencé quand tu étais tout petit. Parce que tu étais si excité que tu n'arrivais pas à t'endormir à moins d'avoir eu la permission d'en choisir un à ouvrir. »

Il bondit, posa son verre sur le manteau de cheminée. « Faisons-le. Ouvre mon cadeau. » Il tendit la main vers la pile de paquets et en sortit un, magnifiquement emballé, de toute évidence par des professionnels. Gentiment, il la fit s'asseoir dans le fauteuil et s'agenouilla devant elle, présent en main. « C'est comme au bon vieux temps, n'est-ce pas ? Juste toi et moi ? »

Elle prit le joli paquet et le retourna en tous sens. « Oui, c'est vrai. Mais l'emballage est trop beau pour le démolir.

— C'est la vendeuse qui a fait le paquet-cadeau. Vas-y... ouvre-le ! S'il te plaît ! »

Sa puérilité lui arracha un sourire. « D'accord. »

Elle défit le nœud avec soin. N'y tenant plus, Adam s'exclama en riant : « Déchire-le ! »

Elle arracha le papier qui révéla une longue boîte étroite contenant une paire de très longs gants de soie noire et un joli anneau d'argent à cabochon de turquoise. « Oh, Adam, c'est ravissant !

— C'est pour aller avec la robe que tu t'es achetée. Celle que tu portais au Savoy. Tu étais du tonnerre dedans. J'ai pensé que ça apporterait la touche finale.

— En effet. » Elle remonta une manche de son pull-over et enfila un des gants sur lequel elle glissa l'anneau puis écarta les doigts pour étudier l'effet produit. « Incongru, mais élégant ! »

Il lui prit la main qu'il embrassa. « C'est ce que tu es quand tu t'en donnes la peine. » Il rit et se corrigea. « Élégante, je veux dire. Pas incongrue. Je te l'ai dit...

tu étais du tonnerre, ce soir-là. Dodo était également de mon avis.

« *Ta mère,* avait en réalité déclaré Dorothy, *semble être la seule femme dans la salle à ne pas porter de gants.* » La remarque lui était revenue fortuitement à l'esprit quand, ayant repoussé ses courses de Noël au tout dernier moment, comme d'habitude, et n'ayant pas accordé la moindre pensée au cadeau qu'il allait faire à sa mère, il avait aperçu les gants et l'anneau dans la vitrine d'un magasin.

Cathy l'embrassa sur le sommet de la tête. « C'est ravissant. Vraiment ravissant. Merci. Et maintenant... » Elle fit un geste du doigt. « À ton tour de choisir un cadeau.

— N'importe lequel ?

— Bien sûr.

— Même un qui ne se trouve pas ici ? »

Elle fonça les sourcils, un peu surprise. « Que veux-tu dire ? »

Il se mordilla la lèvre et prit un air qui, il ne le savait que trop bien, le rendait si semblable au petit garçon qu'il avait été autrefois que sa mère en eut le cœur chaviré. « Je voulais te demander une faveur. » Il lui décocha un bref sourire espiègle. « Une faveur de Noël. Ça t'embête ? »

Elle n'hésita qu'un instant. « Bien sûr que non.

— Ce n'est pas seulement pour moi. C'est aussi pour Nikos. »

Elle se détendit. Il ne s'agissait donc pas d'argent. Pas cette fois.

« Alors, est-ce que je peux avoir ma faveur de Noël ? »

Elle enleva l'anneau de son doigt et ôta le long gant de son bras. « Bien sûr que tu peux.

— Promis ? insista-t-il.

— Promis. » Elle replia le papier de soie dans la boîte, posa soigneusement l'anneau dessus et releva la tête pour lui sourire. « Qu'est-ce que c'est ? »

*

Ils passèrent une journée de Noël très calme et remarquablement agréable. Ayant obtenu gain de cause pour la réunion hippique, Adam était de bonne humeur et, en sa compagnie, la tension entre Cathy et Nikos semblait s'être relâchée. Ils firent la grasse matinée, ouvrirent les cadeaux devant un verre de sherry puis Cathy chassa les jeunes gens de sa cuisine pour préparer le repas de Noël. Avant qu'ils ne passent à table, elle apporta une assiette de poulet à Bert qui l'accepta avec sa morosité et sa mauvaise grâce coutumières, mais la surprit et la toucha en lui tendant un paquet grossièrement enveloppé de papier kraft. « Mon Dieu, Bert ! Qu'est-ce que c'est ?

— Ouvrez-le pour voir, bécasse. »

Il s'agissait d'une écharpe en laine vert émeraude. Ravie, elle la mit autour de son cou. « C'est magnifique ! Merci. » Elle se pencha pour l'embrasser sur la joue.

La peau brune de Bert fonça légèrement. « Ça vous tiendra p't-être chaud pendant que vous promenez les clebs. »

Après le déjeuner, sans débarrasser la table, ils débouchèrent une autre bouteille de vin et allèrent dans le salon écouter le premier discours de Noël de la nouvelle reine. « La pauvre, dit Cathy après coup. Si jeune. Et toutes ces responsabilités.

— Et tout ce pèze. » Rassasié, Adam était affalé dans son fauteuil, les yeux clos. « Sacrée compensation, tu ne trouves pas ? »

Cathy lui donna une bourrade amicale. « Ne sois pas aussi cynique. Et ne t'endors pas non plus. »

Il ouvrit les yeux et prit un air blessé. « Pourquoi pas ? C'est pas fait pour ça l'après-midi de Noël ?

— C'est fait pour ça *après* la vaisselle, pas avant. Je vais étrenner ma nouvelle écharpe sur la plage avec Sandy. Je n'en ai pas pour longtemps. La vaisselle... — elle sourit en indiquant la porte de la cuisine — ... c'est par là. »

Nikos se leva immédiatement. « Je m'en occupe. »

Adam avait refermé les yeux. « Si tu insistes.

— Adam !

— Ça ira. Je t'assure. » Nikos la suivit dans la cuisine. Elle prit la lourde veste en coton huilé accrochée derrière la porte. Avec le savoir-vivre qui était chez lui une seconde nature, Nikos l'aida spontanément à l'enfiler. Il avait encore les mains posées sur ses épaules quand elle se retourna pour lui faire face. La TSF ronronnait dans l'autre pièce. Adam ronflait. Avec infiniment de gentillesse, Nikos lui remonta son col et lui tendit l'écharpe verte. « Bonne promenade.

— Merci. » L'espace d'un instant, leurs regards se croisèrent, attentifs, profonds. Cathy secoua un peu la tête. « Ici, Sandy », cria-t-elle brusquement et elle s'en alla, le chien dansant frénétiquement sur ses talons. Longtemps après son départ, Nikos resta à contempler la porte fermée, le cœur battant la chamade. Un moment fugace, un geste insignifiant et il était de nouveau perdu. Toutes les défenses qu'ils s'était péniblement construites ces dernières vingt-quatre heures étaient réduites à néant. Il la désirait. Il devait l'admettre. Et il devait partir avant de passer à l'acte ; avant de causer un désastre irréparable.

Plus tard, ils jouèrent aux cartes, au rami d'abord, à six pence le point, jusqu'au moment où Adam déclara le jeu trop insipide et proposa une partie de poker, au cours de laquelle il prit des risques extravagants pour gagner la petite monnaie qu'ils entassaient avec autant d'avidité que s'ils avaient joué gros. À minuit, Cathy se renversa sur le dossier de sa chaise et poussa le reste de ses pièces jaunes dans la direction de son fils. « Tu m'as plumée. Je vais me coucher.

— Une dernière partie ? »

Elle secoua la tête. « Pas question. C'est l'heure d'aller au lit pour moi. »

Après qu'elle les eut quittés, Adam empila avec soin ses gains sur la table sous l'œil intéressé de Nikos. Se sentant observé, Adam releva la tête ; la passion du jeu brillait dans ses yeux myosotis. « Heureux présage, dit-il en indiquant l'argent, je sens que la chance me sourit. » Il frotta son pouce contre son index. « Demain sera une bonne journée. Tu es toujours de la partie ? »

Nikos hésita une fraction de seconde. Accompagner Adam était la dernière chose qu'il avait envie de faire. Mais la dernière chose qu'il pouvait faire était de rester seul à la maison, avec sa belle-mère. « Bien sûr », répondit-il.

*

En réalité, une fois sur les lieux, Nikos passa un très

bon après-midi. Un air de fête planait sur la réunion, le temps était froid et clair, et, si l'intérêt de Nikos ne pouvait égaler la fièvre d'Adam, il ne pouvait cependant pas s'empêcher d'être gagné par l'excitation joyeuse qui régnait sur le champ de courses tandis que les chevaux galopaient vers le poteau, encouragés par les vociférations des turfistes. L'heureux pressentiment d'Adam s'avéra justifié, même s'il dut d'abord essuyer quelques lourdes pertes. Nikos avait emporté une petite somme d'argent qu'il était prêt à perdre pour le plaisir du jeu. Adam, lui, jouait pour gagner. Chaque fois qu'il perdait, il doublait la mise et plus la cote était forte, mieux c'était. Il gagna grâce à un outsider. Il répartit la grosse liasse de billets dans différentes poches, glissa un billet de cinq livres dans son soulier pour plus de sûreté — partout il y avait des pancartes signalant la présence de pickpockets — et avec un large sourire porta à sa bouche une flasque dont il but une longue rasade. « Bon. Plus que deux. » Il examina son programme. « Je choisis le gris, "Roll on Home". Voilà qui fera mon affaire. Vingt-cinq livres sur lui. Tu te joins à moi ? »

Nikos fit signe que non en riant. « Trop fort pour moi. Je me contenterai de dix livres gagnant ou placé. » Il prit la flasque qu'Adam lui offrait, en but une petite gorgée, l'agita. Elle était presque vide. « Tu vas te trouver à court. »

Adam secoua la tête, mit la main dans sa poche et en sortit une deuxième flasque. « Pas de danger. »

« Roll on Home » finit à quinze contre un. Adam s'empressa de perdre la moitié de ses considérables gains dans la dernière course mais il était toujours fier comme Artaban et fiévreusement excité lorsqu'ils retournèrent à la voiture. « Tu sais quoi. Et si on fêtait ça ? »

Nikos jeta un regard circulaire sur le paysage plutôt morne qui entourait l'hippodrome. « Tu suggères quoi ? De chasser quelques moutons ?

— Cambridge. C'est sur la route. Les pubs seront ouverts quand nous y arriverons. » Il fit un clin d'œil, tapota sa poche. « Qui sait ? On pourrait peut-être lever une paire de pouliches. »

*

La foule bruyante qui envahissait le pub était essentiellement masculine. Adam se fraya un chemin jusqu'au comptoir et revint avec deux whiskies. Il but son verre à petites gorgées tout en promenant un œil expérimenté sur la salle enfumée. « Pas grand choix ici. Attends un peu. Je vais me renseigner. » Il replongea dans la cohue. Nikos alluma une cigarette et le suivit du regard. Adam se pencha au comptoir et fit un signe de main que le barman surmené ignora résolument. Comme par magie, un billet froissé de dix shillings apparut dans la main d'Adam. Le barman s'approcha, écouta, hocha la tête, parla rapidement. Le billet disparut de l'autre côté du comptoir. Adam rejoignit Nikos. « Finis ton verre, dit-il joyeusement. On s'est trompés de pub. »

Le brouillard formait des volutes et leur respiration des petits nuages de vapeur. « Laisse la voiture ici, dit Adam, ce n'est pas loin. Juste au coin. »

La rue était silencieuse. Il y eut un mouvement près d'une porte. Sous un lampadaire dont le cône de lumière se découpait sur le brouillard qui s'épaississait, deux jeunes femmes bavardaient. Étincelle dans les ténèbres, une cigarette brilla avant de disparaître. « Adam..., dit Nikos.

— Salut, les filles. » Les cheveux blonds d'Adam, humides de brouillard, resplendirent à la lumière du lampadaire. « Joyeux Noël. Ça vous dirait de prendre un verre ? »

*

Il était huit heures du soir lorsque Cathy commença vraiment à s'inquiéter. À la tombée de la nuit, un brouillard à couper au couteau était monté de la mer et avait enseveli la campagne, étouffant jusqu'au bruit des vagues. Cathy avait suivi une pièce de théâtre à la TSF puis avait changé de station pour écouter un concert que l'on entendait en sourdine tandis qu'elle finissait sans enthousiasme la carcasse de poulet. Elle n'avait pas tiré les rideaux et l'obscurité épaisse et profonde qui régnait au-dehors semblait envahir la maison. La météo avait annoncé un brouillard généralisé. Ce devait être la raison du retard de Nikos et d'Adam. Cathy essaya de ne pas penser au cocktail meurtrier que constituaient la mauvaise visibilité et l'ébriété indissociable des jours de fête. Elle renonça au poulet, jeta un coup d'œil à l'assiette de tartelettes bien dégarnie et décida de s'abstenir. Elle alla à la fenêtre, appuya son front au carreau, mit ses mains autour de ses yeux pour scruter les ténèbres. Impossible de voir quoi que ce soit : le rideau de brouillard était impénétrable. Elle retourna à la chaleur et à la lumière de la cuisine. Sandy, pelotonné devant le fourneau, surveillait ses moindres mouvements. « Ils

158

ne vont pas tarder, lui dit-elle pour le rassurer. Je suis certaine qu'ils ne vont pas tarder. »

Dans le silence qui régnait de l'autre côté de la fenêtre, le brouillard de la mer du Nord continuait à recouvrir les étendues plates de l'East Anglia.

*

La pièce était en désordre, le mobilier abîmé ; toute la maison sentait la mauvaise cuisine et les w-c trop utilisés. Les deux filles qui s'étaient présentées comme étant Babs et Irene vivaient au dernier étage. L'air était épaissi et le plafond jauni par la fumée de cigarette. Une des bouteilles de gin que, à la demande des filles, Adam avait apportées en quittant le pub était déjà vide et l'autre bien entamée. Les filles le buvaient épais, poisseux et sucré avec de l'orange. Nikos détourna la tête pour échapper à cette odeur qui imprégnait l'haleine d'Irene lorsqu'elle enfouit son visage dans son cou et guida sa main à l'intérieur de son corsage déboutonné. L'autre fille, Babs, était nue jusqu'à la taille et vautrée sur les genoux d'Adam qui avait fourré sa main sous sa jupe. Adam chuchota quelque chose. La fille gloussa.

« Viens, chéri, dit Irene en se tortillant et en tripotant les boutons de braguette de Nikos. Viens, Yankee... utilisons la chambre les premiers. » Elle éleva la voix. « Ça te va, Babs ?

— Qu... oi ? » La voix pâteuse, Babs releva sa tête blonde et ébouriffée.

Irene indiqua la porte d'un signe de tête. « Ça te va si le Yankee et moi on utilise la chambre en premier ? »

Babs remonta encore un peu plus sa jupe et retourna à Adam. « Fais comme tu veux, mon chou. Le grand qu'est là, il attendra pas la chambre, à ce que je sens. » Elle eut un rire rauque.

L'autre fille, un peu vacillante, glissa des genoux de Nikos, se leva et déboutonna sa jupe qu'elle laissa tomber par terre. Ses bas étaient filés et son porte-jarretelles, même à la lumière chiche, n'avait pas l'air très propre. Son corsage ouvert révélait de gros seins mous. Elle tendit une main. « Viens donc, chéri, viens voir ce que ton Irene te réserve... »

Nikos n'y tenait plus. Le dégoût qu'il avait combattu montait en lui et le rendait physiquement malade. « Adam... Il est presque dix heures, bon Dieu ! Cathy doit se faire un sang d'encre.

— Quoi ? » Adam releva la tête. Il battit des paupières.

Nikos se mit debout, et se rajusta. « Il faut qu'on y aille. Dieu seul sait combien il va nous falloir de temps pour rentrer... »

Irene l'observait, les yeux soudain rétrécis, la bouche dure. « Qu'est-ce que tu dis ?

— Il faut qu'on y aille, répéta-t-il désespérément. Adam...

— Ah, mais pas question ! » interrompit Irene en secouant sa tignasse.

Babs mit les bras autour du cou d'Adam. « Qu'est-ce qu'il raconte, mon mignon ?

— Oh, allez, Nikos ! » La main d'Adam glissa en bas du dos nu de Babs. « Ne joue pas les rabat-joie. On a promis du bon temps aux filles...

— Et pas seulement ça, lança Irene dont le regard acéré ne quittait pas Nikos.

— Adam ! » Nikos se débattait avec sa veste. « Viens. Il faut qu'on y aille.

— Et moi je dis non, dit Irene en l'attrapant par le revers. Non mais, qu'est-ce que c'est que ça ? On croit jouer, p't-être ? Tu veux te barrer ? Barre-toi. Tu casses rien, tu sais. Mais... — elle tendit la main, paume retournée — ... tu vas payer pour ce que t'as commandé. Pas question que je retourne dans ce putain de brouillard, ce soir. Je dois gagner ma vie comme les autres filles.

— Adam, pour l'amour du ciel... »

Adam repoussa Babs et se leva. La fille tomba par terre comme un sac et resta à demi nue à battre des paupières d'un air chagriné. « Non mais !

— Nikos... » Adam était débraillé mais patient. « Ne fais pas l'idiot. Tu étais d'accord. Tu étais aussi prêt que moi...

— Il a certainement pas attendu pour me fourrer la main sous la jupe ! fit sèchement observer Irene.

— J'ai changé d'avis.

— C'est possible mais moi pas. » La voix d'Adam était maintenant empreinte de colère. « Nom de Dieu ! tu sais parfaitement bien qu'on était d'accord. »

Nikos lui saisit le bras. « Il y a un brouillard à couper au couteau là dehors. Il est déjà presque dix heures. Pense à Cathy. Ta mère. Elle sera hors d'elle...

— Sa mère ? » Irene était si incrédule qu'elle en riait presque. « Alors là, j'aurai tout entendu ! Sa putain de *mère* ? »

Nikos fouilla dans ses poches et sortit trois billets froissés. Deux d'une livre et un de dix shillings. Il les offrit à Irene.

161

« C'est censé être quoi, ça ? demanda-t-elle sur le ton de la conversation.

— Désolé. C'est tout ce que j'ai.

— Eh ben, y a pas le compte. » Elle planta ses mains sur ses hanches étroites et nues.

Nikos ramassa son pardessus et se tourna vers Adam. « Je m'en vais. Tu viens ou tu ne viens pas ?

— Et comment je suis censé rentrer si tu prends la voiture ?

— C'est à toi de décider.

— Oh, putain de bordel de merde !

— Tu viens, oui ou non ? » Nikos s'obstinait.

« Vous irez nulle part, dit Irene qui se mit en travers de la porte. Pas avant que j'aie eu mon fric.

— Bibi aussi », dit Babs toujours assise par terre. Elle hocha lentement la tête d'un air ivre. « Bibi aussi.

— Donne-leur, dit Nikos.

— Quoi ?

— L'argent. Donne-leur. Je te rembourserai. Mais je m'en vais. Maintenant. »

Adam le fixa un instant et fut sur le point de parler ; mais ce qu'il lut sur le visage de Nikos lui fit ravaler sa colère. Il haussa les épaules, prit sa veste. « Espèce de salopard. » Il sortit une liasse de billets et en choisit quelques-uns. Irene traversa la pièce, main tendue. Il lui remit l'argent. Elle fit un geste de l'index pour signifier qu'elle en voulait plus. Il ajouta deux autres billets.

« Je te rembourserai, dit Nikos.

— Bon Dieu, j'y compte bien ! » Assez bizarrement, une note d'amusement caustique couvrait la colère sous-jacente. « Et avec intérêt. » Il ramassa son pardessus et fit un petit salut de la main. « Bonsoir, mesdames.

— Allez vous faire foutre, dit aimablement Irene, et bon débarras.

— Où qu'ils vont, Irene ? » Le regard ivre et déconcerté de Babs passa de l'un à l'autre. « Où qu'il va, mon mignon ?

— Tu me croiras peut-être pas, répondit Irene, mais il retourne chez sa mère. »

*

Le voyage de retour fut aussi cauchemardesque que Nikos l'avait craint. Sur la plus grande partie du trajet, la visibilité oscilla entre quelques mètres et zéro. Ils ne connaissaient pas bien la route. La lumière des phares aggravait la situation : réfléchie par le brouillard, elle créait un mur si épais qu'on l'eût dit fait de briques. Ils avançaient au pas en suivant le bord du trottoir quand il y en avait un, ce qui sur cette route essentiellement campagnarde ne se produisait pas souvent, et la plupart du temps, malgré la carte dont ils disposaient, n'avaient qu'une très vague notion de l'endroit où ils pouvaient se trouver. Pendant un bon moment, alors qu'ils quittaient la ville et gagnaient pratiquement à l'aveuglette l'axe principal qui menait à la côte, ni l'un ni l'autre ne parla, si ce n'est brièvement, au sujet du meilleur itinéraire à suivre. Une fois qu'ils furent à peu près certains d'être sur la bonne route, Nikos tenta de s'excuser. « Je suis désolé. Je n'en pouvais plus. C'était si... sordide. »

Adam bâilla. « C'est toujours comme ça avec les putes, non ? » Il était remarquablement de bonne humeur. Nikos devina son sourire dans l'obscurité. « Tu aurais pu au moins me laisser tirer un coup avant de piquer ta crise.

— Je suis désolé », répéta Nikos. Il avait des martèlements dans les tempes et ses yeux lui faisaient mal à force d'essayer de percer le brouillard opaque. Il éprouvait dans sa chair la peur de Cathy, son angoisse. Pour son fils. Peut-être un peu pour lui. Il ne s'était jamais senti aussi coupable — aussi sale, aussi irrémédiablement souillé — de sa vie. Il avait l'impression d'être un nageur qui lutte désespérément contre vents et marées pour atteindre le rivage. À ses côtés, Adam respirait doucement, régulièrement. Il s'était endormi, insouciant, innocent comme un enfant. Nikos serra les dents et continua à s'enfoncer dans le brouillard glacial et humide.

Ils arrivèrent à Sandlings à deux heures et demie du matin. Toutes les lumières étaient allumées et luisaient faiblement à travers le brouillard. Arraché à son sommeil et en proie à un début de gueule de bois, Adam ne tenait pas très bien sur ses jambes. Nikos le soutint tandis qu'ils avançaient à tâtons sur le sentier conduisant à la maison. Lorsque Nikos ouvrit la porte et tira l'épaisse portière, Sandy se livra à son habituel numéro mais se calma immédiatement en reconnaissant les intrus. Le feu était mort et la pièce glaciale. Pelotonnée tout habillée sur le canapé, la tête tordue sur un bras, Cathy somnolait. La TSF sifflait et crachotait, la station de radio ayant depuis longtemps arrêté ses émissions pour la nuit.

Cathy se réveilla immédiatement ; Nikos sentit la fraction de seconde où le soulagement irrépressible fit place à la furie. « Où diable étiez-vous ? »

Adam tressaillit légèrement, écarta les mains pour s'excuser. « Désolé.

— Désolé ? *Désolé* ? C'est tout ce que tu trouves à dire ? Je me suis fait un sang *d'encre*. Vous n'allez pas me dire, brouillard ou pas brouillard, qu'il vous a fallu... — elle jeta un coup d'œil à sa montre — ... pratiquement dix heures pour revenir de Huntingdon ! »

Adam secoua sa tête blonde. « Non. je suis désolé. On... j'ai eu une bonne journée. Gagné un peu, quoi. On s'est arrêtés à Cambridge pour fêter ça.

— Sans vous soucier un seul instant de moi », fit-elle en posant les yeux sur Nikos. Incapable de soutenir la férocité de son regard angoissé, il baissa le sien. Il y eut un moment de silence. « Je vous ai crus morts tous les deux, dit-elle soudain d'un ton très maîtrisé. Ou au moins gravement blessés. J'ai pensé qu'il avait dû y avoir un accident. J'ai cru... j'ai eu peur... que la police ne vienne... » Elle s'interrompit et avala violemment sa salive.

Adam se recroquevilla dans son pardessus. « Écoute. Je suis désolé, vraiment désolé. Mais nous voilà, sains et saufs, est-ce qu'on ne pourrait pas discuter de tout ça plus tard ? Je te promets que je m'aplatirai. On est allés à Cambridge, on a bu quelques verres, levé deux filles... » De nouveau il avait écarté ingénument les mains. « Tu sais comment c'est. Le temps file.

— Quand on s'amuse ! » Le ton de Cathy avait entièrement changé. En levant les yeux sur elle, Nikos se dit qu'il ne lui avait jamais vu un regard aussi glacial. Il était fixé sur lui et, une fois de plus, Nikos fut incapable de le soutenir.

« Et puis, sans mentir, on a mis des heures pour rentrer. Le brouillard est vraiment traître.

— C'est ce que j'ai cru comprendre en écoutant la TSF. » Sa voix, d'habitude si chaleureuse, était toujours sèche et glaciale. « Bon, maintenant que vous avez daigné réapparaître, je suppose que je peux aller me coucher. Nikos... tu n'as rien à ajouter ? »

Il n'avait pas prononcé un seul mot depuis qu'ils avaient passé la porte. Il la regarda d'un air impuissant. Malgré le froid mortel qui régnait dans la pièce, il avait le visage en feu. « Je suis désolé, répondit-il, conscient de l'inanité de ses paroles.

— Et moi donc. » L'espace d'un bref et triste instant, ils auraient pu être seuls. Contemplant son visage, Nikos remercia sincèrement Dieu que ce ne fût pas le cas.

Adam, dont le cerveau embrouillé et le corps las avaient été un peu revitalisés par la marche depuis la voiture et par le froid qui régnait dans la pièce, les regarda tour à tour. Même lui se rendait compte, bien qu'il fût à cent lieues de la comprendre, de l'atmosphère tendue qui existait entre eux.

L'instant était passé. « Vous n'êtes plus des enfants, déclara Cathy. Vous êtes tous les deux adultes. Vous faites ce que vous voulez. Mais la prochaine fois, ne me laissez pas ici à me ronger les sangs. » Elle tourna les talons et gagna d'un air hautain la porte donnant sur l'escalier. La main sur le loquet, elle se retourna un bref instant. « Joyeux Noël, lança-t-elle d'une voix acide avant de les quitter.

— Aïe, dit Adam qui n'avait pas l'air trop affecté. Bon sang de bonsoir... il fait un froid de canard ici. Pire même. Tu veux un cognac ? »

8

Ils furent prisonniers du brouillard pendant deux jours. Lorsque les deux jeunes gens firent leurs bagages et prirent congé après le déjeuner du dimanche, il continuait à ensevelir la lande, à recouvrir les dunes et à s'enrouler en écharpes fantomatiques autour des arbres rabougris qui s'égouttaient. Cathy avait maintenant, du moins en apparence, retrouvé son équilibre et Adam se remettait à peine d'une gueule de bois bien méritée. Le lendemain de leur expédition, les deux jeunes gens avaient dormi jusqu'à midi. En faisant enfin surface, ils avaient de nouveau présenté leurs excuses qui, cette fois, la colère étant retombée, furent reçues de meilleure grâce ; pourtant, si la fureur de Cathy envers son fils s'était plus ou moins apaisée, Nikos, qui avait perdu tout entrain, était certain de déceler dans l'attitude de cette dernière à son égard une note glaciale qu'aucune conversation, si délibérément joyeuse fût-elle, ne pouvait dissimuler. En fait, il était content de s'en aller : le moins qu'on puisse dire, c'est que la visite n'avait pas été un succès.

« Faites attention. Le brouillard est encore très

épais. » Cathy les accompagna à la voiture, serra Adam dans ses bras, déposa un baiser bref et froid sur la joue de Nikos. « Embrasse ton père de ma part, ajouta-t-elle ironiquement, si tu arrives à le trouver.

— Merci pour Noël. » Adam avait hâte d'être parti. Londres et ses distractions l'appelaient. « On se revoit dans quelques jours, pour le réveillon du jour de l'an.

— Attendons. Leon sera peut-être alors en Australie, qui sait ? Un vague projet de passer le nouvel an à Londres avec sa famille ne suffirait guère à le retenir si quelque chose de plus intéressant se présentait, pas vrai ?

— Il sera là, dit doucement Nikos, j'en suis sûr. » Cathy eut un sourire éclatant, encore que peu convaincu. « Nous verrons. Bon maintenant, sauvez-vous. Et soyez prudents. »

Elle regarda l'Austin noire disparaître dans la nappe de brouillard. Le ronronnement du moteur s'estompa et le silence ne fut plus interrompu que par le bruit étouffé de la mer au loin. Elle resta longtemps immobile puis, enfonçant les mains dans ses poches et rentrant les épaules contre le froid, elle rebroussa lentement chemin pour regagner la maison vide et silencieuse.

*

Le télégramme arriva le lendemain pendant que Cathy faisait sa promenade rituelle sur la plage avec les chiens. Elle rentra pour découvrir un Bert tout agité qui attendait à sa porte en serrant une enveloppe jaune. « L'est arrivée juste après que vous êtes partie. » Le vieil homme la regarda déchirer l'enveloppe avec une anxiété touchante. « Le gars a pas voulu attendre.

L'a dit que si vous vouliez répondre, faudrait le faire du guichet de poste au magasin. C'est-y des mauvaises nouvelles ? » Bert appartenait à une génération qui, ayant connu deux guerres mondiales, n'associait jamais un télégramme à quoi que ce fût d'autre.

Cathy parcourut une deuxième fois le morceau de papier. « C'est une question d'opinion, répondit-elle avec aigreur », puis, voyant l'expression soucieuse du vieil homme, elle s'empressa de lui poser la main sur le bras pour le rassurer. « Non, non. Rien d'inquiétant. C'est de Leon. Il est revenu. » Elle lança un coup d'œil hargneux au bref message. « Il semblerait que je sois sommée de le rejoindre à Londres pour le réveillon du jour de l'an.

— Irez-vous ? »

Elle ne répondit pas tout de suite. Puis elle soupira. « Je ne sais pas, Bert, je ne sais vraiment pas. »

Il la regarda. Bien qu'il fût sincèrement soulagé pour elle, son esprit caustique et acariâtre prit le dessus. « Vous irez, ma fille, lança-t-il, et, oui, je m'occuperai de votre chien. Mais croyez pas que je m'en vais gâter votre maudit clébard comme vous le faites, c'est tout. »

*

Plus tard, cet après midi-là, elle téléphona à Leon de la cabine devant l'épicerie. Oui, elle viendrait, mais elle fut intraitable sur un point : il n'était pas question qu'elle aille dans l'appartement de Nikos.

« Mais, Kati, pourquoi pas ?

— Parce que ce n'est pas juste pour Nikos. Et que ce ne serait pas juste pour moi non plus. Il faut que

169

nous parlions, Leon, et je ne veux pas le faire en public.

— Parlions ? » Il était l'innocence même.

« Parlions, répéta-t-elle d'un ton cassant. Tu sais très bien ce que je veux dire.

— Ah, Kati, Kati, tu n'es pas encore furieuse parce que je ne suis pas venu pour Noël ?

— Furieuse ? Ça se pourrait. »

Il poussa un soupir résigné. Elle pouvait presque le voir lever au ciel des yeux exaspérés. Elle réfréna une bouffée de colère. « Réserve une chambre à l'hôtel. Autrement, je ne viens pas. Sans plaisanter.

— D'accord. D'accord. Si c'est ça que tu veux, tu l'auras. Je te promets, *koukla mou,* que ton Leon se fera pardonner. Tu auras tout ce que tu veux. Je t'ai acheté un cadeau. Pour aller avec ta robe. Et pour les garçons des boutons de manchettes en or, gravés à leurs initiales...

— J'en conclus que le voyage en Grèce a été un succès, lança-t-elle sèchement.

— Oui, en effet.

— Eh bien, tu me raconteras tout ça quand nous nous verrons, n'est-ce pas ? J'ai vraiment hâte de savoir ce qui a bien pu te paraître plus important que de passer Noël en famille. »

Il y eut soudain un petit silence prudent. « Les affaires, Kati, les affaires.

— Je vois.

— Écoute... Prends le train de midi, demain, d'accord ? D'ici là j'aurai tout organisé, je te promets. J'irai te chercher à la gare. N'oublie pas d'apporter ta belle robe. Adam nous a invités à passer la soirée du réveillon avec des amis à lui.

170

— Entendu, Leon. Il faut que j'y aille maintenant, je suis à court de pièces. À demain alors, à la gare de Liverpool Street.

— Au train de midi. Et, Kati... je suis sûr que tu aimeras ton cadeau... » Le téléphone cliqueta ; la voix de Leon fut coupée et remplacée par la tonalité.

Cathy lança un regard réprobateur au combiné qu'elle raccrocha. « Je n'en doute pas », répondit-elle d'une voix acide.

*

« C'est ravissant », dit-elle avec sincérité mais sans grand enthousiasme.

Leon, debout derrière elle, croisa son regard dans le miroir. « Ça te plaît ? »

— C'est ravissant », répéta-t-elle. Étincelant au bout de sa chaîne en or, le pendentif accrochait la lumière au moindre mouvement.

« Tu le porteras demain soir ? »

— D'accord. Si tu y tiens. » Elle se prépara à l'ôter.

« Laisse-moi faire. » Leon ouvrit le fermoir, souleva le pendentif et le balança avant de le poser dans la main de Cathy. « Tu vois ? J'ai pensé à toi. »

Cathy pencha la tête de côté et le regarda sans sourire. « Vraiment ? Tu en es certain ? »

— Mais bien sûr que j'ai pensé à toi ! » Il écarta les mains en un geste familier. « Tu ne le vois donc pas ? »

Cathy alla brusquement à la fenêtre et resta un moment à contempler les toits et les tours d'un Londres qu'on était encore en train de restaurer et de reconstruire après les dévastations des années de guerre.

171

« Kati ? » demanda calmement Leon dans son dos.

Elle se retourna. « Leon, comment ne peux-tu pas comprendre pourquoi... une babiole comme celle-ci... — elle ouvrit la main et le pendentif scintilla sur sa paume — ... ne peut pas effacer ce que tu as fait ? Tu as disparu sans un mot, sans une pensée. Tu as simplement laissé tomber nos projets et tu es parti seul. Tu refuses de me raconter où tu es allé et ce que tu as fait... »

Il soupira patiemment. « Je te l'ai dit. J'étais à Athènes. Pour affaires.

— Quel genre d'affaires ? Et pourquoi à Noël ? Ces... affaires... si mystérieuses... ne pouvaient-elles pas attendre deux ou trois jours ? Oh, pour l'amour du ciel ! » Elle secoua violemment la tête. « Nous en avons déjà parlé cent fois. Tu sais ce que j'en pense.

— Et pourquoi n'essaies-tu pas de voir ce que moi j'en pense ? répliqua Leon dont les paroles dénotaient une colère grandissante. Tu crois que je voulais passer Noël loin de toi ? Tu ne crois pas que j'aurais été là, si j'avais pu faire autrement ?

— Je ne sais pas. Je ne sais vraiment pas ! » La voix de Cathy s'était mise au diapason de la sienne.

« Eh bien, nom de Dieu, tu devrais ! Kati, si tu venais vivre avec moi à Londres, de tels malentendus ne se produiraient pas... »

Elle releva brusquement la tête avec un air de défi. « Tu veux dire que, si j'avais été à Londres, tu ne serais pas parti ? »

Il respira bruyamment et ne répondit pas.

« Tu parles ! lança-t-elle. Tout ce que tu veux dire, c'est que si j'avais été là, tu serais rentré à la maison, attendant de moi que je fasse tes valises avant ton départ. Tu ne m'aurais toujours pas révélé ce que tu allais faire ni pourquoi. Tu te serais toujours soucié comme d'une guigne que notre Noël soit gâché...

— Je me tue à te le répéter, femme..., rugit-il.

— Je *sais* ce que tu n'arrêtes pas de me seriner. Tu étais à Athènes. Pour affaires. Mais quelles affaires ? Et avec qui ? »

Il hésita. « Des affaires de fret, répondit-il. Avec un vieil ami. Il... il a des difficultés financières. C'est pourquoi j'ai dû partir si précipitamment. »

Elle ne le quittait pas du regard. « Je ne te crois pas », affirma-t-elle, catégorique.

Leon pinça les lèvres.

« Leon... tu crois que je ne sais pas quand tu mens ?

— Je ne mens pas, femme. »

Elle se dirigea tranquillement vers lui, prit sa main qu'elle guida vers l'échancrure de sa chemise où brillait le lourd médaillon en or.

« Jure-le là-dessus, dit-elle. »

Il tripota l'icône. Ne souffla mot.

« Bon, déclara-t-elle très calmement au bout d'un moment. Je pense que ça veut tout dire, tu ne crois pas ?

— Tu ne comprends pas, répondit-il.

— Non. C'est vrai. Nous devrions nous préparer. C'est presque l'heure du dîner. » Sa voix était glaciale.

Il fit un effort visible pour se calmer. « Je suis passé en coup de vent à la maison, déclara-t-il. Elle sera prête, je pense, au printemps. Nous irons en Grèce pour Pâques. C'est une fête très importante. Ça te plaira. Ça compensera pour Noël.

— Peut-être », répondit-elle en lui laissant le soin

de deviner à laquelle — ou même auxquelles — de ses déclarations le mot s'appliquait.

*

Le « réveillon » du nouvel an auquel Adam les avait conviés s'avéra être un bal splendide donné dans un des grands hôtels ayant vue sur Hyde Park. Lui et Nikos retrouvèrent d'abord Leon et Cathy pour dîner ; ils devaient tous se joindre plus tard à un groupe pour le bal. Cathy regarda autour d'elle. « Pas de Dorothy ?

— Qui ? Oh... Dodo. » Adam fit un grand sourire et secoua la tête. « Abandon en milieu de course, j'en ai peur. Elle commençait à avoir dans la prunelle une lueur qui me rendait nerveux. » Il cligna de l'œil. « J'adore les gants. »

Cathy rit. « Moi aussi. »

Le repas était bon et l'atmosphère à la fête, détendue. Pas plus Leon que Cathy n'étaient gens à bouder, et si des différences subsistaient entre eux, ils étaient à l'aise, au moins superficiellement, l'un avec l'autre. Adam était semblable à lui-même : extraverti ; seul Nikos se montrait réservé, mais telle étant sa nature, personne à part Cathy ne remarqua à quel point. Il écoutait, souriait au moment voulu et buvait une grande quantité de vin. Il avait pris une décision et il entendait la mettre à exécution le soir même. Il ne prêta pas d'attention particulière à Cathy, ne participa guère à la conversation. Son heure viendrait et il dirait ce qu'il avait à dire. Ensuite, les choses seraient entre les mains des dieux, même s'il n'avait pas grande confiance en leur bonne volonté.

Ils gagnèrent la salle de bal et leur table. Une grosse

horloge, ornée d'or et d'argent, était accrochée à un mur. Des ballons d'or et d'argent étaient suspendus dans un immense filet au-dessus de la piste de danse. Sur les tables éclairées aux chandelles se trouvaient des coupes pleines de serpentins, de chapeaux en papier, de masques et de petits drapeaux. Les gens étaient déjà sur la piste.

« Champagne, dit Leon.

— À gogo. » Adam portait de guingois un chapeau haut de forme en carton. « Ah... les voilà... » Il agita la main. Une bande de jeunes gens qui venaient d'entrer dans la salle se frayèrent un chemin vers leur table. On fit les présentations, on échangea des poignées de main, les filles embrassèrent Adam. Cathy ne saisit que la moitié des prénoms : il y avait une Henrietta, une Jennifer, une Phyllis, deux David et un Quentin, après cela elle perdit le compte et aurait été de toute façon bien en peine de mettre un nom sur un visage. Ils formaient un joli groupe : les jeunes gens soignés dans leur tenue de soirée, les filles en taffetas et dentelles, lèvres brillantes, taille fine, épaules nues, juchées sur des talons si hauts que Cathy se demandait comment elles arrivaient à marcher et a fortiori à danser. Elle se retrouva assise à côté d'une fille en vert dont les cheveux blonds permanentés brillaient comme un casque métallique à la lumière et qui ponctuait tous ses propos d'un joli rire en trilles. Par bonheur, comme le niveau sonore était devenu tel qu'il était difficile de toute façon de s'entendre parler, elle ne semblait pas exiger d'autre réponse qu'un signe de tête ou un sourire de temps à autre, aussi Cathy l'obligea-t-elle, sirota son champagne et fut surprise de découvrir qu'elle commençait vraiment à s'amuser. Elle dansa avec Leon, puis avec Adam et deux autres jeunes gens du groupe. Lorsque la grosse horloge indiqua onze heures, elle avait bu assez de champagne pour envisager de se risquer à danser avec Nikos, chose qu'elle s'était promis sévèrement plus tôt de ne pas faire ; mais en réalité il ne l'invita pas et la décision n'eut pas besoin d'être prise. Bizarrement, elle en fut un peu vexée. Elle croisa son regard, lui sourit puis le regretta : il soutint son regard pendant un long moment intensément troublant avant de mettre la main à sa poche pour en extraire un étui dont il sortit une cigarette qu'il alluma en baissant ses longs cils, sans l'ombre d'un sourire pour répondre au sien. Une étrange humeur querelleuse s'éveilla en elle. C'était elle qui avait des raisons d'être fâchée, pas lui. Les paroles d'Adam, qu'elle avait mis des jours à chasser de son esprit, résonnèrent soudain dans sa tête avec clarté. « *On est allés à Cambridge, on a bu quelques verres, levé deux filles...* » N'était-ce pas ce que faisaient les jeunes gens ? Comme elle se l'était déjà répété un million de fois : en quoi cela la regardait-elle ?

Elle prit son verre qu'elle vida, fit un charmant sourire à un jeune homme qui le lui remplit immédiatement. « Dites... voudriez-vous danser ?

— Avec grand plaisir. » Elle lui donna sa main, se laissa lever de sa chaise, sentit plutôt qu'elle ne vit le soudain vacillement des yeux de Nikos. Au diable. Elle se glissa dans les bras du jeune homme, lui adressa un sourire radieux et ils se mirent à valser gracieusement.

L'horloge avançait inexorablement, le champagne continuait à couler à flots et la foule brillante, élégante, s'acheminait vers 1953 en bavardant, riant et dansant.

176

Nikos surveillait l'horloge et sirotait son champagne.

Cathy dansait avec Leon quand le maître des cérémonies réclama le silence quelques minutes avant minuit. « Mesdames et messieurs... je vous demande de remplir vos verres... » Ils regagnèrent leur table autour de laquelle le reste du groupe se rassemblait. Partout dans la salle le bruit des bouchons de champagne rivalisait avec le brouhaha des conversations et des rires. « ... une année qui verra le couronnement de notre jeune Reine, Dieu la bénisse, une année où notre grand pays fêtera l'aube d'une nouvelle ère élisabéthaine... »

Adam fit un clin d'œil à sa mère. « Quel tas de... — il s'interrompit à temps, sourit — ... d'idioties. »

Elle lui donna une petite tape sur le bras. « Chut ! »

Le silence s'était fait dans la salle. Les deux aiguilles de l'horloge se rejoignirent. D'une radio installée sur l'estrade, le carillon de Big Ben égrena les douze coups de minuit.

Le tohu-bohu éclata. Au milieu des acclamations, on jeta des serpentins, on souffla dans les petites trompettes et les sifflets, le grand filet lâcha ses ballons d'or et d'argent sur la foule en dessous. Leon attrapa Cathy et l'embrassa. « *Polla kronia,* ma Kati. Bonne année.

— Toi aussi. » Elle passa un bras autour de son cou, le serra un moment contre elle, puis fut tirée en arrière par Adam.

« Bonne année, maman chérie... » Tout le monde s'embrassait, échangeait des vœux. Un jeune homme dont Cathy ne connaissait pas le nom lui appliqua un baiser retentissant. « Bonne année... » L'orchestre avait entamé une conga. Une farandole excitée, hilare, se formait sur la piste de danse.

Cathy sentit qu'on lui touchait le bras. Elle se retourna. Nikos se pencha, l'embrassa, pas du tout comme les autres l'avaient fait, mais longuement, doucement et avec une soif si douloureuse que son cœur faillit s'arrêter de battre. « Je t'aime », murmura-t-il à son oreille, les mots destinés à elle seule au milieu des bruyantes réjouissances. « Je t'aime comme que je n'ai jamais aimé rien ni personne auparavant. » Surprise, elle essaya de s'écarter pour le regarder dans les yeux, mais il la retint fermement un instant. « Ne dis rien. Je t'en prie. Je ne veux pas que tu dises quoi que ce soit. Je ne veux pas que tu me répondes. Je veux simplement que tu me croies ; je veux simplement que tu saches. Je t'aime. Je t'aimerai toujours. » Au moment où il la lâcha, quelqu'un attrapa Cathy par le bras et l'arracha à lui. La farandole ondulait. « *Aye, aye, conga, aye, aye, conga...* » Cathy se retrouva les mains sur la taille étroite d'Adam en train de contourner les tables, de monter sur l'estrade, d'en redescendre, de sortir par une porte, de suivre un couloir puis, sous les acclamations des spectateurs, de rentrer par une autre porte, la chaîne serpentant autour de la piste, puis se séparant en deux avant de faire demi-tour sur elle-même.

« Je t'aime. Je t'aime comme je n'ai jamais aimé rien ni personne auparavant. »

Elle aurait dû être horrifiée. Elle aurait dû être en colère. Elle n'était ni l'un ni l'autre.

« Je t'aime. Je t'aime comme je n'ai jamais aimé rien ni personne auparavant. »

Il ne lui venait pas à l'esprit de douter de ses paroles. Au contraire : elle avait la certitude absolue de leur véracité. Elle l'avait vu, deviné dès le début. Elle jeta un coup d'œil à l'endroit où il était assis : ses longs doigts bruns tenant nonchalamment sa coupe, il l'observait sans se cacher, sans sourire et elle en eut le cœur chaviré. Elle mourait d'envie d'aller à lui, de le tenir contre elle, de soulager la souffrance qui se lisait dans ses yeux. De lui dire... de lui dire quoi ?

L'orchestre jouait de plus en plus vite, la farandole se divisait en petits groupes qui se trémoussaient follement. On tapait dans les ballons qui passaient de main en main, on les faisait éclater en les piétinant.

La réponse suivit de peu la question. « *Pour lui dire : Oui, je t'aime aussi. Pour lui dire : Ne t'inquiète pas. Ce n'est pas grave. Tant que nous ne faisons rien de plus, ce n'est pas grave. C'est notre secret. Nous n'avons pas besoin de le partager avec qui que ce soit.* »

La musique avait enfin cessé, les gens regagnaient leurs tables. Au-dessus de l'horloge, la date « 1953 » qu'on venait de dévoiler brillait en bleu, blanc et rouge.

C'était le fils de son mari et il était assez jeune pour être le sien.

Il était beau et elle l'aimait.

Si bizarre que fût la situation, elle se rendit soudain compte que ce qu'elle éprouvait surtout, c'était du bonheur, si inapproprié fût-il. Du pur bonheur. Et l'espace d'un instant, elle ne put se résoudre à le réfréner, à le nier. Demain, il serait temps d'être choquée de son comportement et de celui de Nikos. Demain, elle ferait preuve de sévérité et de réalisme. Demain, elle verrait certainement l'abîme qui s'ouvrait à leurs pieds et elle s'en écarterait.

Pour ce soir, rien que pour ce soir, elle voulait s'accrocher au bonheur fragile, presque douloureux, que la déclaration de Nikos avait fait naître. Et elle voulait qu'il le sache. Il méritait quand même bien cela. Elle ne supportait pas de le blesser : le rejeter d'emblée serait pure cruauté. Rien ne pressait. Quel mal y avait-il à lui parler, juste une fois, pour que tous deux s'avouent leurs sentiments puis gentiment les abolissent ? « Ce n'est pas grave, se répéta-t-elle. Tant que nous ne faisons rien de plus. » Et elle savait en son âme et conscience combien cette idée était fallacieuse.

Le crooner était revenu sur scène ; l'orchestre attaqua une valse populaire. « Mesdames et messieurs, claironna le maître des cérémonies, c'est maintenant aux dames de choisir leur partenaire. »

Cathy tendit la main. « Nikos ? Tu n'as pas dansé une seule fois avec moi de toute la soirée. »

Il la tint avec précaution et en silence au début. Puis il déclara : « Je suis désolé. Je t'ai choquée. Embarrassée.

— Non.

— Il fallait que je te le dise. C'est tout. Il le fallait. Et j'ai pensé... qu'ici... avec tout ce monde autour de nous... » Il hésita... « Tu veux que je m'en aille ? Je pourrais retourner en Amérique. Ou peut-être en Grèce. Papa parle d'y ouvrir un bureau...

— Non », répéta-t-elle. Elle renversa la tête pour le regarder. « Nikos. Regarde-moi. »

Il tourna les yeux vers elle à regret.

« Ce n'est pas grave, dit-elle doucement. Nikos, ce n'est pas grave. On ne peut rien contre les sentiments. C'est-ce que nous faisons qui importe. Nous ne faisons rien de mal. Et nous ne ferons rien de mal. Tu le sais. Alors, ce n'est pas grave. »

Les yeux vert mordoré s'étaient agrandis. Il fit un

pas de travers, vacilla un peu, reprit son équilibre. « Nous ? » demanda-t-il.

Elle s'autorisa, juste pour un instant, à étudier son visage, à regarder la lueur de compréhension devenir un éclair de joie.

« Nous ? répéta-t-il. Tu veux dire... — il s'interrompit et puis poursuivit avec circonspection — ... tu veux dire que tu comprends ce que j'éprouve pour toi ?

— Oui.

— Et... » Il n'arrivait pas à se résoudre à lui poser la question angoissante qui le tourmentait. « ... Tu n'es pas en colère contre moi ?

— Bien sûr que non. » La piste était bondée ; ils pouvaient à peine bouger.

Il se détendit et l'attira contre lui. Il posa sa joue sur ses cheveux. « Cathy, je t'aime.

— Chut ! » le réprimanda-t-elle gentiment en lui serrant la main.

Ils dansèrent longtemps en silence. Cathy ferma les yeux, hypnotisée par le contact de son corps contre le sien, la douceur de sa main, son odeur. Les mots qu'il avait prononcés étaient bien rangés dans sa mémoire comme un souvenir enveloppé dans un mouchoir à l'abri des yeux indiscrets, comme un pacte secret à chérir mais qui ne devrait jamais, au grand jamais, être rendu public. Ils ne devaient plus jamais recommencer, bien sûr. Certainement pas. Mais juste pour maintenant... quel mal y avait-il... ?

Quelqu'un lui frappa l'épaule. Elle reconnut le rire en trilles de la fille en vert. « Excusez-moi... est-ce que je peux ? » La fille arrivait à peine à l'épaule de Nikos. Elle renversa la tête pour lui sourire.

« Bien sûr. » Cathy se dégagea des bras de Nikos. Une fraction de seconde, il retint sa main avant qu'elle ne s'éloigne et ne se fraie un chemin dans la foule pour regagner la table où son mari l'attendait.

Nikos et elle n'eurent plus ensuite l'occasion d'avoir un entretien privé, et bizarrement cela parut sans importance. Ils s'effleurèrent de temps à autre du regard, échangèrent des plaisanteries dans le cadre de la conversation générale, mais la sombre passion sous-jacente, qui, pour le moment du moins, les possédait, était trop profonde pour que qui que ce soit d'autre la sente ou la devine. Quand ils se séparèrent, deux heures plus tard, elle l'embrassa avec beaucoup de naturel. Ce n'est que lorsque Leon, qui avait du vent dans les voiles, abattit son énorme bras sur ses épaules en disant : « Allez, Kati. Rentre à la maison avec ton mari. Nous devons inaugurer cette nouvelle année comme nous souhaitons qu'elle continue... » qu'elle discerna dans les yeux vert mordoré de Nikos fixés sur son père une lueur qui la troubla momenta-nément et la tira de la rêverie éveillée dans laquelle la déclaration d'amour du jeune homme l'avait plongée.

Tout à coup, elle eut les idées claires. Bon sang ! Qu'avait-elle fait ? Qu'avait-elle dit ? Qu'avait-elle laissé entendre ?

« Demain, mon garçon, disait Leon, tu peux faire la grasse matinée aussi longtemps que tu veux. Vendredi, Kati s'en va, et toi et moi, on se remet au travail. » Il serra la main de son fils. « Nous avons beaucoup à faire. Bonne année, Nikos. Espérons qu'elle sera bonne pour Kotsikas et Fils ! »

Nikos ne répondit pas.

Cette nuit-là, Leon fit l'amour à Cathy en vitesse et

avec passion avant de s'endormir aussi rapidement à ses côtés.

C'est alors seulement, fixant l'obscurité sans pouvoir fermer l'œil pendant que Leon ronflait doucement à ses côtés, qu'elle se souvint tout à coup de l'éclair de colère qui avait brillé dans les yeux de Nikos lorsqu'il avait regardé son père, et qu'elle prit vraiment la mesure de ce qu'elle avait peut-être fait.

*

Le lendemain du jour de l'an, Cathy s'enfuit aussi vite qu'un billet de train pour le Suffolk le lui permettait. Elle n'avait pas reparlé à Nikos depuis le bal. Elle était déchirée entre l'envie de le revoir et le désir de ne plus jamais approcher de lui. Elle avait besoin de rentrer chez elle. Elle accompagna Leon au bureau, fit ses bagages et commanda un taxi. Elle arriva à la gare de Liverpool Street à dix heures moins cinq.

Nikos l'attendait.

Il se tenait au contrôle des billets, examinant les visages de la foule qui s'amenuisait ; elle l'aperçut trop tard : il se dirigeait déjà vers elle.

« Qu'est-ce que tu fais ici ?

— Je t'attendais.

— Nikos... !

— Il fallait que je te voie. Il le fallait.

— Comment savais-tu quel train je prenais ? Tu n'as pas... tu n'as pas demandé à ton père ?

— Bien sûr que non. Je suis simplement venu tôt et j'ai attendu. J'aurais attendu tout la journée si nécessaire.

— Leon compte sur toi au bureau.

« — Je sais.

— Que vas-tu lui raconter ? »

Il haussa les épaules.

Ils ne savaient pas quoi dire. Autour d'eux la gare grouillait : un sifflet retentit, un train vomit de la vapeur et les attelages cliquetèrent lorsqu'il s'ébranla.

« Je veux venir te voir, déclara-t-il.

— Non ! » Elle était paniquée. « Non, Nikos ! Tu sais bien que tu ne dois pas. » Elle passa devant lui et se précipita. « Il faut que j'y aille. Le train part dans cinq minutes.

— Ne pars pas. Prends le suivant. Parle-moi.

— Non. Je ne peux pas. Nikos... je t'en supplie ! » Elle montra son billet — Nikos sortit un ticket de quai, passa le contrôle avec elle, marcha à ses côtés tandis qu'elle se hâtait sur le quai.

« Tu as dit "nous", insista-t-il.

— Quoi ? » Elle avait du mal à ouvrir la portière. Il passa devant elle, tourna la lourde poignée et s'effaça pour la laisser monter. Une femme âgée lisait un journal dans un coin du compartiment. Nikos prit le sac de Cathy, le mit dans le filet à bagages, ouvrit la fenêtre à l'aide de la courroie de cuir avant de redescendre sur le quai et de claquer la portière. « Tu as dit "nous" », répéta-t-il devant la vitre baissée. Il avait les traits tirés. Il paraissait très jeune et très fatigué. « Le soir du réveillon. Tu sais bien ce que je veux dire.

— Oui, je sais.

— Je veux venir te voir. Il faut que je te parle. »

Elle se pencha pour toucher sa main posée contre la vitre.

« Il ne faut pas. Tu sais qu'il ne faut pas. »

La femme dans le coin du compartiment les observait avec une lueur d'intérêt avide dans les yeux.

« Je t'en supplie.

— Non, s'entêta-t-elle.

— Je viendrai quand même. Tu ne peux pas te cacher de moi pour toujours.

— Je ne me cache pas...

— Qu'est-ce que tu fais alors ? Est-ce que tu le sais ? Est-ce que tu comprends ce que tu es en train de me faire ? »

Elle resta silencieuse.

Quelqu'un passa près d'eux en courant, sauta dans le compartiment voisin. Comme la portière se refermait, il y eut un coup de sifflet.

« Je t'aime, dit Nikos. Je suis sérieux. Et je ne te lâcherai pas. Je ne peux pas. Je viendrai. Dans une ou deux semaines. Et alors, si tu ne veux pas me voir, tu pourras me renvoyer. Mais je viendrai. »

Le train s'ébranla. Il porta les doigts de Cathy à ses lèvres puis recula. Elle s'assit et regarda droit devant elle. Une affiche représentant une mère extrêmement jolie en compagnie de deux enfants aux joues extrêmement roses l'invitait à visiter Clacton pour le bon air et pour s'amuser. Le miroir au-dessus était fêlé. La femme dans le coin fit du bruit avec son journal et lui jeta un bref coup d'œil.

Cathy renversa la tête et ferma les yeux. Sa maison. Elle avait besoin de retrouver sa maison.

9

L'année commença par une période de froid : vers la fin de la première semaine et au début de la deuxième, Sandlings fut enseveli sous la neige, ce qui n'était pas rare en janvier sur cette côte exposée de la mer du Nord. Pour Cathy ce fut presque un soulagement. Très contente d'être coupée du reste du monde, elle passa de longues heures absorbantes à se concentrer avec acharnement sur sa tâche et occupa son temps libre à réorganiser et à redécorer sa pièce préférée : la cuisine. Elle avait ce projet en tête depuis longtemps et avait acheté la peinture et les matériaux des mois auparavant. Elle avait toujours eu pour habitude, lors-qu'elle était perturbée ou dans le doute, de s'appliquer à quelque tâche ou activité physique satisfaisantes. Nettoyer, récurer, repeindre murs et meubles, confec-tionner rideaux et coussins servait un double but : d'abord le simple plaisir de voir se transformer sa pièce favorite et ensuite la certitude d'une bonne nuit de sommeil au bout d'une longue et fatigante journée de travail physique. Elle essayait de ne pas penser à Nikos et y réussissait le plus clair du temps. De temps à autre seulement, elle baissait sa garde et se surprenait à se rappeler les paroles qu'il avait prononcées à l'aube de 1953. Mais même alors, à cette distance, et dans ce cadre si différent et si familier, tout semblait un rêve. Il ne pensait certainement pas ce qu'il avait dit. Ce n'était pas possible. Elle repoussa fermement au fond de son esprit le souvenir de son regard intense, de ses yeux malheureux quand elle l'avait quitté sur le quai de la gare. C'était un enfant. Son beau-fils. Un jeune homme solitaire dans un pays étranger, qui se rac-crochait au premier témoignage de chaleur et de gen-tillesse qu'il avait reçu après la perte de sa grand-mère. Il devait maintenant, elle en était persuadée, regretter sa conduite impulsive. Ce qu'il fallait à Nikos, c'était une fille de son âge, une aventure du genre dont Adam semblait si coutumier.

Elle était cependant très gênée de découvrir combien l'idée lui répugnait.

Elle s'attendait à moitié à recevoir une lettre, mais les jours puis les semaines passèrent et rien ne se pro-duisit. Elle fut renforcée dans sa certitude : Nikos était revenu à la raison et regrettait sa déclaration pas-sionnée, peut-être simplement due au champagne. Elle résolut de rester enterrée à la campagne aussi longtemps qu'elle pourrait le faire sans attirer l'at-tention ou les commentaires, puis, lorsqu'une ren-contre avec Nikos serait inévitable, elle ferait comme si rien de malencontreux ne s'était passé entre eux. Le pauvre garçon devait être au supplice. À elle de dis-siper le malaise avec bon sens et avec soin.

Ainsi raisonnait-elle, avec confiance et pragmatisme, en ces moments où, malgré sa résolution, elle se surprenait à penser à lui. Mais il y avait d'autres fois où, blottie sous son gros édredon moelleux, ses sens entre veille et sommeil faisaient apparaître dans l'obscurité silencieuse d'autres images, d'autres possibilités. Et dans le secret le plus intime d'elle-même que d'aucuns, supposait-elle, considéreraient comme son âme, elle était forcée d'admettre que, quel que fût l'état d'esprit de Nikos, ses propres désirs n'étaient ni aussi simples ni aussi irréprochables qu'elle l'aurait souhaité.

Leon passa la majeure partie du mois de janvier en Grèce. Visiblement, les affaires qui l'avaient retenu à Noël marchaient bien. Cathy recevait de temps en temps un mot, une carte postale griffonnée à la hâte et ne révélant, comme à l'habitude, que fort peu de chose. La neige cessa et, une fois de plus, le brouillard s'éleva de la mer. Le jour vint, trois semaines environ après le début de ses travaux, où elle se tint, mains sur les hanches, pour examiner avec satisfaction le vert, le bleu et le jaune citron de sa cuisine rénovée. Ce soir-là, elle ouvrit une bouteille de vin pour fêter l'événement, s'assit près du feu pour dessiner et écouter du Mahler sur le vieux phono et parvint presque à se convaincre qu'il n'y avait pas de meilleure façon de passer une soirée.

Dehors, dans l'obscurité, bruit si familier que Cathy en avait à peine conscience, la mer glacée continuait de pilonner sans répit le long littoral vulnérable, la marée déferlant et grondant, étendant ses doigts avides jusqu'aux dunes pour se retirer à l'heure dite, bouillonnante et l'appétit non rassasié.

*

« J'crois que v'là le mauvais temps qu'arrive. » Tom

Blowers bourra sa pipe, l'alluma et la téta bruyamment.

« Le vent commence à se lever. » Mrs Hamilton rangeait des conserves sur un rayonnage. « Ils ont eu un sale temps dans le Nord. Rafales et ainsi de suite. Basses pressions partout, qu'ils ont dit à la météo marine. Gros temps et marées hautes. »

Le vieil homme opina du bonnet. « Heureusement que le vent est au sud-est. Ça devrait les calmer. On est tranquilles. »

Le carillon retentit. Mrs Hamilton se retourna. « Bon après-midi, Sally. Bonjour, mon petit Jimmy. Comment ça va ? »

Juché sur la hanche de la jeune femme, le bébé fit un grand sourire édenté.

« Une livre de farine, Mrs Hamilton, s'il vous plaît, dit la fille. Et une demi-livre de bacon maigre. Bon après-midi, Tom. »

L'homme hocha la tête d'un air renfrogné.

« Ça commence à souffler. » La jeune femme alla à la vitrine pour regarder dehors. « Tiens, revoilà le Yankee... le beau-fils à Mrs Kotsi-Machin Chose. » Elle se colla à la vitre. La haute silhouette qui était descendue du car du vendredi après-midi remonta son col de manteau, baissa le bord de son feutre pour s'abriter du vent et enfonça ses mains dans ses poches. « Je suppose qu'il sait où il va, cette fois. » Nikos partit d'un bon pas. La fille l'observa un moment avec une expression vaguement nostalgique.

« J'ai plus de bacon maigre, malheureusement, déclara Mrs Hamilton. Du gras, ça ira ? »

— Quoi ? » La fille s'écarta de la vitre. « Oh... oui... si c'est tout ce que vous avez... » Elle fouilla dans sa poche. « M'man m'a donné des tickets de sucreries pour le bébé... Vous avez quelque chose ? »

*

Planche à dessin sur les genoux, Cathy sentit que le vent fraîchissait tandis qu'elle esquissait une série de coquillages délicatement polis par la mer. Le livre pour enfants qu'elle illustrait était une histoire imaginaire située dans un mythique royaume sous-marin. Les efforts des trois ou quatre semaines précédentes portaient vraiment leurs fruits : dans une quinzaine de jours, elle aurait un portfolio tout à fait digne d'être présenté à un éditeur.

Sandy leva la tête et la pencha brusquement en regardant la porte. Il y eut une nouvelle rafale de vent. Le chien gronda sourdement.

« Fais pas l'idiot, Sands. C'est seulement le vent », dit Cathy sans quitter son travail des yeux.

La fenêtre trembla un peu et une bourrasque siffla dans la cheminée.

Sandy gronda de nouveau, sauta de sa chaise et trotta jusqu'à la porte avec l'air d'attendre quelque chose.

Cathy éclata de rire. « Si tu espères que je vais te laisser sortir par ce temps, tu te fais des illusions ! Avec un vent pareil, je ne te reverrais pas de la semaine, sale cabot... » Elle s'interrompit. Au-dessus du bruit du vent et de la TSF qui marchait en sourdine dans un coin, étouffé par l'épaisse portière qui coupait les courants d'air, elle avait cru entendre frapper.

Étonnée, elle posa ses croquis sur le canapé, se leva et alla ouvrir.

La rafale qui s'engouffra en même temps que le visiteur souleva les rideaux et fit voleter les papiers dans la pièce. Nikos claqua la porte derrière lui et s'y adossa.

Suivit un très long silence.

« Que viens-tu faire ici ? » finit par demander très calmement Cathy.

Nikos ne répondit pas. Il enleva son chapeau, passa une main dans ses cheveux aplatis. Il avait un air pitoyable : son visage était mince et hagard, sa peau sombre bleuie par le froid, et ses magnifiques yeux cernés. Jusqu'au dernier moment, il s'était demandé s'il irait jusqu'au bout...

« J'ai posé une question. » La voix de Cathy ne portait plus aucune trace de l'émoi qui s'était emparé d'elle en le voyant surgir si inopinément. Elle joignit ses mains pour les empêcher de trembler, disciplina son visage.

Il ne parlait toujours pas. Il soutint son regard de ses yeux tourmentés et pénétrants. Soudain, elle s'écarta brusquement de lui et entreprit de ramasser ses croquis éparpillés.

« Cathy... je t'en supplie. »

En entendant ces mots chuchotés, la profondeur de la prière qu'ils contenaient, elle s'immobilisa et resta le dos tourné, raide et silencieuse.

Il s'approcha d'elle, très près mais sans la toucher.

« Je t'en supplie ! »

Elle sentit sa détresse comme s'il s'était agi d'une douleur physique personnelle. Vaincue, elle se retourna et il la prit dans ses bras.

« Ne pleure pas, dit-elle calmement, désespérément. Nikos, je t'en prie, ne pleure pas... »

Il la serrait à l'étouffer, le visage enfoui dans ses cheveux. Doucement, elle dégagea ses bras, les passa autour de son cou, attira sa tête contre son épaule et mêla soudain ses larmes impuissantes aux siennes. « Nikos chéri, je t'en supplie, ne pleure pas. »

Les sanglots diminuèrent un peu. Mais il respirait encore par à-coups comme un enfant désespéré. Elle porta la main à ses cheveux. Ils étaient doux, épais, soyeux sous ses doigts. Elle releva la tête. D'abord ses lèvres au goût salé tremblèrent doucement sur les siennes. Puis ses bras se resserrèrent inexorablement sur elle et sa bouche écrasa la sienne. Entre ces deux moments, elle sut qu'elle était perdue : elle comprit que toutes ses pieuses excuses, tous ses efforts pour se tromper elle-même n'étaient que des faux-semblants. Sans interrompre son baiser, il se débarrassa de son pardessus et le lança dans un coin de la pièce. Puis il la reprit dans ses bras et elle sentit la fièvre de son corps, une fièvre qui n'avait d'égale que la sienne. Elle s'écarta de lui. « Nikos... ! » Elle aurait aussi bien pu essayer d'arrêter la tempête en soufflant dessus. Il s'attaqua aux boutons de son chemisier et sa bouche avide prit possession de ses mamelons. Elle renversa la tête en arrière et cria. De ses mains aux longs doigts fins qu'elle avait si souvent admirées, il la saisit par la taille et la plaqua contre lui. Une fois de plus, elle fit une tentative sans conviction pour s'écarter de lui. Il leva la tête : « Non ! » Le mot était aussi violent que l'expression de son visage. Tout en continuant à la tenir contre lui, il se redressa, respira bruyamment et baissa les yeux vers elle. Elle resta immobile, seins nus, les larmes continuant à couler le long de ses joues. « Je t'aime, dit-il. Cathy, je t'aime. Tu es la femme la plus belle, la plus parfaite que j'aie jamais connue... »

Elle secoua la tête, passa vite une main sur ses yeux.

« Oui. » Soudain il était calme. Calme et très sûr de lui. Le corps de Cathy, tiède et doux, tremblait contre le sien. Enfin il savait — il avait la certitude absolue — qu'il n'était pas seul dans cette folie qui s'était emparée de lui. Le vent qui s'était un peu apaisé reprit soudain de plus belle, ébranla la fenêtre et au même moment la petite lampe dans le coin s'éteignit brusquement et il y eut un silence subit : on n'entendait plus la TSF, l'électricité était coupée. Nikos porta la main au visage humide de Cathy. « Oui, répéta-t-il doucement, d'un air déterminé. Cathy, peu m'importe que ce soit bien ou mal. Je sais seulement que c'est ainsi. Je t'aime. Je n'ai jamais aimé et n'aimerai jamais quelqu'un comme je t'aime. » Très doucement, il passa ses doigts sur la peau douce et ferme de son sein. « Tu es belle. Tu es parfaite. Mais ce n'est pas pour cette raison que je t'aime. Je t'aime parce que je ne peux pas m'en empêcher. Je t'aime parce que je t'ai dans l'âme et que mon âme mourrait sans toi. »

Elle le regardait, comme hypnotisée, inconsciente de sa nudité.

« Je t'aime et je te désire. » Il marqua une courte pause. « Et je crois que tu me désires aussi », ajouta-t-il doucement.

Elle baissa la tête. Ne voulut pas répondre.

Il la prit par le menton et l'obligea à le regarder. « Dis-moi. Dis-moi la vérité. Tu veux que je m'en aille ? »

Elle continua à observer un silence têtu, désespéré.

« Réponds-moi, ma chérie. Tu veux que je m'en

aille ? Je le ferai, si c'est ce que tu veux. Je ne te forcerai pas, si c'est ce que tu espères... ah ! » Il resserra ses doigts sur ses bras comme elle faisait soudain un geste furieux. « Ne te mets pas en colère. J'essaie seulement d'être franc. De te forcer à être franche. Dis-moi. Tu veux que je m'en aille ? »

Elle ferma les yeux. « Non », répondit-elle dans un souffle.

Très doucement, sans la quitter du regard, il l'attira vers la porte donnant sur l'escalier assombri. La nuit tombait. Le vent se déchaînait autour de la maison, force primitive qui les isolait, les enfermait. Au pied de l'escalier, il l'obligea à lui faire face. « Tu es sûre ?

— Non, dit-elle. Non, je ne le suis pas. Comment le pourrais-je ? Tu es... »

Il mit sa main sur sa bouche pour la faire taire. « Oublie qui et ce que je suis. Tu m'aimes ?

— Oui. » Le mot était un cri d'angoisse.

« Alors, pour le moment, c'est tout ce qui compte.

— Mais c'est mal ! »

Sa certitude ne voulait plus le quitter. « Non, ça ne peut pas l'être », dit-il simplement avant de l'entraîner dans l'escalier.

*

Nikos n'avait pas perdu la tête au point de vouloir lui faire l'amour dans le lit de son père. Il la conduisit dans la chambre d'Adam. Frissonnante, elle se laissa doucement déshabiller.

« Ouvre les yeux », dit-il.

Cathy secoua la tête.

« S'il te plaît. »

Elle ouvrit les yeux. Elle tremblait de froid. Des courants d'air glacé traversaient la petite pièce. Nikos se dirigea vers l'âtre et alluma le feu tout préparé. Des flammèches s'élevèrent, vacillèrent, légères et chaudes. Il se retourna. Elle couvrit ses seins d'un geste machinal.

« Non, dit-il tranquillement. S'il te plaît... je veux te regarder.

— Nikos !

— S'il te plaît, répéta-t-il avec un doux entêtement. Je te l'ai dit. Je te trouve belle. » Il dénoua sa cravate, déboutonna sa chemise.

Elle était sincèrement surprise. « Mais je ne le suis pas ! murmura-t-elle. Tu ne comprends pas que c'est cela qui me fait peur ? Je ne le suis *pas* !

— Pour moi, tu l'es. Et tu le seras toujours. Quoi qu'il arrive. Quel que soit ton âge... Il la vit tressaillir à ce mot, s'approcha d'elle, nu, prit ses mains qu'il tint fermement dans les siennes. « Cathy, il ne faut pas ! Ne vois-tu pas que ça n'a pas d'importance ? J'aime que tu sois plus vieille que moi. J'adore ça. Tu es si belle. » Il se pencha vers elle, effleura ses lèvres. Sa peau était tiède et douce comme de la soie ; elle sentit son désir. Elle trembla de nouveau, mais pas de froid, cette fois. Lorsqu'il l'étendit sur le lit, ce fut sa bouche à elle qui se fit soudain pressante, ses mains qui s'accrochèrent à lui, l'attirèrent à elle, essayèrent de couvrir son corps du sien. Riant gentiment, il lui résista, ouvrit de force les mains qu'elle avait nouées autour de son cou et lui écarta les bras. « Oh, non, dit-il très calmement. J'ai attendu trop longtemps ce moment. Restez tranquille, madame... » Sa bouche prit possession de ses seins, sa main glissa sur son ventre pour se diriger vers sa fente déjà inondée de désir. « Ne pense pas. Sens. Laisse-moi t'aimer. Laisse-moi te montrer combien tu es vraiment belle. »

Il l'aima tendrement, sauvagement, exprimant tous les désirs et les émotions refoulés des semaines passées avec ses doigts, sa langue et, pour finir, abandonnant soudain toute retenue, en la prenant violemment. Lorsqu'il atteignit le spasme suprême, il cria en s'arc-boutant contre elle. Comme une fleur sous un rayon de soleil, elle s'ouvrit à lui. Écrasée sous le poids de son corps immobile, elle goûta le sel sur sa joue. Dans un doux silence, elle le retint et tandis que le vent hurlait sans trêve autour de la maison et que les flammes du foyer dansaient au plafond, ils s'endormirent.

En s'éveillant, Cathy n'avait aucune idée de l'heure. Il faisait nuit noire et le feu était au plus bas. La chambre était froide. Lové à ses côtés, la tête sur son épaule, Nikos remua alors qu'elle bougeait un peu, immédiatement conscient de sa présence, même dans son sommeil. À la faible lumière du feu, elle examina son visage. Il était calme, détendu, et la courbe de ses cils ombrait ses pommettes hautes ; elle se dit qu'elle n'avait jamais rien vu d'aussi beau et qu'elle mourait d'amour pour lui. Tandis qu'elle l'observait, il battit des paupières et ouvrit les yeux... Il sourit. « Bonjour.

— Bonjour. »

Il tendit la main pour lui toucher la joue ; elle la prit dans la sienne et l'embrassa.

« Tu as froid, fit-il doucement.

— Oui.

— Je vais rallumer le feu.

— Oui. »

Aucun des deux ne bougea.

« Je t'aime, dit-il.

— Moi aussi. »

Il sourit.

Avec la légèreté d'un papillon, elle embrassa sa bouche, son menton et ses paupières closes. « Le feu », dit-elle.

Elle le regarda rouler, souple et nu, à bas du lit, traverser la pièce et se pencher vers l'âtre. La grâce de ses gestes faillit lui couper le souffle. Alors qu'il mettait du charbon sur les braises rougeoyantes, un tourbillon de fumée se répandit soudain dans la chambre. Il s'écarta. « Hé, qu'est-ce que ça veut dire ?

— Le vent vire un peu, je suppose. Ça fait toujours fumer la cheminée. » Elle continuait à le regarder. Elle tendit une main. « Reviens... » Elle s'interrompit. Se redressa subitement. « Oh, merde ! » dit-elle tranquillement, le visage plissé par l'exaspération, avant de répéter de manièrc explosive « Oh, *merde* ! » Elle enfouit un instant sa tête bouclée dans ses mains, puis sauta du lit, attrapa ses vêtements et commença à les enfiler à la hâte. « Quelle heure est-il ? »

Il la regardait, stupéfait. « Qu'est-ce qui se passe ?

— Bert. » Elle n'arrivait pas à enfiler son chemisier. « Oh, la barbe, je ne vois pas ce que je fais...

— *Bert ?* » Sa voix était incrédule. « Allons, voyons... »

Elle arrêta de s'habiller, alla vers lui, jeta ses bras autour de son cou et l'embrassa. « Je suis désolée. Je ne t'ai pas dit. » Elle esquissa un sourire, toucha ses lèvres du doigt. Je n'ai pas tellement eu l'occasion, tu me diras. Bert n'est pas bien du tout. Je crois que c'est la grippe. Je me suis occupée de lui. Et maintenant...

197

oh, la barbe... depuis quand l'électricité a-t-elle été coupée ? »

Il consulta sa montre à la lueur des flammes. « Il y a deux ou trois heures, je suppose.

— Il faut que j'aille voir. Je n'en ai pas pour long-temps...

— Laisse-moi venir... » Il attrapa son pantalon.

« Non. Reste ici. Tu ne pourrais pas faire grand-chose. Je te promets que je ne serai pas longue. » Elle courut dans l'autre chambre et revint en se débattant avec un gros pull. « Je vais juste lui allumer son feu, sa lampe et lui faire une tasse de thé. Essayer de l'ins-taller confortablement. Sa température était montée au déjeuner. J'ai tenté de le persuader de venir ici avec moi, mais ce vieux têtu n'a pas... »

Il haussa les sourcils. Elle suça sa lèvre, rougit un peu.

« ... Je reviens tout de suite. » Elle lui donna un baiser léger. Il la serra contre lui. « Mets-toi à ton aise. C'est dans la cuisine qu'il fera le plus chaud. La cuisi-nière chauffe à tout va quand il y a du vent. » Elle se dirigea vers la porte.

« Cathy ? » Sa voix était douce.

Elle se retourna vers lui.

« Tu regrettes... ce qui vient de se passer ? »

Elle étudia un instant son visage à la douce lumière de l'âtre. « Non, répondit-elle. Comment le pourrais-je ? » Et elle disparut dans les ténèbres.

Lorsque, un peu plus d'une demi-heure plus tard, elle revint, ébouriffée et trempée, elle trouva le salon rangé et éclairé à la bougie. Le feu ronflait et dansait. Elle enleva son duffle-coat et regarda autour d'elle, ravie. Le disque de *La Symphonie pastorale* de Beethoven tournait sur le phono. Par la porte ouverte de la cuisine, elle entendait Nikos fredonner sur la musique. Une lampe à pétrole était allumée sur la table. Une délicieuse odeur de bacon frit flottait dans les airs. Elle traversa le salon et se tint sur le seuil de la cuisine. Il jeta un coup d'œil par-dessus son épaule et un sourire illumina son visage. « Tu m'as dit de me mettre à l'aise. Je t'ai prise au mot. » Il se tenait devant le fourneau, manipulant l'immense poêle à frire noire. Deux verres de whisky attendaient sur la table. « La cuisine est magnifique. » D'un signe de tête il indiqua les verres. « Je t'ai versé à boire. »

Elle sourit. « Merci. Merci encore. » Elle s'assit, prit le verre entre ses mains et le regarda.

« Comment va le vieux Bert ? »

Elle fit la moue. « Pas bien. J'ai fini par le convaincre de se mettre au lit. Je repasserai plus tard. Je me fais du souci pour lui. »

Il se retourna et la dévisagea. « Tu veux qu'il vienne ici ? demanda-t-il, sincèrement inquiet. Je pourrais aider...

— Il ne voudra pas. Il ne voudra tout simplement pas venir. » Elle secoua la tête. « Tu sais comment il est. On ne peut pas l'évacuer de force, quand même ? Tout ira bien. Je dois seulement me rappeler de garder un œil sur lui. » Elle tournait son regard vers la fenêtre lorsqu'une nouvelle bourrasque fit trembler la vitre. « Ça se gâte là dehors. J'espère qu'on n'aura pas le mauvais temps qu'ils ont eu dans le Nord. C'est embêtant pour l'électricité. Sans radio, on est coincés : pas d'informations, pas de bulletin météo. »

Nikos mit une assiette d'œufs au bacon devant elle et déposa un baiser sur ses cheveux. « Alors, pourquoi se faire du mauvais sang ? Nous avons des choses plus importantes à penser. »

Elle attrapa sa main qu'elle posa contre sa joue. « Je ne suis pas certaine de vouloir penser. Je ne suis pas sûre de pouvoir. »

Sans la lâcher, il s'assit. « Alors, nous ne le ferons pas, dit-il doucement. Pas maintenant. Pas encore. Je peux rester jusqu'à dimanche... si ça te fait plaisir, bien sûr. »

Pour toute réponse, elle lui sourit.

« Nous aurons tout le temps de parler. Pour l'instant... mange. » Il embrassa ses doigts un par un. « Je te veux. »

Ils firent l'amour par terre, à la lumière de l'âtre, et il la tint contre lui, détendu et ensommeillé, adossé au canapé, le regard perdu dans les flammes. Il faisait bon dans la pièce tendrement éclairée à la bougie : c'était un havre enchanté rendu plus intime, plus douillet par le bruit du vent et de la mer dans les ténèbres, au-dehors. La joue contre les cheveux bouclés de Cathy, Nikos se laissa envahir par le bien-être. Demain, ils affronteraient l'avenir. Demain ou le jour suivant. Pour l'instant, il ne pouvait penser à rien d'autre qu'au fait que le supplice était fini : elle l'aimait. Et pour le moment, c'était suffisant.

*

Le lendemain matin, le vent froid, du nord-ouest maintenant, avait plutôt forci. À l'heure du déjeuner, main dans la main et tête baissée pour affronter la bourrasque, ils allèrent dans les dunes et regardèrent les vagues bouillonnantes et écumantes s'écraser sur la plage. « La mer monte drôlement haut, dit Cathy. Et il reste encore une heure avant qu'elle ne redescende.

— C'est embêtant ? »

Elle secoua la tête. « Probablement pas. Les marées sont toujours hautes à cette époque de l'année. Bon sang, ça pince ! » Elle frissonna un peu, s'appuya contre lui et rit : « Allez, viens. Rentrons. »

Bien au chaud dans la cuisine, elle prépara en fredonnant de la soupe pour Bert et une tourte pour eux. Assis à la table, Nikos l'observait. De temps en temps, elle croisait son regard et lui souriait chaleureusement, mais, chose absurde, un peu timidement. Chaque fois qu'elle passait près de lui, elle ne pouvait s'empêcher de lui caresser l'épaule, la joue ou la main. Le plus infime contact était un plaisir qui les ravissait tous deux. Avant le déjeuner, Cathy alla porter sa soupe à Bert. Le vieil homme était toujours en piteux état : la peau parcheminée de son visage était d'une rougeur maladive et sa frêle carcasse secouée par des quintes de toux. « Peut-être devrais-je faire venir le docteur, suggéra Cathy d'un air inquiet.

— Ne dites pas de bêtises, ma fille. » Il s'interrompit, respira avec peine et bruyamment. « Qu'est que c'est que vous iriez faire... d'un temps pareil sur vot'vélo ? » Il indiqua la fenêtre d'un signe de tête. « Y a point de raison qu'on finisse tous les deux avec une pneumonie. De toute façon... j'ai point de docteur. Personne viendrait. »

Elle le borda bien, vérifia la Thermos de thé brûlant qu'elle lui avait préparée. « Mais moi, j'en ai un. Et si vous n'allez pas mieux demain, je l'appellerai. » Elle attisa le feu, installa le pare-étincelles et se retourna.

« Bert, j'aimerais que vous veniez chez moi. Vous seriez bien dans la chambre du haut...

— Mais j'suis bien dans mon lit ici, je vous ai dit. C'est non. »

À sa courte honte, elle ressentit un certain soulagement. « Bon. Si c'est non, c'est non. Je reviendrai cet après-midi. »

Bert grogna.

Dehors, elle resta un moment dans la tourmente et tendit l'oreille vers la mer. D'après ses calculs, la marée devait être en train de redescendre. À en juger par le fracas des vagues, la mer était déchaînée. Malgré les propos rassurants qu'elle avait tenus à Nikos plus tôt, Cathy écouta, un peu inquiète, avant de regagner le cottage douillet et tranquille.

Nikos l'attendait...

*

Cet après-midi-là, ils reçurent un visiteur inattendu. Les coups frappés à la porte les prirent tous deux au dépourvu. Nikos était assis sur le canapé, Cathy pelotonnée par terre à ses pieds, la tête sur ses genoux. Le phono marchait en sourdine. Ils avaient bavardé puis s'étaient tus pour écouter la musique quand les coups à la porte les firent sursauter. Cathy se leva avec une hâte coupable. « Qui diable cela peut-il être ? »

Nikos haussa les épaules et secoua la tête.

Cathy tira la portière d'un coup sec et ouvrit. « Mr Becket ! Que faites-vous ici ? Entrez donc... » Elle recula en retenant la porte pour l'empêcher de claquer.

Un grand gaillard revêtu de l'uniforme bleu marine

de la gendarmerie maritime entra dans la pièce, enleva sa casquette, révélant une crinière argentée. « Bon après-midi, Mrs Kotsikas. » Il trébucha un peu sur le nom, regarda Nikos. « Bon après-midi, monsieur.

— Mon beau-fils », dit Cathy qui sentit avec horreur qu'elle rougissait violemment. Troublée, elle claqua la porte et se précipita sur le phono pour arrêter le disque. « Que pouvons-nous faire pour vous, Mr Becket ?

— Je suis juste passé vous avertir, m'dame. Ce soir, c'est marée haute et le vent se lève. Ça s'annonce pas trop bien. »

Elle se retourna. « Vous croyez qu'il y a un danger ?

— J'suis juste prudent, m'dame. Y a des risques d'inondations tout le long de la côte. Et on prévient toutes les personnes concernées, c'est tout. Au cas où, comme qui dirait.

— Que se passe-t-il ? »

Il haussa les épaules. « Jusqu'à présent, pas de problèmes. Les digues ont résisté à la marée de ce matin mais le vent forcit drôlement. Et la marée est très peu descendue. Pourrait y avoir du vilain ce soir...

— Nous sommes en hauteur ici. La maison n'a jamais été inondée. »

Il remit sa casquette et se dirigea vers la porte. « C'est comme je disais, m'dame, juste pensé que vous devriez savoir, c'est tout. Certains ont décidé de partir pour cette nuit. Au cas où, comme qui dirait.

— Nous n'avons nulle part où aller. Et nous ne pourrions pas de toute façon... »

Les deux hommes la regardèrent.

« Bert, expliqua-t-elle à Nikos. Nous ne pouvons pas

le laisser alors qu'il est si mal. » Elle se retourna vers le gendarme. « Le danger n'est pas si grand, non ? »

Les larges épaules se soulevèrent à nouveau. « Comme je vous ai dit... on sait pas. Y a des problèmes partout. Il semblerait qu'un bateau ait coulé au large des côtes irlandaises. Le *Princess Victoria.* Passagers et courrier. Nombreuses pertes humaines, qu'ils ont dit. Pratiquement pas de survivants. »

Cathy secoua la tête. « C'est terrible. Nous ne savions pas. L'électricité est coupée. Nous n'avons plus de radio. »

L'homme jeta un coup d'œil autour de lui et un sourire chaleureux, quoique fatigué, éclaira son large visage tanné. « Vous m'avez l'air bien au chaud, dit-il. Vous dites que le vieux Bert n'est pas bien ?

— Oui. La grippe, je crois. On ne pourrait pas l'emmener. Même s'il voulait, et il ne voudra pas. Il ne veut déjà pas venir ici, alors il ira encore moins ailleurs, ajouta-t-elle d'un air si piteux qu'un nouveau sourire apparut sur le visage du gendarme.

« C'est le vieux Bert tout craché. » L'homme se tourna vers la porte. « Bon, ben je ferais mieux d'y aller. J'essaierai de repasser si y a des nouvelles plus précises.

— Oh, s'il vous plaît... vous ne voulez pas rester pour prendre une tasse de thé ? »

Il secoua la tête. « C'est gentil à vous, m'dame, mais non, je ferais mieux d'y aller. J'ai pas encore vu la vieille Mrs Ransome. Si ça se gâte, sa maison sera la première à y passer. »

Cathy ouvrit la porte aux rafales de vent. « Eh bien, merci d'être venu.

— Je vous en prie, m'dame. »

— Tu crois qu'il y a vraiment un réel danger ? » demanda Nikos lorsqu'elle eut refermé la porte derrière le gendarme.

Elle secoua la tête. « Je ne pense pas. Même si les digues cédaient. Cela s'est déjà produit et l'eau n'a jamais atteint la maison. La meilleure chose à faire, c'est de fermer les écoutilles et d'attendre la fin de la tempête. » Elle s'approcha de lui, lui toucha la joue comme il penchait la tête de côté pour la regarder. « Je t'aime. »

*

Ce soir-là, un concours de circonstances quasiment sans précédent — vent, marée et une monstrueuse houle venue de l'Atlantique cinglé par les rafales — déchaîna sur les digues de la côte est un raz de marée auquel les pitoyables défenses de l'homme ne purent résister. À mesure que le vent s'élevait et que la marée montait, les plaines côtières du Lincolnshire, du Norfolk, du Suffolk et de l'Essex furent inondées les unes après les autres. D'immenses déferlantes s'abattirent et se frayèrent un chemin jusqu'aux villes et villages, inondant rues et maisons, retournant les bateaux comme des fétus de paille le long des quais. Ouvrant brèche sur brèche, les tourbillons d'eau envahirent l'intérieur des terres. De mémoire d'homme, on n'avait jamais connu une nuit pareille : elle allait faire un nombre épouvantable de victimes et laisser de nombreuses personnes sous le choc et sans abri.

Tandis que la nuit tombait et que le vent hurlait de façon menaçante, Cathy et Nikos étaient assis silencieux devant la cheminée. Ils avaient de nouveau fait l'amour pendant que la tempête se levait. Cathy était appuyée contre Nikos dont la main reposait sur la peau lisse de son sein à l'intérieur de son chemisier.

« Est-ce que quelqu'un sait que tu es ici ? demanda-t-elle.

— Non.

— Personne ne doit savoir.

— Non.

— Et... — elle hésita un instant — ... Nikos, tu sais que tu ne dois plus revenir.

— Ne dis pas de bêtises », répondit-il très calmement.

Il y eut un long silence. « C'est impossible, finit-elle par déclarer tranquillement. Tu le sais bien.

— Non, je ne le sais pas et je ne veux pas le savoir.

— Nikos...

— Tais-toi, l'interrompit-il gentiment. Tais-toi, chérie, écoute le vent. »

*

L'inexorable raz de marée les atteignit plus tard dans la nuit : les défenses côtières là comme ailleurs s'avérèrent tout à fait inadéquates. Quand les coups de boutoir de la mer en furent venus à bout, Cathy et Nikos, qui avaient décidé de rester en bas pour la nuit, sommeillaient sur le canapé. Ils n'entendirent rien lorsque les eaux s'engouffrèrent en écumant dans la brèche puis s'étalèrent, silencieuses et sombres, sur les champs et les marais non protégés. Ce n'est que lorsque l'aube se leva, lugubre, froide et venteuse, qu'ils se rendirent compte que Sandlings et la maison blottie derrière elle étaient coupés du reste du monde, sur un petit îlot perdu au milieu d'une vaste paysage aquatique qui s'étendait à perte de vue. Des arbres jaillissaient de l'eau salée ou bien, dans certains cas, gisaient en partie submergés, couchés par une bourrasque ; des morceaux d'épaves dansaient çà et là. Routes et sentiers avaient disparu : on ne les repérait qu'aux sommets des haies encore visibles. L'eau clapotait à l'extrémité du jardin et n'était qu'à trente centimètres de la porte de Bert. Leur position élevée leur avait rendu un fier service : ils étaient bloqués mais à l'abri. Il n'y avait rien d'autre à faire qu'à attendre.

« Peut-être que les dieux veulent que nous restions un peu ensemble », déclara Cathy en parcourant du regard le paysage inondé, de la fenêtre de sa chambre.

Nikos passa son bras autour de ses épaules. « Peut-être que les dieux veulent que nous soyons ensemble pour toujours », dit-il.

Cathy ne répondit pas.

10

L'un et l'autre ne mesurèrent l'étendue du désastre que lors de la seconde visite de Bill Becket, venu en barque cette fois, peu après le lever du jour. En ouvrant les yeux sur cette aube grise et venteuse, ils s'étaient tout naturellement préoccupés de leur propre situation ; mais une vérification rapide des provisions et des combustibles les avait vite rassurés. Pour le moment du moins, même la réserve d'eau semblait avoir tenu. Cathy alla annoncer la nouvelle à Bert, qui paraissait aller un peu mieux et se montra, comme d'habitude, allégrement pessimiste. « La prochaine nous aura. Notez bien ce que je vous dis. »

Bill Becket, trempé, gelé et fatigué, fut soulagé de les trouver sains et saufs. « On en a vraiment bavé cette nuit, je peux vous dire, pas vrai, Jack ? » Son compagnon, un jeune gendarme qui tombait d'épuisement, acquiesça d'un signe de tête. Becket, assis devant une tasse de thé fumante, se frotta le visage avec lassitude. « On a essayé d'arriver jusqu'à vous plus tôt, pendant qu'il faisait encore noir, mais on n'a pas pu. Partout, y a des arbres abattus, des bateaux de pêche qu'ont été soufflés à plus d'un kilomètre à l'intérieur des terres. C'est la pagaille, je peux vous dire. Si seulement ce foutu vent pouvait tomber... excusez l'expression, m'dame. Mais on va vous tirer de là, vous inquiétez pas. »

Nikos releva brusquement la tête.

« Tirer de là ? demanda Cathy.

— Ben oui. Ils ont ouvert un centre d'hébergement d'urgence à l'école. Vous serez en sécurité là-bas.

— Nous sommes en sécurité ici. »

Le regard de l'homme passa de l'un à l'autre. Il n'avait pas dormi depuis vingt-quatre heures. Les civils entêtés, il pouvait s'en passer. « Y a une autre marée haute à midi, annonça-t-il. Vous pourriez être moins chanceux cette fois. »

Cathy dit la première chose qui lui traversa l'esprit : « On ne peut pas laisser Bert.

— Pas besoin de le laisser. On l'embarque aussi. Ils s'occuperont de lui au centre.

— Le simple fait de l'emmener au centre lui fera certainement plus de mal que de bien. Mr Becket... je suis désolée, je sais que vous croyez bien faire, mais vraiment, nous préférerions rester ici. Si les eaux montaient encore, nous pourrions toujours nous installer au premier. Je ne veux pas abandonner la maison : si l'inondation l'atteignait, il y a des choses que je ne veux pas perdre, des choses que je voudrais sauver. Il y a une année de travail ici... » Elle indiqua du geste le salon. « Je ne peux pas me permettre de la voir entièrement détruite. Comme vous le constatez, nous sommes à l'abri et bien approvisionnés. Nous pouvons nous débrouiller, je vous promets. » Elle sourit pour les rassurer. « Une autre tasse de thé ?

— Avec plaisir. »

Elle remplit leurs tasses.

« La réserve d'eau pourrait être contaminée.

— Je vais remplir une baignoire, répondit-elle calmement. Ça nous donnera de quoi tenir deux jours au moins si nécessaire. »

L'homme haussa les épaules d'un air las. « Je suppose que c'est à vous de décider, Mrs Kotsikas. Si vous voulez vraiment rester...

— Oui.

— ... Alors, on ne peut pas vous forcer à partir.

— C'est gentil à vous d'avoir fait l'effort », répondit-elle gentiment, et elle le pensait.

Il se leva, ramassa sa casquette. « Bon, on ferait mieux d'y aller. »

Lorsque la barque s'éloigna sur les eaux grises qui clapotaient, Cathy déclara en regardant par la fenêtre : « Tu aurais dû partir avec eux. On t'attend à Londres. On va se demander où tu es. Tu ne peux pas disparaître comme ça.

— Je ne te laissera pas seule ici. » Il s'approcha par-derrière et l'entoura de ses bras. Elle renversa la tête sur son épaule. « En fait, je ne veux pas te laisser du tout. Jamais.

— Il faudra bien. Tôt ou tard. »

Elle sentit qu'il secouait la tête.

« Tu aurais dû partir avec eux, répéta-t-elle. Que vas-tu dire à Leon ? Comment vas-tu lui expliquer ? »

Il s'écarta, entreprit de débarrasser la table. « D'après ce que ton Mr Becket raconte, il semble que ce soit le chaos sur toute la côte jusqu'à Londres et au-delà. Papa n'est pas en Angleterre. Miss Hooper vit sur la côte près de Londres... Canvey Island... je crois.

N'a-t-il pas dit que les conditions dans l'Essex étaient aussi mauvaises, sinon pires, qu'ici ? Ça m'étonnerait beaucoup qu'elle puisse se rendre au bureau pour l'instant. De toute façon les trains ne roulent probablement pas. Pour une fois, personne ne sait où je suis. Pour une fois les dieux sont de *mon côté*. Et je vais en profiter. » Il mit les tasses sales dans l'évier, revint vers elle et lui prit le visage entre les mains. « Une autre journée. Peut-être deux. Pour être ensemble. Qui sait quand pareille occasion se représentera ? »

Elle posa ses mains sur les siennes. « C'est dangereux », affirma-t-elle. Et mal, pensa-t-elle, mais elle ne le dit pas : il était trop tard. « Et si quelqu'un soupçonnait ?

— J'ai tous les droits d'être ici. » Il la serra contre lui, parla dans ses cheveux : « Ne m'oblige pas à partir. Je t'en prie.

— Je ne peux pas, répondit-elle. Tu sais que je ne peux pas. »

La dangereuse marée de midi, toujours poussée par le vent, ne pénétra que de quelques centimètres dans le jardin. Il faisait un froid de loup, et des rafales de neige tourbillonnaient autour de la maison. Cathy qui regardait par la fenêtre s'autorisa un soupir de soulagement. « Tout va bien. Je crois que ça descend. »

Nikos vint la rejoindre pour contempler la vaste étendue aquatique et le paysage désolé. Au loin, on apercevait une petite flottille de barques qui se dirigeait vers le village. « Je suppose qu'il a dû y avoir des morts et des blessés.

— Oui, répondit-elle d'un air sombre. Tout le monde n'a pas eu autant de chance que nous. »

Il la tourna vers lui. L'embrassa. « N'a pas, corrigea-

211

t-il. N'a pas autant de chance que nous. Alors, ne gâchons pas ce que les dieux nous ont octroyé. Va vérifier que Bert n'a besoin de rien. Et reviens vite. J'ai des projets pour cet après-midi. »

Pendant vingt-quatre heures, ils ne virent personne à l'exception d'un petit bateau au loin, de temps à autre. Le vent finit par tomber un peu, bien qu'il continuât à faire très froid. Graduellement, très graduellement, les eaux commencèrent à baisser. Coupés de tout comme ils l'étaient, ils auraient pu être seuls au monde et ils en étaient ravis. Il semblait à Cathy que la situation bizarre dans laquelle ils se trouvaient ne servait qu'à stimuler le besoin qu'ils avaient l'un de l'autre. Elle vivait chaque minute, chaque heure avec une intensité qui chassait de son esprit toute idée de passé ou d'avenir : l'instant présent était tout ce qui importait et dans leur petit royaume, baigné et isolé par l'inondation qui avait dévasté la vie d'autrui, ils étaient à l'abri. Tandis qu'ils faisaient l'amour, bavardaient, rêvaient au coin du feu et refaisaient l'amour, c'était comme si, pendant ces quelques précieuses heures, le monde hostile, qui allait — à juste titre, elle le savait — les condamner et les vilipender, n'existait plus. Bientôt, il partirait. Bientôt, elle serait seule. Bientôt, elle devrait affronter l'énormité de ce qu'elle avait fait. Elle passa la longue et tendre nuit dans ses bras à écouter le vent et le clapotis des eaux, à le caresser, à se laisser caresser, à l'aimer, à se laisser aimer ; à emmagasiner des souvenirs pour l'avenir vide qui l'attendait. Car aucune dose d'aveuglement ne pouvait vaincre entièrement la logique ou la voix de sa conscience. Elle savait, au moment même où elle rêvait et s'amusait à imaginer qu'il pourrait y avoir une vie qu'ils pourraient partager, qu'elle devait l'obliger à partir. Mais pas encore. Pas encore. Un à un, elle amassait les instants de bonheur comme un avare son or ; sa peau soyeuse, le sourire de ses yeux lorsqu'il la regardait ; les mots murmurés dans l'obscurité : toutes ces choses étaient ses trésors, sa défense contre la froide réalité.

Jusqu'au moment où elle contempla par la fenêtre de la chambre le morne après-midi de février et vit approcher un bateau qui ne s'éloigna pas comme les autres de leur îlot mais s'avança vers lui avec un teuf-teuf régulier et inexorable. Et d'où émergea, une fois amarré près de la porte du jardin, la silhouette haute, belle et reconnaissable entre toutes de son fils Adam.

« Dieu tout-puissant ! » Elle resta un moment paralysée par le choc ; puis elle se précipita sur le lit, secoua le corps longiligne et nu qui y sommeillait. « Nikos ! Nikos, réveille-toi ! C'est Adam ! *Nikos !* »

Il marmonna et se tourna pour l'attraper. « Non ! Nikos... réveille-toi ! » Elle s'arracha à son étreinte comme une folle et se mit à s'habiller. Nikos, je t'en supplie... ! »

Il prit enfin conscience de l'urgence. Il s'assit, encore endormi. « Quoi ? Qu'est-ce qu'il y a ?

— C'est Adam. Nikos... je t'en supplie... réveille-toi... *Adam est ici !* »

Il la fixa un instant de plus avant de sauter du lit et d'attraper son pantalon. « Bon sang ! »

Elle avait revêtu un pull et un pantalon et enfilait à la hâte ses chaussures. Elle attrapa une brosse qu'elle s'escrima à passer dans sa crinière. « Je descends. Je vais le retenir. Reste ici une ou deux minutes. » Elle vola à la porte et en bas des escaliers. Lorsqu'elle entra dans le salon, elle entendit un coup sec à la porte. Elle lança un regard à la ronde. La pièce était propre et bien rangée. Le feu était presque éteint. Elle se précipita pour rajouter une paire de bûches, ouvrit la porte de la cuisine. Les restes d'un déjeuner pour deux traînaient sur la table. Tout espoir de garder Nikos caché s'évanouit. Il y eut un nouveau coup. Elle respira à fond, tira la portière et ouvrit la porte. « Qui diable... Adam ! Adam, mon chéri ! Qu'est-ce que tu fais ici ? »

Son fils lui souriait de toutes ses dents, suivi d'un jeune homme en pull marin et gros pantalon imperméable. « La Septième Cavalerie, m'dame, dit-il, ou je suppose, pour être plus précis, la Septième Brigade de secours en mer. Sauver les damoiselles en détresse et les vieilles dames, c'est notre spécialité. J'ai réussi à arriver jusqu'au village. On m'a dit que tu étais encore dans ta maison. J'ai trouvé Jerry que voici et je l'ai persuadé de m'amener ici pour vérifier que tout allait bien. » Il l'embrassa légèrement sur la joue. « Tu vois combien je m'inquiète pour toi.

— Je vais bien. Comme tu vois. Très bien. Mais entre donc... entrez donc. »

Adam et son compagnon silencieux la suivirent dans la pièce. Son fils la menaça du doigt. « Tu n'aurais pas dû rester, tu sais. C'est un peu excessif, même de ta part, vu les circonstances. »

Elle secoua légèrement la tête. « Je n'ai su que trop tard ce qu'elles étaient. Et quand bien même je l'aurais su, il y avait Bert. Il a vraiment été très mal. Je ne pouvais pas le laisser. » L'excuse sonna creux à ses propres oreilles.

« Oh, à d'autres ! lui rétorqua-t-il. Tu ne peux pas me la faire. Je sais pourquoi tu n'as pas voulu partir. »

Elle le regarda, les paupières papillotantes et le cœur battant.

« Tu n'as pas voulu abandonner ton satané Sandlings à la mer. Tu voulais te tenir sur le seuil comme Canute et hurler aux vagues avant... » Il s'interrompit.

La porte de l'escalier s'était ouverte et Nikos apparut, cheveux en bataille, yeux ensommeillés. « Adam ! s'écria-t-il, Adam... que diable fais tu ici ? J'ai entendu des voix... » Il se tourna vers Cathy pour s'excuser : « Je suis désolé. Je suppose que j'ai dû m'assoupir. » Il se tourna de nouveau vers Adam d'un air piteux. « Nous n'avons guère fermé l'œil ces deux derniers jours. »

Cathy sentit un feu coupable envahir ses joues. Elle fut incapable de le regarder.

L'attention d'Adam avait été naturellement distraite. Il dévisageait Nikos. « Peu importe ma personne... Par contre, j'aimerais beaucoup savoir ce que toi, tu fais ici.

— Ils ne t'ont pas dit au village ? s'empressa de répondre Cathy à sa place. Nikos est l'autre raison pour laquelle je ne suis pas partie. Avec lui pour m'aider, je me suis sentie en parfaite sécurité. Venez dans la cuisine. Il y fait plus chaud. Je vais faire du thé. »

Adam observait toujours Nikos. « Mais... comment es-tu arrivé ici ? C'est la pagaille sur toute la côte. Il m'a fallu des heures, à moi. »

Nikos jeta un coup d'œil désespéré à Cathy.

« Il était là quand ça s'est produit », se hâta de dire Cathy. Elle remplit la bouilloire qu'elle mit sur le fourneau. « Il... a entendu dire que les conditions météo allaient se détériorer et il est passé me prévenir.

Samedi soir. Il était chez des amis à... Ipswich, n'est-ce pas ? » demanda-t-elle à Nikos.

Il acquiesça de la tête.

« Malheureusement, il est arrivé trop tard. Il aurait été plus dangereux d'essayer de partir avec Bert que de rester. Et le lendemain matin... comme tu le vois... nous étions complètement coupés, alors il n'y avait pas grand-chose à faire. Lorsque la gendarmerie maritime est passée nous voir, il était tout à fait évident que nous étions à l'abri, il nous a donc semblé préférable de ne pas partir. Nikos est resté pour m'aider à m'occuper de Bert et de la maison. Une véritable aubaine. »

Adam s'interrogeait. « Comment as-tu su ? » La question s'adressait à Nikos.

« Pardon ?

— Comment as-tu su ? Que les conditions météo allaient se détériorer ? On n'a pas été avertis. Tout le monde est scandalisé ; il y a eu des questions à ce sujet au Parlement. Personne n'a donné l'alerte, en tout cas pas d'alerte sérieuse et seulement bien trop tard. Les inondations ont causé d'immenses dégâts. La moitié de la côte est se trouve sous les eaux et il y a apparemment des centaines de personnes qui sont mortes ou portées disparues...

— Ils ont prévenu qu'il y aurait de forts coefficients de marée », lança Cathy et Jerry, toujours silencieux, opina du bonnet.

« Mais pas qu'il y aurait des inondations comme il y en a eu. C'était tout à fait anormal. Personne n'y était préparé. Est-ce que ton ami d'Ipswich avait une boule de cristal ? » De nouveau, la question enjouée, certes, mais exigeant une réponse, s'adressait à Nikos.

Nikos secoua la tête. « Non, bien sûr que non. Il

croyait juste qu'il pourrait y avoir une inondation et que cette partie de la côte était exposée. Alors, comme j'étais tout près, je suis passé avertir Cathy. Pour vérifier que tout allait bien. C'est tout. Je suis sûr que tu aurais fait la même chose. »

Adam haussa les épaules, apparemment satisfait. « Je suppose que oui. Et il y a bel et bien eu des inondations, et pas seulement ici. Les Pays-Bas y ont eu droit également. Un véritable désastre. Vous n'avez pas du tout eu d'informations ? »

Cathy fit signe que non. « L'électricité a été coupée samedi après-midi. Quand le vent s'est levé. Je n'ai pas entendu de bulletin d'informations depuis.

— C'est aussi bien. Les nouvelles étaient très déprimantes. » Adam se renversa sur son dossier de chaise et croisa ses mains derrière sa nuque. « Et ça ne va pas s'améliorer avant un certain temps. Ils ont dit au village qu'ils travaillaient nuit et jour pour réparer les brèches — on attend d'autres marées hautes dans une semaine — mais ils ne savent pas combien de temps il va leur falloir. Il n'est pas question, m'man... Tu vas devoir plier bagage et venir en ville avec moi.

— Non, dit Cathy. je ne peux pas.

— Pourquoi pas ?

— Bert. »

Il secoua la tête avec impatience. « S'il est si mal en point, il devrait être à l'hôpital.

— D'après ce que tu dis, les hôpitaux ont d'autres chats à fouetter. L'eau descend. Elle a baissé de plusieurs centimètres. Je n'ai pas tenu tout ce temps pour renoncer maintenant.

— Oh, pour l'amour du ciel ! » Adam secoua la tête

d'un air exaspéré. « Il ne s'agit pas d'un concours ! Et si ça recommençait ?

— Je crois que c'est très improbable. » La panique de Cathy avait diminué. Soudain, elle pensait clairement, froidement. Elle versa calmement le thé et distribua les tasses. « Comme tu dis, il semble qu'il y ait eu une sorte de phénomène anormal. Il y a fort peu de risques que ça se reproduise. » Elle regarda Jerry et lui adressa son sourire le plus séduisant. « Je ne dirais pas non à quelques provisions. Est-ce que vous pourriez m'en apporter ?

— Maman !

— Adam, tout se passera bien. C'est très gentil à toi d'être venu. J'apprécie énormément. Mais je vais bien et je resterai. Si tu veux, je te promets qu'au moindre de signe d'une nouvelle montée des eaux, je partirai. Pour le moment, ce serait idiot de partir. Bert n'est pas bien, même s'il va un peu mieux. Tout ce que je possède se trouve ici, mon travail est ici. Je suppose qu'on pourrait dire que ma vie est ici. Je ne veux pas l'abandonner.

— Je continue à croire...

— Non, l'interrompit-elle gentiment mais fermement. Je reste. C'est réglé. Pourtant, ajouta-t-elle en jetant un regard à Nikos, je crois que vous devriez emmener Nikos avec vous. Il aurait dû partir avant.

— Non, s'empressa de dire Nikos. Je suis certain qu'Adam sera d'accord. Je ne pense pas que tu devrais rester seule. Si je m'en vais, tu devrais venir aussi.

— Je ne peux pas. Tu sais que je ne peux pas. »

Adam leva des yeux résignés au plafond. « Laisse tomber, mon vieux, dit-il. Ma mère est plus têtue qu'une mule. Tu ne la feras pas bouger d'ici.

« — Alors, je reste.

— Non, dit Cathy. C'est inutile. »

Elle fut la seule à deviner que le rouge qui envahit le fin visage brun de Nikos était celui de la colère. Elle soutint son regard. « Je t'en prie, Nikos. Le danger est passé. Tu devrais partir. Il faut que tu t'occupes de l'affaire. Et que tu trouves Miss Hooper. » Elle se tourna vers Adam. « Mr Bentley a dit que Canvey était gravement touché ?

— Entièrement sous les eaux. Tout le monde a été évacué. Quarante et quelques personnes mortes.

— Oh, mon Dieu... c'est terrible ! Nikos... tu dois y aller et enquêter. Elle vivait seule, n'est-ce pas ? »

Il fit signe que oui. Sous ses longs cils, ses yeux avaient un éclat farouche.

Elle les évita. « Eh bien, alors... tu dois rentrer à Londres et voir ce qui se passe. Tu devras faire un rapport à Leon à son retour. Maintenant... — elle se leva — ... si vous n'y voyez pas d'inconvénient, je vais juste jeter un œil à côté sur le malade. Après ça, puisque Jerry a eu la gentillesse de dire qu'il me réapprovisionnerait demain, je peux vous offrir mon restant d'œufs et de bacon si ça vous fait plaisir. » Elle attrapa son manteau.

Nikos se leva. « Je viens avec toi, déclara-t-il d'une voix qui n'admettait pas de protestation. Pour dire au revoir à Bert. »

Dehors, il lui saisit le bras avec colère. « Pourquoi ? *Pourquoi* ? Pourquoi me renvoies-tu ?

— Parce qu'il n'y a aucune raison qui justifie que tu restes. Parce que tôt ou tard, si tu le faisais, quelqu'un découvrirait le pot aux roses. » Arrivée devant la porte de Bert, elle lui fit face, à l'abri du vent. « Parce que nous avons eu de merveilleux moments ensemble, mon chéri. » Elle effleura son visage avant de laisser retomber sa main à son côté. Une inexprimable tristesse la rendit un instant muette. « Quoi qu'il arrive, Adam ne doit se douter de rien. Et tu devrais vraiment vérifier que Miss Hooper va bien. Nous n'avons pas le choix. Tu dois partir.

— Non ! » Le mot était un cri d'angoisse.

Elle s'appuya un instant contre lui, la tête sur son épaule. Il la serra violemment.

« Nikos...

— Je ne peux pas ! Je ne le ferai pas. Tu m'aimes. Tu le sais bien. Tu me l'as dit...

— Nikos, arrête ! » Elle s'écarta de lui. « J'ai aussi dit autre chose. Que ça ne pourrait pas durer. J'ai dit que nous ne devions jamais, jamais recommencer...

— Tu ne le pensais pas. Tu ne pouvais pas le penser ! » Il lui attrapa les bras sans remarquer sa grimace de douleur devant la violence de son geste. « Cathy, viens avec moi. N'importe où. N'importe où ! J'ai un peu d'argent...

— Nikos, ne dis pas de bêtises. Tu sais que c'est impossible.

— Ça ne le serait pas. Pas si tu m'aimais comme tu prétends m'aimer... »

Soudain fatiguée, elle renversa la tête en arrière. « Nikos, contrairement au dicton, l'amour ne triomphe pas de tout.

— Ne sois pas si horriblement cynique. » Il était au bord des larmes.

« Je ne suis pas cynique. Je suis réaliste. »

Il la lâcha si soudainement qu'elle heurta la porte avec son dos. « Réaliste ? répéta-t-il d'un ton amer.

C'est comme ça que tu appelles cette façon de voir ? Tu ne veux pas dire par hasard : "Merci beaucoup et au revoir ?"

— Nikos ! »

Il se détourna, désespéré. « Tu ne m'aimes pas, dit-il.

— Ce n'est pas vrai.

— Alors, laisse-moi rester ! »

Elle secoua la tête. « Ça aurait l'air... bizarre. Tu ne peux pas comprendre ça ?

— Je me fous que ça ait l'air bizarre !

— Eh bien, tu ne devrais pas, répondit-elle avec calme. Nikos, as-tu idée... as-tu accordé la moindre pensée à la façon dont ton père pourrait réagir s'il se doutait de quoi que ce soit ? »

Il la dévisagea d'un air malheureux et défiant. Il avait soudain l'air très jeune.

« Il nous tuerait tous les deux, répondit très calmement Cathy. Tu le sais.

— Nous voilà en plein mélo.

— Tu trouves ? »

Il se tut.

« Je suppose, ajouta-t-elle, qu'on pourrait dire qu'il en aurait tous les droits.

— Non.

— Je suis sa femme. Tu es son fils. Son fils bien-aimé.

— Qui, tous deux, passent après ses fichues affaires.

— Il n'empêche que...

— Il n'empêche que rien ! » Il ne la laissa pas finir. Quand elle essaya de s'écarter de lui, il l'attrapa par le poignet. « Oh, non. Regarde-moi. Vas-tu me regarder ? » Il attendit que leurs regards se croisent.

« Dis-moi que tu ne m'aimes pas. Dis-moi que tu ne veux pas de moi. Dis-moi que les jours que nous venons de passer n'ont pas été la plus merveilleuse expérience de ta vie. » Il resserra son étreinte. « Dis-le-moi !

— Je ne peux pas. Tu sais que je ne peux pas.

— Dis-moi que tu l'aimes, lui, et pas moi. Dis-moi que tu aurais souhaité qu'il ne se soit rien passé. »

Cathy fit mine de parler puis secoua la tête.

« Alors, laisse-moi rester !

— Non. »

Il la lâcha. Recula. « D'accord, dit-il d'une voix tremblante. Je pars. Mais n'essaie pas de me dire que tu m'aimes. Plus jamais. Je ne te croirai pas. Plus jamais ! » Il tourna les talons. Arrivé au coin de la maison, il se retourna. « Je t'aime, déclara-t-il d'une voix dure et le visage farouche. Je t'aimerai toujours. J'espère que tu pourras vivre avec ça. Il faudra bien que j'y arrive. » Et il disparut.

Cathy ferma un instant les yeux, se cuirassa contre le flot soudain de larmes. Tête basse, elle s'appuya à la porte fouettée par le vent chargé d'embruns. Elle savait depuis le début que cela ne pouvait finir que dans la douleur. Mais elle ne s'était pas préparée à la profondeur de ladite douleur. Il lui fallut plusieurs minutes avant de pouvoir se redresser, reprendre haleine et saisir le loquet.

*

Nikos, silencieux ou d'une politesse froide, partit avec Adam deux heures plus tard. Cathy était déchirée entre l'amour et la fureur. Elle ne supportait pas qu'ils soient obligés de se quitter de cette façon, sans se dire un mot en privé, sans avoir l'occasion de combler le fossé qui s'était creusé entre eux ; pourtant l'incapacité de Nikos à cacher ses sentiments, son refus même, semblait-il, d'essayer, était si dangereux qu'il lui mettait les nerfs à cran. Elle fit des œufs au bacon pour Adam et Jerry, les bombarda de questions sur les inondations, essaya de faire en sorte qu'Adam ne remarque pas l'humeur noire de Nikos. Pour finir, le moment des adieux fut presque un soulagement ; mais il fallut attendre que le petit bateau emportant Nikos, raide comme un piquet, les yeux fixés devant lui, refusant de se retourner, refusant de faire signe, s'éloigne en teuf-teufant. Puis le bruit du moteur s'estompa et la dernière chose qu'elle vit avant que la petite embarcation ne disparaisse dans le crépuscule, ce fut Adam agitant joyeusement la main. Elle se tenait à la fenêtre de la chambre, plissant les yeux pour la suivre du regard. La maison était très calme. Elle ne l'avait jamais connue aussi vide. Elle ne s'était jamais sentie aussi seule de sa vie. L'air malheureux, elle s'éloigna de la fenêtre et se dirigea vers le lit ; s'assit dessus et fixa le vide.

Il était parti. C'était fini. Il fallait que ça finisse.

« Mais ça fait mal, dit-elle tout haut dans le silence. Oh, Dieu, que ça fait mal ! »

Les souvenirs — si récents, si chaleureux, plus réels que le présent — l'entouraient. Elle s'attendait presque à voir Nikos s'avancer vers elle, elle s'attendait presque à entendre sa voix, son rire.

Un silence moqueur résonna à ses oreilles.

Le feu était mort dans l'âtre, la pièce était glaciale. Elle se sentit soudain incroyablement fatiguée, gelée jusqu'aux os. On aurait dit que toute chaleur, tout sentiment l'avaient quittée. Que l'essence de son être flottait tel un feu follet sur les eaux grises dans le sillage du frêle esquif qui lui avait enlevé Nikos.

Elle prit un oreiller. C'était celui sur lequel avait reposé la tête de Nikos. Elle le serra contre elle et se laissa tomber sur le lit, les yeux grands ouverts sur le vide. Elle resta allongée très longtemps dans la pièce qui s'assombrissait, essayant de ne pas penser, essayant de ne pas sentir, essayant de se convaincre que ce n'était pas la fin du monde. Et, au bout du compte, l'esprit toujours pratique, elle dut admettre que ça ne l'était pas ; pas pour les autres en tout cas. Un coup dans le mur mitoyen lui annonça que son malade dont l'état s'était beaucoup amélioré estimait à bon droit que c'était l'heure du dîner. Raide et frissonnante, elle se leva du lit et descendit dans la cuisine.

DEUXIÈME PARTIE

11

« Et voilà, chef. On est prudent, c't'après-midi, pas vrai ? » Le bookmaker adressa un grand sourire insolent à Adam et une mince liasse de billets de banque changea de mains. « Un autre jour, m'auriez ruiné avec un coup comme çui-là. »

Adam haussa les épaules d'un air évasif, prit l'argent et le fourra dans sa poche. Comme il quittait le guichet, un homme le tapa sur l'épaule. « Sinclair ! Comment va ? Toujours en train de gagner ? »

Adam fit un clin d'œil au visage vaguement familier, dissimula son irritation derrière un sourire creux. « Bien sûr. Pourquoi crois-tu que je sois là ?

— T'aurais pas un tuyau pour la prochaine ?

— "Rosy Lee" est probablement la meilleure, gagnante ou placée. »

Le sourire de l'homme s'élargit. « Tire-toi, fripouille. Elle n'a aucune chance. »

Adam haussa les épaules, toujours souriant, et se mêla à la foule. « Comme tu voudras, mon vieux. Comme tu voudras. »

Les haut-parleurs annonçaient les chevaux au départ

de la course suivante. Adam entraperçut la casaque d'un jockey dont le cheval avançait précautionneusement au milieu d'un attroupement. Deux petits gains, c'était mieux que rien. S'il gagnait la prochaine, il pourrait risquer un peu plus sur la dernière. Il avait vraiment une intuition pour celle-là. Il mit la main à sa poche de poitrine, la tapota pour vérifier. La fine liasse de billets craqua sous ses doigts. Oui. Un autre gain et il pourrait risquer sa chance. Quoi qu'il arrive, il pourrait au moins se payer à manger ce soir. À moins qu'il ne trouve un gogo qui le nourrisse gratis. Tout en fendant la foule, il luttait une fois de plus contre un mélange de colère, de ressentiment et d'appréhension qui lui labourait le ventre depuis le bref entretien environ une semaine plus tôt, au cours duquel il s'était vu signifier dans les termes les plus humiliants que Bates & Associates n'avaient plus besoin de ses services et que, vu les circonstances, on ne lui donnerait ni préavis ni références. Ni préavis ni références ? Alors qu'il s'était crevé le cul pour cette bande de rapiats et de salauds qui ne connaissaient rien à rien ? Et de quelles « circonstances » s'agissait-il ? D'un tissu de ragots et d'insinuations malveillantes, sans la moindre preuve. Il n'avait fait que des choses que tout le monde faisait. Tous ceux qui s'y connaissaient le savaient. Il se vengerait d'eux d'une façon ou d'une autre, c'était sûr. Ils verraient qu'on ne pouvait pas traiter Adam Sinclair de la sorte. Ils le regretteraient. Il les briserait, tous autant qu'ils étaient.

Il se fraya un chemin à coups de coude jusqu'au bord de la piste, s'accouda pour regarder les jockeys qui emmenaient leurs fringantes montures examiner la première haie ; le soleil bas de février luisait sur les casaques multicolores et faisait resplendir la robe des chevaux.

Adam sortit ses cigarettes de sa poche. Oh oui, il prendrait sa revanche. Surtout sur ce lèche-cul dépourvu de colonne vertébrale, ce foutriquet de Walters ; il pourrait toujours s'époumoner à le nier, Adam savait quel lèche-bottes avait dévoilé le pot aux roses. Mais — les choses importantes d'abord — il fallait en attendant régler le petit problème du gagne-pain. Le licenciement et la perte de salaire n'auraient pu se produire à un pire moment.

Il tassa sa cigarette sur son étui et la mit entre ses lèvres.

« Vous permettez ? » À quelques centimètres de son visage, un briquet — en or et qui semblait de très grand prix — s'alluma. « Monsieur Sinclair, n'est-ce pas ? » La voix était très douce. Et très froide. La main qui tenait le briquet était propre, blanche et solide comme un roc.

Adam jeta un coup d'œil sur son propriétaire. Bien charpenté, soigné, il était un peu trop gros et très bien habillé. Son pardessus lui allait à la perfection et son feutre était fermement enfoncé sur ses cheveux lisses. Son visage avait l'apparence du granit, ses yeux gris sans expression étaient aussi froids que sa voix.

Le cœur d'Adam se mit à battre la chamade. L'air de rien, un groupe d'hommes vint se placer à côté de l'inconnu et derrière lui. Adam avait conscience d'être cerné. Les hommes tournèrent les yeux vers la piste, apparemment absorbés par le départ de la course. « Nous aimerions avoir un mot avec vous, dit l'inconnu d'une voix douce, en lissant sur sa main le gant de cuir bien ajusté qu'il avait ôté pour allumer le briquet. Juste un mot, vous comprenez ?

— Qui êtes-vous ? »

L'homme secoua la tête. « Vous n'avez pas besoin de le savoir, non ? Ce qui compte, c'est qui nous représentons. N'est-ce pas ?

— Je ne vois pas ce que vous voulez dire. »

Le reproche se peignit sur le visage de l'inconnu. « Oh, monsieur Sinclair. Je crois que si. Il ne peut pas vous avoir échappé que vous êtes — dirons-nous un peu à découvert ? — sur certains comptes. » Le départ fut donné. Les chevaux s'élancèrent. L'inconnu tourna la tête pour les regarder. « J'espère que la journée est bonne. »

Adam demeura raide et silencieux lorsque les chevaux passèrent devant lui dans un bruit de tonnerre. Il suait à grosses gouttes. Les cris des turfistes enthousiastes résonnaient à ses oreilles comme un châtiment.

L'homme se pencha vers lui d'un air confidentiel. « Certaines gens, dit-il tranquillement, commencent à s'impatienter. Et même à s'inquiéter. Ils estiment que vous ne faites pas le maximum pour rembourser ce qu'ils ont eu la bonté de vous prêter. Quelqu'un a même le sentiment que vous profitez peut-être de son bon naturel. Désagréable, cela, pour le gentleman en question. Je suis sûr que vous en conviendrez. Le problème, voyez-vous, c'est que ça crée un très mauvais précédent. Vous êtes capable de le comprendre, j'en suis sûr ? Je répugne à parler de faire un exemple mais... » Il laissa les mots s'estomper dans le bruit ambiant.

Adam tira nerveusement sur sa cigarette, conscient

que ses mains tremblaient, se haïssant pour cette faiblesse. « C'est seulement temporaire, répondit-il. Je suis un peu à court pour le moment, c'est tout.

— Oh, n'est-ce pas notre cas à tous, monsieur Sinclair ? déclara l'inconnu d'un ton compatissant.

— Je paierai. Bientôt. »

Les yeux gris et froids se tournèrent vers lui. « Oh oui, monsieur Sinclair. Vous paierez. D'une façon ou d'une autre. Cela, je peux vous l'assurer. » Il souleva son chapeau, sourit gentiment. « Je vous souhaite une bonne journée aux courses, monsieur Sinclair. »

Suivi de son escorte silencieuse, l'inconnu se perdit dans la foule ; en les regardant s'éloigner et en entendant cette voix menaçante résonner encore à ses oreilles, Adam dut lutter contre la panique qui l'envahissait. Il s'agrippa à la rambarde, se força au calme. Il trouverait un moyen. Il s'était tiré de situations pires que celles-là. Il le referait. D'une manière ou d'une autre. En attendant — il sortit le programme de sa poche —, il restait encore la dernière course.

*

Le train parcourait le plat paysage rural, dont certaines zones, malgré les efforts de tout un chacun, portaient encore les marques et les cicatrices des terribles inondations du mois précédent. Les champs étaient recouverts de vase, les fermes écroulées, les arbres encore couchés là où les pires rafales qu'on eût connues de mémoire d'homme les avaient abattus. Cathy referma son magazine et, le menton sur la paume de sa main, regarda par la fenêtre. Il faudrait peut-être des années pour que la campagne se remette

231

complètement des ravages causés par la tempête de janvier. Des hectares de riche terre arable avaient été recouverts d'eau salée ; villes, villages et hameaux faisaient encore le bilan chiffré des routes dévastées, des services interrompus et des bâtiments détruits. Le réseau de défenses côtières avait été submergé et anéanti par les forces mêmes qu'il était censé contenir ; de vastes terrains étaient perdus à jamais. Dans certains villages du littoral, des rues entières avaient tout bonnement disparu du jour au lendemain, englouties par l'appétit insatiable de la mer. Au cours des journées qui avaient suivi la nuit du drame, Cathy avait plus d'une fois remercié les dieux pour la levée de terre à peine visible qui avait sauvé Sandlings de l'inondation. En travaillant avec d'autres habitants du village à organiser et à distribuer des provisions aux nombreuses familles qui avaient tout perdu — y compris parfois un être cher —, elle avait mesuré combien ils avaient eu de la chance — Nikos, Bert et elle —, isolés sur leur îlot. Dans une course contre le temps, la plupart des brèches avaient été colmatées avant les marées hautes de la semaine suivante, et les eaux n'avaient jamais atteint la maison. Maintenant asséchée, la campagne environnante semblait aban-donnée et désolée avec ses haies et ses bois en piteux état. Cathy avait trouvé que le paysage convenait par-faitement à son état d'esprit.

Des premières vingt-quatre heures après le départ d'Adam et de Nikos, elle se souvenait à peine tel-lement elle se sentait déchirée entre une culpabilité toujours croissante, parfois écrasante, et une tristesse profonde, des plus débilitante. Il lui avait fallu faire un violent effort de volonté pour se débarrasser de l'affreuse détresse égocentrique par laquelle, coupée de tout et solitaire comme elle l'était, elle avait failli se laisser submerger. Ce fut la prise de conscience du désastre qui avait dévasté la vie d'autrui qui avait fini par l'arracher au repli sur soi-même. La communauté avait été durement frappée ; il y avait des millions de choses à faire. En s'occupant d'organiser et d'administrer l'aide à ceux dont le sort était bien pire que le sien, elle avait au moins atteint une sorte de paix, une sorte de résolution. Elle n'avait pas eu de nouvelles de Nikos, sauf indirectement, par son père. Une semaine après son départ de Sandlings, il était allé en Grèce en voyage d'affaires et y était resté dix jours, durant lesquels Cathy avait rendu visite à Leon à Londres. Dès son retour de Grèce, Nikos était reparti, cette fois pour un séjour prolongé à New York, où il se trouvait encore. L'objectif de son voyage était à la fois les affaires et le plaisir : il devait représenter son père dans des négociations délicates, achever de liquider la succession de sa grand-mère et aller voir de vieux amis et connaissances. Il ne serait pas de retour avant au moins quinze jours, Cathy s'en était assurée avant d'accepter de quitter Sandlings. Ils n'avaient pas communiqué depuis l'échange de propos amers qu'ils avaient eu avant son départ. Le message était clair. Et Cathy se répétait qu'elle en était satisfaite. Ce qui était fait ne pouvait être changé, quelque désir qu'ils en eussent tous les deux. L'avenir, c'était une autre paire de manches. Visiblement, Nikos avait atteint la même conclusion qu'elle : ils ne devaient plus se revoir. Le souvenir des journées qu'ils avaient passées ensemble devait être totalement et impitoyablement effacé. Elles n'avaient pas eu lieu. Il ne fallait certainement pas qu'elles se reproduisent.

Elle tourna de nouveau son regard vers le paysage qui défilait. Un autre problème la préoccupait. Leon insistait de plus en plus : il affirmait que la place de son épouse était à Londres à ses côtés, jusqu'à ce que la maison en Grèce soit prête. Pour lui, les événements du mois précédent avaient été déterminants. En vain Cathy avait-elle soutenu que la tempête était exceptionnelle, la première à causer de tels dangers, de tels dégâts depuis des générations. En vain elle avait attiré son attention sur les améliorations apportées aux défenses côtières, sur la détermination des pouvoirs publics à ce qu'une telle catastrophe ne puisse plus jamais se reproduire. Leon avait pris sa décision. Ils avaient évité de peu une querelle sur ce sujet la dernière fois qu'elle s'était rendue dans la capitale. Il ne voyait aucune raison pour qu'elle ne quitte pas Sandlings. Elle ne voyait aucune raison pour le faire. Le problème était insoluble.

Elle soupira et retourna à son magazine.

*

Le séjour débuta assez bien. Comme Leon passait toutes ses journées au bureau, Cathy en profita pour visiter musées et galeries, se promener dans les parcs de la capitale, et flâner au bord de la Tamise. Le premier soir, ils dînèrent au restaurant, le deuxième, ils allèrent au concert. Cathy commença à respirer un peu plus librement. Leon n'avait pas une seule fois évoqué son départ de Sandlings. Peut-être avait-il fini par comprendre ce que l'endroit signifiait pour elle. Il semblait préoccupé, un peu distant. La seule fois où ils firent l'amour, ce fut un exercice bref et, pour Cathy du moins, profondément insatisfaisant, à l'issue duquel Leon roula sur le côté et se mit presque immédiatement à ronfler. Cathy resta immobile dans l'obscurité, s'efforçant d'ignorer le bruit de la circulation et d'entendre la mer.

Le lendemain, elle reçut un coup de téléphone inattendu d'Adam. Leon venait de partir pour le bureau. Cathy était occupée à ranger l'appartement et à se faire couler un bain : la salle de bains bien équipée était un luxe dont elle se délectait. La sonnerie du téléphone la prit au dépourvu.

« Adam ! » Elle était ravie d'entendre sa voix. « Quelle joie d'avoir de tes nouvelles. Comment vas-tu ?

— Je vais bien. On ne peut mieux. Écoute... je me demandais si ça te dirait de déjeuner avec moi ?

— Très volontiers ! Quelle bonne idée !

— Tu as envie d'un endroit particulier ? »

Elle rit. « Oh, ne dis pas de bêtises ! Tu sais bien que moi et Londres... Je m'en remets à toi.

— Très bien. Alors, je passe te prendre à l'appartement... disons vers midi et demi ?

— Parfait. »

Il arriva à l'heure dite. Le beau temps et son avant-goût de printemps dans la capitale avait une fois de plus cédé la place à l'affreux smog de l'hiver finissant. Mais pénétrer dans le restaurant revenait à pénétrer dans un autre univers. Doucement éclairée et somptueusement meublée, la salle douillette et élégante resplendissait de tout l'éclat du cristal et de l'argenterie ; les nappes et serviettes de damas blanc étaient immaculées et bien amidonnées. Adam fut accueilli avec déférence et on les escorta jusqu'à une petite table dans une alcôve. Un piano jouait en sourdine à l'autre extrémité de la salle.

« Ça te plaît ? demanda Adam en prenant la carte des vins que lui tendait un serveur.

— Beaucoup, répondit-elle franchement en souriant. Très cosmopolite. Je suis surprise qu'ils laissent une plouc de mon genre franchir le seuil. »

Adam rit tranquillement. « Ne dis pas de bêtises. Sherry pour commencer ? Ou préférerais-tu du champagne ? »

Le repas fut excellent, le vin abondant et très bon. Adam se montra des plus attentif et divertissant. Pourtant il fallut très peu de temps à Cathy pour sentir que tout n'allait pas pour le mieux chez son fils. Elle connaissait les signes pour les avoir trop souvent vus, aussi bien chez lui que chez son père. Il était trop brillant, trop nerveux. Ses traits étaient un peu tirés. Il fumait sans cesse. Son bavardage enjoué n'avait aucune substance, rien de personnel. Elle ne fut pas vraiment surprise quand, après être resté un moment silencieux devant son café et un cognac, il leva vers elle ses yeux myosotis et déclara tout à trac : « M'man... est-ce que je peux te demander un service ? »

Elle fit tourner son cognac dans son verre et le regarda. « Bien sûr. »

Il ne put soutenir son regard ferme. Il baissa les yeux sur ses doigts tachés de nicotine.

« De l'argent ? » demanda-t-elle enfin.

Il fit signe que oui.

« Adam ! »

Il releva brusquement la tête. « Ce n'est pas à toi

236

que j'en demande. Oh, je ne prétends pas que je ne le ferais pas. Mais ça ne servirait à rien. M'man... cette fois, il s'agit de beaucoup d'argent, de bien plus que ce que tu pourrais me donner. J'ai besoin qu'on me sorte d'affaire. J'ai de gros ennuis. »

Elle le dévisagea, le cœur soudain serré. « Si je ne peux pas te procurer cet argent, qu'est-ce que tu veux que je fasse ?

— Que tu parles à Leon. Que tu lui demandes d'arranger la situation. Je suis sûr qu'il peut. Je travaillerai pour lui afin de le rembourser. Je ferai n'importe quoi...

— Mais, Adam...

— M'man, s'il te plaît ! Ne discute pas. Ne pose pas de questions. Dis-moi seulement oui ou non. Tu demanderas à Leon pour moi ?

— Adam, j'ignore combien d'argent liquide Leon pourrait rassembler...

— Il a des relations. Avec des banquiers et autres. C'est forcé. Bon sang, l'autre jour j'ai rencontré quelqu'un qui jure qu'il a acheté une compagnie de navigation en bloc, rubis sur l'ongle...

— Oh, Adam, tu ne peux pas croire toutes les rumeurs idiotes que tu entends ! Leon n'a certainement pas l'argent dont tu parles.

— En tout cas, il y a accès », dit-il, têtu. Le coup de téléphone qu'il avait reçu ce matin l'avait terrifié. « Je ne sais pas où ni comment, mais il y a accès. M'man, je t'en supplie ! Tu essaieras pour moi ? » Il leva son verre mais sa main tremblait trop. Il le reposa brutalement sur la table. « J'ai eu une période de déveine, c'est tout. Je n'ai plus de boulot...

— *Quoi ?* »

Il la regarda, puis détourna les yeux. « La société pour laquelle je travaillais a fait faillite. Ils n'ont rien laissé. Pas même un mois de préavis. » Son visage était tendu. « Je dois... de l'argent à des gens. Ils se font pressants.

— Tu t'es remis à jouer », déclara-t-elle d'un ton morne.

Il haussa les épaules et ne dit rien.

« Adam, tu n'apprendras donc jamais ? » La voix de Cathy était très calme.

Il ne voulut pas la regarder.

« Je pourrais te prêter... — elle réfléchit un instant — ... à la limite... mille livres ? »

Il secoua la tête. « Pas assez.

— Dieu tout-puissant !

— Je te l'ai dit. J'ai eu une période de déveine. »

L'inquiétude et la colère la rendirent plus brusque qu'elle ne l'avait souhaité. « Non, Adam. Tu as eu une période de stupidité. »

Il pinça les lèvres mais ne dit rien.

Cathy mit quelques instants pour ordonner ses idées. « Adam... si je parlais à Leon... attends... » Elle leva la main comme il relevait brusquement la tête. « Attends. J'ai dit si je parlais... quoique je ne sois pas convaincue qu'il dispose de l'argent que tu espères... mais si je lui parlais... est-ce que tu me ferais une promesse ? »

Il acquiesça trop facilement. « Bien sûr. »

Elle eut le cœur chaviré. En cet instant, il ressemblait plus que jamais à son père défunt. Se sachant vaincue avant d'avoir commencé, elle déclara : « Promets-moi que tu arrêteras de jouer.

— Oh, je te le promets. »

238

Elle repoussa le cognac auquel elle n'avait pas touché, attrapa son sac. « Alors, j'essaierai. Je te promets d'essayer. »

Adam renversa la tête et vida son verre. « Merci. Je t'en saurai gré.

— Je ne suis toujours pas certaine que Leon ait l'argent dont tu parles. »

Adam l'examina avec un petit sourire fugace. « Eh bien, tu es la seule dans ce cas, m'man, rétorqua-t-il. Peut-être qu'il est temps que tu te mettes au courant. »

*

Lentement et avec un plaisir évident, Leon déballa son cigare, le palpa, le coupa, l'alluma et renversa la tête pour laisser la volute odorante s'envoler vers le plafond. Cathy cogna son ongle contre sa tasse de café. À la lumière des bougies et du feu de bois, l'appartement semblait plus douillet et plus accueillant que d'habitude.

Le silence s'éternisait. « Alors, comme ça, tu n'as aucune idée du montant dont il a besoin ? » demanda Leon.

Cathy secoua la tête. « Plus de mille livres. C'est ce que je lui ai offert et il a dit que ça ne suffirait pas.

— Je vois.

— Leon... même si tu ne veux pas lui prêter cet argent... pourrais-tu envisager de lui trouver un travail ? De le prendre avec toi ? De l'avoir à l'œil ? »

La fumée s'éleva de nouveau. « Oh, je pourrais faire ça, répondit doucement Leon.

— Je me fais un sang d'encre à son sujet.

— Et pour de bonnes raisons. » Son mari se versa

239

un autre cognac et la fixa de ses yeux noirs et perçants. « Certes, si tu passais davantage de temps à Londres, tu pourrais le surveiller toi-même. »

Elle respira à fond.

« N'ai-je pas raison ? demanda-t-il gentiment.

— Je... suppose que si. »

Leon se pencha en avant, posa une main sur la sienne. « Kati, ma chérie, il est temps que tu viennes habiter avec moi. J'ai besoin de toi. Il ne peut pas t'avoir échappé que l'affaire, comme un enfant, grandit à vue d'œil. J'ai besoin d'un endroit à moi. J'ai besoin d'une femme. Est-ce trop demander ? »

Cathy garda le silence.

« Tu veux que j'aide Adam. Je l'aiderai. Je lui prêterai... je dis bien "prêterai"... la somme nécessaire pour le tirer d'affaire. Je lui donnerai du travail ; et il devra travailler, nous n'employons pas de touristes, ainsi que Nikos l'a découvert. Mais en échange... » Il ne termina pas sa phrase...

Elle attendit, tendue, avant de compléter : « En échange, tu veux que je renonce à Sandlings.

— Pas que tu y renonces. Je ne m'attends pas que tu vendes la maison. Mais au moins que tu y passes moins de temps. Tu peux continuer à faire joujou avec tes livres pour enfants... »

Elle pinça les lèvres et ravala sa colère.

« ... Encore que tu doives savoir que tu n'as plus besoin de gagner d'argent. Les choses changent. Elles changent de façon spectaculaire. Adam a besoin de mon aide. J'ai besoin de la tienne...

— Quelle sorte d'aide ? »

Il haussa les épaules. « J'ai besoin d'un endroit à moi... d'un appartement où je puisse recevoir clients et associés. J'ai besoin d'une épouse. D'une épouse qui me soutienne, qui m'épaule...

— D'une hôtesse, dit-elle sombrement.

— Oui. Entre autres choses, oui. La présence d'une femme... — il mit un doigt sous son menton et la força à relever la tête, à croiser son regard — ... d'une femme très séduisante... peut, dirons-nous, mettre de l'huile dans les rouages des affaires. Tu pourrais être un atout immense, ma Kati, si tu renonçais à ta vie ridicule et si tu te joignais à moi. Ici, à Londres, et dans la maison grecque lorsqu'elle sera terminée, tu serais un magnifique ornement dans ma vie.

— Un ornement, répéta-t-elle d'une voix douce et désespérée. Un ornement ? »

Il ne parut pas l'avoir entendue. « Tu verras, *koukla mou*. Je te l'ai dit... nous avons de l'argent maintenant. Nous pouvons nous offrir un endroit... un endroit comme celui-ci... » Il désigna du geste leur luxueux environnement. « Tu auras vite fait d'oublier ta petite maison primitive. Viens à Londres. Aide-moi à trouver un appartement. Tu le meubleras toi-même, je te promets. Tout ce que tu voudras... »

Elle avait posé son menton sur la paume de sa main et le regardait sans détourner les yeux. « Adam avait raison, déclara-t-elle.

— Ah oui ?

— Il prétendait que tu avais beaucoup plus d'argent que je ne le croyais. C'est vrai. Tu acceptes de le tirer d'affaire sans même savoir combien tu vas devoir débourser. Tu parles de louer un appartement comme celui-ci et de le meubler comme si ça n'allait te coûter qu'une poignée de clous. Leon... d'où vient tout cet argent ? »

Il s'adossa à sa chaise. Une volute de fumée voila l'expression de son visage. « J'ai conclu quelques bonnes affaires ces derniers mois. Réussi quelques beaux coups. Il y a de l'argent à gagner, ma Kati... je te l'ai déjà dit...

— En faisant quoi ?

— Pourquoi t'entêtes-tu à le savoir ? Pourquoi te casses-tu autant la tête ? Ton mari est un homme heureux en affaires. »

Elle prit son verre de cognac tout en l'observant d'un air songeur. « Mon mari est un cachottier », répliqua-t-elle.

Il sourit comme si elle lui avait fait un compliment, se tapota le nez avec l'index. « Ça paye, ma Kati, ça paye... » Il se pencha de nouveau vers elle. « Tu veux que je parle à Adam ? Tu veux que je l'aide ?

— Tu le sais bien.

— Alors... prendras-tu en considération ce que j'ai suggéré ? »

Le silence dura peut-être l'espace d'une dizaine de battements de cœur. « Oui, répondit-elle très calmement.

— Épatant. Épatant ! Tout ira bien, tu verras. Et maintenant... au dodo. Pour fêter ça. » Il se leva, l'écrasant de sa masse à la lumière vacillante des bougies.

« Je te rejoins dans un instant, dit-elle. Je débarrasse d'abord.

— Laisse ça pour demain matin. »

Elle ne le regarda pas. « Je préfère le faire maintenant. J'ai horreur de voir de la vaisselle sale quand je me lève. »

Elle sentit l'éclair de colère qui le traversa, sentit

l'effort qu'il fit pour se maîtriser. « Très bien, *koukla mou*. Mais fais vite, hein ? Fais vite. » Il tourna les talons et la quitta.

Cathy demeura immobile jusqu'à ce que la porte de la chambre se soit refermée. Puis elle se leva, alluma la lumière, souffla les bougies, commença à débarrasser la table. Les rideaux n'étaient pas tirés. Les lumières de la ville se reflétaient dans le ciel brumeux. Le mouvement et le bruit constants des rues encore animées pénétraient dans la pièce silencieuse. Quelque part dans l'immeuble, une sonnerie de téléphone retentit. Les longues plages désertes du Suffolk semblèrent soudain appartenir à une autre vie. Un autre monde. Un monde qu'elle était en train de perdre.

« *J'ai de gros ennuis cette fois*, avait calmement déclaré Adam en lui tenant la portière du taxi. *De gros ennuis. S'il te plaît, ne me laisse pas tomber. Je n'ai personne d'autre.* »

Elle fit couler de l'eau dans l'évier.

La sonnette de la porte d'entrée retentit.

Elle sursauta violemment. Elle se sécha les mains, traversa le salon pour gagner l'entrée.

« Kati ? appela Leon de la chambre à coucher. Qui est-ce ? »

Sur le seuil de la porte, Nikos la dévorait du regard. Comme elle se tenait silencieuse, paralysée, il éleva la voix. « C'est moi, papa. Désolée de te réveiller. J'ai oublié ma clé.

— Nikos ! Nikos, mon garçon ! » Drapé dans un peignoir de soie sombre, Leon apparut dans l'embrasure de la porte. Il se précipita sur Nikos, lui donna une claque sur l'épaule et le serra contre lui. « Qu'est-ce que tu fais ici ? Nous ne t'attendions pas avant deux semaines... »

Nikos s'arracha à la contemplation du visage de Cathy, posa sa valise dans l'entrée, referma la porte derrière lui. « Une amie à moi venait à Londres. J'avais fini ce que j'avais à faire, alors j'ai décidé de revenir avec elle. Désolé... j'aurais dû vous prévenir... Je ne savais pas...

— Oh, ne dis pas de bêtises, mon garçon ! C'est chez toi, ici. Tu peux aller et venir comme tu l'entends. Entre donc, entre donc ! Kati... que peut-on lui offrir ? Le pauvre garçon a l'air épuisé. »

Nikos s'empressa de refuser. « Non, vraiment, je ne veux rien. Seulement une bonne nuit de sommeil. Le voyage a été long.

— Un verre. Tu prendras bien un verre. Viens me raconter ton voyage. Tu as vu Galliano ? Qu'est-ce qu'il demande ? » Leon fit entrer son fils dans le salon.

Cathy resta en arrière. Les yeux de Nikos se fixèrent sur elle avant de se détourner tandis qu'il emboîtait le pas à son père ; et elle y lut ce qu'il devait, elle en était certaine, avoir vu dans les siens. Le choc de cette confrontation inattendue l'avait laissée tremblante et avait balayé en un éclair toutes les défenses soigneusement édifiées. « Tu es sûr de ne pas vouloir manger un petit quelque chose ? demanda-t-elle, stupéfaite par la fermeté de sa voix.

— Non, merci. » Il était, comme toujours, calme et courtois.

Incertaine, elle fit un vague geste. « Dans ce cas, je vous laisse tous les deux, dit-elle. Vous avez visiblement beaucoup de choses à vous raconter. Mais,

Leon, ne retiens pas Nikos trop longtemps. Il a l'air très fatigué. »

Leon tapota la joue de Nikos ; Nikos recula légèrement. « Tu vois quelle bonne petite maman elle fait ? gloussa Leon. Ne t'inquiète pas, Kati. J'arrive. Et maintenant... Nikos... dis-moi tout... »

Cathy alla dans la chambre, ferma la porte contre laquelle elle s'appuya. Elle entendait le murmure des deux hommes. Leon éclata de rire. Cathy ferma les yeux un instant, revit l'expression de son beau-fils quand elle lui avait ouvert la porte.

Une heure plus tard, lorsque Leon vint se coucher, elle dormait apparemment à poings fermés. Il éteignit, s'installa à son côté, tendit une main à tout hasard pour la caresser. Elle continua à respirer profondément, lentement. Il se détourna pesamment et sombra presque aussitôt dans le sommeil.

12

Cathy était dans la cuisine en train de faire la vaisselle de la veille quand elle entendit la porte s'ouvrir dans son dos. Elle n'eut pas besoin de se retourner pour savoir qui entrait. Elle plaça avec un soin méticuleux une assiette sur l'égouttoir.

« Cathy, dit doucement Nikos, comment vas-tu ?

— Bien, merci, répliqua-t-elle d'un ton neutre, sans tourner la tête. Et toi ? »

Il ne répondit pas.

Une autre porte s'ouvrit. « Kati ? Tu ne saurais pas ce que j'ai fait de ma cravate bleue ? » beugla Leon.

Cathy éleva la voix. « À droite dans l'armoire. Avec les chemises blanches.

— Cathy..., reprit Nikos à voix basse.

— J'ai déjà regardé, reprit Leon en gémissant. J'ai trouvé la claire, mais c'est la sombre que je veux. Kati... ? »

Cathy soupira, s'essuya les mains. « J'arrive », dit-elle en pivotant sur ses talons. Nikos se tenait à cinquante centimètres derrière elle. « Je suis désolée, s'empressa-t-elle de dire. Je ne t'attendais pas si tôt. Si j'avais su que tu venais, j'aurais fait en sorte de ne pas être là. Je partirai dès que j'aurai trouvé une excuse...

— *Kati* !

— J'arrive ! »

Nikos recula pour la laisser passer. « Tu n'as pas besoin de partir à cause de moi. »

Elle soutint un instant son regard, se cuirassant contre ce qu'elle allait — ou voulait — peut-être y voir. « Oh, je crois que si », répondit-elle très posément. Elle avait passé une longue nuit sans fermer l'œil pour se préparer à ce moment. Et pour réfléchir à l'ultimatum de Leon — car c'était bien de cela qu'il s'agissait — concernant Adam. Pendant ces heures sombres, elle avait pris deux fermes résolutions ; ou plutôt s'était rendu compte que dans les deux cas elle n'avait guère le choix.

« Kati ! »

Elle se précipita.

Au cours du déjeuner, Leon, cravate bleu foncé bien nouée et humeur de nouveau au beau fixe, se mit à plaisanter lourdement. « Dis-moi, Nikos... qui est cette jeune femme dont tu m'as parlé la nuit dernière ? Celle qui t'a fait rentrer de New York ? Est-elle jolie ? Riche ? »

Nikos rougit jusqu'à la racine des cheveux. « Elle est... très gentille.

— Gentille ? Gentille ? Ce n'est pas ce dont tu as besoin, mon garçon, gloussa Leon. Riche et belle. Voilà ce qu'il te faut.

— Elle est jolie. Mais elle n'est pas riche. Pas à ma connaissance, du moins.

— Comment fait-elle pour se payer l'avion entre New York et Londres ?

— C'est son travail. C'est une journaliste et photographe free-lance. Surtout de mode. Elle prépare un article. Elle avait besoin de venir à Londres avant d'aller à Paris. J'avais terminé ce que j'avais à faire et n'avais pas de projet précis... Elle n'était encore jamais venue à Londres. J'ai proposé de l'accompagner et de lui donner quelques tuyaux. C'est tout. » Nikos évita soigneusement le regard froid de Cathy.

« Alors, tu vas la voir pendant son séjour à Londres ? demanda celle-ci en sirotant son thé.

— Je... oui. Je la vois ce soir, en fait. Pour dîner.

— C'est sympathique. Si elle reste assez longtemps, il faudra l'inviter ici.

— Excellente idée. » Leon, debout, enlevait les miettes de sa veste. « Nikos... viens avec moi au bureau. J'ai à discuter avec toi. Il déposa un baiser distrait dans les cheveux de Cathy. « Je serai un peu en retard, *koukla mou*. J'ai une réunion à six heures.

— On peut dîner ici, dit Cathy. Huit heures, ça ira ?

— Parfait. »

Cathy lança un regard à Nikos. « Tu dînes au restaurant ?

— Oui. Nous allons au cinéma d'abord. Je rentrerai tard, je pense. »

L'espace d'un horrible moment, Cathy eut l'impression qu'elle allait se mettre à hurler. Comment Leon faisait-il pour ne pas sentir la tension sous-jacente ? Combien de temps faudrait-il avant qu'il s'en aperçoive ? Une fois la porte enfin refermée sur le père et le fils, elle s'affala dans un fauteuil et enfouit son visage las dans ses mains. Elle se sentait tendue et épuisée. Elle releva la tête. « Je l'aime, dit-elle tout haut. Je croyais pouvoir le nier, mais je ne peux pas.

248

Je l'aime. Et je veux rentrer à Sandlings. Oh, mon Dieu, j'ai tellement envie de rentrer chez moi ! » Une seconde, son sang-froid l'abandonna et elle posa sa tête sur ses bras, les yeux gonflés de larmes ; mais cela ne dura qu'une seconde. Si elle se mettait à pleurer maintenant, se dit-elle d'un air résolu, elle ne s'arrêterait peut-être jamais. « Il ne vaut mieux pas », déclara-t-elle au beurrier dans un long soupir tremblé, et elle entreprit de débarrasser la table.

*

Deux heures plus tard, le téléphone sonna. Installée à la table de cuisine, Cathy dessinait. Elle posa son crayon, alla dans le salon, s'attendant à entendre la voix d'Adam. « Allô ? »

Il y eut un bruit de pièces qui dégringolaient. « Cathy. » C'était la voix de Nikos. Il parlait à toute vitesse. « Cathy... il faut absolument que je te voie... que je te parle...

— Non.

— *Je t'en supplie !* » Un vrai cri d'angoisse.

« Non ! » Elle tremblait. « Nikos, laisse-moi tranquille. Va-t'en et laisse-moi tranquille ! »

Il parlait encore quand elle raccrocha brusquement.

*

Elle marcha dans Hyde Park une bonne partie de l'après-midi, errant sans but le long des allées sous les arbres immenses et dépouillés, solitaire parmi les amoureux, les gens qui promenaient leur chien ou poussaient un landau. Il faisait très froid. Même dans le plus grand espace vert de la capitale, l'air sentait le gaz d'échappement et lui piquait les yeux. Elle essaya en vain de ne pas penser. Essaya de ne pas s'avouer qu'elle avait peur de rentrer à l'appartement, peur que Nikos vienne, peur de ce qui pourrait arriver s'il le faisait. Elle était gelée jusqu'aux os lorsqu'elle revint dans l'appartement vide et sombre. Elle se fit couler un bain bien chaud, remonta ses cheveux, s'allongea dans l'eau et ferma les yeux.

Elle se réveilla pour entendre l'horloge sonner dans le salon. L'eau du bain était complètement froide. Frissonnante et désorientée, elle sortit de la baignoire, s'enveloppa dans une serviette et attrapa sa montre. Sept heures. Sept heures ? Seigneur Dieu, ce n'était pas possible ! Il fallait allumer le feu, préparer le dîner — oh, zut ! Quelle idiote ! » Le froid la rendait maladroite et le petit somme avait encore accentué sa mauvaise humeur. Le feu refusa de prendre et elle se coupa en épluchant des légumes. Pourtant, à huit heures moins dix, Leon n'étant, Dieu merci, pas encore arrivé, l'appartement était rangé, la table mise et le dîner, en retard mais sentant délicieusement bon, cuisait dans le four. Se détendant un peu et priant pour que Leon ne rentre pas avant une dizaine de minutes afin qu'elle ait le temps de se remettre de sa précipitation, elle se versa un petit sherry et s'installa pour l'attendre.

Une heure plus tard, le dîner était sur le point de brûler, la bouteille de sherry à moitié vide et elle attendait toujours. Elle regarda le téléphone. Où que fût Leon, il y avait certainement un téléphone. Elle souleva le combiné pour vérifier que la ligne n'était pas coupée. Elle ne l'était pas. Elle mit de côté le magazine qu'elle était en train de lire et se rendit dans la cuisine pour sauver ce qu'elle pouvait du repas.

À dix heures, elle était vraiment inquiète et persuadée que quelque chose d'épouvantable avait dû se produire. Elle avait essayé de téléphoner au bureau, au cas où Leon serait retourné là-bas après sa réunion, mais sans succès. Il n'y avait pas d'autre numéro à appeler ; elle n'avait pas la moindre idée de l'endroit où son époux avait pu aller. Elle ne pouvait pas commencer à appeler tous les hôpitaux. Il n'y avait rien d'autre à faire qu'à attendre et à se ronger les sangs.

Il était presque onze heures et demie quand elle entendit la clé dans la serrure. Folle d'angoisse, elle se rua sur la porte.

Leon, sourire béat aux lèvres, flageolait un peu sur ses jambes. « *Kalispera sas, koukla mou.* »

Cathy le dévisagea avec stupeur.

« Tu es... — il leva le doigt qu'il balança comme s'il dirigeait un orchestre — ... très belle.

— Tu es ivre », répliqua-t-elle.

Il secoua la tête. « Non. Non. Un peu gai, c'est tout. La réunion a été bonne. Nous avons fêté ça ensuite. » Il referma la porte et prit Cathy dans ses bras. « Tu ne donnes pas un baiser à ton mari ? » Il sentait le cigare, le whisky et quelque chose de subtil, de fleuri.

Tremblante de colère, elle tourna la tête si bien que les lèvres de Leon effleurèrent son oreille, s'arracha à son étreinte et se dirigea d'un pas décidé vers le salon. « Où avait lieu cette réunion ? demanda-t-elle d'une voix froide. Sur la lune ? En Mongolie-Extérieure ? »

Déconcerté, il fronça les sourcils. « Qu'est-ce que tu veux dire ?

251

— C'était de toute évidence dans un endroit où le téléphone n'existe pas. »

Il haussa les épaules, jeta son pardessus. « J'étais occupé, Kati.

— Et moi inquiète. Malade d'inquiétude ! Tu avais dit que tu rentrerais dîner à la maison. Que tu reviendrais à huit heures...

— Mais je t'avais dit... » Son tempérament explosif, inévitablement, se mettait au diapason de l'humeur de Cathy. « J'avais une réunion.

— À six heures ! Il est presque minuit ! Je me fiche de savoir où tu étais. Ou ce que tu faisais. Ce qui me tue, c'est que tu n'aies pas pris la peine de me téléphoner pour me dire que tu ne rentrerais pas à la maison...

— Mais j'y suis à la maison, non ? Qu'est-ce que c'est que cet accueil ?

— Il est du même genre que l'excuse que tu m'offres. Inexistant. » Les mots secs et furieux semblaient sortir de la bouche de quelqu'un d'autre : elle n'arrivait pas à les retenir. « Leon, tu es l'homme le plus égoïste que j'aie jamais rencontré ! Est-ce qu'il t'est seulement venu à l'esprit de m'appeler ? Est-ce qu'il t'est seulement venu à l'esprit que je me faisais un sang d'encre, ici, toute seule ? Que je t'avais préparé à dîner ? Que je t'attendais ?

— Bien sûr que si. » Irrité, il se détourna pour aller à la table sur laquelle se trouvaient bouteilles et verres, prit le cognac. « J'ai pensé que tu comprendrais...

— Oh, je comprends. Trop bien. Je comprends que je passerai toujours après les autres priorités de ta vie... quelles qu'elles soient. Je comprends que, si je cède et

252

viens te rejoindre à Londres, je passerai la moitié de ma vie...

— Cède ? Cède ? » Il vida son verre, se tourna vers elle, l'interrompit d'une voix soudain dure. « Que dis-tu ? Que je te force à venir vivre avec moi ? »

Il y eut soudain un silence tendu, périlleux. Mais dans sa colère et son malheur, elle fut incapable de se retenir. « Est ce que ce n'est pas le cas ? » demanda-t-elle.

Mâchoire palpitante, il la foudroya du regard. « Je t'ai offert de partager ma vie, dit-il très calmement. Je t'ai demandé de quitter ton trou minable pour venir vivre *ici*. Avec *moi*. » Il ponctuait chaque mot d'un mouvement furieux de l'index.

Tel un feu de broussaille, la dispute était devenue soudain incontrôlable. « Parce qu'en échange tu aiderais Adam. Tu ne peux pas le nier. Le problème, Leon, c'est que tu en viens à croire que tu peux tout acheter », s'entendit dire Cathy rageusement, et elle comprit qu'elle était allée trop loin.

Secouant son énorme tête, Leon attrapa son pardessus. « Non, ma Kati, non ! Je viens juste de trouver quelque chose que je ne peux pas acheter, n'est-ce pas ? Un accueil aimant quand je rentre à la maison. Une femme contente de voir son mari...

— Bon sang, tu as presque quatre heures de retard ! » Soudain des larmes de colère et de frustration ruisselèrent sur son visage et elle se mit à crier comme une marchande de poisson. « Que voudrais-tu que je fasse ? Que voudrais-tu que je dise ? Bonsoir, mon chéri, je n'avais pas envie de dîner de toute façon ? Où vas-tu ? »

Leon avait endossé son pardessus. « Dehors, répondit-il. Dehors, dans un endroit où je serai le bienvenu. Dehors pour voir des gens qui seront contents de me voir.

— Dans ce cas, tu ferais mieux de prendre ta clé, lança-t-elle. Je ne t'attendrai pas.

— Je n'espère rien de tel de ta part. » L'instant d'après, il avait filé après avoir fait claquer la porte si fort que l'immeuble en fut quasiment ébranlé.

Cathy se jeta sur le canapé et laissa libre cours à ses sanglots. Elle versa toutes les larmes de son corps. Roulée en une boule de nerfs tremblante, genoux sur la poitrine, pendant un laps de temps qu'elle fut incapable de mesurer par la suite, elle s'abandonna entièrement à sa confusion et à son malheur. Jusqu'au moment où, épuisée, elle sombra dans un sommeil intermittent.

Et c'est ainsi que Nikos la trouva.

Sa soirée n'avait vraiment pas été un succès. Il ne se rappelait pas une Lois aussi stridente, aussi écrasante à New York. Une de ces personnes qui compensent un manque fondamental de confiance en soi en faisant à l'occasion étalage d'une suffisance éprouvante pour les nerfs. Il était sûr que tout le monde dans le restaurant devait avoir entendu ses invites à peine voilées, sans parler de son dépit cinglant lorsqu'il les avait déclinées. En fait, il avait failli se laisser tenter : l'idée de rentrer à l'appartement, de retrouver Cathy et son père ensemble, de savoir qu'ils partageaient l'intimité du lit conjugal était plus qu'il ne pouvait en supporter. Pourtant, l'idée de ne pas la voir, de manquer la moindre occasion d'être auprès d'elle était pire. Il introduisit la clé dans la serrure et ouvrit la porte.

Cathy était pelotonnée tout habillée sur le canapé,

ses cheveux ébouriffés, collés par la sueur sur son visage bouffi, ses yeux gonflés même dans le sommeil, sa respiration irrégulière comme si, sans le vouloir, elle pleurait encore. Plongé dans le silence et l'obscurité, l'appartement était de toute évidence vide. Le feu était presque mort. Il s'agenouilla à côté d'elle. « Cathy, Cathy, qu'y a-t-il ? Que s'est-il passé ? »

Elle remua légèrement.

Il la prit par l'épaule et la secoua. « Cathy... »

Elle ouvrit les yeux. S'assit très raide, se couvrit le visage de ses deux mains. « Nikos, va-t'en. Je t'en supplie, va-t'en.

— Que se passe-t-il, chérie ? Qu'est-ce qui ne va pas ?

— Rien. Rien ne va. » Les larmes amères se remirent à couler. Ses épaules tremblèrent.

Nikos s'assit à côté d'elle, l'attira doucement à lui. Incapable de résister, elle appuya sa tête sur son épaule. Il resserra son étreinte. « Raconte-moi ce qui s'est passé. »

Elle lutta pour maîtriser ses sanglots. « Leon n'est pas rentré avant presque minuit. Il n'a pas appelé. Il n'a pas essayé de me prévenir qu'il ne rentrerait pas dîner. Il aurait pu aussi bien être mort, pour ce que j'en savais. Quand il est enfin rentré, il a fait comme si de rien n'était. J'avais passé une soirée épouvantable. Je me suis mise en colère. On s'est disputés. Il a claqué la porte. » Elle s'écarta de Nikos en reniflant.

Sans dire un mot, il sortit un mouchoir de sa poche et le lui offrit.

Un peu calmée, elle s'épongea le visage et se moucha. « Regarde dans quel état je suis.

— Je t'aime », dit-il d'une voix très douce et très déterminée.

De nouveau les larmes lui montèrent aux yeux. Elle secoua la tête. « Nikos, tu ne dois pas. Tu ne dois pas le dire, tu ne dois pas le penser.

— Et je ne dois pas le sentir ? Comment le pourrais-je ? Tu es avec moi à chaque moment de la journée, où que je sois, quoi que je fasse. Tu es dans mon sang. Dans mon cœur. Dis-moi comment arrêter et j'arrêterai peut-être. »

Elle le fixa d'un air impuissant et garda le silence. Ses yeux gonflés étaient rougis, ses cheveux embroussaillés. Il tendit la main, posa le dos de ses doigts repliés sur la peau brûlante de son visage. « Je t'aime, répéta-t-il. Je ne peux plus lutter contre cet amour. Je t'aime et je te veux. Je me fiche de savoir si c'est bien ou mal. Je me fiche de ce que les gens pensent. Parce que, que tu le veuilles ou non, je crois que tu m'aimes aussi. Est-ce que ça n'est pas vrai ? »

Elle baissa subitement la tête, tripota le mouchoir.

« Cathy ?

— Oui. C'est vrai. » Les mots, entrecoupés par un petit sanglot hoquetant, étaient à peine audibles.

« Alors, commençons par là. Au moins nous sommes honnêtes l'un envers l'autre. »

Elle releva la tête pour le regarder. « Mais pas avec les autres.

— Au diable les autres. » Sa voix était toujours douce et patiente. « Je parle de nous. D'un pacte. D'une promesse. Quoi qu'il arrive, il n'y aura plus de malentendus entre nous. Nous avons suffisamment de problèmes pour ne pas nous rendre la vie encore plus difficile.

— C'est toi qui as commencé. À Sandlings.

— Je sais. Je suis désolé. J'ai cru que tu me renvoyais.

— Je suppose que c'était le cas. Je n'arrivais pas à imaginer quoi que ce soit d'autre. »

Il lui prit la main, la porta à ses lèvres, lui embrassa l'extrémité des doigts. « Et maintenant ? »

Elle secoua la tête d'un air las. « Je n'ai toujours aucune idée.

— Qu'est-ce que tu veux ?

— Je veux t'embrasser. »

Il sourit. « Ça, ça me paraît aller de soi. Mais à part ça ?

— Je veux rentrer à la maison.

— Alors, fais-le. Rentre. J'irai te voir. »

Elle ouvrit la bouche pour parler mais ne dit rien.

« Je ne te lâcherai pas, dit-il simplement. Pas maintenant que je sais que tu m'aimes toujours. Rentre. Je te promets de ne pas prendre de risques. Mais je viendrai te voir. »

Elle ferma les yeux, se rappelant soudain quelque chose. « Je ne peux pas.

— Tu ne peux pas quoi ?

— Rentrer à Sandlings. C'est mon autre sujet de dispute avec Leon. Adam a besoin d'aide. Il a perdu son travail et il est endetté. Leon a accepté de le tirer d'affaire... mais uniquement à condition que je vienne vivre avec lui à Londres... »

Nikos se pencha en avant tout en gardant la main de Cathy prisonnière des siennes. « Laisse tomber Adam. Il est assez grand pour se débrouiller...

— C'est mon fils.

— Tu crois que je ne m'en souviens pas ? Écoute...

je parlerai à papa. Je suis sûr qu'il l'aidera. Il souhaite qu'Adam vienne travailler avec nous. Je suis persuadé que ce n'est pas une dispute avec toi qui le fera changer d'avis. Rentre chez toi. Donne-toi le temps de la réflexion. Mais ne t'avise pas de cesser de m'aimer... »

Elle renversa la tête sur les coussins avec lassitude. « Non, je te le promets. »

Il s'installa à ses côtés, attira sa tête sur son épaule. Elle resta ainsi un long moment avant de demander d'une voix douce : « Nikos ? Vas-tu me faire l'amour ?

— Non. »

Elle releva la tête pour le regarder.

« Pas ici. Pas maintenant. Je te veux toute à moi. Je ne te veux pas inquiète ni l'oreille aux aguets. Papa pourrait entrer à tout instant. Je ne veux pas prendre ce risque. Ce n'est pas que je ne te désire pas, tu le sais bien. Mais je suis prêt à attendre. »

Elle lui toucha les lèvres du doigt. « Et moi qui croyais que la jeunesse était toujours si impatiente. »

Il sourit. « C'est la première fois que tu plaisantes à ce sujet.

— Quel sujet ?

— Notre différence d'âge. »

Elle rougit légèrement.

Il l'embrassa. « Fatiguée ?

— Oui.

— Tu veux aller te coucher ?

— Non. Pas si tu ne peux pas venir avec moi.

— Alors, reste ici. » Il attrapa un coussin, le posa sur ses genoux. « Mets-toi là. Dors un peu. Je te réveillerai si papa rentre. »

Durant les quelques heures de nuit qui restaient, il

fit le guet pendant que, malgré tous ses efforts pour rester éveillée, elle dormait. Il ne tint aucun compte de son quasi-épuisement et c'est tout juste s'il en avait conscience. À mesure que les heures paisibles s'égrenaient, il se reposa tranquillement avec elle. Il avait enfin l'esprit clair. Le voyage à New York n'avait servi qu'à démontrer combien il l'aimait. Les endroits familiers lui avaient paru froids et vides. Les souvenirs n'avaient été que des souvenirs et non une raison de vivre. Son unique raison de vivre se trouvait ici. Ce que l'avenir lui réservait, il n'osait pas y songer. Tout ce qu'il savait, tandis que Cathy, le visage toujours bouffi par les larmes, dormait comme une enfant fatiguée sur ses genoux, c'était que pour le moment il était heureux.

*

Leon ne rentra pas cette nuit-là. Le lendemain matin, lasse et désorientée, Cathy fit ses valises pour rentrer chez elle.

« Papa sera au bureau. » Appuyé au montant de porte, Nikos l'observait. « Qu'est-ce que tu vas faire ? Lui téléphoner ? »

Elle secoua la tête. « Non. S'il avait voulu me parler, il aurait pu me téléphoner ici. Je vais lui laisser un mot. »

Il eut soudain un grand sourire. « Je reconnais qu'Adam a raison sur un point.

— Lequel ?

— Tu es aussi têtue qu'une mule.

— Oui. » Elle lui adressa un bref sourire las. « Te voilà prévenu. »

Il vint à elle, la prit dans ses bras et posa sa joue sur ses cheveux. Ils restèrent ainsi quelques instants. « Officiellement, je suis toujours en vacances, dit Nikos. Papa était d'accord pour que je prenne quelques jours de congé. Je suis rentré plus tôt que prévu de New York. Il n'y a pas de raison pour que je ne puisse pas venir à Sandlings dans deux ou trois jours. Je peux toujours dire que je pars un peu avec Lois. »

Cathy secoua légèrement la tête. « Des mensonges. J'ai horreur des mensonges. Ils ont la mauvaise habitude de se retourner contre vous.

— Si mentir est le seul moyen pour nous d'être ensemble, alors je le ferai, dit-il calmement. Et avec le sourire.

— Si seulement nous pouvions faire autrement !

— Avec des si...

— ... Je sais, je sais.

— Tu veux que je vienne ?

— Oui.

— Alors, je viendrai. Compte sur moi vendredi.

— Tu resteras combien de temps ?

— Je ne sais pas. Aussi longtemps que je pourrai. » Elle lui offrit ses lèvres.

On sonna à la porte.

« Zut. » Elle s'écarta de lui. « Le taxi. Peux-tu lui demander d'attendre un instant ? Je dois écrire mon mot. »

Le vent de mars soufflait en rafale dans la rue. « Laisse-moi t'accompagner à la gare », dit Nikos.

Cathy secoua la tête. « Il ne vaut mieux pas. Je te vois vendredi. » Elle sourit et il en eut le cœur chaviré.

« Vous avez dit Liverpool Street, madame ? demanda le chauffeur de taxi.

— Oui, s'il vous plaît. » Cathy se retourna vers Nikos. « Tu parleras à ton père pour Adam ? Promis ?

— Bien sûr. Ne t'inquiète pas.

— C'est important.

— Je sais. »

Ils se regardèrent un bref instant. Puis elle lui effleura la joue de ses lèvres. « À vendredi ?

— Oui. »

Elle monta dans le taxi, agita la main lorsqu'il démarra. Nikos le suivit du regard jusqu'à ce qu'il ait disparu dans la circulation. « Oh, oui », répéta-t-il doucement.

*

Apparemment détendu, Adam était assis jambes croisées et la fumée de sa cigarette s'élevait en volutes vers le plafond douteux. Les bureaux modestes de Kotsikas et Fils l'avaient surpris : connaissant Leon comme il croyait le connaître, il s'était attendu à quelque chose de plus impressionnant.

Le silence s'éternisait un peu trop. Adam remua légèrement sur sa chaise.

Leon releva la tête pour le scruter de ses yeux noirs, mais, bizarrement, s'obstina à ne rien dire. Adam dut faire un effort pour ne pas broncher. Pour l'amour du ciel... quand allait-il se décider à parler ?

Leon se leva de son bureau, alla à la fenêtre et regarda la rue en contrebas. « Ça fait beaucoup d'argent, finit-il par dire.

— Oui, j'en suis conscient. » Adam était tendu

comme un ressort. Il avait besoin de cet argent. Désespérément besoin. Si Leon refusait de l'aider, il aurait de gros, très gros ennuis.

« Beaucoup d'argent », répéta pensivement Leon.

Adam se pencha vers le bureau pour écraser sa cigarette dans le cendrier. « Je te rembourserai. Je le promets. »

Leon se retourna avec un sourire légèrement ironique. « Tu ne pourras pas faire autrement. Rappelle-toi que tu vas travailler pour moi. »

Le jeune homme lui adressa un sourire en coin désarmant. « Oui. Bien sûr. »

Leon s'assit sur le bureau en balançant les jambes. Sans rien dire, il dénoua sa cravate, déboutonna le bouton de son col de chemise. Adam vit le reflet doré sur le cou brun et musclé. D'un air distrait, Leon tripota son médaillon. « Il est rare — je dirais même qu'il n'arrive jamais — que je donne quelque chose pour rien. Est-ce que tu comprends ça ? » finit-il par demander d'une voix douce.

Les yeux bleus qui croisèrent les siens étaient sur leurs gardes. Adam ne pipa mot.

« Je demanderais donc... et si j'exigeais quelque chose en échange de ce prêt ? »

L'étonnement se lut sur le beau visage du jeune homme. « Quel genre de chose ?

— Si je voulais que tu uses — dirons-nous — de ton influence sur ta mère ? »

Il fallut un instant pour que les mots fassent leur effet. Adam se renversa sur son dossier et se détendit un peu.

« Vous êtes très proches l'un de l'autre, ajouta Leon

pensivement. Et je sais que tu peux te montrer très convaincant.

— Tu veux qu'elle quitte le Suffolk ? » suggéra Adam.

Leon fit signe que oui. « Je veux qu'elle quitte le Suffolk. Je la veux ici à mes côtés. Et quand le moment sera venu, je veux qu'elle vienne avec moi en Grèce, comme il est de son devoir d'épouse.

— C'est tout ? » Adam avait perdu son enthousiasme.

Leon mit la main à sa poche de poitrine et en sortit un chéquier qu'il fit claquer négligemment sur la paume de sa main. « C'est tout, répondit-il. Marché conclu ? »

Adam haussa les épaules. « Je peux toujours essayer.

— N'essaie pas, Adam. Fais-le. » Leon leva son chéquier. « La moitié maintenant. L'autre moitié quand ta mère m'annoncera qu'elle vient à Londres. D'accord ?

— Leon... je ne sais pas si je peux... » Adam s'interrompit et haussa les épaules. Il se savait au pied du mur. « D'accord », répondit-il.

13

Sous un soleil pâle et froid qui incitait à croire que le printemps était en avance, ils arpentaient main dans la main la plage en faisant crisser les galets sous leurs pieds tandis que les chiens couraient et bondissaient comme des fous autour d'eux. Le ciel immense avait la transparence du cristal et l'air limpide une odeur d'embruns. Devant eux, la côte s'étendait à perte de vue, déserte. Plusieurs barques à la peinture écaillée par les intempéries gisaient, vides, hors d'atteinte de la marée. Au loin, seule trace de vie humaine, quelques cabanes de pêcheurs délabrées se blottissaient les unes contre les autres. « On a l'impression d'être seuls au monde », déclara Cathy.

Nikos lui pressa les doigts. « En ce qui me concerne, c'est le cas. Il n'y a personne d'autre que toi. »

Elle sourit mais ne répondit pas. Un bout de bois dans la gueule, Sandy trotta vers eux, plein d'espoir. Nikos prit le bâton et le jeta dans les vagues. Cathy grogna. « Tu es fichu. Il ne va plus vouloir s'arrêter. »

La marée descendait et les galets lavés scintillaient à la lumière du soleil, leurs bruns et leurs noirs, leurs ors et leurs ocres contrastant avec l'éclat nacré des coquillages et le vert sombre luisant des algues. Cathy se baissa pour ramasser un galet rond bien poli qu'elle fit rouler entre ses doigts. « Sens comme il est lisse. Je ne cesse de m'étonner que l'eau soit capable de transformer ainsi la pierre. » Comme elle le lui tendait, leurs doigts se touchèrent et ils se sourirent.

Ils se reprirent par la main et grimpèrent jusqu'à un endroit où gisait une embarcation retournée. Cathy se jucha dessus, Nikos s'y adossa, sortit son paquet de cigarettes et s'abrita du vent pour en allumer une. Cathy, les yeux mi-clos pour se protéger de l'éclat du soleil, fixait pensivement l'horizon brouillé où une poignée de petits bateaux de pêche dansaient sur la mer d'un gris d'étain. Pendant un long moment, ni l'un ni l'autre ne parla. Puis Nikos dit : « Je vois pourquoi tu aimes tellement cet endroit. »

Elle se tourna vers lui, saisit sa main dont elle caressa sa joue froide. « Vraiment ? C'est si différent de ce à quoi tu es habitué. Et, je suppose, d'une beauté beaucoup moins conventionnelle.

— On finit par l'apprécier. Et de toute façon... ça fait partie de toi. Comment pourrais-je m'empêcher de l'aimer ? »

Elle lui embrassa la paume de la main. « C'est si sauvage. Il y a tellement d'espace. De ciel. On peut respirer ici. On peut crier, chanter, personne ne vous entend.

— Je parie que c'est ce que tu fais. »

Elle esquissa un sourire. « Ça arrive. » Elle appuya son visage contre son bras sans lui lâcher la main. « Nikos ? » La gaieté avait disparu de sa voix. La

265

question qu'elle avait décidé de ne pas poser jaillit d'elle-même : « Qu'allons-nous faire ? »

Il garda le silence pendant un long moment. « Je ne sais pas, finit-il par dire. Je sais seulement que maintenant que je t'ai, je ne te lâcherai plus. Que je ne perdrai pas le moindre instant passé en ta compagnie à regretter, à me culpabiliser ou à me soucier des autres gens. Je sais que je t'aime et que tu m'aimes. Ça suffit. »

Cathy baissa la tête et tira d'un air absent sur les grosses mailles de son pull de marin.

« Tant que nous nous aimons, reprit-il d'une voix très ferme, rien d'autre ne compte. Le monde ne peut nous atteindre.

— Oh, mon chéri, dit-elle tout doucement, tu es si... » Elle s'interrompit.

« Si quoi ? »

Elle ne dit rien.

« Si quoi ? Dis-le ! »

Cathy leva son visage aux cheveux emmêlés par le vent et sourit. « ... Déterminé, répondit-elle.

— Ce n'est pas ce que tu t'apprêtais à dire », objecta-t-il, la mâchoire têtue.

Elle baissa les yeux sur son pull.

« Pas vrai ? »

Elle sauta du bateau, épousseta le sable de son pantalon.

« Tu t'apprêtais à dire "jeune", n'est-ce pas ? »

Elle lui prit la main. « Je suppose que oui », admit-elle.

Il l'obligea à lui faire face en la tenant par les épaules. « Eh bien, certes, je suis jeune. Ça ne veut pas dire que je ne sais pas ce que je fais. Je te l'ai déjà dit et je le répète : tu es la seule femme que j'aie jamais aimée et que j'aimerai jamais. Je ne vais pas... je ne peux pas vivre sans toi. L'âge n'a rien à voir là-dedans. Je t'aimerai toujours. Je veux m'occuper de toi. Je préférerais mourir plutôt que de voir quiconque te faire du mal... » Il s'arrêta. « Cathy ? Que se passe-t-il ? Tu pleures ? »

Elle s'arracha à son étreinte, posa sa tête sur son épaule. « Non, bien sûr que non. C'est seulement le vent. Rentrons. »

*

Comme il fallait s'y attendre, malgré la détermination farouche de Nikos, le monde les rattrapa trois jours plus tard. Ils avaient vécu des journées idylliques ; Cathy en était même venue à croire qu'on allait peut-être, au moins pour une semaine, les laisser tranquilles ; en l'occurrence ce fut Bert qui, bien involontairement, leur apporta la nouvelle du désastre qui les menaçait et qui, tout aussi involontairement, les en préserva. Il avait emprunté la bicyclette de Cathy pour aller à l'épicerie. Une heure plus tard environ, il martelait de nouveau leur porte. « Cathy ? Une lettre. »

Cathy ouvrit la porte. « Rebonjour. Entrez donc. Une tasse de thé ? »

Il secoua sa tête chenue. « Ferais mieux d'y aller.

— D'accord. » Cathy se garda bien de tenter de le convaincre. Elle prit l'enveloppe. « Merci. » Elle jeta un coup d'œil sur la lettre. L'écriture d'Adam. Elle déchira l'enveloppe en entrant dans la cuisine.

Assis à table, Nikos examinait quelques-uns de ses dessins. « Ceux-ci sont vraiment... » Il leva la tête. « Qu'est-ce qu'il y a ? Cathy, qu'est-ce qui se passe ?

« Zut, zut, zut ! *La barbe !*

— Quoi ? »

Elle lui tendit la lettre, se laissa tomber sur une chaise, mit sa tête dans ses mains.

Il la lut, la relut. La posa sur la table et la regarda. « Téléphone-lui. Dis-lui qu'il ne peut pas venir. »

Elle secoua la tête. « Je ne peux pas. Comment pourrais-je ? Quelle excuse veux-tu que je lui donne ? » Elle ramassa la lettre et la regarda de nouveau. « Heureusement que Bert est descendu au village ! Adam l'a écrite il y a presque une semaine. La lettre a attendu à la poste pendant des jours. Je ne peux pas l'appeler maintenant et lui dire non. Ça aurait l'air très bizarre.

— Je resterai, déclara calmement Nikos. Après tout, j'ai autant le droit d'être ici que lui.

— Non ! dit-elle en se levant brusquement de sa chaise. Non, répéta-t-elle plus calmement. Oh, Nikos, réfléchis ! Tu es censé être dans la région des lacs avec Lois. Adam le sait. Ça voudrait dire encore davantage de mensonges. De supercheries. »

Cela voudrait dire vous voir tous les deux ensemble, et ça, pour l'instant, je ne pourrais pas le supporter. Mais elle se garda bien de prononcer ces mots.

« Tu veux que je parte », se rebiffa-t-il.

— Non ! Bien sûr que non ! Mais nous n'avons pas le choix.

— Je sais. » Il tourna la tête. « Je sais. C'est juste que je déteste ça.

— Tu ne peux pas le détester plus que moi.

— Ne m'oblige pas à partir maintenant. Laisse-moi rester jusqu'à demain matin. Je t'en supplie.

— Bien sûr », répondit-elle.

*

Cette nuit-là, pour la première fois, il lui fit l'amour avec une telle violence qu'elle eut mal. Ensuite, il resta allongé de tout son poids sur elle, le visage dans le creux de son épaule, les doigts dans sa chevelure. « Cathy... je t'en supplie... *je t'en supplie*... ne m'oblige pas à partir ! » Sa respiration était bruyante, sa voix un chuchotement.

Cathy lui caressa les cheveux et ne dit rien.

Le lendemain matin, elle l'accompagna jusqu'à l'Austin noire garée dans le sentier. Il l'embrassa doucement, effleura du doigt sa lèvre endolorie. « Je suis désolé.

— Ne dis pas de bêtises. »

Le vent frais de mars murmurait autour d'eux. Les arbres rabougris arboraient des bourgeons vert pâle. « Je t'écrirai, dit-il.

— Oui.

— Et nous nous reverrons bientôt.

— Oui.

— Il le faut. »

Elle l'embrassa de nouveau. « Oui. »

Il démarra comme un aveugle, les larmes lui brouillaient la vue, la douleur de la quitter était si aiguë qu'il pouvait à peine respirer.

Et Cathy, envahie par un sentiment de culpabilité, de peur et de désespoir qui remplissait inévitablement le vide laissé par son départ, regagna le cottage, le cœur lourd, pour se préparer à affronter son fils.

*

« Merci, c'était délicieux. » Adam reposa son couteau et sa fourchette et se renversa sur sa chaise, rassasié. « Je ne sais pas comment tu arrives à cuisiner de la sorte sur ce vieux truc. »

Sa mère prit son assiette vide. « Sois poli avec mon fourneau. C'est mon meilleur ami. Veux-tu un morceau de tarte ?

— Oui, merci. » Il la regarda couper la tarte et verser la crème. « M'man ? »

Cathy mit l'assiette devant lui. « Oui ? »

Il se mit à jouer avec sa cuiller. Des petits ruisseaux de crème coulèrent autour de l'îlot de pâte croustillante. « Tu sais que tu ne peux pas continuer comme ça éternellement, n'est-ce pas ? »

Le visage soudain de marbre, elle se raidit. « Je ne crois pas que je comprenne où tu veux en venir », finit-elle par dire d'un air circonspect.

Il indiqua d'un signe de tête ce qui les entourait. « À vivre ici. Comme ça. »

Cathy posa ses deux mains à plat sur la table et se pencha vers lui. « Ainsi que tu le sais parfaitement, déclara-t-elle d'une voix dangereusement calme, j'aime vivre ici. »

Il fut incapable de croiser son regard. Il se consacra à sa tarte. Cathy se tourna vers son évier.

« Leon a trouvé un appartement, ajouta Adam au bout d'un moment. Pas loin de chez Nikos. Dans Kensington High Street. » Il attendit qu'elle parle. Le silence était de mauvais augure. Il poursuivit. « Dans un de ces grands vieux immeubles. C'est très agréable.

— Je n'en doute pas, répondit-elle sèchement.

— M'man... »

Elle se retourna. « Adam, tu m'inquiètes quand tu m'appelles comme ça. Ça signifie presque toujours que tu veux quelque chose.

— Tu es injuste.

— Ah oui ? » Elle le toisa du regard. Le rouge monta lentement aux joues d'Adam.

« C'est seulement que Leon veut que tu viennes à Londres jeter un coup d'œil à l'appartement, c'est tout. Ça ne semble pas trop demander. »

Cathy se mordit la lèvre inférieure et le regarda. « C'est inutile, dit-elle tranquillement. J'ai pris ma décision. Je reste ici. Si Leon veut un appartement, je suis sûre qu'il est tout à fait capable d'en trouver un... »

Adam posa bruyamment sa cuiller sur son assiette qu'il repoussa ; son visage était tendu et la colère brillait dans ses yeux. « Tu ne peux pas faire ça ! Tu es mariée avec lui...

— Adam ! Ça ne te regarde pas ! » Elle articula les mots clairement, farouchement. « Tu es mon fils. Et je t'aime. Mais ça ne te donne absolument aucun droit de te mêler...

— Je ne me mêle pas !

— Je pense que c'est exactement ce que tu fais. Je suis adulte. Je ne te laisserai pas me dicter ma conduite ! Je ne te laisserai pas être de connivence avec Leon pour m'obliger à faire ce que je ne veux pas. Ce sont mes affaires et celles de Leon. Ça ne te regarde pas.

— Et si Leon en avait fait mon affaire ? » lança-t-il. Il regretta aussitôt.

Elle le regarda soudain d'un air entendu et ironique, s'appuya au fourneau, bras croisés. « Je vois.

— Non. Tu ne vois rien.

— Alors, explique. »

D'un geste brusque, presque violent, il recula sa chaise et se leva. « Je ne peux pas. Tu ne comprendrais pas. »

Elle l'observa en silence.

« Écoute... » Il écarta les mains d'un air implorant. « Tout ce qu'il demande, c'est que tu viennes voir l'appartement...

— Non, répliqua-t-elle. Ce n'est pas tout. Et tu le sais. »

Deux jours auparavant, Adam avait rencontré un homme, sur rendez-vous, dans un bar. Un homme qui l'avait informé brutalement de ce qui pourrait lui arriver si le reste de sa dette n'était pas remboursé très rapidement. De façon agaçante, un muscle se contractait spasmodiquement dans la joue d'Adam. « Tu n'es pas juste, dit-il. Leon travaille comme un fou. Il gagne beaucoup l'argent. Il te veut avec lui...

— Pour l'aider à le dépenser ? interrompit-elle sèchement. Oh, je ne crois pas, Adam. Oui, je sais que Leon travaille comme un fou. Quelque chose me dit qu'il joue également comme un fou. Et je suis sûre qu'un de ses... camarades de jeu... — le mot était caustique — ... l'aidera à dépenser son argent, si c'est ce qu'il souhaite. Je ne me laisserai pas traiter comme un bien meuble. Je ne resterai pas à me tourner les pouces dans ce maudit Londres pendant qu'il disparaît pendant des heures... des jours... des semaines d'affilée sans me dire où il est ni ce qu'il fait. Je ne serai pas l'ornement dont il rêve. » Elle souligna le mot avec férocité. « Je n'obéirai pas à son moindre caprice. Je ne le laisserai pas se servir de mon fils comme coursier pour me mettre au pas... ! »

De nouveau, Adam s'empourpra. « Tu es ridicule.

— Tu trouves ? Eh bien, moi pas. Si tu veux rapporter un message à Leon, tu peux lui dire ceci : il sait où me trouver. S'il veut me parler, nous le ferons ici. Il ne m'a pas donné signe de vie depuis presque quinze jours. Depuis qu'il est parti en claquant la porte. Maintenant, la balle est dans son camp. Non, Adam, je n'irai pas à Londres avec toi. Un point, c'est tout. »

Respirant bruyamment, Adam garda un instant le silence. Puis, très soigneusement, il remit la chaise sur laquelle il avait été assis à sa place. « C'est complètement absurde, dit-il d'une voix très contrôlée et très raisonnable. Il n'y a aucune raison au monde pour que nous nous disputions. » Il jeta un coup d'œil à sa montre. « Écoute... les pubs sont ouverts. Je vais descendre boire une pinte au village. Pour nous donner une chance de nous calmer. M'man... je te jure... la dernière chose que je souhaite, c'est que cette histoire se mette entre nous... »

Les épaules de Cathy se détendirent un peu. Elle respira à fond.

Adam décrocha son manteau, le jeta sur son épaule et tourna ses grands yeux bleus enjôleurs vers sa mère. « Réfléchis-y. C'est tout ce que je te demande. » Il traversa la pièce pour déposer un baiser léger sur sa joue. « Je n'en ai pas pour longtemps. »

Il couvrit la distance qui séparait la maison du sentier où il avait garé sa voiture à longues enjambées furieuses, ouvrit rageusement la portière, s'affala derrière le volant et prit ses cigarettes. Il dut abriter la flamme avec un main. Il tira une longue bouffée, renversa la tête, plissa les yeux. « Merde ! dit-il tout haut. Et *merde* ! »

Cathy entendit le ronronnement du moteur, le patinage des roues lorsqu'il démarra trop vite. Le silence de la maison se referma autour d'elle, interrompu seulement par le tic-tac paisible de l'horloge. Elle resta un long moment sans bouger.

*

Le bar du Lion and Lamb était calme. Deux petits vieux dépenaillés, attablés devant une pinte, jouaient aux dominos en silence, un homme aux cheveux grisonnants en pantalon de velours et bottes était accoudé au comptoir. Il fit un signe de tête et grommela un bonjour quand Adam entra.

« Bonjour, mon chou. » La patronne était une brune bien en chair. Ses yeux s'éclairèrent devant cette diversion inattendue. « Qu'est-ce que je peux vous offrir ?

— Une bière, s'il vous plaît. » Adam chercha de la monnaie dans sa poche. Imbécile ! Quel imbécile il avait été d'énerver ainsi sa mère ! Il fallait qu'il se réconcilie avec elle. Il ne pouvait pas se permettre de se la mettre à dos. D'un autre côté, la dernière chose qu'il pouvait se permettre, c'était de ne pas réussir à la convaincre de venir à Londres au moins pour voir l'appartement. Une fois qu'elle serait là-bas, ce serait à Leon de se débrouiller avec sa femme. « Merci. »

L'air absent, il prit la chope qui débordait. Les dominos claquèrent.

« Belle journée. » La femme prit son argent et fit tinter le tiroir-caisse.

« Oui. » Le problème, c'était comment y arriver. Il connaissait trop bien Cathy pour ne pas se rendre compte que ce ne serait pas facile. Leon et elle avait dû sacrement se disputer.

« Y a du printemps dans l'air. Les jonquilles vont pas tarder.

— Pardon ? Oh... oui. Merci. » Il prit sa monnaie, s'éloigna du comptoir, alluma une cigarette, resta debout à ruminer et à regarder pas la fenêtre la journée venteuse et ensoleillée.

La porte s'ouvrit de nouveau. De grosses bottes résonnèrent sur les dalles de pierre. « Bon après-midi, Bill. Ça va ?

— Bien, Iris, bien.

— Comme d'habitude ?

— Oui. Merci.

— Et la femme, ça va ? »

Adam parvint à s'abstraire de son environnement et cogita ferme. De deux choses l'une. Ou il menait à bien la tâche que Leon lui avait assignée, et il était sauvé, ou il échouait, et il devrait alors s'en remettre au bon vouloir de Leon pour le tirer du pétrin. Plus il réfléchissait à la deuxième solution, moins elle lui plaisait. Ses récents contacts avec son beau-père ne l'avaient pas encouragé à croire que Leon était un bon Samaritain. Il ne faisait pas de cadeau et espérait toujours un gain personnel. Par conséquent, si Adam voulait s'assurer de son propre salut, il devait faire changer sa mère d'avis. Il avala une grosse gorgée de bière tiède. Il y avait un moyen. Pas facile mais il y en avait quand même un. Si sa mère apprenait à quel point la situation était désespérée, elle ne pourrait pas lui refuser son aide ? S'il lui parlait... s'il lui expliquait franchement le marché qu'il avait dû conclure avec Leon... ?

« Bon après-midi, Mr Sinclair, n'est-ce pas ? »

La voix amicale près de son épaule le fit sursauter. Il se retourna. Une silhouette vaguement familière vint le rejoindre à la fenêtre, une chope de bière à la main. L'homme fit un grand sourire et ses yeux de marin se plissèrent quand il vit l'expression étonnée d'Adam. « Bill Becket, lui rappela-t-il. Gendarmerie maritime. On s'est rencontrés deux ou trois fois au fil des années.

— Oh, bien sûr. Désolé, je n'y étais pas du tout.

— Alors on est en vacances ?

— En quelque sorte, oui. On se change un peu les idées, c'est tout.

— Alors, vous allez rester avec vot'mère à Sandlings, pour sûr... » L'homme qui se dandinait légèrement sur ses jambes bottées avait l'air de vouloir s'incruster. Le cœur d'Adam chavira. Une conversation avec un inconnu, si agréable et bien intentionné fût-il, était la dernière chose dont il avait besoin pour l'instant. « C'est une sacrée bonne femme, vot'mère, poursuivit le grand gaillard en émettant un petit gloussement. Vous êtes bien placé pour le savoir, pour sûr. Y en a plus d'un au village qui lui doit une fière chandelle pour tout ce qu'elle a fait après la tempête. Remarquez, elle a eu de la chance que l'eau n'arrive pas jusqu'à sa maison. » Il rit de nouveau. « C'est pas que ç'aurait changé grand-chose, notez bien. Elle avait bien fait comprendre c't'après-midi-là qu'elle partirait pas. Catégorique qu'elle était, et le jeune gars aussi... »

N'écoutant que d'une oreille, Adam le laissa poursuivre, souriant machinalement, luttant contre ses propres démons. Quel danger y avait-il à avouer à sa mère le mauvais pas dans lequel il s'était mis ? Elle avait déjà été folle furieuse dans le passé, mais elle avait toujours fini par l'aider.

« ... Oh, ils étaient bien au chaud. Et on se rendait pas compte alors que ça allait si mal tourner, autrement, p't-être que j'aurais davantage essayé de les persuader de partir, Bert et le reste. Heureusement que la marée les a épargnés. J'ai souvent pensé que j'aurais dû les faire partir, mais l'était trop tôt pour que je puisse savoir, comment que j'aurais pu savoir ? »

Il devait prendre le risque. Il essaierait une fois de plus de la convaincre, mais si elle refusait de changer d'avis, il devrait expliquer. Elle ne le laisserait pas tomber. C'était impossible.

« Ç'a été une sacrée nuit, ça, pour sûr. » L'homme hocha la tête pensivement. « Oh, ça oui. Une sacrée nuit.

— Je veux bien vous croire. » Adam renversa la tête et avala rapidement le reste de sa bière. Sa décision prise, il voulait la mettre à exécution. Ça ne servirait à rien de tergiverser. Il reposa sa chope vide sur la table tachée et tendit la main. « Bon, il faut que j'y aille. Ravi de vous avoir revu, monsieur Becket. »

L'énorme main du gendarme grattait comme du papier de verre. « Moi aussi, monsieur Sinclair. Transmettez mes meilleurs souvenirs à vot'mère.

— Je n'y manquerai pas. »

Adam roula doucement en regagnant le cottage et

277

s'attarda quelques minutes dans la voiture pour mettre de l'ordre dans ses pensées. Il entra sans faire de bruit par la porte de derrière. Cathy lisait un livre. Elle leva les yeux mais ne sourit pas. Il ôta son pardessus, l'accrocha, vint déposer un baiser sur les cheveux de sa mère.

« Je pensais que tu en aurais pour plus longtemps », dit-elle.

Il haussa les épaules. « Je n'ai bu qu'une chope. »

Suivit un petit silence légèrement tendu. Puis ils parlèrent en même temps.

« Adam...

— M'man... »

Ils s'interrompirent tous deux. Adam sourit, prit son étui à cigarettes. « Après toi », dit-il.

Elle referma son livre, croisa les mains dessus. « Chéri, je ne veux pas me disputer avec toi. C'est la dernière chose que je souhaite. Mais... il faut que tu comprennes... que ce qui se passe ou ne se passe pas entre Leon et moi ne regarde que nous. C'est à nous de nous en occuper. Je ne sais pas ce qu'il a dit ou fait pour que tu sois à ce point de parti pris...

— M'man !

— Non. Écoute. Je ne veux pas quitter Sandlings. Je ne veux pas de la vie que Leon m'offre. Tu n'as aucun droit de m'obliger à l'accepter. » Elle fit semblant d'ignorer les coups de boutoir de sa conscience. Elle n'était pas en train de mentir. Pas du tout ! Nikos n'avait rien à voir avec ça. Absolument rien.

Adam s'assit en face d'elle et un rond de fumée vint obscurcir un instant son visage. « Je crois que je vais devoir t'expliquer ma situation, m'man », déclara-t-il.

*

Un long moment après qu'il eut fini de parler, sa mère resta silencieuse, le visage enfoui dans ses mains. Il l'observait, mal à l'aise. « M'man ? Pour l'amour du ciel, dis *quelque chose* au moins. »

Elle releva la tête, la secoua. Son expression était sombre. « Je ne sais pas quoi dire. En dehors de "Comment as-tu pu être aussi stupide ?" et "Comment Leon ose-t-il se servir de toi de cette façon ?" et autres commentaires tout aussi inutiles. » Elle se leva pour aller mettre la bouilloire sur le fourneau. Adam prit ses cigarettes. « Tu fumes trop, dit-elle. Je ne crois pas que ça puisse te faire du bien...

— M'man ! »

Elle se retourna brusquement. « Adam, je suis désolée ! Je ne sais pas quoi dire. Je ne sais pas quoi faire ! Il va falloir que tu me laisses réfléchir... »

Il la dévisagea avec une incrédulité croissante. « Penser ? répéta-t-il. Qu'est-ce qu'il y a à penser ?

— Moi, répondit-elle calmement. Je dois penser à moi, Adam. Ça ne t'était pas venu à l'esprit ?

— Écoute... m'man... » Il s'approcha d'elle, l'attrapa par les épaules. « Accepte pour le moment. Rentre avec moi à Londres. Aide-moi à me débarrasser de ces gangsters. Je rembourserai Leon, je te le jure. Ensuite tu mèneras la vie qui te plaît...

— Adam, je mène déjà la vie qui me plaît. Pourquoi autoriserais-je Leon à me faire du chantage par ton intermédiaire ? Car, ne t'y trompe pas, c'est ce qu'il fait.

— C'est seulement parce qu'il t'aime. Parce qu'il te

veut à ses côtés. Qu'est-ce qu'il y a de mal à ça ? Bon sang... tu es mariée avec lui.

— J'en suis tout à fait consciente. » Les mots étaient très froids.

Il lutta pour maîtriser la panique qui l'envahissait. Avant toute chose, il ne devait pas la contrarier davantage. « Je t'en supplie, m'man », dit-il.

Cathy respira à fond. « Je vais lui écrire, dit-elle. Ce soir. Tu pourras emporter la lettre avec toi demain.

— Je ne crois pas que ça puisse améliorer quoi que ce soit.

— Laisse-moi au moins essayer. Il faut qu'on lui montre qu'il ne peut pas organiser la vie de tout un chacun comme bon lui semble. »

Adam secoua la tête d'un air désespéré. « On dirait que tu ne le connais pas ! »

Elle soutint pensivement son regard. « Je commence à croire que non. »

*

Plus tard, ce soir-là, après qu'Adam fut monté se coucher, Cathy resta à fixer le vide, devant une feuille de papier. Elle avait trop gâté son fils. Elle le savait. Extrêmement choquée et culpabilisée après la mort de Danny, elle lui avait passé tous ses caprices et l'avait surprotégé. Elle avait vu de l'incrédulité et de la colère dans ses yeux lorsque sa sordide histoire ne l'avait pas fait céder sans discuter à ses exigences. N'était-il pas grand temps qu'il se mette à assumer la responsabilité de ses actes ?

Tu te fais des illusions, dit une voix froide et claire

dans sa tête. Tu le sais. Mentir au reste du monde est une chose. Se mentir à soi-même est la pire des folies.

Bouche pincée en une moue têtue, elle prit un stylo.

En haut, Adam arpentait la petite chambre comme un lion en cage. Une lettre ? À quoi servirait-elle ? Et quelle mouche avait piqué sa mère dernièrement ? « Quel bordel ! » Il enleva sa veste, l'accrocha dans la petite armoire, fouilla pour trouver son pyjama. Combien de temps avait-il ? Une semaine ? Moins ?

Avec un petit bruit, quelque chose tomba de l'étagère, rebondit sur le plancher et brilla à la lumière des flammes. Adam se baissa et vit tout de suite de quoi il s'agissait. Nikos devait l'avoir perdu la dernière fois qu'il était venu. Adam ramassa le bouton de manchette, le glissa dans sa poche et se remit à se ronger les sangs.

*

Le lendemain, tous les doutes d'Adam se confirmèrent. Leon lut la lettre en silence, la jeta sur son bureau, joignit les mains et observa le jeune homme d'un air impassible. « Ça ne va pas, Adam. Je te l'ai dit. Je la veux ici. Et vite. Je prévois de partir pour la Grèce dans une semaine environ. Je veux qu'elle m'accompagne.

— Alors, pourquoi ne lui demandes-tu pas ? Pourquoi ne vas-tu pas la voir ? »

Le visage de Leon s'assombrit. « J'ai mieux à faire, déclara-t-il très calmement. Cette fois, c'est elle qui viendra à moi. Et cette fois-ci, elle restera. J'en ai assez. On a conclu un marché, toi et moi. Si tu veux le restant de l'argent dont tu as besoin, alors ta mère doit venir à *moi* ! » Adam sursauta lorsque le battoir de Leon s'abattit soudain sur le bureau. « Retourne la voir. Dis-le-lui. Je la veux ici. »

Les épaules d'Adam s'affaissèrent. « Leon, elle ne viendra pas. »

Son beau-père se pencha en avant. « Essaie encore, Adam. Essaie encore. »

Adam écarta les mains d'un air impuissant. « D'accord. Je vais essayer. Mais je ne peux pas y aller avant la fin de la semaine. On m'attend demain à Bristol pour une réunion avec Biggs... Comme Nikos n'est toujours pas rentré, je ne peux pas faire autrement que d'y aller... Je serai de retour à Londres jeudi au plus tard. J'irai dans le Suffolk vendredi. Mais...

— Pas de "mais", Adam. » Leon attrapa un classeur épais qu'il ouvrit et se mit à feuilleter. « Pas de "mais". Fais-le. Et en sortant, demande donc à notre bonne Miss Hooper de passer me voir. »

*

Vendredi fut une journée pour les amoureux : sans nuages, printanière, magnifique. Tout préoccupé qu'il était, Adam ne put s'empêcher de le remarquer. Arbres et haies arboraient le halo vert tendre des nouvelles feuilles qui s'ouvraient au soleil. Les crocus s'épanouissaient dans les jardins et les chélidoines brillaient dans les fossés. En approchant de l'embranchement de Sandlings, Adam ralentit, prit son étui à cigarettes dans sa poche et l'ouvrit d'une chiquenaude. Comme prévu, les réserves étaient au plus bas ; vu la nature probable de l'affrontement qui l'attendait avec sa mère, l'idée de se trouver à court de cigarettes ne l'enchantait guère. Il accéléra, dépassa l'embranchement et poursuivit sa route vers l'épicerie du village.

Une demi-heure plus tard, les sourcils froncés, il roulait doucement sur la petite route étroite. Jamais, si loin du moins que remontaient ses souvenirs, il n'avait vu sa mère mentir. Pourquoi lui avait-elle donc menti ? Pour quelque chose d'aussi stupide ? D'aussi peu nécessaire ? Et pourquoi Nikos avait-il menti avec elle ? Car il était sûr que c'était ce qu'ils avaient fait : la vieille teigne de l'épicerie était peut-être une sale commère fureteuse, mais il ne voyait pas pourquoi, en l'occurrence, elle lui aurait dit autre chose que la vérité. Comme elle le lui avait fait remarquer, le week-end de la tempête était resté gravé dans ses moindres détails dans toutes les mémoires. Au cours d'une conversation qui avait débuté par un banal échange de plaisanteries, elle avait mentionné — puis quand il l'avait questionnée, fermement soutenu — que Nikos était arrivé le vendredi après-midi et non le samedi soir comme Cathy et Nikos l'avaient prétendu. Et au moment même où il l'interrogeait, il s'était soudain souvenu du monologue de Becket, le gendarme, au Lion and Lamb, l'autre jour. N'avait-il pas déclaré avoir vu Cathy « et le jeune gars aussi » en début d'après-midi, le samedi ? Donc Nikos avait été là durant tout le week-end. Et ils avaient menti. Pourquoi ?

Il négocia le virage, puis glissa une main dans sa poche de veste d'où il sortit le bouton de manchette en or qu'il avait trouvé dans la chambre. Là aussi, il y avait quelque chose de bizarre. Ce n'est qu'après l'avoir exhumé de sa poche de pantalon, le soir où il était rentré à Londres, qu'il avait été tout à coup certain d'avoir vu Nikos porter ces boutons de manchette la semaine d'avant. Il les avait remarqués car ils ressemblaient beaucoup à ceux que Leon lui avait offerts pour le jour de l'an et, en y réfléchissant, il était prêt à jurer que Nikos les portait le soir où ils avaient escorté au théâtre Lois, la terrible Américaine. Si c'était vrai, comment ce bouton de manchette était-il arrivé à Sandlings ?

Il était parvenu au sentier qui menait au cottage. Il coupa le moteur et la voiture s'arrêta en douceur. Il croisa les bras sur le volant, posa le menton sur ses mains et regarda pensivement à travers le pare-brise le vélo déglingué sur lequel sa mère s'entêtait de façon ridicule à monter et l'Austin noire poussiéreuse garée à côté. Au bout d'un moment, il descendit de voiture. Des chants d'oiseaux déchiraient l'air limpide. Au loin, on entendait le bruit assourdi de la mer.

Il referma sa portière sans faire de bruit.

Nikos était assis à la table de cuisine et regardait Cathy préparer le déjeuner. Elle releva la tête et sourit en surprenant son regard sur elle. « Je t'aime », dit-il.

Elle mit la lourde casserole sur la plaque, alla vers lui, glissa ses bras autour de son cou et posa sa joue sur ses cheveux. « Moi aussi. » Elle rit un peu. « Quoique je persiste à penser que c'est très vilain de ta part d'être réapparu aussi vite.

— Je ne pouvais pas faire autrement. Tu n'es pas en colère contre moi ?

— Bien sûr que non. » Elle lui tourna doucement la tête et l'embrassa sur la bouche. « Comment pourrais-je l'être ? »

Sandy sommeillait près du fourneau avec des soubresauts spasmodiques. Soudain, il releva la tête et se mit à gronder.

« Le pauvre Sandy pourchasse des lapins en rêve », fit remarquer Cathy.

Nikos leva la main pour la retenir, pour l'empêcher de s'écarter de lui, attira de nouveau sa bouche contre la sienne. Ni l'un ni l'autre n'entendit la porte qui s'ouvrit sans bruit.

« Eh bien, dit doucement Adam, une épaule appuyée au chambranle. Quel charmant tableau ! »

Il y eut un moment de silence absolu. Les yeux d'Adam se posèrent sur Nikos. « Sors d'ici, ordonna-t-il d'une voix calme et le visage très pâle.

— Non », répliqua Nikos.

Cathy, les yeux fixés sur son fils, posa une main sur l'épaule de Nikos. « Nikos, fais ce qu'il te dit. Je t'en prie.

— Non, répéta catégoriquement Nikos.

— Je veux parler à ma mère. Seul. »

Nikos ne bougea pas. Sous ses doigts Cathy sentit qu'il était tendu comme un ressort. « Entre, Adam, dit-elle. Et ferme la porte. »

Adam referma la porte, s'y adossa et les regarda l'un après l'autre. « Pas d'excuses ? demanda-t-il calmement. Pas de protestations d'innocence ?

— Non. » Ce fut Nikos qui répondit. Il se leva et se mit entre Cathy et son fils. « Il n'y a rien à excuser. Je suis content que tu sois venu. Content que tu saches. Au moins les choses sont claires. J'aime Cathy. Et je n'en ai pas honte.

— Comme c'est touchant ! » Toujours adossé à la porte, Adam croisa les bras. « Tu prétends que tu n'as

285

pas honte, dit-il d'un air songeur. Je me demande...
quelle est exactement la définition de l'inceste ? Tu le
sais ? » Il regarda sa mère droit dans les yeux et la
vit tressaillir.

Cathy passa devant Nikos et tendit une main pour
toucher le bras de son fils. « Adam... je suis désolée...
je sais combien ce doit être difficile pour toi... »

Adam s'éloigna brutalement de la porte et repoussa
violemment sa main. Nikos fit un pas décidé en avant.
« Difficile ? *Difficile* ? Ça, c'est le moins qu'on puisse
dire ! M'man, comment as-tu pu ? *Comment as-tu pu* ?

— Je l'aime. »

Adam la regarda fixement et son visage qui avait la
pâleur de la mort s'empourpra soudain. « Vous êtes des
minables, dit-il. Tous les deux. Des minables ! » Cathy
vit avec horreur briller des larmes dans ses yeux bleus.

« Adam... je t'en supplie... » Une fois de plus, elle
essaya de le toucher. Une fois de plus, il la repoussa
avec colère et, cette fois, elle trébucha légèrement.

« Ne la touche pas, prévint Nikos d'une voix dure.
Ne t'avise pas de recommencer.

— Va te faire foutre, petit con.

— Adam ! »

Il se retourna brusquement vers elle. « Fais tes
valises. Immédiatement. Tu rentres à Londres avec
moi. »

Elle le regarda sans détourner les yeux, luttant pour
retrouver son calme, essayant de faire en sorte que la
panique qui lui serrait la gorge ne s'entende pas dans
sa voix. « Et si je refuse ?

— Pas question. Tu n'as absolument pas le choix.
Et tu le sais. Parce que, si tu refuses, je n'aurai plus
qu'à rentrer seul. Et quand Leon apprendra que tu as

refusé de venir — et la raison de ton refus — je pense qu'il y a de fortes chances pour qu'il vous tue. Tous les deux. Et, bon Dieu, je lui donnerais volontiers le fusil ou la lame pour le faire. »

Nikos bondit. Cathy le retint d'une main. « Et... si j'accepte de venir, qu'est-ce qui se passe ?

— Pas seulement de venir. De rester. Si tu acceptes de faire ce que Leon veut. Et si tu me promets de ne jamais — jamais ! — revoir ce saligaud, je garderai le silence sur votre petit secret sordide. Mais je vous préviens... Si jamais je vous surprends, ne serait-ce qu'à échanger un regard, je dirai à Leon ce que je sais.

Adam observa sa mère, le visage dur. « Es-tu prête à prendre ce risque ? Qu'est-ce que tu crois que ton mari... — il souligna amèrement le mot — ... lui ferait — ... il indiqua Nikos d'un signe de tête méprisant — ... si seulement il soupçonnait qu'il t'a touchée ? Et si je pouvais prouver qu'il a passé le week-end entier de la tempête avec toi et que vous avez tous les deux menti à ce sujet ? Et si je lui montrais ça... — il mit la main dans sa poche et en sortit le bouton de manchette en or — ... et lui disais où je l'ai trouvé ? Vous savez où je l'ai trouvé ? Je l'ai trouvé en haut. Dans ma chambre. » Les mots étaient dits avec une telle férocité que Cathy tressaillit. « Oh non, m'man. Je crois que ce serait un peu plus que ma parole contre la vôtre. Fais tes valises.

— Non, Cathy. » Nikos se tourna vers elle, l'attrapa par les épaules. « Écoute. Je ne te laisserai pas partir. Pas question. Viens avec moi. Je t'aime. Tu le sais. Partons ensemble...

— Fiche-moi le camp, petit sournois, petit salaud...

— Cathy, je t'en supplie...

— J'ai dit : fiche-moi le camp ! » Adam saisit Nikos par une épaule et l'envoya valser contre la table.

« Adam... arrête ! Nikos ! » Cathy s'élança entre eux. Les deux jeunes gens se foudroyèrent du regard en respirant bruyamment.

« Fais tes valises, m'man, répéta Adam.

— C'est du chantage. » Les traits de Nikos étaient tirés comme s'il souffrait. « Vas-tu le laisser faire ?

— Et comment ! » Très lentement Adam tourna la tête pour regarder sa mère. « Ne crois pas que je ne voie pas maintenant pourquoi tu ne voulais pas m'aider. Tous ces beaux discours sur l'indépendance. Quelle fumisterie ! Alors que tout ce que tu voulais en réalité, c'était vivre à la colle avec lui. Et pour ça, tu étais prête à me foutre dans la merde.

— Non. » Cathy ferma les yeux et secoua la tête.

« Ne te fais pas d'illusions. Regarde-toi en face. Et dis-moi que ce que tu vois ne te dégoûte pas.

— *Non !* » Le mot était un cri atroce.

« Cathy... chérie...

— *Vas-tu me foutre le camp d'ici !* » La violence pure et simple de ses paroles les figea sur place. Adam tremblait. « *Laisse ma mère tranquille, petit connard, petit pleurnichard !* »

Des larmes d'impuissance s'étaient mises à ruisseler sur les joues de Cathy. Elle prit les mains de Nikos dans les siennes. « Nikos, je t'en supplie, va-t'en. Adam a raison. C'est fini. Nous savions tous les deux qu'il fallait que ça arrive...

— Non !

— Je t'en supplie, Nikos... tu ne fais qu'aggraver les choses...

— Dis-moi une seule chose. »

Elle attendit en le regardant de ses yeux remplis de larmes.

« Tu m'aimes ?

— Tu sais bien que oui.

— *Dehors !* » Adam, de loin le plus robuste des deux, attrapa Nikos au collet et l'entraîna vers la porte. Nikos battit l'air de son poing et lui assena un coup oblique sur la pommette. Adam pivota sur les talons et le frappa du plat de la main deux fois sur le visage, lui ébranlant la tête.

« Adam ! Arrête ! »

Les deux hommes luttèrent encore un moment avant de s'écrouler sur la table. Sandy dansait et aboyait comme un fou autour d'eux. Ils se séparèrent, pantelants.

« Nikos, je t'en supplie. » Horrifiée, Cathy pleurait à gros sanglots. « Tu dois partir. Adam a raison, tu le sais bien. Ton père te tuerait s'il savait. Il faut en finir. »

Il se tourna vers elle. Ses lèvres étaient tuméfiées, un petit filet de sang coulait sur son menton. « Mon père me tue si je reste avec toi. Tu me tues si tu m'obliges à te quitter, déclara-t-il. Alors ne me le demande pas, Cathy. Je t'en supplie. »

Cathy ne dit rien. Pâle comme un mort, Adam les observait tous deux.

Nikos examina le visage de Cathy pendant un long moment. Puis il dit : « Je vois. D'accord. Si c'est ce que tu veux, je pars. Pour toi. Uniquement pour toi. Souviens-t'en. Souviens-t'en toujours. » Il prit son pardessus qu'il jeta sur son épaule. Muette de douleur, Cathy le regarda ouvrir la porte. Il partit sans se retourner.

« Prends quelques affaires. On part aussi.

— Il faut que j'emmène Sandy à côté.

— Je m'en charge. Occupe-toi seulement de faire ta foutue valise, veux-tu ? » Adam alluma une cigarette d'une main tremblante. Au loin, ils entendirent le moteur de l'Austin qui démarrait. Cathy ferma un instant les yeux, puis tourna brusquement les talons et quitta la pièce. Adam se laissa tomber sur une chaise, mit les coudes sur la table. Il fut surpris de devoir lutter contre les larmes ; pourtant, sous la colère et le sentiment réel de trahison, l'étincelle de l'intérêt personnel continuait à briller. Il était sauvé. Leon devrait désormais lui donner l'argent.

À l'étage, engourdie par l'angoisse, le choc et l'humiliation, Cathy fit sa valise.

14

« Tu perds du poids, *koukla mou*. Trop de poids. Ça ne te va pas. » Leon observait Cathy par-dessus son journal. « Il va falloir qu'on te remplume. »

Cathy sirotait son café. « Je vais bien. C'est juste que j'ai moins d'appétit en ville, c'est tout. »

Leon replia son journal bruyamment et sans soin, et le jeta sur la table. « Kati, personne n'a jamais dit que tu ne pourrais pas retourner de temps en temps à la campagne. Pourquoi ne pas aller faire un petit tour dans le Suffolk pendant deux jours ?

— Non. » Elle parlait très vite. « Non. Je ne veux pas y aller. La cassure est faite. Depuis un mois déjà. Ça me perturberait d'y retourner. En fait, je songe à louer Sandlings. Enfin, si j'arrive à trouver quelqu'un d'assez fou pour vouloir vivre là-bas.

« Et Sandy ? Que vas-tu en faire ? L'amener à Londres ? »

Sans relever la tête, elle s'empara du journal, le replia méticuleusement en lissant les pages. « Non. Je ne vois pas l'intérêt. Ce serait injuste. Il serait malheureux comme les pierres. Et si nous partons pour la Grèce, je ne pourrai pas l'emmener, de toute façon. J'ai écrit à Bert. Il accepte de le garder. Alors... — elle leva les yeux vers Leon et lui adressa un grand sourire — ... c'est réglé. Tu m'as sur les bras pour de bon.

— Je suis désolé pour le petit chien », dit-il avec une soudaine gentillesse, et comme si souvent dernièrement, prise au dépourvu, elle sentit tout à coup qu'elle était au bord des larmes.

Elle s'éclaircit la voix. « Ne dis pas de bêtises. Il ne s'agit que d'un chien. Mal élevé en plus. Tu ferais mieux de filer. Il se fait tard. »

Leon extirpa sa lourde carcasse du fauteuil. « J'ai une idée. Pour une fois, je ne suis pas trop occupé aujourd'hui. Déjeunons ensemble. Nous allons commencer à te remplumer un peu chez Dmitri. Une heure, ça te va ? »

Cathy hésita. « Je...

— Quoi ? » lança-t-il d'un ton badin. Tu ne veux pas déjeuner avec ton mari ? Tu préférerais aller chez le boucher avec ta carte de rationnement et suer à grosses gouttes devant ton fourneau ?

— Bien sûr que non... C'est juste que je pensais... » Elle s'interrompit. Qu'avait-elle pensé faire ? Rien. Une autre journée vide et sans but. Une balade dans les galeries pour trouver une gravure à mettre au-dessus de la cheminée. Un sandwich en solitaire dans un salon de thé. Un tour chez Harvey Nichols peut-être, ou à Debenham Freebody pour acheter quelque chose dont elle n'avait ni besoin ni particulièrement envie...

« Peu importe à quoi tu pensais. On se retrouve chez Dmitri. À une heure. »

Elle haussa les épaules. « Entendu. »

*

Leon parti et la vaisselle du petit déjeuner rangée, elle se tint à la fenêtre de l'élégant appartement du premier étage et regarda la rue en contrebas. C'était une impasse relativement tranquille. Le vacarme de la circulation de Kensington High Street y parvenait comme un bruit de fond, à l'instar du bruit de la mer à Sandlings. Un instant, elle crut voir, entre les galets et l'eau écumante, la bande de sable rendue brillante par la marée, crut entendre le cri obsédant des mouettes, sentir la petite truffe humide de Sandy se frotter avec affection contre sa main. Elle ferma les yeux devant la souffrance familière qui lui déchirait le cœur. À cause de la nostalgie. À cause d'un amour perdu. À cause de l'impuissance. Elle était quelquefois sidérée de constater que personne ne semblait s'en apercevoir, que chacun agissait comme si le monde, comme si elle-même n'avaient pas changé. Elle avait parfois l'impression de vivre dans deux endroits à la fois : dans le monde bruyant, agité qu'habitaient les autres et en même temps dans le lieu sombre et sans joie où son âme s'était retirée durant le terrible voyage de retour à Londres avec Adam. Ils avaient à peine parlé. Elle avait été, supposait-elle, sous le choc, boule-versée dans sa tête et dans son cœur, quasiment inca-pable de parler et de penser rationnellement. La rupture avait été si soudaine, si brutale, si humiliante qu'elle s'était sentie physiquement malade. Gravés de façon indélébile dans sa mémoire, il y avait le regard de Nikos et le son de sa voix : « *Mon père me tue si je reste avec toi. Tu me tues si tu m'obliges à te quitter. alors ne me le demande pas, Cathy. Je t'en supplie.* »

293

Elle avait aussi deviné le triomphe de son fils sous son silence maussade et l'avait détesté. Depuis, elle avait fait de son mieux pour l'éviter et Nikos l'avait évitée presque complètement, même si de temps en temps leurs chemins s'étaient croisés. Cathy s'appuya à la fenêtre et pressa son front contre la vitre froide. Elle ne voulait même pas y penser, ne supportait pas de songer à la politesse impeccable, détachée qui contrastait tellement avec le regard troublant de ses yeux, qui avaient jadis parlé d'amour, mais qui maintenant — elle le redoutait de toutes ses forces — exprimaient peut-être la haine ou — pire — le mépris. La seule fois où ils s'étaient retrouvés en tête à tête, à l'occasion d'un sinistre petit cocktail donné par une terrible femme du monde que Leon, pour une raison quelconque, courtisait assidûment, Nikos lui avait battu froid en tournant les talons sans un mot ni un regard, avant qu'elle ait pu ouvrir la bouche. Comme elle, il avait maigri et — contrairement à elle, elle le savait bien — cela lui allait. Les délicats à-plats et angles de son visage s'étaient aiguisés et durcis, le contour de sa grande bouche avait perdu, lui aussi, de sa douceur. Des ombres soulignaient ses yeux en permanence et, loin d'en diminuer la séduction, ne faisaient qu'y ajouter ; le visage de tous les jeunes dieux devait, supposait-elle avec lassitude, receler une note de décadence. Elle ne se trompait guère. Nikos, au grand bonheur de son père, s'était mis à boire et, avec une détermination encore plus grande, à courir le jupon.

« Enfin ! » avait gloussé Leon quand, deux matins de suite, Nikos s'était présenté au bureau en piteux état et avec l'air de ne pas avoir dormi depuis une semaine.

« Mon fils a découvert qu'il était grec ! Parfait. L'influence du vieux dragon s'estompe. Il sera le fils de son père, après tout ! »

Cathy n'avait rien dit, avait tenté d'ignorer les coups de poignard de la jalousie. L'idée de Nikos avec une autre femme — pire, avec une jolie fille — lui était insupportable. Mais la situation en général était insupportable ; insupportable et sans issue. Elle était prise au piège. Chose un peu surprenante, la seule fois où son moral était revenu avait été durant leur courte visite en Grèce, lorsque Leon l'avait emmenée voir la maison presque terminée. Quasiment à son corps défendant, elle en avait été enchantée, et il avait été difficile de résister au défi que la maison lui offrait. Le temps avait été doux et il avait plu un peu, mais presque chaque jour le soleil printanier avait réussi à percer, et tout annonçait l'été. Quand, dans la vieille voiture d'avant guerre que Leon gardait sur l'île, ils avaient monté en cahotant dans la montagne la route non goudronnée qui menait au village, la chape de plomb de la dépression avait commencé à se lever et Cathy à se détendre. Des myriades de fleurs printanières tapissaient les coteaux et l'or des genêts éclaboussait la montagne. Grossis par les pluies hivernales, ruisseaux et sources étaient en crue. Dans de tout petits hameaux, des femmes majestueuses, aux yeux noirs et à la peau olivâtre, un bébé sur la hanche et un autre enfant à la main, regardaient passer avec curiosité et sans sourire la voiture qui peinait. Accroupis sur les talons, des vieillards au visage ridé comme une coquille de noix déjeunaient de pain et de fromage dans les oliveraies. Un petit pâtre, pieds nus et revêtu d'une toison grasse, siffla son troupeau lorsque ses bêtes efflanquées se précipitèrent pour grimper un sentier très raide. L'œil d'artiste de Cathy, qui les semaines précédentes avait perdu de son acuité, s'éclairait à chaque tournant. Ici et là, barbare et magnifique dans ce paysage rocheux, elle apercevait l'éclat de l'azur et de l'or : les coupoles et clochers de minuscules églises nichées au milieu des orangers et des citronniers aux feuilles vernissées. La voiture traversa dans un bruit de ferraille un autre petit village et attaqua une piste rude qui, au bout d'un moment, s'aplanit, puis plongea précipitamment vers une petite parcelle défrichée qui débouchait sur ce qui ressemblait de façon alarmante au rebord d'une falaise. Devant le mouvement soudain de Cathy, Leon rit. « Tout va bien, Kati. Ce n'est pas aussi terrible que ça en a l'air. Regarde... voici la maison... derrière le gros arbre... »

Cathy regarda. Tout ce qu'elle voyait, presque au même niveau que la petite parcelle défrichée, c'était un toit, recouvert en partie de tuiles et en partie d'une sorte de chaume. Mais pour le moment, elle était davantage préoccupée par leur périlleuse descente. Elle se surprit, réflexe ridicule, à s'accrocher à son siège, le cœur battant. Le gros rire de son époux retentit de nouveau à ses oreilles. « Il va falloir t'y habituer, *koukla mou* ! »

Elle se demanda, avec une certaine lassitude, et c'était loin d'être la première fois, si Leon savait combien elle trouvait irritant d'être appelée sa petite poupée — et s'il comprendrait si elle essayait de le lui dire. « Je doute d'y arriver. » Elle descendit de voiture, s'étira puis retint son souffle devant la beauté du paysage. La maison était nichée à flanc de coteau en contrebas. Tout ce qu'on en apercevait, c'était le toit et un muret blanchi à la chaux, sans ouvertures, le long duquel courait un étroit sentier, creusé dans le roc. La cime des arbres du verger devant la maison se trouvait un ou deux mètres plus bas. La vue était spectaculaire : une large vallée fertile parsemée de minuscules fermes, de villages, d'églises, derrière lesquels s'élevaient les contreforts ombragés d'une autre chaîne de montagnes qui se dressaient à l'ouest. À gauche, le long de la vallée et autour d'un éperon rocheux, la mer scintillait. De cette hauteur, elle put juste apercevoir l'amas de toits du petit port de Karystos où ils avaient débarqué le matin même. Pour l'instant, le ciel était d'un bleu sans nuages, l'air d'une clarté éblouissante. Très haut au-dessus d'eux, deux immenses oiseaux décrivaient des cercles paresseux.

« Des aigles, dit Leon d'une voix très douce. Regarde-les. Les rois des airs. » Ils restèrent un moment à écouter le silence des montagnes ponctué par les trilles des oiseaux et le bruit de l'eau qui coulait. Puis, brusquement, Leon lança : « Viens. Allons voir les progrès. S'il y en a eu. »

En fait, il avait été agréablement surpris. La maison — qui consistait en réalité en deux habitations réunies pour n'en faire qu'une — était parfaitement habitable encore que meublée de façon spartiate. Elle était presque littéralement creusée dans le roc, les murs du fond des pièces du bas étant simplement du rocher grossièrement plâtré. Ces pièces du bas, autrefois des étables, avaient été transformées en quatre chambres fraîches, pratiques et en une minuscule salle de bains, devant lesquelles courait une large véranda. On accédait aux pièces du haut —

297

cuisine, salle à manger, grand salon et terrasse à demi terminée surplombant la vallée — par un escalier extérieur qui partait en spirale de la véranda. La maison avait un accès unique : un portail au niveau supérieur qui conduisait directement du sentier sur la terrasse. Le terrain devant la maison descendait en paliers plantés d'oliviers et de citronniers et Cathy aperçut une petite construction à une centaine de mètres environ de la maison. « Qu'est-ce que c'est ?

— La Cabane du Berger, à l'origine. » Leon jetait des bûches dans le fourneau en fonte qui occupait presque tout un côté de la vaste cuisine. « La première bâtisse jamais édifiée sur ce terrain. Je n'ai pas voulu la démolir. Dis-moi... » Il se redressa. Une volute de fumée bleue, odorante s'éleva autour de lui et, pour la première fois depuis des années, elle vit briller dans ses yeux une lueur d'incertitude. « Que penses-tu de la maison ?

— C'est splendide », dit-elle et elle était sincère. « C'est à l'envers, mais c'est splendide.

— Tu veux dire que les chambres sont en bas et les autres pièces en haut ? »

Elle fit signe que oui et alla à la fenêtre. De gros nuages gris s'étaient amoncelés au-dessus des collines et projetaient des ombres qui se pourchassaient le long de la vallée.

« Simple question de bon sens. » Leon s'était approché d'une petite pompe en fonte installée au-dessus d'une large pierre d'évier. « Les chambres, creusées dans le roc et sans ouvertures, sont à l'ombre et fraîches en été, douillettes et faciles à chauffer en hiver. Les autres pièces sont claires et éventées en été, et reçoivent le soleil en hiver. » Il actionna le levier de la pompe. L'eau gicla. Il en remplit une tasse qu'il apporta à Cathy. « Et comme tu le vois, nous avons une vue des plus spectaculaire. Goûte-moi ça. »

Elle but une gorgée. L'eau était si froide qu'elle parut pétiller dans sa bouche. Elle avala une longue rasade. « C'est délicieux !

— Elle vient directement de la source qui se trouve un peu plus haut dans la colline. La source est célèbre — il y a une petite église —, je t'y emmènerai, demain peut-être. »

Prisonnière de ses quatre murs, dominant la circulation de Kensington, Cathy se rappelait maintenant avec un rien de nostalgie les quelques jours paisibles qui avaient suivi. Tandis que Leon passait le plus clair de son temps à donner des instructions aux maçons, à discuter avec les fournisseurs, à boire et à refaire le monde à la *taverna* du coin — une activité obligatoire, semblait-il, pour l'ensemble de la population masculine de la région —, elle avait exploré les collines, s'était assise à l'ombre des oliviers dans le jardin encore à moitié en friche pour contempler la mer au loin, heureuse d'être seule, la paix et la tranquillité berçant ses sens, calmant ses nerfs, soulageant son cœur endolori. Elle avait même commencé à réfléchir au jardin : Leon considérait que seuls les travaux de construction le regardaient et que c'était à elle de s'occuper du reste. Le terrain qui descendait en pente devant la maison consistait en vieilles terrasses où poussaient des arbres tout aussi vieux, noueux et tordus par les éléments. Cathy était contente d'être arrivée à temps pour empêcher l'abattage en masse que Leon avait envisagé. Examinant les motifs fantastiques que formait l'écorce d'un vieil olivier, elle découvrit que ses doigts mouraient d'envie de dessiner. Nikos et Adam paraissant à mille lieues, elle s'était à demi convaincue que le bonheur, ou peut-être, pour être plus réaliste, le simple contentement n'était pas après tout entièrement hors de portée. Sur l'île, détendu et dans son élément, Leon avait été cordial et de bonne humeur. Il avait pris plaisir, elle le savait, à étaler ses succès — dont elle comprit vite qu'elle faisait partie — devant les gens parmi lesquels il avait grandi, et pour la plupart desquels rien depuis l'époque de leurs grands-parents n'avait changé — ni n'était susceptible de changer —, et à lui montrer le statut dont il jouissait dans cette communauté où le respect se gagnait de haute lutte.

Puis ils étaient rentrés à Londres et la fragile paix de l'esprit à laquelle elle croyait avoir accédé se révéla, comme un mirage, n'avoir aucune substance. Là non plus, rien n'avait changé.

Elle supposait avec tristesse que rien ne changerait jamais.

*

Dmitri's, le restaurant préféré de Leon, était plein à craquer. En tant qu'épouse d'un des meilleurs clients de l'établissement, on l'accueillit avec force sourires déférents et salutations, et on la conduisit à une petite table près de la fenêtre. Bien entendu, Leon n'était pas encore arrivé. Cathy commanda un sherry et observa, le menton appuyé sur la paume de sa main, la rue très animée. Juste avant qu'elle ne quitte l'appartement, son éditeur lui avait téléphoné : tout le monde était enchanté des illustrations du *Magicien des*

Mers, accepterait-elle une autre commande ? Pas très bien payée, mais prestigieuse — voulait-elle venir discuter le projet ? Cathy avait tergiversé. Depuis qu'elle avait quitté Sandlings, elle n'avait plus le courage ni le goût de prendre un crayon. Mais d'un autre côté... peut-être était-ce l'occasion dont elle avait besoin ? Un projet personnel qui l'occupe et la force à se ressaisir ? Elle ne pouvait pas continuer à dériver ainsi sur un océan de malheur et de complaisance — elle retint sa respiration. Avançant à grandes enjambées sur le trottoir encombré, deux hautes silhouettes familières, en grande conversation, s'approchaient du restaurant. L'espace d'un instant, une vague de quelque chose qui ressemblait fort à de la panique la submergea. Pourquoi Leon ne lui avait-il pas dit ? Elle jeta un regard à la ronde. Il était trop tard pour partir. Le temps qu'elle récupère son manteau, ils seraient là.

Elle comprit au choc soudain que trahirent les yeux de Nikos quand il l'aperçut qu'il ne s'attendait pas davantage à la voir. Elle les regarda se frayer un chemin entre les tables, se laissa embrasser sur la joue par son mari. « J'ai une bonne surprise. Regarde qui je t'amène. Ce garçon était comme une âme en peine. Je l'ai invité à déjeuner pour lui changer les idées. » Puis, se penchant vers elle, Leon ajouta en un aparté qui s'entendit jusqu'au milieu de la salle : « Il s'est disputé avec son dernier béguin. Sois gentille avec lui.

— Papa..., intervint Nikos. Tu ne m'avais pas dit que tu avais rendez-vous avec Cathy. Tu ne veux pas que...

— Allons, allons, mon garçon, ne dis pas de sottises. Assieds-toi. Je vais demander au serveur d'ajouter un couvert. » Leon claqua les doigts.

Nikos resta debout quelques instants avant de tirer la chaise qui faisait face à Cathy et de s'y asseoir. On ajouta un couvert, on commanda. Cathy fut horrifiée de découvrir qu'elle tremblait. Elle reposa son verre sur la table avec le plus grand soin, croisa ses mains sur ses genoux. Leon racontait une longue histoire compliquée et légèrement grivoise impliquant un de ses rivaux en affaires. Les yeux baissés, Nikos jouait d'un air absent avec sa fourchette, la courbe de ses longs cils voilant toute expression. Il avait les traits tirés. Cathy brûlait d'envie, brûlait physiquement d'envie de tendre une main vers lui, de le toucher, de le tenir. Elle serra les doigts à s'en faire mal. Leon continuait à pérorer.

L'heure suivante parut à Cathy la plus longue et la plus pénible qu'elle eût jamais vécue. Nikos ne la regarda pas une seule fois et ne lui adressa la parole que lorsque c'était absolument inévitable. Elle finit par se taire, laissant le père et le fils faire les frais de la conversation. Elle mangea machinalement, chipotant et sentant à peine le goût des plats.

« Et maintenant des baklavas, dit Leon qui venait de liquider une énorme assiette de ragoût d'agneau accompagné de pâtes. Dmitri fait les meilleurs baklavas de Londres. Non, j'insiste... » Avant même que Cathy ait ouvert la bouche, il avait parfaitement interprété son geste de protestation. « Je te l'ai dit ce matin. Tu as un appétit d'oiseau ces derniers temps. Ça ne va pas. Veux-tu me dire à quoi ça avance un homme d'avoir une femme maigre ? demanda-t-il en glissant un regard complice à Nikos. Qu'est-ce que tu en penses, Nikos ? Elle a besoin de se remplumer, non ? »

Pour la première fois, les yeux de Nikos croisèrent ceux de Cathy. Ils étaient éteints. « C'est à elle de décider, non ? répondit-il.

— Monsieur... » Un serveur apparut au côté de Leon, se pencha à son oreille. « Un appel téléphonique. Un Mr Kariopoulos. Il dit que c'est urgent. »

Leon se tamponna les lèvres avec sa serviette, recula sa chaise. « Excusez-moi. Je n'en ai pas pour longtemps. »

Restés seuls, Cathy et Nikos gardèrent le silence. Autour d'eux, la rumeur des conversations montait et retombait.

« Je suis désolé, finit par dire Nikos d'une voix qui était celle d'un étranger poli : froide et neutre. J'ignorais totalement que tu serais ici. Je ne serais jamais venu si j'avais su.

— Je m'en rends bien compte.

— Comment vas-tu ? » Il n'y avait aucune chaleur dans la question, aucun intérêt réel.

Elle avala sa salive. « Je vais bien. Et toi ? » C'était de la folie. De la pure folie.

« Ça va.

— Leon dit que... — elle hésita un moment — ... tu t'amuses bien. »

Il haussa les épaules.

Le silence était lourd, il pesait sur eux comme une chape de plomb. Cathy prit son verre de vin, le reposa, le fit tourner sur la nappe, le fixant comme si c'était le spectacle le plus absorbant du monde. Au bar, à l'autre bout de la salle, Leon parlait avec volubilité au téléphone, en faisant de grands gestes. « Il y a tant de choses à dire, souffla-t-elle d'une voix à peine audible, et aucun moyen de les dire.

— Il n'y a rien à dire. » Elle n'avait jamais entendu parler Nikos d'une voix aussi dure. « Je préférerais que tu n'essaies pas. Des excuses ? Des mensonges ? Épargne-moi. » Comme elle le regardait, très surprise, il se pencha au-dessus de la table et elle tressaillit devant l'expression de son visage. « C'est toi qui as choisi, Cathy. Souviens-t'en toujours. Tu m'as renvoyé. J'étais prêt à me battre. À me dresser contre le monde entier si nécessaire. Tu m'as fait comprendre que tu n'étais pas préparée à le faire. » Sa bouche se tordit en un sourire amer.

« Ce n'est pas juste... ! »

Il la regarda sans détourner les yeux, le visage dur. « Rien n'est juste dans cette vie. Si j'ai appris quelque chose, c'est bien ça.

— Nikos... !

— Dis à papa que j'ai dû partir, veux-tu ? J'ai rendez-vous cet après-midi. » Il repoussa sa chaise et se leva. « Je regrette de t'avoir connue », déclara-t-il, très calmement.

Un coup de poignard dans le cœur, pensa-t-elle avec un étrange détachement, n'aurait pu lui faire plus mal. Longtemps après son départ, elle resta immobile, le visage calme, le regard distant. La situation était intolérable. Toutes les fibres de son corps lui criaient de s'en aller. Mais comment et où ? Sandlings était hors de question, quelle que fût son envie d'y retourner : à eux deux, Adam et Leon y veilleraient. Mais, depuis le voyage en Grèce avec Leon, une idée s'était mise à germer dans son esprit : maintenant il y avait un autre endroit. Le soleil et des cieux transparents. Le bourdonnement des abeilles sur le versant de la montagne.

Un endroit où personne ne la connaissait et où elle ne connaissait personne. La paix.

« J'ai commandé les baklavas. » La voix de Leon la fit sursauter. « Où est Nikos ?

— Il a dû partir. Il a dit qu'il avait un rendez-vous. Leon... je voulais te parler de quelque chose...

— Hmm ? Nous prendrons du retsina avec les baklavas. » Leon leva le bras.

« J'ai réfléchi. J'aimerais aller en Grèce. Retourner à la maison. Maintenant... dès que possible. Il y a tant à faire, et je voudrais que la maison soit peinte et qu'une partie au moins du jardin soit plantée avant les grosses chaleurs de l'été... » Elle s'interrompit tandis que Leon lui adressait un grand sourire radieux.

« C'est vraiment ce que tu veux ?

— Oui. »

Il lui prit la main. « Alors nous prendrons du champagne avec les baklavas, dit-il d'une voix douce. Ça fait très longtemps que j'attends ce moment. Donne-moi deux ou trois jours pour organiser les choses. Je vais appeler Yannis. Il s'occupera de toi jusqu'à ce que je puisse venir te rejoindre à Pâques.

— Merci.

— Kati... tu es sûre ?

— Oui », répondit-elle.

*

Cathy se prit de sympathie pour Yannis dès leur première rencontre. Visage balafré et plissé en un large sourire, il l'attendait au débarcadère du ferry qui l'avait amenée du continent. « *Kiria Kotsikas !* Soyez la bienvenue ! Avez-vous fait bon voyage ? »

Elle le salua, lui serra la main, fit une petite grimace. « Fatigant, avoua-t-elle en riant.

— Eh oui ! Venez. » Il lui prit sa valise. « Je vous emmène à la maison. Tout est prêt. »

À la surprise de Cathy, tout en effet était prêt. Elle s'était attendue à trouver la maison pleine d'ouvriers et en désordre ; au lieu de quoi, dès la minute où elle mit le pied dans la maison, elle découvrit que les lieux, s'ils étaient encore à l'état brut et loin d'être vraiment accueillants, brillaient comme un sou neuf. Une délicieuse odeur arrivait de la cuisine à l'étage. Yannis appela de la véranda. « Anna ? Anna ! »

Une fille de treize ou quatorze ans peut-être descendit l'escalier en courant, s'arrêta en croisant les mains et sourit timidement. Elle portait la jupe ample, le corsage blanc et le fichu coloré des filles du village. Ses cheveux noirs étaient retenus par un chignon bien tiré sur la nuque.

« Voici Anna. Elle est là pour s'occuper de vous. C'est une gentille fille. »

Cathy tendit la main. « *Kalispera sas* », dit-elle en s'appliquant.

L'adolescente ne lui prit pas la main mais fit une petite révérence et, à la surprise de Cathy, répondit avec un fort accent en anglais : « Bon après-midi, madame.

— C'est une gentille fille qui parle anglais, expliqua Yannis avec un large sourire. Elle apprend avec le père Vangelis, le pope du village. Il dit qu'elle est son élève la plus prometteuse. »

Cathy sourit. « Peut-être que tu m'aideras pour mon grec ? J'ai honte de ne pas mieux le parler. »

La jeune fille rougit légèrement, fit un geste de la

main en direction de la maison. « Si vous voulez bien, je vous ai préparé à manger. »

Yannis, semblait-il, avait tout organisé, et bien. Anna arrivait à la maison à sept heures du matin et repartait à six heures du soir ; au début, elle fut consternée que Cathy ne veuille pas entendre parler qu'elle dorme dans la cuisine la nuit, comme cela avait été prévu initialement, mais, gentiment et fermement, Cathy insista. Elle était venue en Grèce avant tout pour être seule, pour retrouver la paix de l'esprit, et la présence permanente d'une Anna, même silencieuse et souriante, était intolérable. Cathy fut embarrassée de découvrir au bout de plusieurs jours qu'Anna lui préparait des plats qu'en raison de sa stricte observance du carême, la jeune fille n'aurait jamais songé à manger. Yannis avait fait en sorte que le matériel pour décorer la maison soit acheté et remisé dans un appentis. Quatre hommes du village venaient chaque jour — ou presque chaque jour, preuve s'il en était des pouvoirs de persuasion de Yannis — pour l'aider. Elle s'amusa de leur douce consternation lorsqu'elle insista pour travailler à leurs côtés. Le bleu et le vert vifs qu'elle avait choisis pour les portes et les fenêtres, les nuances plus subtiles de citron et de terre de Sienne retenues pour les murs métamorphosèrent l'intérieur, tandis que les murs extérieurs et la Cabane du Berger, badigeonnés à la chaux, étincelaient au soleil entre les ombrages du petit verger. Il restait un peu moins de quinze jours avant le début de la semaine sainte, date à laquelle Leon viendrait la rejoindre. Les femmes du village étaient déjà plongées dans les préparatifs de la fête la plus importante du calendrier orthodoxe. Les matinées et les soirées étaient fraîches, les journées claires et ensoleillées. Les couchers de soleil, vus de la terrasse désormais terminée, étaient spectaculaires. Cathy cueillait des fleurs dans la montagne, explorait les sentiers et les ruisseaux au courant rapide, allait de temps en temps au village faire les courses avec Anna ou Yannis qui logeait à la *taverna* — un arrangement qui, trouvait parfois Cathy, pouvait s'avérer un peu trop pratique. Elle savait qu'elle était l'objet d'une très grande curiosité, l'Étrangère, l'Inconnue, et pour le moment elle aimait mieux demeurer à l'écart. Comme les femmes du village, elle était toujours polie et toujours prête à dire bonjour, mais, pour l'instant, elle préférait ne pas s'immiscer dans la vie privée d'autrui et ne pas les voir s'immiscer dans la sienne. Elle était consciente qu'il s'agissait d'une société très différente de celle à laquelle elle était habituée : malentendus et idées fausses pouvaient causer d'énormes ravages. Elle aurait le temps, plus tard, de mieux étudier son nouvel univers. Elle se remit à dessiner, se constitua un petit portfolio inspiré essentiellement de la faune et de la flore des montagnes. Elle commença même à caresser l'idée d'un atelier — la Cabane du Berger, décida-t-elle, serait parfaite : séparée de la maison, merveilleusement calme et dotée d'une vue sur la vallée et la mer qui ne pouvait qu'être propice à la création. Fait un peu surprenant, cependant, Yannis n'accueillit pas cette idée avec l'enthousiasme illimité dont il gratifiait d'habitude toutes ses suggestions, n'étant pas sûr, expliqua-t-il en s'excusant, que Leon n'eût pas d'autres projets pour la petite bâtisse. Cathy haussa les épaules et acquiesça. Elle était certaine de pouvoir convaincre Leon lors de sa venue.

Quelques jours avant l'arrivée prévue de Leon, Yannis l'escorta sur le bateau à destination d'Athènes. Bien qu'elle fût résolue à ce que la maison soit meublée dans le style traditionnel — elle avait à cette fin passé commande auprès d'un menuisier réputé de Karystos —, il y avait des choses qu'on ne trouvait pas sur l'île. Elle avait besoin aussi de parler à Leon, de lui demander d'apporter quelques affaires personnelles, et le meilleur endroit pour le faire, vu la joyeuse pagaille et le manque de fiabilité notoire des liaisons téléphoniques, était de son bureau en ville. Le voyage fut un délice, une agréable traversée de deux ou trois heures sur des eaux si différentes de la mer qui lui était familière qu'elles auraient pu être celles d'un lac. Scintillant sous le soleil et aussi bleues que le ciel transparent, elles n'avaient rien à voir avec les lames grises, couronnées d'écume, qui déferlaient sans répit sur les plages de galets du Suffolk. Ici, elles clapotaient doucement sur de minuscules criques dorées, au pied de falaises qui étaient un paradis pour les oiseaux. Le bateau continuait à fendre la mer unie comme un miroir, laissant derrière lui un sillage qui s'élargissait sans se briser. À aucun moment, ils ne perdirent de vue la terre : des deux côtés, quelquefois proches, quelquefois lointaines ou estompées par la brume, s'élevaient des montagnes mystérieuses et ombragées sous le soleil. De temps à autre, ils passaient devant un village de pêcheurs accroché à la colline et abrité par un petit port naturel, aux maisons chaulées de frais pour le printemps. À plusieurs reprises, Cathy vit des flottilles de bateaux qui pêchaient de concert et qui dansaient sur l'eau comme des bouchons lorsque le ferry les doublait. La brise lui soufflait doucement sur le visage en lui apportant le parfum des fleurs de la montagne.

Athènes était brûlante et grouillante. Quatre ans après la fin d'une pénible guerre civile, elle donnait l'impression d'une ville pas encore revenue en paix avec elle-même. Malgré tout, et en dépit des traces par trop visibles que le récent conflit avait laissées dans les rues et sur les bâtiments, le commerce n'avait pas tardé à réaffirmer ses droits. Cathy n'eut guère de mal à trouver les tissus et objets à usage domestique qu'elle était venue acheter, encore qu'au prix fort. Elle avait réservé son coup de fil à Leon pour trois heures de l'après-midi. Il fut bien sûr retardé et quand elle obtint la ligne, elle était très mauvaise.

« Yannis... il s'occupe de toi... ?

— Merveilleusement bien. » Cathy ne put résister au besoin de crier. « Tout se passe très bien. Leon... Peux-tu m'envoyer le phono et les disques que je t'ai demandés ? »

Noyée par la friture, la réponse fut inaudible. Frustrée, Cathy tendit l'oreille. Puis la ligne revint. « ... Mardi prochain. Nous prendrons le bateau de l'après-midi pour Karystos...

— Nous ? » Le cœur de Cathy s'était mis à cogner lentement et douloureusement dans sa poitrine. « Leon ? Leon... qui c'est, ce nous ? »

La ligne se détériora, la voix au fort accent de Leon fut complètement déformée. Cathy entendit le nom d'Adam et celui de Nikos. Leon avait-il dit « heureusement » ou « malheureusement » ? « Leon ! » Elle serrait si fort le combiné que ses doigts lui faisaient mal. « Je ne t'entends pas ! Qui vient avec toi ? »

La friture augmenta. Puis : « ... Mardi. Le bateau de l'après-midi... » La ligne fut coupée.

Très soigneusement, elle raccrocha.

« Ça va ? » Yannis était apparu à ses côtés avec son sourire de pirate.

« Oui. Très bien. Il sera là mardi. Il prendra le bateau de l'après-midi.

— Parfait. Nous irons le chercher au port.

— Oui. Bonne idée. » Pas le. Les. Qui ? Qui venait avec lui ? Pas Nikos tout de même ? Ça ne pouvait pas être Nikos.

*

Elle se le disait toujours le mardi suivant — après se l'être répété des milliers de fois au cours des journées difficiles qui avaient précédé — tout en sirotant son ouzo devant la *taverna* sous un arbre dont les fleurs embaumaient et en regardant le petit ferry approcher du rivage. Il y avait la foule habituelle pour attendre son arrivée : parents et amis venus chercher des êtres chers, badauds, voyageurs rentrant à Athènes chargés de ballots de formes et de tailles les plus diverses, enfants qui poussaient des cris perçants et couraient pieds nus dans la poussière. Du bateau parvenaient des cris, des bonjours et des rires. On lança une amarre qui fut attrapée nonchalamment et enroulée autour d'un bollard. On abaissa la passerelle.

Et ils étaient là, comme elle l'avait plus ou moins pressenti : Leon et Nikos, toujours en costume de ville, valise à la main. Les yeux de Nikos se posèrent sur elle par-dessus la foule, et la discipline, le sang-froid, la paix chèrement acquise des deux semaines passées

311

s'envolèrent en un instant. Son cœur faillit s'arrêter de battre. Et, dans un moment de terreur étrangement mêlé de bonheur, elle comprit que rien n'avait changé. Pis encore, qu'en dépit de tous ses efforts pour se mentir à elle-même, elle était farouchement — joyeusement ! — satisfaite que rien n'eût changé. Quelles que fussent les raisons qui l'amenaient, quelle que fût la peine que sa présence allait peut-être causer, elle était si heureuse de le voir qu'elle aurait pu en pleurer.

15

La petite salle étouffante était si sombre, l'air si épaissi par la fumée qu'au-delà du rond de lumière découpé par la lampe qui pendait bas au-dessus de la table de jeu, les silhouettes silencieuses à l'œil vigilant, qui s'étaient assemblées autour des joueurs ressemblaient à des ombres dans un puits. C'est à peine si Adam les remarquait. Le frisson familier d'anticipation le parcourut lorsqu'il ramassa ses cartes. Son pouls s'accéléra, une décharge d'adrénaline lui affûta les idées et lui contracta l'estomac. Juste un. C'était tout ce dont il avait besoin. Juste un bon coup de plus. La pile de jetons devant lui avait grandi régulièrement. Un seul homme autour de la table avait eu autant de chance : un homme entre deux âges, trapu, habillé de façon voyante, aux gros doigts basanés couverts de bagues, et dont le feutre mou était rejeté à l'arrière de ses cheveux bruns et lisses. L'espace d'un instant, par superstition, Adam garda sa main face en dessous, et tira sur sa cigarette. Jamais de précipitation. Composant son visage, il retourna ses cartes et, très lentement, il les déploya en éventail entre ses longs doigts.

Un huit. Un deuxième huit. Un troisième. Son cœur flancha dans sa poitrine ; yeux baissés, il s'obligea à rester calme, découvrit ses deux dernières cartes ; garda soigneusement le visage impassible. C'était le couronnement d'une longue nuit de coups de chance.

On entassa les piles de jetons au centre de la table. On rendit des cartes au donneur dont les grandes mains décharnées les ramassèrent habilement avant d'en redistribuer d'autres. Adam nota que l'homme au feutre échangeait trois cartes. C'était bon signe. Un homme au visage long et à l'accent du sud des États-Unis, qui se curait les dents avec une allumette tout en parlant, déclara : « Je crois que je vais me contenter de ce que j'ai. » Mauvais signe.

« Une », dit Adam en glissant une carte, face cachée, sur la table. Ça n'avait pas d'importance. Vraiment pas d'importance.

L'homme au feutre poussa une petite pile de jetons vers le milieu de la table. « Mille », dit-il d'une voix égale. L'enchère minimum.

« Je suis. »

Et ainsi de suite sur un tempo régulier au début. Très vite, main retournée face en dessous, un gros homme au visage rouge et à l'accent typiquement new-yorkais déclara : « Trop fort pour moi. » L'homme au feutre, adossé à sa chaise, le visage tel un masque, étudiait son jeu sous ses paupières baissées. Les joueurs attendirent en l'observant. L'espace d'un moment très fugitif, il parut hésiter puis, avec un très léger haussement d'épaules, il ramassa un paquet de jetons qu'il aligna soigneusement à côté des piles qui montaient. Cinq mille dollars.

Adam coinça sa cigarette entre ses lèvres, ferma à

demi les yeux pour se protéger de la fumée et dit :
« Plus mille. »

Les yeux noirs se posèrent sur lui puis se détournèrent. L'homme au feutre se mit à se balancer sur les pieds arrière de sa chaise.

« Couché », déclara quelques minutes plus tard un autre homme qui repoussa sa chaise, s'étira et bâilla. Il avait de grandes auréoles de transpiration sous les aisselles.

« Moi aussi. » Le donneur jeta ses cartes sur le tapis.

Le mâcheur d'allumettes, impassible, relança. Les jetons plats et colorés, lisses à force d'être manipulés, s'empilaient de plus en plus haut sous la lampe.

Un autre tour avec des enchères encore plus élevées. L'excitation faisait bourdonner le cerveau d'Adam et lui donnait des picotements dans les bras et les jambes. C'était l'occasion ou jamais. « Dix mille, dit-il calmement.

— Merde ! » Le mot était modéré. Le mâcheur d'allumettes jeta ses cartes au donneur. « Couché. »

L'homme au feutre se pencha en avant, glissa d'abord une pile, puis une deuxième très précisément au centre de la table. « Voici vos dix, déclara-t-il. Et je relance... — il marqua une pause — ... plus quinze. Vingt-cinq mille dollars ! »

La pièce était très silencieuse. Quelqu'un poussa un soupir que tout le monde entendit. Adam jeta un coup d'œil à la pile qui diminuait devant lui. Il avait déjà mis en jeu le plus clair de ses gains de la soirée. Une fraction de seconde, sa confiance l'abandonna. Des ronds de fumée bleue s'élevaient dans la lumière crue de l'ampoule nue. Les yeux noirs, sans expression, étaient fixés sur lui. Au diable ! Personne n'était jamais devenu riche sans prendre de risques. Il empila ses jetons en les comptant et les poussa vers le centre de la table. « Je suis, fit-il, mais on dirait que je suis à court. Accepterez-vous une reconnaissance de dette ? »

Au bout de cinq longues minutes éprouvantes pour les nerfs, l'homme au feutre compta le reste de sa mise et le jeta sur les piles qui s'étaient depuis longtemps écroulées en un tas informe. « Il est temps d'en finir. Pour voir. »

Adam transpirait. Il y avait une fortune sur cette table. Une sacrée fortune. Très précisément, une par une, il abattit ses cartes. Un roi. Et quatre huit.

L'espace de deux battements de cœur, l'homme au feutre regarda pensivement les cartes. Puis, très tranquillement, il mit les siennes en éventail et les étala sur la table. Un murmure courut autour de la salle. « Sale veinard, dit quelqu'un avec une admiration réticente. Foutu veinard. »

Des doigts étonnamment lisses et manucurés passèrent sur les cartes. « Une quinte floche. À l'as. » Les lèvres de l'homme au feutre se relevèrent en un sourire. Il repoussa un peu plus son feutre. « Pas de bol, mon vieux, dit-il en imitant ironiquement l'anglais d'Adam. Ceci m'appartient, je crois. » Les mains boudinées et basanées encerclèrent l'amas de jetons et le ramenèrent vers lui. Gentiment, il extirpa plusieurs bouts de papier du tas branlant de jetons. Les brandit. « Vous les honorerez, bien sûr ?

— Bien sûr. » Adam avait l'impression de suffoquer. La bile lui montait à la gorge, lui souillait la bouche. La seule main qui aurait pu le battre. La seule foutue main ! « Si vous voulez bien m'excuser. » Comme un aveugle, il s'écarta, se fraya un chemin au milieu de la douzaine environ de spectateurs qui le séparaient de la porte.

Il ne vit pas le coup d'œil qu'échangèrent l'homme au feutre et le donneur.

Il parvint juste à temps aux W-C nauséabonds et il rendit tripes et boyaux.

*

« Pourquoi es-tu venu ? » demanda Cathy d'une voix très calme.

Nikos garda les yeux fixés sur la mer qui miroitait au loin. « Je n'avais pas le choix. »

Malgré elle, elle ressentit un petit pincement de douleur. Ce n'était pas la réponse qu'elle avait espérée. « Tu veux dire... Leon... ?

— Non, interrompit-il, très calmement, toujours sans la regarder. Non, pas papa. J'aurais pu trouver une excuse. Toi. Il fallait que je te voie. » Il tourna enfin légèrement la tête dans sa direction. « Même si c'était très douloureux. Même si je voulais à tout prix te haïr. J'ai découvert, après ton départ, que je n'y arrivais pas. Je ne m'étais pas rendu compte, vraiment pas, à quel point je t'aimais. Quand tu es partie... » Il tourna de nouveau son regard voilé vers la mer, haussa légèrement les épaules. « Je ne m'étais pas rendu compte, répéta-t-il, combien c'est épouvantable d'être dans un endroit et d'avoir le cœur ailleurs. Épouvantable et dénué de sens. »

Cathy resta immobile, mains croisées sur les genoux, essayant de maîtriser la vague d'allégresse qui montait en elle et faisait fondre le rempart de glace qu'elle avait si soigneusement édifié autour de son cœur et de son âme. Sur une terrasse au-dessous d'eux, son mari

317

en manches de chemise aidait des ouvriers à déplacer un gros rocher. Le rire sonore de Leon retentit et des oiseaux s'envolèrent des arbres.

« J'ai essayé, poursuivit tranquillement la voix de Nikos à ses côtés. J'ai vraiment essayé. J'ai essayé de te haïr. De ne pas te désirer. De ne pas t'aimer. Mais je n'ai pas pu. À la fin, j'ai dû l'admettre : je préférais endurer la douleur d'être auprès de toi que le supplice, le deuil... d'être séparé de toi.

— Nikos...

— Ne t'inquiète pas, s'empressa-t-il d'ajouter. Je ne ferai rien qui puisse te blesser. Je ne demande rien. Je voulais juste venir. C'est tout. »

Il y eut un long moment de silence, puis elle dit simplement : « Je suis contente. Je suis si contente.

— Je croyais que tu serais peut-être en colère. »

Elle secoua la tête.

« Cathy ? »

Elle se tourna vers lui ses yeux verts, légèrement bridés, très grands sous l'arc de ses sourcils, et il s'aperçut que de nouvelles ridules de fatigue étaient apparues au-dessous. Ses pommettes délicates saillaient dans son visage trop mince. Pour lutter contre la chaleur, elle avait relevé tant bien que mal sa crinière rebelle. Des mèches trempées de sueur adhéraient à son cou. L'espace d'un instant, il put à peine respirer. Du coteau en dessous d'eux parvinrent un carillon de clochettes, un bêlement de chèvres, un bruit des sabots sur le rocher : un petit troupeau, suivi d'un vieux berger courbé qui ahanait, escaladait le sentier escarpé qui serpentait du village jusque dans la montagne en passant devant la maison. « Est-ce que tu m'aimes ? » La voix de Nikos était très douce.

Leon salua le chevrier qui s'appuya un instant sur sa houlette pour échanger quelques mots au-dessus du muret de pierre entourant le jardin.

« Oui », répondit Cathy. Le sourire qui illumina lentement le visage de Nikos était le plus doux qu'elle eût jamais vu.

Une odeur de feu de bois montait de la maison où Anna préparait le repas. Le carillon des clochettes se fit de nouveau entendre lorsque les chèvres s'arrêtèrent pour brouter.

« C'est tout ce que je voulais savoir.

— Hé... Nikos ! Feignant ! Viens donc nous donner un coup de main... » Leon faisait de grands signes. Il enleva sa chemise, révélant d'énormes épaules et la toison grise de sa poitrine. Son médaillon renvoya un petit rai brillant de lumière.

Nikos leva la main pour lui répondre. « Ces dernières semaines m'ont appris quelque chose », dit-il très calmement.

Elle lui sourit. « Ah oui ?

— Elles m'ont appris que je suis peut-être plus grec que je ne le pensais. Je découvre que je crois à la destinée, ajouta-t-il avec un sourire empreint d'une ironie désabusée. Et tu es à moi. Pour le meilleur et pour le pire. » Il enleva sa veste qu'il posa sur le siège à côté d'elle. Elle le regarda se joindre au groupe qui se trouvait sur la terrasse en dessous. Les dents de Leon étincelèrent dans son visage bronzé, et ils se remirent tous à l'ouvrage. Dix minutes plus tard, ils avaient fait place nette et un tonneau de vin fut mis en perce. Puis, Yannis arriva, tenant au bout d'une longe deux chevreaux minuscules à la bouche tendre et aux grands yeux pleins de tristesse.

Cathy les regarda avec un certain désarroi. Elle était en Grèce depuis assez longtemps pour savoir qu'il ne s'agissait pas d'animaux domestiques. Et elle avait raison. « Le festin de Pâques, annonça Yannis qui attacha les chevreaux à un olivier. Tendres comme la rosée. Ils feront un repas délicieux. »

Ce soir-là, devant un plat de carême à base de morue salée, de courgettes et de tomates, beaucoup plus savoureux que Cathy ne s'y était attendue — depuis l'arrivée de Leon, Anna était tranquillement revenue aux plats traditionnels en cette saison —, Cathy évoqua la Cabane du Berger : « Elle ferait un atelier parfait. Si je pouvais simplement élargir un peu la fenêtre...

— Non. » Leon secoua son énorme tête en signe de refus catégorique. « Le bâtiment ne doit pas être changé. C'est le père de mon grand-père qui l'a construit. Il doit rester comme il est. Il y a un tas d'endroits, Kati, que tu peux utiliser pour ta peinture. Mais la Cabane restera comme elle est. C'est — il hésita — mon *patriko* — la maison de ma famille. C'est un symbole. De ce qui existait, de ce qui existe maintenant. Je te ferai un atelier. Tu verras. Mais la Cabane... non. Il vaut mieux ne pas y toucher. »

Le lendemain, Cathy accepta d'aménager un petit appentis à l'autre bout de la maison et se demanda comment diable il se faisait que Leon finît toujours, semblait-il, par avoir le dernier mot. Tard dans l'après-midi, elle se rendit à la Cabane du Berger. Le soleil brillait sur les murs blancs et luisait contre la minuscule fenêtre. Le toit, comme une partie de celui de la maison, était constitué traditionnellement de deux épaisseurs de bois de construction séparées par des branches d'olivier et sur lesquelles on avait étalé de la terre qu'on avait laissée cuire au soleil. La cabane qui ne consistait qu'en une seule pièce, longue et étroite, était chaude et silencieuse. Une cheminée noircie au foyer dallé de pierre se dressait, vide, à une extrémité. Une mouche bleue bourdonnait avec insistance à la fenêtre. Çà et là, gisaient quelques instruments aratoires anciens, une petite chaise bancale, un tonneau à olives vide et, dans un coin, un vieux châlit encore rempli de paille. Elle se retourna pour regarder par la porte : la vue, qui donnait directement sur la vallée et à la mer, était à couper le souffle. Quel dommage ! Cela aurait fait un magnifique atelier. Mais elle comprenait le point de vue de Leon. C'était là qu'étaient ses racines et laisser la cabane en l'état revenait à montrer au monde le chemin qu'il avait parcouru. Elle s'appuya au montant de la porte et regarda la boule de feu du soleil s'enfoncer dans une couche épaisse de nuages au-dessus des contreforts rocheux. La journée avait été très chaude. L'orage menaçait.

Un mouvement attira son attention. Quelqu'un descendait de la maison par l'oliveraie : de temps en temps, on voyait briller l'éclat d'une chemise blanche à travers l'écran de feuilles poussiéreuses. Cathy resta complètement immobile et le regarda approcher. Il s'arrêta à deux mètres d'elle. Le silence qui les enveloppait rendait toute parole inutile. Nikos passa devant elle et pénétra dans la cabane sombre, glissant sa main dans celle de Cathy au passage et l'attirant à l'intérieur. Main dans la main, toujours silencieux, ils se regardèrent. Comme le soleil continuait à décliner, un rai de lumière ensanglantée illumina soudain Nikos et fit briller la peau sombre et la délicate ossature de son visage. Son baiser fut comme de l'eau fraîche au milieu du désert, une lumière dans les ténèbres. Un remède opiacé contre une douleur qu'elle avait enfouie si profond qu'elle était devenue un supplice. Elle s'appuya à lui, uniquement consciente pour l'instant de la chaleur de son corps contre le sien, de l'étreinte passionnée de ses bras autour d'elle, de la douce insistance de ses lèvres sur les siennes. Elle sentit l'effort qu'il faisait pour être tendre, devina l'urgence de son désir, sa force contenue. Il posa sa joue sur ses cheveux, la serra si fort contre lui qu'elle ne put lever le visage pour le regarder. « Papa vient de rentrer du village, dit-il calmement. Il y a un message d'Adam. Il est revenu de New York. Il arrivera après-demain, à temps pour Pâques. »

Elle remua légèrement, essaya de s'écarter. Il resserra son étreinte et la tint immobile.

« Il ne nous reste plus que demain. Une fois qu'Adam sera là, il y a peu de chance pour que nous puissions nous retrouver.

— Nikos... *nous ne pouvons pas...* »

Elle sentit qu'il se raidissait. Elle ne pouvait toujours pas bouger. Il resta très longtemps silencieux ; puis il émit un long soupir, la lâcha brusquement et recula. « Je suis désolé. C'était impardonnable. Bien sûr que nous ne pouvons pas. Nous ne devrions pas.

— Ne devons pas », le corrigea-t-elle.

Il haussa les épaules, le visage morne. « Pardonne-moi. Je te supplie de me pardonner. Je t'avais promis... je m'étais promis... de ne pas faire ça... C'est juste que lorsque je me suis rendu compte qu'Adam venait... » Il secoua la tête et l'expression de ses yeux trop brillants lui alla droit au cœur. « Je suis désolé », répéta-t-il avant de tourner les talons.

Il était arrivé à la porte lorsqu'elle prit la parole. « Nikos, ne t'en va pas, je t'en supplie. »

Il s'arrêta et son dos se découpa sur le ciel ensanglanté. De grosses gouttes de pluie s'étaient mises à tambouriner irrégulièrement sur le toit de terre, à crépiter à travers les feuilles des arbres qu'elles faisaient trembler. Sur le coteau assombri, les rainettes avaient commencé à coasser.

« Nikos ? »

Il ne se retourna pas.

« Je t'en prie. Ne sois pas en colère. Je ne peux pas le supporter. »

Il baissa la tête ; ses longs cheveux épais lui tombèrent sur le front. « Je ne suis pas en colère. » Les mots furent prononcés si bas qu'ils étaient à peine audibles.

Il y eut un long silence. Puis : « Ça recommence, n'est-ce pas ? » demanda-t-elle d'une voix proche du désespoir.

Il eut un rire amer. « Ça n'a jamais cessé, répondit-il. Tu le sais bien. Et ça ne cessera jamais. » Il se retourna soudain d'un air farouche. « Cathy, il faut que je te voie. Il le faut ! Juste une fois. Je t'en supplie !

— Mais...

— Écoute. Tu connais la petite église près de la source... Aghia Magdalena... ?

— Oui.

— Si tu suis le sentier qui y conduit et que tu continues à travers bois jusque dans la montagne, tu trouveras une petite cabane qui n'est pas très différente de celle-ci. Elle était déjà abandonnée avant guerre. Personne n'y va. J'y serai demain matin. Je t'attendrai. Tu viendras ? »

Elle n'hésita qu'un instant. « J'essaierai. » Elle le rejoignit à la porte. L'averse avait beau être passée, l'air restait lourd et le ciel menaçant. Quelque part, pas loin, une cigale solitaire fit entendre son cri strident et les rainettes se remirent à coasser de plus belle. Le crépuscule tombait rapidement dans les montagnes.

« C'était le moment de la journée que ma mère préférait, dit subitement Nikos. Hiver comme été, peu importe ce qu'elle était en train de faire, elle s'arrêtait pour regarder le coucher de soleil. » Il leva un moment son regard attentif vers le ciel.

Cathy passa un bras sous le sien. « Ce doit être dur, dit-elle. De revenir, je veux dire. À l'endroit... » Elle s'interrompit.

« Bizarrement, pas aussi dur que je le croyais. Papa a raison, je suppose. C'est bel et bien fini. Il a tout transformé. Ça n'a rien à voir avec ce que c'était. C'est juste que parfois, comme maintenant..., je la vois. Je l'entends. C'est comme si elle était tout près... »

Cathy esquissa un rire, secoua la tête. « Oh non ! Dieu seul sait ce qu'elle penserait de moi ! »

— Elle t'aimerait tout comme moi, répondit-il avec l'absolue certitude de la jeunesse. Comment pourrait-elle s'en empêcher ? »

Cathy secoua de nouveau la tête, mais ne dit rien.

Il baissa les yeux vers elle. « Tu viendras ? Demain ?

— J'essaierai. Je te promets que j'essaierai. »

Alors il s'éloigna à grandes enjambées dans l'herbe humide et se perdit parmi les oliviers.

Dans un dernier feu d'artifice, le soleil glissa du ciel rougeoyant et disparut derrière le rebord sombre de la montagne.

*

« Je crois bien, dit Cathy en suivant du doigt le contour des sourcils de Nikos, que la pauvre petite Anna est tombée amoureuse de toi. »

Nikos remua légèrement sur la paille qui craqua, sourit paresseusement, secoua la tête. Le soleil matinal était haut dans le ciel et par l'ouverture où il y avait eu autrefois une porte, ils virent un aigle s'élever dans le ciel transparent comme du cristal.

« Si, si. » Cathy se pencha au-dessus de lui et lui chatouilla le nez avec un brin de paille. « Crois-moi. Je connais les symptômes. » Elle sourit un peu à regret. « Je devrais, pour l'amour du ciel.

— Ne dis pas de bêtises. » Il l'attrapa par le cou, enfouit ses doigts dans ses cheveux, attira de nouveau ses lèvres sur les siennes. Elle se détendit un instant, puis se dégagea. « Allons, mon chéri. Regarde l'heure qu'il est. Il faut partir.

— Oh, zut.

— Tu l'as dit. » Cathy enfilait son chemisier et son pantalon.

Nikos s'assit, genoux au menton, et la regarda. « J'ai horreur de ça. »

Elle marqua une pause puis se brossa énergiquement les cheveux sans le regarder. « Et moi donc. Mais... nous n'avons pas le choix. Tu le sais. »

Un instant, le visage rebelle de Nikos eut l'air très jeune. Elle se pencha sur lui et l'embrassa légèrement.

« Ne sois pas fâché, dit-elle doucement. Ne gâche pas tout. »

Il lui prit la main. « Non. »

Elle s'accroupit à ses côtés, l'air très grave. « Ton père d'une certaine façon est très... imprévisible, expliqua-t-elle. Tu le sais. S'il nous découvrait, je ne sais pas ce qu'il pourrait nous faire. À l'un comme à l'autre. Nikos, nous devons être prudents.

— Je sais. C'est juste que j'ai horreur de ça. C'est tout. »

Elle lui pressa la main et se releva. « Il faut que j'y aille. Attends une heure. Je te verrai à la maison. » Un baiser rapide et elle était partie.

Nikos se leva et alla à la porte pour la regarder descendre le sinueux sentier de montagne qui menait dans les bois. Elle ne se retourna pas.

*

Cathy et Leon allèrent chercher Adam au ferry, l'après-midi suivant. Immédiatement et instinctivement Cathy comprit que quelque chose clochait : Adam était trop brillant, trop bavard, son rire était trop bruyant et son sourire trop crispé. Dès qu'il les eut rejoints à la *taverna,* il s'empara de la bouteille d'ouzo. Cathy l'examina pendant qu'il répondait aux questions de Leon sur son voyage depuis Londres et sur sa récente visite à New York. Sous son entrain apparent, il avait l'air pâle et fatigué, et il y avait chez lui une nervosité inquiétante. Sur le chemin de la maison, tandis que Leon, au volant de sa vieille voiture, se concentrait pour éviter les épaves de camions ou de cars — vestiges de la guerre —, les ânes au pas lent et les vieilles charrettes qui faisaient de cette route de montagne poussiéreuse une course d'obstacles, Adam se taisait et regardait par la vitre d'un air préoccupé. Quand enfin ils atteignirent en cahotant le chemin de terre qui conduisait à la maison, il tourna la tête, surprit le regard de sa mère posé sur lui et, bizarrement, rougit comme s'il avait été pris en faute. « Tu vas bien ? » demanda Cathy. Immédiatement, un sourire éclatant, dénué de sens, illumina le visage d'Adam.

« Très bien. Je vais très bien. » Et comme pour le prouver, il se mit à siffloter entre ses dents.

Cathy soupira et se renversa sur son siège de cuir défoncé. Les prochains jours n'allaient pas être faciles.

*

Anna — *qui devait être drôlement déçue, (soupçonnait Cathy) maintenant qu'il y avait désormais deux beaux partis dans la maison* — passait le plus clair des fêtes de Pâques dans sa famille, bien qu'elle eût insisté pour rester jusqu'au samedi. Au cours des derniers jours, elle avait travaillé avec la diligence d'une maîtresse de maison pour veiller à ce que les traditions soient observées dans la famille Kotsikas, Cathy crut n'avoir jamais autant vu récurer et astiquer que durant la semaine qui précéda la fête : même le pas de porte avait été passé à la chaux. On cueillit des fleurs dans la montagne, on acheta des cierges à un étal du village afin d'être prêt pour la messe de minuit, samedi. Le jour de l'arrivée d'Adam, le *hasapis* — le boucher du village — vint à la maison pour égorger les deux chevreaux. Comme l'exigeait la tradition, on tua les animaux près de la porte et on dessina avec leur sang le signe de la croix sur le mur, afin d'assurer le bonheur et de joyeuses fêtes de Pâques à toute la maisonnée. Le soir du vendredi saint — tout le monde hormis Adam ayant assisté à la messe solennelle du matin —, Anna prépara le repas frugal traditionnel, s'abstenant même, pour l'unique fois de l'année, d'utiliser de l'huile d'olive. « Nous allons dépérir, ma fille ! grommela Yannis avec bonne humeur en jouant avec sa salade assaisonnée au citron.

— C'est bon pour l'âme. » Anna sourit timidement, très contente de le rabrouer. « Et ça ouvre l'appétit pour dimanche ! »

Yannis fit un grand sourire et saisit la bouteille de vin. « Au moins, le Seigneur ne s'attend pas à ce que nous nous passions de boire ! »

Cathy, coudes sur la table, mit son menton dans la paume de sa main et les regarda l'un après l'autre. Elle était désolée qu'Adam ne les ait pas accompagnés à l'église du village le matin ; elle avait été profondément émue par le service. La solennité de la journée, la sombre splendeur de l'intérieur avec ses saints au yeux tristes et ses boiseries dorées lourdement sculptées, le glas mélancolique tandis que la bière jonchée de fleurs faisait trois fois le tour de l'église avaient été contrebalancés par les allées et venues incessantes d'une congrégation pour qui l'église faisait partie de la vie quotidienne, au même titre que la cuisine ou la *taverna*. On s'était assuré de la docilité des enfants à grand renfort de biscuits de Pâques et de sucreries ; hommes et femmes bavardaient tranquillement, les grands-mères en tenue de deuil marmonnaient leur chapelet tout en surveillant d'un œil auquel rien n'échappait la conduite des tout-petits. Plus tard, Cathy s'était recueillie avec Nikos sur la tombe de sa mère et avait été étrangement choquée de découvrir combien elle était morte jeune : à peine la trentaine. Ni l'un ni l'autre n'avait commenté le fait que Leon avait été trop occupé à discuter avec un homme en costume dernier cri, qui évoquait immédiatement Athènes et l'argent, pour se joindre à eux. Parvenue à ce point de sa réflexion, Cathy croisa le regard de Nikos de l'autre côté de la table. Il lui sourit gentiment à la lumière vacillante de la lampe.

Adam, visage indéchiffrable, vida son verre de vin et le tendit pour qu'on le lui remplisse à nouveau.

Le lendemain, avant de partir, Anna prépara le *magiritsa,* un plat confectionné avec les abats des chevreaux égorgés et consommé dans chaque maison à la rupture du jeûne du carême, après la messe de minuit du samedi saint. Cathy la regarda faire sans enthousiasme et avec un certain écœurement. Les intestins, le cœur, le mou et le gras furent jetés dans une immense marmite avec des oignons, des poireaux et d'autres légumes verts, recouverts d'eau et mis à mijoter sur le fourneau. « Ce sera bon, promit Anna d'un air grave.

— J'en suis certaine.

— Et maintenant... » Anna ouvrit les placards, en sortit toutes sortes de choses qu'elle posa sur la table : un pain de Pâques tressé, une grande jatte d'œufs durs à la coquille peinte en rouge — *kokkina avga* — et un immense plat de petits pains de Pâques sucrés. Une grosse salade et du *tzatziki.* Du fromage et des poivrons. De la laitue, des olives et des fruits. « Ça, c'est pour demain. Vous êtes sûre que vous arriverez à vous débrouiller ? » Le jeune visage était solennel. Cathy s'était depuis longtemps aperçue qu'Anna nourrissait des doutes légitimes quant à ses qualités de maîtresse de maison.

« Oui. J'en suis sûre. Merci, Anna. Tu as tellement travaillé. » Cathy lui tendit un petit paquet emballé dans du papier de couleur vive. « Un petit cadeau pour toi de notre part à tous. »

Le visage de le jeune fille rougit de plaisir. « Merci, *Kiria*. Et tenez... j'ai quelque chose pour vous... » D'un placard, elle sortit une couronnes de fleurs fraîches très élaborée. « Pour la table de demain. »

Ravie, Cathy la remercia et l'embrassa. « Et maintenant, pars. Il se fait tard. Ta famille doit t'attendre. »

*

Pour la messe de minuit, il avait été décidé qu'ils n'iraient pas à l'église du village mais à la minuscule Aghia Magdalena, située plus haut sur le sentier, près de la source. Le cadre était ravissant. L'anfractuosité moussue d'où jaillissait la source s'ouvrait dans la montagne à environ un kilomètre et demi au-dessus de la maison. Le ruisseau transparent et frais sortait en bouillonnant du rocher pour retomber dans un bassin rocailleux et de là dévalait la montagne. La petite église en pierre, érigée en action de grâces pour les eaux dispensatrices de vie, était perchée sur une saillie rocheuse et ombragée par de vieux arbres, d'où on voyait et entendait la source. Le sanctuaire étant trop exigu pour abriter la foule de Pâques, les fidèles s'assemblèrent à l'extérieur en murmurant tranquillement, tandis que les feuilles au-dessus de leurs têtes

330

bruissaient en contrepoint du bruit de l'eau qui coulait. À minuit, on éteignit toutes les torches et les lanternes. Il y eut un moment de silence impressionnant. Puis de l'église sortit une petite procession de popes et d'acolytes portant les cierges allumés, symboles de la Résurrection.

« *Christos anesti !* Christ est ressuscité ! » C'était un cri de liesse.

On alluma les cierges à ceux qui brûlaient déjà et on les passa de main en main. On échangea des vœux, on s'embrassa. Puis chacun redescendit la montagne en protégeant bien la flamme de son cierge car un cierge qui s'éteignait avant d'avoir franchi le seuil de la maison avait la réputation de porter malheur.

Adam trébucha légèrement. Il avait bu régulièrement toute la journée. Un peu plus loin devant lui, un groupe d'enfants chantait un cantique de Pâques. La flamme du cierge qu'il portait vacilla et faillit s'éteindre. Pas de bol si cela arrivait. Il se surprit à sourire lugubrement. Pas de bol ? Il ferait aussi bien d'éteindre ce satané truc lui-même.

Cathy avait dressé la grande table dans la cuisine avant la messe. Suivant les instructions d'Anna, elle s'était assurée que chacun avait un œuf rouge et brillant. Sur les instructions d'un Leon et d'un Yannis exubérants, ils entreprirent de casser mutuellement leurs œufs avec enthousiasme. On rompit le pain, on enleva la *magaritsa* du fourneau. À la surprise de Cathy, c'était absolument délicieux. Par la porte ouverte, ils voyaient les feux d'artifice tirés de la vallée en contrebas et entendaient de la musique au loin. Ils frappèrent tous dans leurs mains lorsque Leon et Yannis, se tenant par l'épaule, exécutèrent une danse impromptue autour de la table en tapant du pied et en tournant, mouchoirs haut levés. Les bouteilles se vidaient : vin d'abord, puis ouzo laiteux. Yannis chanta une chanson, et Leon et Nikos se joignirent à lui. Les paupières d'Adam se fermaient légèrement. Finalement, Cathy recula sa chaise et émit un petit soupir explosif. « Bonté divine ! Je n'en peux plus ! Et il est deux heures du matin ! Non, non... ! » Elle leva les mains, rit et secoua la tête, tandis que Yannis essayait de lui remplir son verre. « J'ai plus que mon compte ! Il va falloir que je m'éclaircisse les idées avant d'aller au lit ! Il sera bientôt l'heure de déjeuner ! Je vais aller faire un petit tour dehors et puis j'irai me coucher. La table attendra pour être débarrassée. » Elle se leva et sourit à la ronde. « Bonsoir tout le monde.

— *Kalinikta sas, Kati mou.* » Leon l'attrapa par la main et l'attira à lui pour l'embrasser.

Nikos, yeux baissés, réduisit un gâteau de Pâques à un tas de miettes méconnaissable.

Comme Cathy quittait la pièce, Leon saisit une nouvelle bouteille d'ouzo. « Et maintenant, passons aux choses sérieuses. »

Nikos releva brusquement la tête. « Franchement, papa, je ne pourrai pas », dit-il avec un sourire désarmant. Il fit semblant d'ignorer le regard soudain méfiant d'Adam. « Comme Cathy l'a dit, une dure journée nous attend. Je pense que je ferais mieux d'aller me coucher.

— Nikos, Nikos ! » Leon secouait la tête en affectant un air chagrin. « Et moi qui croyais avoir fait de toi un vrai Grec ! »

Son fils leva les mains, paumes en l'air, en un geste d'apaisement théâtral. « Demain, papa, demain. Je serai aussi grec que tu le voudras. Pour le moment, je suis claqué. »

Leon éclata subitement d'un rire tonitruant et tapa sur la table, ce qui fit sauter les couverts. « Au dodo, dans ce cas, mon petit. » Il était gentiment ironique. « Ne laisse pas ton vilain papa te priver de ton sommeil de jouvence. »

Nikos se leva. Adam l'imita d'un air décidé. Et fut surpris quand, sur un ton tout à fait différent, Leon lui dit doucement : « Non, Adam. Toi, tu restes. » Le sourire était toujours aussi aimable mais les yeux noirs qui ne riaient plus le regardaient soudain avec fermeté. Leon agita la bouteille. « Nous, on continue à boire, dit-il tout net.

— Leon... je suis très fatigué... », protesta Adam qui regarda Nikos quitter la pièce et se retourna vers la table.

« Fatigué, fatigué... Soudain tout le monde est fatigué... » répéta Leon en se renversant sur sa chaise et en gesticulant. Sa voix était toujours douce, mais Adam y décela une note qu'il ne connaissait que trop bien. Il se rassit, soudain alarmé. Qu'est-ce que Leon pouvait bien lui vouloir ? Bon sang, si seulement il n'avait pas autant bu !

Leon versa une généreuse rasade d'ouzo dans les trois verres, poussa la carafe d'eau dans la direction d'Adam. Les feux d'artifice avaient cessé et la musique au loin avait diminué. « Yannis, dit Leon tout en regardant Adam, ferme la porte, veux-tu. Il commence à faire frais. »

En fait, comme le fourneau n'était pas encore tout à fait éteint, la pièce était loin d'être froide. Adam versa de l'eau dans son verre et sirota son ouzo.

Soudain mal à l'aise, il s'avisa que Leon avait peut-être découvert ce qui se passait entre Nikos et Cathy. Merde ! Et si Leon lui demandait ce qu'il savait ? Qu'est-ce qui serait le plus à son avantage : confirmer ou nier ? L'atmosphère de la pièce était devenue lourde. Il transpirait. Il ouvrit son col. S'il avouait qu'il savait depuis des semaines et n'avait rien fait...

« Je voudrais avoir une petite discussion avec toi, dit Leon. Au sujet de New York. »

Pris complètement au dépourvu, Adam le dévisagea d'un air étonné. « New York ? »

Avec une patience étudiée, son beau-père hocha la tête. « New York », répéta-t-il.

Adam haussa les épaules. « Bien sûr. Mais... je ne vois pas ce que je pourrais ajouter à ce que j'ai déjà dit. »

Leon mit la main à sa poche de chemise, en sortit plusieurs morceaux de papier pliés et se pencha pour les lisser sur la table. « Et ça ? » demanda Leon.

Il y eut un très long silence. Le regard de Leon ne flanchait pas. Yannis se curait ostensiblement les ongles avec une allumette. Adam s'éclaircit la gorge.

« Eh bien ?

— Je... » Les longs cils blonds d'Adam papillotèrent lorsqu'il regarda Leon, puis ses yeux revinrent se poser sur les morceaux de papier.

« Tu les reconnais ?

— Oui.

— Tu admets qu'il s'agit de ta signature ?

— Oui. » Ébranlé jusqu'au plus profond de lui-même, Adam se força une fois de plus à soutenir le regard de son beau-père. « Est-ce qu'elles... est-ce qu'elles sont réglées ? »

Leon laissa délibérément s'éterniser le silence avant de répondre. « Oui. Elles sont réglées. »

Adam émit un long soupir.

« ... Alors maintenant tu m'es de nouveau redevable », dit Leon.

On étouffait dans la pièce. Leon dénoua sa cravate et ouvrit son col de chemise. La sueur brillait sur son front basané. Le talisman que sa femme lui avait donné luisait sourdement à la douce lumière de la lampe.

Adam ramassa les reconnaissances de dettes, les lissa de nouveau et les empila soigneusement sur la table. « Comment... où est-ce que tu les as eues ?

— J'ai rencontré un homme, dit Leon. À l'église. C'est tout ce que tu as besoin de savoir.

— Je devrais te remercier.

— Oui. Tu devrais. Et tu le feras. En me rendant un service.

— Qu'est-ce que tu veux que je fasse ? »

Leon sourit pour la première fois, d'un large sourire paisible et amusé. « La chose que tu préfères entre toutes. Je veux que tu joues, Adam. Pour moi. J'ai conclu... un accord. Mais tu feras exactement ce qu'on te dit. Ni plus ni moins. Et si je découvre que tu me trompes... en jouant par exemple pour toi... je te jetterai en pâture à quelques lions très féroces qui ne feront qu'une bouchée de toi. C'est compris ?

— Je... suppose que oui. » Une fois de plus, Adam regretta amèrement d'avoir autant bu. Que se passait-il ? De quoi Leon parlait-il exactement ?

« Pas le moindre petit pari sur le côté. Pas un seul penny. Ou devrais-je dire un seul cent ? » Leon leva un gros doigt court et l'agita en l'air. « Les enjeux sont trop élevés. Jure-moi, Adam, que tu ne joueras pas la moindre carte sans mon ordre exprès. Que tu ne referas jamais... jamais... ça... ! » Il indiqua du doigt les reconnaissances de dettes.

— Je le jure. Mais je ne comprends toujours pas. »

Leon mit la main à sa poche et en sortit une grosse clé métallique qu'il remit à Yannis sans quitter Adam des yeux. « Yannis a quelque chose à te montrer », dit-il.

Après leur départ, Leon resta assis à se curer les dents. Une promesse était une promesse. Mais il y avait mille et une façons de la tenir.

*

Dans l'obscurité du vieil olivier, les deux silhouettes demeurèrent aussi figées que des statues quand Adam et Yannis, portant une torche à la flamme vacillante, passèrent devant elles. « Où vont-ils ? » murmura Cathy.

Nikos lui mit une main sur la bouche. « Chut. »

Ils attendirent. Une fois les deux hommes hors de portée de voix, Nikos chuchota : « Il faut partir. Avant qu'ils ne reviennent.

Cathy scrutait d'un air étonné la nuit où continuait à trembloter la lueur de la torche. « Ils se dirigent vers la Cabane du Berger. Qu'est-ce qu'ils peuvent bien faire ? »

Nikos rit tout bas. « Ce sont des hommes, ma chérie.

— Qu'est-ce que c'est censé vouloir dire ?

— Il y a une certaine fraternité, après une nuit de beuveries, à se soulager au grand air. »

Chose ridicule, Cathy se sentit rougir. « Oh ! »

Les lèvres de Nikos effleurèrent sa bouche. « Joyeuses Pâques, mon amour. Maintenant, pars. » Et comme elle lui lâchait la main et s'éloignait tranquillement sous les branches bruissantes, Nikos murmura : « Je t'aime. »

16

Cathy s'éveilla parmi les odeurs de feu de bois et les rires. Elle était seule. À travers les volets mi-clos, un rayon de soleil lui faisait signe, bien que la chambre basse de plafond fût, comme à l'accoutumée, sombre et fraîche. Tout près le braiment asthmatique d'un âne faisait écho aux aboiements d'un chien plus bas dans la vallée. Elle demeura un moment somnolente bien au chaud avant de rejeter les couvertures et d'aller pieds nus à la fenêtre ouvrir les volets en grand. Sur une terrasse juste au-dessous de la maison, on avait allumé un feu sur lequel les deux chevreaux étaient en train de rôtir. Tous les hommes étaient présents, chacun attendant visiblement son tour pour surveiller les broches. Cathy vit Leon prendre le relais d'Adam qui riait aux éclats d'une remarque que Yannis venait de faire. Le vin coulait déjà à flots. Tout au long de la vallée, les cloches carillonnaient. C'était le dimanche de Pâques, le jour le plus joyeux de l'année. Aucun nuage ne troublait le ciel d'azur, aucune ombre ne gâchait la perfection de ce jour de fête que Cathy ne devait jamais oublier. La table était dressée sous les arbres, l'odeur de la viande qui rôtissait était délicieuse et mettait l'eau à la bouche. Lorsque Leon, non sans cérémonie, détacha un morceau de viande et, le déclarant cuit à point, l'offrit à Cathy, deux outres de vin étaient déjà vides. On dégusta la viande tendre avec les doigts, comme l'exigeait la tradition. On fit un sort au pain, à la salade et au *tzatziki* qu'Anna avait pris tant de peine à préparer. Lorsque les accents d'une musique exubérante leur parvinrent de la minuscule place du village en contrebas, Leon et Yannis se levèrent immédiatement, entraînant à leur suite Adam et Nikos, hilares, pour leur montrer les pas compliqués d'une danse tandis que Cathy frappait en cadence dans ses mains. Plus tard, Yannis dansa seul, bras en l'air, corps mince et nerveux tendu comme un arc, une chaise entre les dents, exploit qui donna à Cathy mal dans les mâchoires rien que de le regarder. On trinqua à l'envi : « *Christos anesti !* Christ est ressuscité ! » et au-dessus de la vallée et des flancs de la montagne un voile de fumée odorante s'éleva dans l'air limpide : les gens célébraient avec une ferveur égale la résurrection de leur Sauveur et la fin du carême. Un parfum de fleurs embaumait l'air. Au coucher de soleil, les feux embrasèrent l'obscurité et des voix chantèrent dans les ténèbres.

« *Christos anesti !* » Les forces du mal étaient vaincues. Pour le moment du moins.

Le lendemain matin, chacun avait bien entendu la tête lourde. C'était la fin des vacances. Les hommes s'en iraient le jour suivant : Leon et les deux garçons rentreraient à Londres et Yannis partirait accomplir une de ses mystérieuses missions. Anna monta du village pour aider à nettoyer après les festivités et leur offrit timidement à chacun un œuf peint — le plus coloré et le plus sophistiqué, nota Cathy en souriant intérieurement, étant réservé à Nikos, accompagné d'un sourire candide et éblouissant. L'après-midi, en proie à la retombée qui succède inévitablement aux grandes réjouissances, ils s'installèrent dans le jardin avec ce qui restait de vin pour regarder le soleil se coucher sur la montagne.

« Allons, dit soudain Leon en levant son verre. Portons un dernier toast. »

Adam le contempla d'un œil ironique. « Si le Christ ressuscite une fois de plus, protesta-t-il pour le principe, ce sera au grand détriment de ma tête. Elle est pire qu'un foutu yoyo ! »

Leon rit. « Non, non. Nous allons boire à notre prochain rassemblement. À la prochaine fête. »

Adam se prit la tête dans les mains en affectant le désespoir. « Seigneur Dieu ! Encore une ! »

— Encore une. D'ici trois mois, ce sera la fête d'Aghia Magdalena — de Marie-Madeleine, la sainte patronne de notre petite église près de la source. Il y a de grandes festivités au village : des processions, des feux d'artifice, de la musique et des danses. »

Les yeux bleus d'Adam vinrent se poser comme si de rien n'était sur sa mère. « Marie-Madeleine, demanda-t-il pensivement et avec un sourire soudain dangereux. Dites-moi... est-ce que ce n'était pas la dame qui n'était pas... comme on dit... d'une vertu farouche ? »

Cathy vit Nikos relever brusquement la tête.

Leon gloussa. « La pécheresse repentie. C'est bien ça. Donnons-nous rendez-vous à cette date. Quoi qu'il arrive, nous serons tous ici pour célébrer sa fête le

340

22 juillet, d'accord ? » Tenant leur assentiment pour certain, il leva son verre : « Aghia Magdalena ! »

Adam haussa les sourcils d'une façon sardonique et trinqua en souriant avec sa mère.

*

Il avait été convenu que Cathy resterait en Grèce, puis rejoindrait Leon à Londres, la première quinzaine de juin, pour le couronnement. Il fallait finir de décorer et de meubler la maison, concevoir et planter le jardin. Disposant d'Anna pour l'aider, Cathy était certaine de pouvoir se passer des services de Yannis. Sa décision était grandement facilitée par sa découverte que Nikos allait faire la liaison avec le bureau d'Athènes et viendrait sans doute fréquemment.

Après le départ des hommes, en particulier de Leon avec son comportement outrancier et égocentrique, la maison redevint un havre de paix et de tranquillité. Cathy ne s'était pas vraiment rendu compte à quel point les jours passés avaient été rudes. Et si Nikos lui manquait énormément, elle éprouvait aussi — tout en comprenant que c'était de l'aveuglement — un certain soulagement de savoir que la tentation était, pour l'instant du moins, écartée. Elle pensait qu'elle n'était pas la première ni la dernière à découvrir que la culpabilité était le sentiment le plus lassant et le plus épuisant de tous. Et qu'elle n'était pas non plus la première à essayer de se consoler avec l'argument fallacieux que pécher par pensée est moins grave que pécher par action. L'expression des yeux d'Adam lorsqu'il avait trinqué avec elle la hanta des jours durant ;

mais là encore la voix d'une honnêteté agaçante qui, supposait-elle, n'était autre que celle de sa conscience lui faisait remarquer que ça ne l'empêchait pas d'écrire à Nikos ni de vivre dans l'attente de ses réponses. Deux fois par semaine, elle descendait au village à pied pour prendre le vieux car qui la menait en ville afin de faire les courses, d'aller chercher et de poster son courrier. La vue de l'écriture de Nikos sur une enveloppe — des pattes de mouche incontestablement américaines — la transportait d'une joie qui avait le même effet qu'une drogue. Les jours où sa boîte était vide, la déception n'en était que plus cruelle.

La chaleur augmentait régulièrement mais, la maison étant située en hauteur, il était rare que la brise ne vienne pas rafraîchir la terrasse. Cathy aimait tout particulièrement les orages brefs, d'une splendeur spectaculaire, qui éclataient de temps à autre dans la montagne, tonnants et éblouissants dans le ciel gris ardoise. Elle fut ravie de voir arriver intacts son phono à manivelle et sa précieuse collection de disques. Avec l'aide enthousiaste d'Anna, son grec commença à s'améliorer, et au cours de leurs conversations où le grec et l'anglais se mêlaient joyeusement, Cathy s'intéressa de plus en plus à la structure de la société villageoise dans laquelle la vie de la jeune fille prenait ses racines. De même, elle ne tarda pas à le comprendre, la vie de Leon, bien qu'il eût réussi et fût désormais un citadin. C'était le berceau de Nikos. Elle apprit sans surprise l'importance de la « maison » dans la vie du village, le mot étant utilisé pour désigner non seulement l'édifice mais aussi la famille immédiate qui y vivait. Des rivalités inexpiables et souvent violentes pouvaient naître entre les maisons — même entre celles qui étaient liées par le sang. Une fois qu'un homme se retrouvait à la tête d'une maisonnée, cette maisonnée devenait sa vie, sa fierté, son honneur et sa responsabilité, et des querelles virulentes pouvaient s'élever entre frères, cousins, et même entre père et fils. Comme c'est la règle dans toutes les petites communautés insulaires, les commérages, la jalousie, les mesquineries pouvaient être, et étaient souvent, l'étincelle qui mettait le feu aux poudres.

Anna, qui avait vécu toute sa vie au village, connaissait les tenants et les aboutissants de toutes les querelles et vendettas des vingt dernières années, et il y en avait un nombre étonnant. Son propre cousin avait été tué par un voisin qui l'avait accusé de l'avoir dépouillé d'une parcelle de terrain. Le côté positif était cependant qu'on opposait un front solidement uni à toute menace venue de l'extérieur. La société dans son ensemble était presque entièrement dominée par les hommes : aux yeux d'un observateur extérieur, les femmes avaient très peu de liberté, et leur vie ainsi que leur conduite étaient étroitement circonscrites. Elles étaient les otages de l'honneur de leurs hommes, même si, à l'intérieur de la « maison », leur influence et leur pouvoir étaient grands. La maison d'un homme était considérée, presque littéralement, comme son fief : à l'intérieur, on le respectait et, dans l'ensemble, on lui obéissait ; à l'extérieur, on attendait de lui qu'il défende jusqu'au bout ceux qui y vivaient, et c'était cette tradition qui entraînait le phénomène connu sous le nom d'*egoismos* — un aplomb outrancier tout à fait caractéristique de l'attitude des hommes et pouvant

343

mener très facilement à des disputes et même au bain de sang, car perdre la face était un désastre. La famille d'Anna faisait exception, rares étant les filles de son âge autorisées à travailler en dehors de chez elles. Son père avait été tué pendant les derniers jours de la guerre civile, laissant sa femme seule pour élever Anna, ses deux petits frères et un bébé. « La vie est dure pour ma mère, disait Anna. Elle n'est pas vieille, pourtant elle doit s'habiller en noir, ne doit pas chanter, ni danser, ni porter de bijoux. On ne l'invite jamais nulle part. C'est difficile pour une femme seule avec des petits à nourrir. Nous avons besoin d'argent. Alors... » Elle haussait les épaules et souriait de son sourire très doux. « Je viens ici. Et c'est bien. » Anna elle-même savait — et se fichait complètement — que le fait qu'elle travaillait pour l'« étrangère » compromettait son rang et sa réputation au village, du moins pour la vieille génération.

Nikos revint une première fois lors d'une visite éclair, trois semaines après Pâques. Il vint pour la journée et resta jusqu'au lendemain matin. La nuit fut longue et non sans larmes. Le regardant partir, Cathy fut émue jusqu'au désespoir. Comment pouvaient-ils continuer ainsi ? Et pourtant, comment faire autrement ? Elle resta déprimée, amorphe, pendant deux jours ; puis les lettres reprirent et l'attente de leur prochaine rencontre — qui serait plus longue cette fois, il l'avait promis, trois ou quatre jours — balaya doutes et craintes. Elle cultiva délibérément la philosophie consistant à prendre chaque instant comme il venait et à éviter à tout prix de voir trop loin. La prochaine arrivée de Nikos, avec ses yeux dorés et sa peau soyeuse, était son unique horizon.

*

Au cours du mois précédant le départ de Cathy pour Londres, Nikos revint la voir deux fois. Ils se montraient prudents dans la journée, Nikos s'occupant des affaires de son père et prenant soin de ne pas éveiller le soupçon que son attachement à sa belle-mère puisse être autre que filial. Deux facteurs l'y aidaient : le fait que la maison soit isolée et à l'extérieur du village, à l'abri des oreilles et des yeux indiscrets, et le fait qu'Anna soit de plus en plus amoureuse de lui. En dépit de l'affection et de l'admiration que la jeune fille avait pour Cathy, elle voyait en sa patronne une femme déjà âgée pour qui les joies et les peines de l'amour étaient du passé...

La nuit, il en allait tout autrement. Cathy aimait passer les longues soirées chaudes sur la terrasse, en tête à tête, à dîner, écouter Mozart, Mahler ou Beethoven, parfois à parler, mais souvent dans un silence si intime qu'il en disait plus long que tous les grands discours. Tandis que le soleil couchant embrasait les montagnes à l'horizon, les transformant en un décor d'opéra, puis brouillait leurs contours de teintes pastel qui pâlissaient lentement avant de faire place aux ténèbres, leurs doigts se touchaient, leurs regards se croisaient, et, sans un mot, Nikos prenait la lanterne et entraînait Cathy dans l'escalier jusqu'à la chambre du bas. Elle en vint à deviner le moment exact où le désir qu'il avait d'elle l'emportait sur le simple plaisir de la regarder, de partager sa compagnie, d'écouter de la musique ou le son de sa voix. Il l'aimait, elle le savait avec une absolue certitude, mais il la voulait et lui faisait l'amour avec une ardeur juvénile qui non seulement lui ôtait tous ses doutes, mais alimentait le désir qu'elle avait de lui comme les fougères sèches alimentent un feu de forêt. Et chaque fois qu'il repartait, la douleur était plus forte et la culpabilité plus terrible.

*

Elle rentra dans un Londres en proie à la fièvre du couronnement. Rien apparemment — même pas les caprices habituels du temps anglais — ne pouvait étouffer l'enthousiasme des nouveaux élisabéthains pour leur jeune reine et sa famille. Les heures sombres de la guerre étaient oubliées, l'austérité se relâchait. Partout dans le pays régnait une nouvelle atmosphère de confiance : les impôts baissaient, le rationnement prenait fin. Le moment était enfin venu, semblait-il, de tirer un trait sur les temps difficiles et d'envisager l'avenir avec optimisme. Deux millions de personnes bravèrent la pluie pour acclamer leur monarque à l'entrée et à la sortie de l'abbaye de Westminster, vingt autres millions regardèrent la cérémonie à la télévision — de nombreux postes ayant été achetés simplement pour l'occasion, invités d'une fête qui allaient s'incruster pour la vie et influencer toute une génération. Pour ajouter à l'orgueil de la nation, le jour même du couronnement, parvint la nouvelle que l'Everest, la plus haute montagne du monde, avait été enfin conquis, et par une expédition britannique ; même si, comme le fit remarquer de façon un peu acerbe Adam, il était assez difficile de comprendre comment la gloire d'un exploit accompli par un Néo-Zélandais et un sherpa de l'Himalaya, si courageux fussent-ils, pouvait, couronnement ou pas, rejaillir sur la nation. Adam aussi était rentré pour les festivités après un long séjour aux États-Unis. Il avait maigri et il y avait chez lui une nervosité qui inquiétait un peu Cathy. Mais comme il y avait belle lurette qu'elle ne pouvait plus exprimer de telles appréhensions ni s'attendre à ce qu'il se confie à elle, elle rongea son frein. Au cours de la dizaine de jours qu'elle passa à Londres, elle ne vit guère Nikos — un mot ou deux entre deux portes, un rendez-vous clandestin dans un petit restaurant de Soho, qui ne servit dans l'ensemble qu'à rendre les choses plutôt plus difficiles et, épisode désastreux, une soirée au théâtre avec Leon, à laquelle Nikos — au grand dam de Cathy — accompagnait une jolie fille, vive, sympathique, du nom de Patsy, avec qui il était visiblement en excellents termes et dont elle ne l'avait jamais entendu auparavant mentionner le nom : un fait auquel elle essaya résolument mais sans aucun succès de ne pas accorder une terrible signification.

Deux jours avant qu'elle ne reparte pour la Grèce, Leon la conduisit dans le Suffolk pour aller voir le locataire de Sandlings, ainsi que Bert, Paddy et Sandy. La visite ne fut pas un succès pour Cathy : elle passa tout le voyage de retour à Londres à lutter contre les larmes et à essayer de ne pas se rappeler l'accueil et les coups de langue enthousiastes de Sandy, ni ses vains efforts lorsque Bert l'avait tenu en laisse pour l'empêcher de courir derrière elle quand elle était partie. Finalement, c'était sans trop de regrets qu'elle avait bouclé ses valises et quitté un Londres encore humide et froid pour retrouver la chaleur et la lumière de la Grèce. Elle n'essaya pas de contacter Nikos et ne fit aucun effort particulier pour lui dire au revoir. Une gêne peut-être inévitable s'était installée entre eux : Cathy, malgré tous ses efforts, n'arrivait pas à se remettre de l'avoir vu avec Patsy, et Nikos, qui le savait et qui n'avait agi qu'avec les meilleures intentions du monde, était tout aussi obstiné et blessé par sa réaction et sa froideur apparente. Ils ne se disputèrent pas. Peut-être eût-ce été préférable. Plus tard, beaucoup plus tard, Cathy accepta de le croire. Mais, pour l'instant, c'était presque pour elle un soulagement de s'éloigner de lui pendant un certain temps.

Et Nikos, sensible au moindre de ses changements d'humeur, s'en rendait compte et broyait du noir.

*

Sans la consulter ni la prévenir, il ne tarda pas à la suivre en Grèce, après avoir déclenché au passage l'ire de Leon qui mit en doute la nécessité d'un nouveau déplacement à Athènes. « Est-ce que c'est moi le responsable, oui ou non ? Bon sang, papa, cesse de regarder par-dessus mon épaule toutes les cinq minutes ! J'ai besoin d'y aller moi-même...

— Ta ligne téléphonique a été coupée ? suggéra Leon d'un air sarcastique. La poste ne marche plus ? Pendant la guerre, on utilisait des pigeons voyageurs. Est-ce que je devrais t'en acheter ? Tu ne m'as toujours pas expliqué ce qu'il y a de si urgent.

— Pourquoi le devrais-je ? Tu m'as donné un travail. Laisse-moi le faire à ma façon. Ou fais-le toi-même », répondit Nikos en défiant ouvertement son père.

Les yeux de Leon étincelèrent un instant, puis il haussa les épaules. « Très bien. Vas-y. Mais — il pointa vers son fils un gros doigt menaçant — j'espère qu'il en sortira quelque chose, mon garçon. Les billets d'avion ne sont pas gratuits. »

*

Cathy se trouvait seule sur la terrasse quand il arriva. C'était une soirée de juin chaude et somnolente. Plus tôt, il y avait eu un orage et des flaques d'eau subsistaient sur le sol rocailleux et sur les dalles. L'air embaumait le romarin, le thym et les fleurs sauvages qui abondaient dans la montagne et qui n'avaient pas encore subi les derniers outrages du soleil estival. Cathy lisait à la lumière d'une lampe dont le rond se découpait sur le crépuscule tout en écoutant en sourdine le *Requiem* de Verdi. Au milieu du concert des cigales et des rainettes, elle entendit des pas précipités monter les marches de pierre et leva la tête. Vigilants mais nullement effrayés, ses yeux de chat s'écarquillèrent lorsqu'elle l'aperçut.

« Nikos ! » dit-elle dans un souffle. Il était évident à sa voix et à son visage qu'elle était maintenant inquiète. Elle n'avait pas eu peur de voir arriver un inconnu mais de le voir lui avait déclenché chez elle une vive anxiété. Elle s'empressa de lever une main comme pour l'éviter, le tenir à distance. Dans l'état de nerfs où il était, l'idée le mit hors de lui. En deux pas il fut à la table. Il s'y appuya, se pencha vers elle et l'embrassa sauvagement avant qu'elle ait pu parler. L'espace d'un très bref instant, il sentit la réponse ardente et familière, puis elle le repoussa de toutes ses forces. « Nikos... qu'est-ce que tu fais ici ?

— À ton avis ? » Comparée au murmure de Cathy,

349

sa voix résonna anormalement fort dans le silence. « Je suis venu te voir. Découvrir ce que diable...

— Chut ! » Elle tressaillit au bruit, mit ses deux mains devant sa bouche, lui signala du regard la maison derrière lui. « *Yannis est ici.* » Les mots, désespérément pressants, étaient à peine audibles. Et arrivaient trop tard.

« Nikos ? » La voix provenait de la pièce obscure derrière eux. « C'est toi, mon garçon ? » Yannis apparut et se déplaça silencieusement au bord du cercle de lumière que découpait la lampe.

Nikos se raidit. Cathy était pétrifiée. Yannis s'approcha tranquillement, mains dans les poches, une cigarette non allumée pendant au coin des lèvres. Il tendit la main à Nikos. « Qu'est-ce que tu fais ici ? »

Nikos se détendit un peu, serra la main offerte. « J'étais à Athènes. Je me suis dit que j'allais passer pour m'assurer que Cathy allait bien.

— Elle va bien », dit Yannis, le visage impassible.

Le regard de Cathy passa d'un visage mince à l'autre. Qu'est-ce que Yannis avait vu ? Les mots — « *Je suis venu te voir. Découvrir ce que diable...* » — n'étaient guère une entrée en matière ordinaire vu les circonstances. Surtout le ton sur lequel ils avaient été prononcés. Pourtant, le visage de Yannis, ses yeux noirs brillants ne laissaient rien deviner. Elle recula brusquement sa chaise. « Yannis et moi avons dîné. Mais il y a de la viande froide et du pain. Et aussi du fromage si ça te dit. Je vais préparer le lit dans la chambre d'amis... Sers-toi un verre de vin... » Elle se glissa avec soulagement dans la maison, resta un moment près de la porte pour écouter.

« Tu es ici pour combien de temps ? »

La voix de Nikos dénotait un admirable sang-froid.

« Juste deux jours. Je pars demain. Cigarette ? » Il y eut une pause pendant que Nikos acceptait. « Comment va le paternel ?

— Toujours aussi épuisant. » Le ton de regret était sincère.

Yannis rit. Cathy respira à fond. Il s'en était fallu de peu. De très peu.

Et quelque part au fond de son traître cœur, elle s'en fichait. Il était là. Nikos était venu. C'était tout ce qui comptait. « Mon Dieu ! dit-elle d'une voix douce et inquiète à la miche de pain frais dont elle coupa un morceau, cherchons-nous donc à nous faire prendre ? »

*

Ils n'eurent pas la possibilité de se reparler avant le lendemain soir, une fois Yannis reparti et Anna, à son grand regret, renvoyée dans ses foyers à une heure convenable. Lorsqu'il fut certain qu'ils étaient seuls, Nikos prit Cathy dans ses bras et la tint contre lui. « Pourquoi es-tu venu ? » finit-elle par demander, la tête sur son épaule, le regard fixé sur les montagnes qui rougeoyaient au loin. « Et pourquoi une telle colère ?

— Pour te voir. Et... je ne sais pas... je craignais... je m'étais imaginé... » Il s'interrompit. « Dis-moi que tu m'aimes.

— Je t'aime.

— Encore.

— Nikos... tu fais l'idiot...

— Encore ! »

— Je t'aime, dit-elle doucement. Je t'aime, je t'aime, je t'aime. Voilà. Ça te satisfait ?

— La seule chose qui pourra jamais me satisfaire, c'est de t'avoir toute à moi. »

Elle ferma les yeux et respira à fond.

Il l'écarta un peu de lui, la tint par les épaules et la fixa du regard. « Cathy, pars avec moi. Je t'en supplie. Je ne supporte pas la situation. Je ne supporte pas les mensonges, les tromperies. Je ne supporte pas d'être séparé de toi. » Sa voix se durcit et ses doigts lui firent mal. « Je ne supporte pas que tu vives avec papa.

— C'est mon mari. »

Il la lâcha si brusquement qu'elle trébucha légèrement. « Et moi je suis ton amant. Et tu voudrais que ça continue comme ça. »

La colère assombrit son visage et fit étinceler ses yeux clairs.

« Nikos ! Bon sang... qu'est-ce que tu essaies de faire ? As-tu décidé de te disputer ?

— J'essaie de te dire que je t'aime. » Il faisait un effort physique pour se maîtriser. « J'essaie de te dire que je veux que tu quittes papa et que tu partes avec moi. Je te veux pour moi seul. Je veux vivre avec toi, m'occuper de toi...

— Oh, Nikos, tu ne vois pas que c'est impossible ? Où irait-on ? Comment vivrait-on ?

— On se débrouillerait.

— Et Adam ?

— Ça n'a rien à voir avec Adam.

— *Mais bien sûr que si !* » Cathy serra les poings, lutta pour garder son calme. « Nikos... chéri... tu ne peux pas ignorer purement et simplement les autres !

Adam est mon fils. Mon *fils*. Je ne peux pas le perdre. Je ne peux pas ! »

Il lui tourna le dos, chercha son étui à cigarettes dans sa poche. Elle le regarda en sortir une, l'allumer d'une main tremblante. « La vérité, dit-il très calmement, c'est que tu ne m'aimes pas.

— Non ! »

Il renversa la tête. Une volute de fumée s'envola dans l'air tiède. « Si tu m'aimais, poursuivit-il avec obstination sans la regarder, tu t'en ficherais. Tu partirais avec moi et tu dirais au reste du monde d'aller au diable. »

Elle s'approcha de lui, mit ses mains sur ses épaules et appuya son visage contre son dos. « Chéri, Nikos chéri... ne vois-tu pas que la vie est plus compliquée que ça ? Et ton père ? Pourrais-tu vraiment lui faire autant de mal ? »

Il eut un rire dur. « Tu ne trouves pas que tu coupes un peu trop les cheveux en quatre ?

— Je donne peut-être cette impression mais ce n'est pas le cas. Songe aux conséquences. Pour sa fierté. Tu le connais suffisamment. »

Alors Nikos se retourna très lentement et lui lança un regard pénétrant. « Tu l'aimes toujours. » Ce n'était pas une question.

« Je lui suis très attachée. Comment pourrait-il en être autrement ? » Elle hésita un instant avant d'ajouter très calmement : « Serais-tu en train de me dire que tu ne ressens rien pour lui ? Serais-tu en train de me dire que tu n'éprouves aucune culpabilité, aucune compassion à son égard ?

— Bien sûr que non. Mais...

— Oh, Nikos ! » Elle alla à la balustrade de pierre

et fixa les ombres qui s'amassaient. « Tu crois que je n'en rêve pas ? De nous deux ensemble ? Bien sûr que si ! Mais tu sais aussi bien que moi que ce n'est tout simplement pas possible. Ne serait-ce que parce que Leon ne me laisserait jamais partir. Je suis sienne. Une partie de sa vie, une de ses possessions. Il ne renonce jamais à ce qu'il considère comme sien. Tu le sais bien. Ce n'est pas dans sa nature. »

Le silence soudain était révélateur.

« Qu'allons-nous faire ? » La voix basse était tout à coup terriblement mal assurée. Elle lui fit face. Il détourna le regard mais elle avait eu le temps d'apercevoir ses yeux trop brillants.

Le concert nocturne avait commencé. Un chien aboya quelque part.

Elle alla à lui, le prit dans ses bras et le serra très fort contre elle.

Mais elle ne répondit pas à sa question : elle ne le pouvait pas.

Ils restèrent assis jusque tard dans la nuit, perdant le sens des réalités, échafaudant des rêves. Ils allaient vivre à Sandlings, passer leurs journées à arpenter les plages, à jouer au cerf-volant, à faire ricocher des galets dans la mer. Ils iraient en Amérique, sur la côte sud-est, là où le Gulf Stream réchauffe les eaux et où la vie est lente et douce. Ils se trouveraient une ferme dans la montagne en Italie et vivraient de spaghettis et de tomates. Ou une maison perchée sur une falaise en Bretagne et pêcheraient pour leur dîner. Il finit par se détendre et le sourire réapparut sur son visage. Il était très tard quand il la prit par la main et l'engagea à se lever. En descendant l'escalier, il demanda, soudain curieux : « Qu'est-ce que Yannis faisait ici, au juste ?

— Oh... je ne sais pas. Il ne connaît pas d'autre loi que la sienne, Yannis. Il va et vient comme bon lui semble. Reste un jour ou deux avant de redisparaître. » Elle s'arrêta sur la dernière marche et leva les yeux vers lui. « Tu es ici pour longtemps ? »

Il secoua la tête. « Je ferais mieux de retourner à Athènes après-demain au plus tard.

— Tu as des affaires à régler là-bas ?

— Non. » Il haussa les épaules et leva une main d'une façon qui lui rappela soudain désagréablement Leon. « C'est toi, mes affaires.

— Nikos...

— Je sais. Je sais. Je serai prudent. Je te le promets. Je sais que tu as raison.

— Quand te reverrai-je ? » La chambre était fraîche et sombre. La lumière de la lampe qui dansait sur les murs grossièrement plâtrés dessinait des ombres mouvantes et fantastiques.

« Pour la fête. » Il l'attira à lui, entreprit de déboutonner son chemisier. « Même moi, je suis incapable de fabriquer une excuse pour revenir avant cette date. Et ce sera la pire des tortures avec le monde qu'il y aura ici. Mais au moins je serai près de toi. C'est tout ce qui compte.

— Maintenant, dit-elle d'une voix douce. Tu es ici maintenant. *Voilà* tout ce qui compte. »

*

Si la fête de sainte Marie Madeleine n'était absolument pas comparable à celle de Pâques, elle était cependant célébrée avec une certaine pompe au village. Aghia Magdalena était la sainte patronne de

355

l'église située près de la source et sa fête était un jour de réjouissances. Il y avait des processions et des messes, des musiciens et des feux d'artifice. Des fleurs et des rubans décoraient l'église et les portes des maisons du village. On commençait à faire les desserts une semaine avant. Cathy aussi s'activa : elle participa davantage cette fois aux préparatifs de la fête et veilla à ce que la maison soit fin prête pour le grand jour. Une semaine environ avant celui-ci, elle se rendit à Athènes pour faire des courses et parla à Leon au téléphone.

« ... L'agent dit que la table et les chaises que tu as expédiées de Londres arriveront la semaine prochaine. M. Gikas, au bureau d'Athènes, m'a juré qu'il me les enverrait directement, tout est donc arrangé et devrait être prêt à temps. J'ai acheté des moustiquaires pour tous les lits. Oh, et aussi de ravissantes poteries artisanales pour la maison. Une fois que le mobilier sera là, la salle à manger sera terminée. Anna est très impressionnée. Elle raconta partout au village que nous avons une pièce rien que pour manger. Et j'ai également fini de peindre la cuisine. Elle a fière allure. »

Leon rit. « On dirait que tu as été occupée. Tu as besoin de plus d'argent ?

— Non, ça va.

— Demande à Gikas si tu as besoin de quoi que ce soit.

— Entendu. »

Il y eut de la friture sur la ligne et la voix de Leon fut un moment inaudible. « ... Il arrivera deux jours avant pour aider.

— Pardon ? Je ne t'ai pas entendu...

— Nikos. Je lui ai donné deux jours de congé. Il

356

arrivera en début de semaine prochaine. Kati ? Tu m'entends ? »

Elle reprit contenance. « Oui. Oui. Je t'ai bien entendu.

— Adam et moi suivrons le vendredi. Nous arriverons ensemble. Par le bateau du soir. Nikos peut venir nous chercher en voiture.

— Parfait, Parfait. » Sa main, qui s'était agrippée au combiné, se détendit très progressivement.

« J'ai pensé que je prendrai peut-être un peu de vacances. Une semaine. Peut-être un peu plus. Ça te plairait ?

— Oui. Bien sûr. » Elle écoutait à peine. Nikos, ici, pour trois jours, quatre peut-être ? L'univers parut soudain s'illuminer.

« Bon. À la semaine prochaine. »

Ils se firent leurs adieux. Cathy reposa le combiné et contempla par la fenêtre sale les rues grouillantes d'Athènes. Les dieux souriaient à nouveau. Nikos venait.

*

Elle grimpait le sentier escarpé menant du village à la maison lorsqu'elle aperçut au loin le ferry qui traversait la baie étincelante, tel un bateau d'enfant sur les eaux miroitantes d'un bassin. Elle s'arrêta à l'ombre d'un olivier, à côté d'un ruisseau qui en cet endroit suivait le cours du sentier, et regarda le petit bâtiment s'approcher puis disparaître derrière les montagnes pour entrer dans le port. Nikos venait. Si tout allait bien, il serait là dans une heure. En nage et essoufflée par l'effort, elle s'assit sur un rocher et se pencha pour s'arroser le visage et le cou avec de l'eau fraîche. Une petite tortue traversa cahin-caha le sentier rocailleux à ses pieds et Cathy lui sourit. « Bonjour, toi. » Elle se redressa et resta un moment assise, coudes sur les genoux, à contempler la vallée et à reprendre sa respiration. Le sentier très raide en cet endroit zigzaguait à travers les rochers et les oliveraies, et n'était pas visible du village ni de la maison au-dessus. Il y régnait un grand calme et une paix totale. D'un coteau au loin parvint un tintement mélodieux de clochettes : un troupeau de chèvres qui broutait. Il faisait chaud et l'air embaumait les parfums entêtants de la montagne. C'était une journée superbe : le ciel d'un bleu cobalt resplendissait à la lumière du soleil. La mer au loin scintillait et dansait.

Nikos venait.

Cathy se leva, remit son sac sur son épaule et entreprit de grimper les quatre cents derniers mètres qui la séparaient de la maison.

*

« Pour toi, Anna. » Nikos lui tendit en souriant une boîte à cigares en bois. « Une jeune amie à moi n'en a plus besoin. »

Rougissant jusqu'à la racine des cheveux, Anna prit la boîte et l'ouvrit. Elle eut le souffle coupé par le plaisir. « Oh... *Kirios* Nikos ! Pour moi ?

— Pour toi. » Il la regarda effleurer d'un doigt timide les rouleaux de ruban de soie multicolores qui remplissaient la boîte.

Les yeux qui se levèrent vers lui brillaient de remerciements et étaient aussi remplis d'adoration que ceux d'un chiot. « Merci ! Oh, merci ! Ils sont magnifiques ! »

« Eh bien, on peut dire que tu as fait très plaisir à cette jeune demoiselle, dit Cathy plus tard en esquissant un sourire, après qu'Anna eut pris congé d'eux pour rentrer chez elle avec son butin, non sans avoir remercié de nouveau chaleureusement Nikos.

— Ça semblait dommage de les jeter. De tels articles sont encore difficiles à trouver. La fille d'un de mes amis a décidé qu'elle était trop vieille pour avoir des nattes et, au désespoir de son père, se les est fait couper. Comme j'ai dit, ça paraissait dommage de laisser perdre quelque chose d'aussi joli et j'ai pensé à Anna, c'est tout.

— Drôlement gentil de ta part. Veux-tu boire quelque chose pendant que je finis de préparer le dîner ?

— Volontiers.

— Vin ? Ouzo ?

— Vin, s'il te plaît. »

Cathy lui remplit son verre. « Tu as vu Leon ?

— Pas ces derniers jours. Il est reparti pour une de ses mystérieuses expéditions.

— Il va bien ?

— Il en a l'air. »

Elle remplit un deuxième verre. « Le repas sera bientôt prêt. J'ai le temps de prendre un verre avec toi. »

Ils restèrent assis en silence, baignés une fois de plus par les feux d'un coucher de soleil spectaculaire. « Nous avons vraiment de la chance, dit-elle, que la maison soit orientée à l'ouest. Je préfère nettement les couchers de soleil aux levers.

« — Oui. » Il ne regardait pas les splendeurs du soleil couchant, il la regardait, elle, avec un petit sourire et un regard gourmands. Il tendit une main, paume en l'air et replia légèrement les doigts.

Elle se mordilla la lèvre, les yeux brillants d'amour et d'espièglerie. « C'est l'heure du dîner, dit-elle.

— Au diable le dîner. »

Elle continua à le taquiner. Les longs doigts de Nikos continuèrent à l'inviter.

« Je n'ai pas fini mon vin.

— Prends ton verre avec toi. Apporte la bouteille. Deux bouteilles.

— Seigneur Dieu ! Ma mère m'a bien prévenue au sujet des hommes comme toi. Tu essaies de me rendre pompette pour pouvoir profiter de moi ! Pour qui me prends-tu ?

— Pour quelqu'un qui va aller au lit avec moi maintenant, faire l'amour, dîner, puis refaire l'amour. »

Cathy se leva et vint le rejoindre. « En plein dans le mille, dit-elle. Personne n'aime les petits futés, tu sais. »

Il l'attrapa par la main, l'attira à lui pour l'embrasser. « Toi, si.

— Oui, c'est vrai. »

Il prit la bouteille de vin et entraîna Cathy à l'étage du dessous. La chambre était sombre et fraîche. Les volets à demi clos laissaient passer un seul rayon de soleil couchant qui éblouissait le regard. Nikos posa la bouteille et les verres sur la petite table de chevet, enleva sa veste et se retourna. Cathy entreprit de déboutonner sa jupe. « Non, dit-il. Viens ici. Je veux te déshabiller. »

Elle traversa le rai de lumière pour s'approcher de

lui. Il déboutonna son chemisier, le fit glisser de ses épaules, se pencha pour embrasser sa nuque. Elle leva les bras, pressa ses seins contre lui, dénoua sa cravate, déboutonna le premier bouton de sa chemise.

Les mains de Nikos caressèrent doucement ses mamelons durcis. Elle laissa retomber sa tête en arrière, ferma les yeux pour savourer chaque instant, chaque effleurement.

Il y eut un très léger mouvement dans l'obscurité près de la porte ouverte. Nikos releva brusquement la tête. Le trait de lumière, rouge sang désormais, qui filtrait à travers les volets, l'éblouit un instant.

Une masse sombre apparut dans l'embrasure de la porte. « Eh bien, dit Leon dont la voix dure était d'un calme farouche et menaçant, il semble tout compte fait que je doive des excuses à Yannis. »

17

Pendant un instant très bref, le silence fut absolu.

« Rien à dire ? s'enquit Leon toujours à voix basse. Pas de protestations ? Pas de démentis ? » Il eut un sourire méprisant. « Non, peut-être pas. Vu les circonstances.

— Leon..., commença Cathy.

— Tais-toi, femme. Et rhabille-toi. » Leon toisait Nikos du regard. Il n'avait toujours pas élevé la voix. « Peut-être que j'aurais dû attendre un peu pour vous interrompre ? Mais le divertissement aurait-il été à la hauteur d'une telle patience ? »

Le teint olivâtre de Nikos avait viré à l'ivoire. Les muscles de son visage étaient tétanisés.

« Tu as perdu la voix, mon garçon ? » demanda Leon. Contrastant avec sa voix contenue, ses énormes poings menaçants se fermaient et s'ouvraient très lentement à ses côtés.

Nikos sortit de l'ombre pour s'avancer vers lui. « Non, papa. Je n'ai pas perdu la voix.

— L'esprit alors ? » Leon donna un grand coup de tête en avant comme un taureau. « Ton sens de l'honneur ?

— Écoute. Je t'en supplie. Je suis désolé. Sincèrement désolé. Je t'aime. Tu le sais. Mais j'aime encore plus Cathy. Et elle m'aime... »

Il n'eut pas le temps de finir. L'énorme battoir de Leon s'abattit sur sa joue et le projeta sur la table qu'il percuta douloureusement.

« Leon ! Non ! Je t'en supplie... »

Leon ignora délibérément le cri de Cathy. En deux enjambées il fut au côté de Nikos et le remit sur pied en l'empoignant par le plastron. Il le frappa de nouveau, très fort. La tête de Nikos ballotta. Du sang jaillit de sa pommette. Il n'essaya pas de se défendre. Leon leva de nouveau la main.

« Non ! » Cathy s'élança et attrapa son bras auquel elle s'accrocha. « Arrête ! »

Il se débarrassa d'elle d'une chiquenaude. Le coup suivant faillit faire tomber Nikos qui chancela, mit un genou à terre et porta la main à sa bouche ensanglantée.

Cathy essaya une fois de plus d'arrêter Leon et, une fois de plus, Leon la repoussa. Il se tenait les poings serrés au-dessus de son fils. « Debout. Bats-toi au moins comme un homme. »

Étourdi, Nikos se releva et se tint chancelant. « Je ne me battrai pas contre toi, papa. Pas de cette façon.

— Tu as intérêt, mon garçon. Sinon je te tue », dit Leon en lui décochant un direct à l'estomac. Nikos se plia en deux et se retrouva une fois de plus à genoux, le cœur au bord des lèvres.

Leon recula en respirant bruyamment. Cathy, tremblante et folle de terreur, se jeta entre eux. « Leon... je t'en supplie, écoute... ce n'est pas la faute de Nikos...

— Ôte-toi de là. Je m'occuperai de toi plus tard.

« — Non ! Tu vas m'écouter maintenant... il le faut ! »

Il finit par poser son regard sur elle et elle tressaillit devant ce qu'elle y lut. Il l'attrapa brutalement par le poignet. « J'ai dit : ôte-toi de là. » Il prononça ces mots avec un calme déconcertant. Sans le moindre effort, il l'envoya sur le lit et se retourna. « Debout, mon gars.

— Leon, à quoi bon lui faire plus de mal ? » Les larmes ruisselaient sur le visage de Cathy.

Une fois de plus Nikos se releva en chancelant. « Papa...

Leon l'attrapa par les cheveux et lui tira brutalement la tête en arrière. « Arrête de me donner du "papa" ! » rugit-il. De sa main libre il sortit le médaillon en or de sa chemise et le balança sous les yeux de Nikos. « Tu aurais dû en hériter. Je l'ai toujours porté pour te le léguer un jour. En souvenir de l'amour de ta mère. De la femme qui est morte dans cette même cour pour nous protéger. Tu craches sur sa mémoire !

— Non !

— Tu craches sur moi. Sur ta famille. Tu n'es plus mon fils... tu m'entends ? *Tu n'es plus mon fils !* Tu n'es rien ! Qu'un chien qui copule ! » Il soulignait chaque mot en secouant la tête de Nikos qu'il tenait par ses épais cheveux noirs.

Cathy observait la scène, pétrifiée. « Leon, écoute-moi. » Elle parlait très vite. « C'est ma faute. La mienne. Pas celle de Nikos. C'est un gamin. C'est moi... » Elle tremblait d'une façon incontrôlable. « C'est moi qui l'ai fait marcher.

— Non ! » Dans un effort désespéré, Nikos réussit à échapper à la poigne de son père et se retourna, chancelant, la chemise trempée de sang, l'œil droit à moitié fermé, pour faire face à Cathy... Il s'essuya la bouche du revers de la main, secoua légèrement la tête. « Ne dis pas ça. Ne mens pas. Je ne supporte pas que tu mentes.

— Je ne mens pas. » Cathy ne quittait pas Leon du regard, voulant à tout prix le convaincre. « Non. Dès le départ, ç'a été ma faute. J'étais esseulée. J'étais en colère contre toi. Nikos était... » Elle s'interrompit, incapable de continuer.

« Nikos était mon fils ! » Leon s'avança lentement vers elle, le visage sombre et les yeux venimeux. « Nikos était mon fils ! Catin ! Il devrait être mort. Il m'a trahi.

— Non, dit-elle fermement, c'est moi qui t'ai trahi. Nikos est un gamin. Pas très expérimenté, en plus. » Tête haute, mâchoires serrées, elle ignora délibérément l'incrédulité qui se lisait sur le jeune visage qui se tourna brusquement dans sa direction. « Il m'a crue, continua-t-elle calmement, quand je lui ai dit que je l'aimais. Pourquoi devrais-tu l'en blâmer ?

— Cathy, non ! » La voix de Nikos trahissait une souffrance indicible.

« Je te le répète. C'est ma faute, poursuivit Cathy avec fermeté. Depuis le début. » Elle savait qu'elle prenait des risques. Son cœur battait la chamade et elle était sans force. Les yeux plissés, Leon lui lança un regard meurtrier. « Tu l'as suffisamment puni. Laisse-le partir. »

Nikos secoua la tête et grimaça. « Je ne partirai pas. »

Cathy composa son visage pour le regarder. « Si. C'est fini, Nikos. Fini.

— Non !

— Debout. » Leon attrapa Nikos au collet et le

remit sur ses pieds. « Écoute ce qu'elle dit. La voix d'Ève. » Il jeta un regard méprisant à Cathy. « Tu t'es fait avoir, mon garçon. On s'est fait tous les deux avoir.

— Je ne te crois pas », dit Nikos à Cathy d'un air catégorique.

Dans un recoin de son esprit, Cathy enregistra impartialement le fait que la souffrance dans son cœur était physique, une torture qui lui figeait le sang dans les veines et lui coupait la respiration. « Crois-moi, dit-elle. C'est fini. » Elle tourna de nouveau son regard vers Leon. « Laisse-le partir, répéta-t-elle. Il n'est coupable de rien d'autre que de stupidité. »

Leon appela. « Yannis ! »

« Cathy, arrête ça, dit Nikos. Tu m'aimes. Tu le sais bien. Tu ne peux pas me congédier. Pour la deuxième fois ! »

Elle parvint, on ne sait comment, à affronter son regard blessé et déconcerté. Son jeune visage tuméfié était maculé de sang. « Je te congédie. Et... — elle n'hésita qu'un instant avant d'assener très soigneusement le coup final — ... je ne t'aime pas, Nikos. Pas comme tu le voulais. Il y a une différence entre l'amour et une toquade. Le premier dure et peut encaisser tous les coups. L'autre non. Tu dois partir. Ma place est ici. »

Il y eut un mouvement à la porte et Yannis se glissa dans la pièce. Cathy lui lança un regard morne ; il la fixa avec calme et impassibilité.

« Yannis, dit Leon. Emmène-moi ce jeune blanc-bec hors d'ici. Mets-le sur le bateau. Et assure-toi qu'il y est encore lorsqu'il lèvera l'ancre. Et... Yannis..., dis un mot à l'oreille du capitaine Makris..., demande-lui de le répéter partout..., il n'est pas question que ce petit saligaud remette les pieds ici. Sous aucun prétexte. Je démolirai le portrait... et le bateau... de quiconque me l'amènera.

— Je ne partirai pas, dit Nikos avec l'obstination du désespoir.

— Tu partiras, dit son père calmement. Sinon, bon Dieu, je finirai ce que j'ai commencé. »

Cathy tourna le dos aux trois hommes, croisa les bras très fort sur sa poitrine. « Cathy ? demanda Nikos d'une voix désespérée.

— Pars », dit-elle.

Il y eut un long silence, suivi d'un mouvement. Puis le calme revint. Cathy sentit une présence menaçante dans son dos. « Je m'occuperai de toi plus tard, finit par dire Leon très doucement, quand la tentation d'arracher ton cœur de traîtresse sera un peu moins forte. » Elle entendit la porte se fermer, la clé tourner dans la serrure. Le soleil avait enfin disparu à l'horizon et les lueurs sanglantes s'estompaient dans le ciel.

*

Il revint au milieu de la nuit après que Cathy, toujours secouée de sanglots involontaires, eut fini par sombrer dans un sommeil entrecoupé de cauchemars. Il avait bu. Elle sentit sa présence dans l'obscurité plutôt qu'elle ne la vit : elle avait pleuré si longtemps et si fort qu'elle voyait trouble et souffrait d'une migraine atroce. Leon craqua une allumette, l'approcha d'une main vacillante de la mèche de la lampe et pencha un instant sa masse menaçante au-dessus d'elle avant d'arracher brusquement la légère courtepointe qui la recouvrait. Cathy s'assit en repliant les jambes sous elle, se réfugia contre le bois de lit, le cœur battant la chamade. D'une main tremblante, elle serra le col de la chemise qui était son seul vêtement.

« Alors donc, dit Leon d'une voix rauque, tu te mets à poil pour mon fils mais pas pour moi. »

Elle fut incapable de répondre : une terreur primitive la rendait muette. Elle le fixait sans ciller.

« Rien à dire ? » Il défit son ceinturon de cuir qu'il fit glisser hors des passants de son pantalon ; avec une fascination involontaire, elle le regarda empoigner la boucle, enrouler le ceinturon autour de sa main et le faire claquer d'un air menaçant par-dessus son épaule. Il respirait très fort. « Pas de supplications ? Pas de justifications ? Pas d'excuses ? »

Elle se pressa encore davantage contre le bois de lit. *« Vas-tu te décider à parler ! »*

Elle ne disait toujours rien. Elle vit blanchir ses articulations lorsqu'il serra le ceinturon et elle se raidit en prévision du premier coup, tournant légèrement la tête, incapable, malgré tous ses efforts, de s'empêcher de tressaillir.

« Tu n'es qu'une pute. Une catin. Tu m'as trahi, tu as sali mon nom. Tu m'as déshonoré. Je devrais te tuer. Personne ne me blâmerait. »

Tendue et tremblante, elle le regarda de nouveau. Les larmes qui brillaient dans les farouches yeux noirs faillirent avoir raison d'elle. « Leon... je t'en supplie... ne pleure pas...

— Pleurer ? » Il se pencha vers elle, la regarda sous le nez. « Pleurer, catin ? Ces larmes devraient être du sang ! Tu m'entends ? Du sang ! »

Cathy baissa la tête et enfouit son visage dans ses mains.

« Supplie-moi pour que je t'épargne, femme. » Sa voix près de l'oreille de Cathy se brisa et se transforma en murmure. « Supplie-moi ! »

Elle secoua sa tête engourdie, suffoqua lorsqu'il l'empoigna par les cheveux et lui tira la tête en arrière pour la forcer à le regarder. Les larmes ruisselaient sur son visage non rasé et dans les profonds sillons qui s'étaient creusés autour de sa bouche. Les relents d'ouzo étaient si forts qu'elle eut un haut-le-cœur. D'un geste violent il l'écarta soudain de lui et oscilla au-dessus d'elle. « Tu... m'as... humilié », rugit-il, et il leva le bras. Le lourd ceinturon siffla dans les airs. Cathy eut le souffle coupé lorsqu'il s'abattit sur le lit à quelques centimètres à peine de son visage. Leon se pencha vers elle et lui fourra son visage sous le nez. « Que Dieu te maudisse, femme, dit-il très distinctement, que Dieu te maudisse, sale pute. Tu m'as volé mon honneur et mon fils. Prends garde au châtiment, car il viendra. » Puis il la quitta, claqua la porte à toute volée et tourna la clé dans la serrure. Cathy entendit son pas lourd sur les marches de pierre, l'entendit trébucher, reprendre son équilibre. Tremblante et épuisée, elle avait passé le stade des larmes. La flamme de la lampe vacilla. Des ombres fantastiques dansèrent autour d'elle. Allongée là où il l'avait laissée, elle les fixa, en proie au plus profond désespoir.

*

Cathy garda la chambre pendant vingt-quatre heures, invoquant un malaise qui n'était pas entièrement feint. Le traumatisme l'avait ébranlée à la fois physiquement et mentalement, et la culpabilité et le remords étaient un supplice intolérable. Anna était aux petits soins pour elle et lui apportait des plateaux qui quittaient la chambre intacts. « Il faut manger, *Kiria*, la grondait-elle, sinon vous ne vous remettrez pas. La fête arrive. Votre fils vient. Qu'est-ce qu'il va penser s'il découvre que sa pauvre maman est tombée malade ? »

Adam. Seigneur Dieu... Adam venait. Elle l'avait oublié. Elle reposait sur son oreiller, l'avant-bras sur ses yeux endoloris, et laissait Anna poursuivre son babillage. Nikos. Où était Nikos ? Qu'allait-il faire ? Où irait-il ? Il disposait de l'argent légué par sa grand-mère et avait conservé des amis en Amérique. Il lui avait souvent demandé d'aller là-bas avec lui. Une chose était certaine. Elle ne le reverrait jamais. Elle combattit avec lassitude les larmes qui lui montaient aux yeux. Avait-il cru les choses qu'elle avait dites, qu'elle avait dites pour le sauver ? Elle en avait bien peur. Il avait tout le temps hésité entre l'incrédulité et la méfiance.

Tard dans l'après-midi, épuisée, elle finit par s'assoupir, sombrant dans un sommeil lourd dont elle fut tirée par le bruit de la porte qui s'ouvrait.

Elle plissa les yeux pour scruter l'obscurité crépusculaire. Sentit la peur monter en elle. « Leon ? »

Il ne répondit pas. Il referma la porte derrière lui, alla jusqu'au lit, la domina un moment de sa masse. Puis, très lentement, en la toisant du regard, il commença à se déshabiller.

Elle détourna la tête. « Leon... non. Je t'en supplie. » Les mots étaient à peine un souffle dans l'air tiède et poussiéreux.

Il ne disait toujours rien. Elle ferma les yeux,

entendit le bruissement de ses vêtements qui tombaient par terre. Elle sentit le poids de son corps, la violence délibérée de ses mains sur ses poignets, ses seins, respira les relents de vin lorsque sa bouche se posa sur la sienne non pour l'embrasser mais pour la mordre, sauvagement. Il la prit brutalement, avec colère : un exercice de force brute, d'humiliation. Il jouit très vite puis se laissa rouler, pantelant. Quelques minutes plus tard, il se tenait nu dans la faible lumière, son torse massif recouvert d'une toison grise brillant de transpiration. Il se baissa pour ramasser ses vêtements. Se redressa.

Elle le regarda, pâle comme la mort à l'exception du sang qui tâchait sa lèvre.

« Demain, dit-il posément et avec force, tu te lèveras. Tu reprendras tes devoirs de maîtresse de maison. Tu feras les préparatifs en vue de la fête. Mais tu ne quitteras pas les lieux. Envoie Anna faire les courses qui s'avéreront nécessaires. Tu vas réparer le tort que tu m'as fait. Tu veilleras avant tout à ce que personne n'apprenne jamais ce qui s'est passé entre toi et mon fils. Un seul mot... — il leva son énorme main, rapprocha son index de son pouce en ne laissant entre eux qu'un espace infime — ... un seul mot... et je te tue de mes propres mains. Et Nikos aussi, même si pour ça je dois le poursuivre jusqu'à l'autre bout de la terre. Je te le promets. Adam sera là après-demain. Tout devra être prêt pour son arrivée. Tu feras comme si rien ne s'était passé. Nous suivrons la procession et nous célébrerons, comme prévu, la fête de la femme déchue. » Il souligna ces derniers mots avec ironie. « Après ça, tu rentreras à Londres avec moi. *C'est compris ?* »

Les paupières pâles de Cathy s'abaissèrent. Il se pencha vers elle, lui attrapa le menton et la força à le regarder. « C'est compris ?

— Oui, dit-elle. Oui. »

Il alla nu à la porte, partit sans un regard, monta l'escalier de pierre tiède, en silence, comme un grand fauve.

Cathy fixa sans ciller les lambris du plafond, le cœur, l'esprit et le corps en proie à une souffrance indicible.

*

La résistance de l'esprit humain est telle que, contre toute attente, Cathy dormit profondément cette nuit-là et se réveilla, sinon dispose, du moins prête à affronter les corvées de la journée. Leon descendit tôt au village et ne rentra qu'à la nuit, après avoir passé le plus clair de son temps à boire et à jouer aux dominos à la *taverna*. Cathy supervisa les préparatifs de la fête, l'esprit vide et le cœur gros. Leon et elle dînèrent dans un silence pesant. Le repas fini, Cathy débarrassa la table et revint sur la terrasse. Leon regardait d'un air absent l'horizon montagneux ; la fumée de sa cigarette s'élevait en ronds paresseux dans l'air immobile.

« Je vais aller me coucher si ça ne te fait rien », déclara Cathy.

Sans daigner la regarder, il émit un grognement.

Elle le prit pour une approbation et tourna les talons.

« Attends, dit-il.

— Oui ? » Aussi calmement qu'elle le put, elle se retourna pour lui faire face.

« Adam arrive demain par le ferry du soir. J'irai le

chercher. Je lui dirai que Nikos a été retenu et qu'il ne sera pas là pour la fête. Tu ne feras ni ne diras rien qui puisse lui faire soupçonner quoi que ce soit qui cloche. Compris ?

— Oui. » Son esprit refusa d'envisager ce que Leon pourrait faire s'il découvrait qu'Adam était déjà au courant.

Leon examina un instant le visage de Cathy avec des yeux sans expression, puis il dit : « Va-t'en » et s'empara de la bouteille de vin.

Chose inhabituelle — extraordinaire en fait —, Anna était en retard le lendemain matin. Elle finit par arriver, rouge et essoufflée d'avoir couru. « Je suis désolée, *Kiria*... mon petit frère est malade... j'ai dû aller chercher le docteur...

— Ça ne fait rien, Anna. Rien de grave, j'espère ?

— Je ne sais pas, *Kiria*... il a une forte température et il tousse beaucoup. S'il vous plaît... est-ce que je pourrais rentrer une heure à la maison un peu plus tard pour voir comment il se porte ?

— Bien sûr. Il n'y a pas grand-chose à faire. Je me débrouillerai. » Elle fut en fait soulagée, à l'heure du déjeuner, de renvoyer la jeune fille chez elle avec un petit sac de gâteaux et de bonbons pour l'enfant malade. Il lui fallait du temps pour être seule, du temps pour se ressaisir, du temps pour réfléchir. Elle se versa un verre de vin et se rendit sur la terrasse. Comment les choses avaient-elles si mal tourné ? Comment pourrait-elle affronter l'avenir, les journées et les semaines interminables, en vivant ainsi ? « Nikos, dit-elle tout haut. Nikos ! » Et, l'espace d'un instant, elle concentra toute sa volonté et son énergie sur ce nom comme si elle pouvait le forcer à l'entendre, le forcer à comprendre. La souffrance cesserait-elle jamais ? Elle supposait que oui, avec le temps ; il le faudrait, autrement ni l'un ni l'autre ne serait capable de la supporter. Leon leur pardonnerait-il jamais ? Elle en doutait et qui pouvait l'en blâmer ? Un mouvement dans les buissons attira son attention. Un petit chat noir et blanc se détacha de l'ombre, sauta sur la balustrade où il s'assit pour la regarder d'un œil brillant. Ils s'observèrent un moment en silence. Puis : « Veinard, dit Cathy. Pas de passé ni d'avenir, pas de cœur ni de souvenirs. » Elle renversa la tête et vida son verre. « Petit veinard de chat. » Elle se rendit dans la cuisine pour préparer les légumes.

Indifférent et imperturbable, le chat la suivit du regard avant de lever une patte délicate et d'entreprendre de la laver de sa jolie langue rose.

*

Toute crainte qu'Adam puisse sentir ou remarquer l'atmosphère tendue qui régnait entre elle et Leon s'envola presque dès son arrivée. Ce fut le cœur serré que Cathy reconnut les symptômes : Adam était d'une humeur exécrable. Morose et ne s'exprimant que par monosyllabes, il mangeait peu mais vidait les verres de vin rouge capiteux avec la même détermination que Leon.

Cathy l'examina. « Adam ? Quelque chose qui ne va pas ? »

Il leva la tête. « Quoi ? Oh non. Bien sûr que non. J'ai eu une sale semaine, voilà ! Et le vol a été retardé. Je suis claqué, c'est tout. » Il avait bel et bien l'air fatigué et les traits tirés.

« Va te coucher, mon garçon, dit Leon. Rien de tel qu'une bonne nuit de sommeil. »

Adam hésita.

« Demain, nous irons faire un tour au village, à la *taverna*. Une partie de dominos, un verre ou deux, et tu seras un autre homme. »

Adam esquissa un sourire mais ses yeux restèrent sombres. « Oui, répondit-il, et il se leva en s'étirant. Je vais peut-être aller me coucher. À demain matin. » Il se pencha pour déposer un baiser sur la joue de sa mère. Cathy prit la main de son fils et fut surprise de le sentir si tendu.

Après son départ, Cathy lança un regard à Leon. Ces deux dernières nuits, il avait dormi dans le lit de Nikos. Agir ainsi en présence d'Adam ne manquerait pas d'éveiller l'attention de ce dernier, même s'il avait l'esprit ailleurs. Elle espérait désespérément que Leon la laisserait tranquille mais son instinct lui disait que c'était peu vraisemblable. Il fallait qu'elle en ait le cœur net. « Leon, demanda-t-elle franchement. Où as-tu l'intention de dormir cette nuit ? »

Il la regarda d'un air sombre. « Tu es ma femme, répondit-il. Où veux-tu que je dorme si ce n'est dans ton lit ? »

Elle baissa les yeux et tenta de refouler le mouvement de colère et de rébellion que ses paroles avaient subitement fait naître. Elle ne se disputerait pas avec lui. Pas avant d'être certaine que Nikos était loin et hors d'atteinte.

Le lendemain matin, il faisait un temps superbe. Le soleil inondait la montagne d'une lumière dorée, la voûte du ciel myosotis était sans nuages. Une très légère brise venue de la mer remuait les feuilles des arbres et caressait les pétales des fleurs multicolores qui piquetaient la montagne. Un berger appelait et sifflait son troupeau tandis que sur un coteau au loin un homme s'occupait de ses ruches. Le petit ruisseau, qui dévalait de la source en passant près de la maison, clapotait et chantait dans sa ravine, et la fragrance des bougainvillées flottait dans l'air.

Vers le milieu de la matinée, les deux hommes prirent le chemin du village. Debout sur la terrasse, Cathy les regarda descendre le sentier abrupt qui suivait le cours du ruisseau jusqu'en bas de la montagne, puis leva les yeux vers les cimes baignées de soleil qui miroitaient à l'horizon et elle se demanda si son cœur lourd lui permettrait jamais d'apprécier à nouveau pareille beauté. C'était comme si, songea-t-elle, elle voyait tout — que disait ce verset évocateur de la Bible ? — comme en un miroir, en énigme : la lumière, la paix, la couleur, tout ce qu'elle avait aimé était gâté. Elle poussa un long soupir. Son visage portait l'empreinte du malheur.

« *Kiria ?* » La voix douce à ses côtés la fit sursauter. « Est-ce que je dois mettre le poisson à mariner avant de balayer les marches ? » Dans les yeux d'Anna, immenses et sombres, brillait une lueur de gentille interrogation et de compassion inattendue.

« Quoi ? » Cathy émergea de sa rêverie. « Oh oui, Anna. S'il te plaît. J'aurais dû le faire plus tôt... » Elle jeta un dernier regard au magnifique panorama et prit la direction de la maison pour vaquer aux soins du ménage.

Vers le milieu de l'après-midi, à l'heure où la chaleur était accablante, elle se reposait dans la pénombre de la chambre lorsqu'elle entendit frapper violemment à la porte du haut et une voix d'homme qui criait. Elle se redressa, très surprise. Il était rare en effet de recevoir la visite de quelqu'un qu'on n'attendait pas, et encore plus de quelqu'un qui faisait un tel vacarme. Elle posa ses pieds sur le sol et chercha ses sandales à tâtons dans l'obscurité.

Une ombre passa devant la porte ouverte, un bruit de pas retentit. Son cœur fit un bond. « Anna ? appela-t-elle. C'est toi ? »

Pas de réponse.

Les coups péremptoires à la porte reprirent.

« Anna ! Il y a quelqu'un à la porte... » Sa voix était plus perçante, un peu nerveuse.

De nouveau une ombre vacilla.

Cathy chaussa ses sandales et se leva, plissant les yeux pour se protéger de la lumière éclatante du soleil au-delà des volets entrouverts. « Qui est-ce ? »

Une haute et large silhouette se découpa un instant puis se glissa dans la pièce obscure. Adam s'adossa au mur, la tête en arrière. Même dans la pénombre Cathy pouvait voir qu'il était livide. Il fit un pas hésitant dans sa direction. « Adam ? Qu'est-ce qu'il y a ? Qu'est-ce qui ne va pas ? »

Il baissa la tête et se passa une main sur le visage.

« Adam... je t'en supplie... qu'est-ce qui ne va pas ? » Elle s'approcha de lui, tendit la main vers sa large poitrine. Retint sa respiration avec horreur lorsqu'elle la toucha. « Adam ! Tu es blessé ! »

Sur la terrasse au-dessus, Anna parlait et une voix d'homme lui répondait précipitamment, avec véhémence et volubilité.

Adam l'attrapa par les épaules et ses doigts lui firent mal. Lorsqu'il parla, ce fut d'une voix basse et désespérément pressante. « Non. Pas moi. Je vais bien. Maman, écoute-moi. Ne dis à personne que je suis ici. Je t'en supplie ! Je ne l'ai pas fait exprès. Je le jure. C'est un accident. Mais personne ne le croira. Aide-moi. Aide-moi !

— Qu'est-ce que tu as fait ? » La voix de Cathy n'était plus qu'un souffle à mesure que la terreur s'emparait d'elle. « Adam, qu'est-ce que tu as fait ? »

Il pleurait maintenant : des larmes d'impuissance s'étaient mises soudain à ruisseler sur son visage. « Je ne l'ai pas fait exprès, répéta-t-il, je ne l'ai pas fait exprès ! C'est un accident, je le jure... il a sorti son foutu couteau... je ne sais pas du tout comment ça s'est passé... maman, c'est un accident... »

À l'étage Anna poussa un petit cri strident.

Les yeux brillants de larmes et affolés d'Adam soutinrent son regard et il lui serra les mains à lui faire mal — un soutien sans lequel elle aurait pu tomber. « Ne leur dis pas que je suis ici, maman. Je t'en supplie, ne leur dis pas. Laisse-moi une chance. De m'échapper d'ici...

« *Kiria Kati ! Kiria Kati !* » La voix d'Anna frôlait l'hystérie. Elle descendit l'escalier en trébuchant. Adam s'éloigna de sa mère et se réfugia dans un coin obscur de la pièce.

Cathy s'essuya frénétiquement la main sur sa jupe avant de s'élancer à la lumière.

Anna se tenait au beau milieu de l'escalier, les mains tordant son tablier, le visage altéré. Lorsqu'elle vit Cathy, elle cria de nouveau et enfouit son visage dans son tablier. « *Kiria Kati !*

— Qu'est-ce qu'il y a ? Qu'est-ce qui s'est passé ? »

Cathy se précipita dans l'escalier, attrapa la jeune fille par le bras. « Anna ! *Dis-le-moi !* »

En guise de réponse, Anna gesticula en direction de la terrasse. Cathy la bouscula et monta le reste des marches quatre à quatre. Au sommet, elle s'arrêta. L'homme qui se trouvait là, un berger d'après son apparence, trapu, visage sévère, non rasé, se découvrit. Et posa sur elle des yeux noirs attentifs. « Qu'est-ce qu'il y a ? » répéta Cathy. Derrière elle Anna sanglotait.

Il parla en grec, avec un fort accent, en indiquant du geste le sentier qui longeait le jardin et descendait la montagne. Cathy ne comprit pas un mot.

« Aide-moi, Anna. Je ne comprends pas ce qu'il dit. » Elle fut stupéfaite par le calme de sa voix. Elle chassa résolument de son esprit le souvenir des taches brillantes et humides sur le plastron de son fils.

D'une voix entrecoupée Anna expliqua : « *Kirios* Leon. Il dit... il dit...

— Quoi ? » Anna se tourna vers la jeune fille, l'empoigna par les épaules et la secoua. « Qu'est-ce qu'il dit ? Dis-le-moi !

— Il dit qu'il se trouve dans le sentier plus bas. Dans le ruisseau. Il dit qu'il est... mort ! Tué ! Il dit... oh... » La phrase se termina par un gémissement. Anna jeta de nouveau son tablier sur sa tête et se remit à sangloter.

Le choc avait rendu Cathy anormalement calme. « Non, dit-elle posément. Ce n'est pas possible. »

Le berger se remit à parler. Cathy regarda Anna. La jeune fille luttait pour retrouver son sang-froid. « Il dit qu'il y a du sang. Et un couteau. Oh, *Kiria*... ! »

Cathy ferma les yeux pendant un long moment.

L'espace d'un horrible instant, elle crut qu'elle ne pourrait plus jamais bouger. Puis elle se prit à dire, toujours calme, toujours parfaitement maîtresse d'elle-même : « Demande-lui de nous y emmener, s'il te plaît, Anna. Ce doit être une erreur. Je dois m'en assurer de mes propres yeux. »

La jeune fille secoua la tête d'un air suppliant.

« Je t'en prie, Anna. » Cathy s'aperçut qu'elle s'était mise à trembler et que sa peau était glacée malgré le soleil brûlant. « Je dois m'en assurer de mes propres yeux », répéta-t-elle.

18

Leon gisait, face contre terre, à côté du ruisseau, là où le berger l'avait laissé après l'avoir sorti de l'eau. Même dans cette position, il ne pouvait y avoir d'erreur : c'était bien sa large carrure, sa tête léonine avec sa crinière grise touffue. Anna lui lança un regard terrifié, puis cria et enfouit son visage dans ses mains, en sanglotant hystériquement. Le sentier rocailleux était plus large à cet endroit et bordé de broussailles épineuses. Des taches de sang, déjà noircies par le soleil, marquaient les pierres sur lesquelles Leon s'était apparemment traîné. La végétation était en partie piétinée. À quelques mètres du cadavre se trouvait un couteau, celui de Leon. Cathy le reconnut : c'était celui-là même avec lequel il avait découpé le chevreau à Pâques. Elle l'avait un jour questionné sur les raisons qui le poussaient à le porter dans un fourreau à sa ceinture même à l'intérieur de la maison et il avait ri, et donné la réponse qu'il avait si souvent donnée auparavant : « Paysan j'ai été et paysan je resterai, ma Kati. On ne survit pas longtemps dans ces montagnes sans un instrument pour chasser et manger. »

Elle tomba à genoux à côté de lui, posa des doigts légers sur son pouls. Rien. L'ayant vu ainsi étendu, elle n'avait rien espéré. Elle se releva, porta une main à son front pour atténuer la douleur qui lui martelait les tempes. « Anna, je t'en supplie, arrête. Anna ! »

Les sanglots effrayés d'Anna diminuèrent un peu. Cathy obligea son esprit à fonctionner, réprima un haut-le-cœur au prix d'un effort qui, lui sembla-t-il, la vida de toute sa substance. « Il faut appeler la police, dit-elle. Anna... demande-lui s'il veut bien retourner au village pour l'appeler. Dire ce qui s'est passé et que nous avons besoin de quelqu'un ici, de toute urgence. La *taverna* a un téléphone. »

Anna s'éloigna du cadavre, les yeux fixés sur le visage du berger. Après qu'elle eut parlé, l'homme grommela et acquiesça de la tête.

Le choc qui avait permis à Cathy de rester calme se dissipait. Quelque part, pas loin de la surface, l'hystérie guettait. Elle la combattit avec détermination. Quoi qu'il arrive, elle devait garder la tête sur les épaules. Anna s'était remise à pleurnicher. Cathy réussit, on ne sait comment, à résister à l'envie de la gifler. « Anna, va chercher le pope. Demande-lui de venir. » Tout pour éloigner la jeune fille.

Anna secoua la tête d'un air impuissant. « *Katia*... je ne peux pas vous laisser ici... seule... » Elle jeta un coup d'œil à la forme inerte de Leon et les gros sanglots reprirent de plus belle.

« Va chercher le pope, répéta Cathy. Je resterai avec lui. Va. »

Anna et le berger partirent en toute hâte sur le sentier. Tandis que le bruit de leurs pas s'éloignait, Cathy se tint complètement immobile sous le soleil qui tapait implacablement sur sa tête nue. Une mouche bourdonna. Elle se pencha pour la chasser. « Leon, oh, Leon ! » Elle tomba à genoux à ses côtés, posa une main sur celle inerte de Leon, et, comme elle baissait la tête vers lui, céda à un torrent de larmes. Elle entendit un cri si primitif et si animal qu'elle douta un instant de l'avoir poussé. Pourtant, au moment même où cette vague de chagrin et de terreur la submergeait, quelque part au fond d'elle-même, elle savait qu'il fallait la maîtriser. Elle s'assit sur ses talons et les sanglots qui la secouaient diminuèrent un peu. La mouche se remit à bourdonner, puis une autre. Elle releva la tête. Et fut frappée de stupeur.

Au-dessus d'elle la montagne s'élevait en pente raide, parsemée de buissons et d'arbustes, sculptée de promontoires rocheux. Mais, par un caprice du hasard, la Cabane du Berger était clairement visible. La porte en était ouverte. Et ce qui avait attiré son attention, c'était Adam qui en sortait en portant ce qui avait l'air d'être un gros sac lourd. Il s'arrêta et la regarda pendant une fraction de seconde. Même à cette distance, elle pouvait voir qu'il s'était changé.

« Adam ! » Le cri avait jailli de ses lèvres avant qu'elle ait pu le retenir.

Son fils s'attarda encore un instant pour réfléchir, puis souleva le sac dans ses bras et disparut aux regards. L'espace d'un battement de cœur, elle resta tendue comme un ressort. Puis : « Cours, Adam, murmura-t-elle. *Cours !* Mais... où iras-tu ? Que feras-tu ? Oh, mon Dieu... comment as-tu pu faire ça ? Et pourquoi ? *Pourquoi ?* » Elle s'assit sur un rocher non loin du corps étendu et enfouit son visage dans ses mains. Rien n'avait de sens. Rien. Elle fixa le sol rocailleux d'un air découragé. Il lui fallut un certain temps pour remarquer l'éclat de l'or. Elle tendit la main vers la chaîne brisée qui gisait à demi enfouie dans la poussière sous un buisson de sauge piétiné. Elle l'aurait reconnue entre mille. Elle jeta un regard circulaire pour trouver le médaillon. De toute évidence la chaîne s'était cassée dans la bagarre. Leon s'en était-il aperçu ? Elle était très solide. Avait-il senti qu'elle se brisait et été distrait, sachant que le médaillon était tombé ? Était-ce de cette façon qu'Adam, qui n'avait ni expérience ni entraînement, avait pu en une fraction de seconde l'emporter sur son beau-père qui était plus que préparé à se défendre ? Si tel était le cas, c'était une terrible ironie. Leon était assez grec et assez superstitieux, elle le savait, pour croire vraiment à son talisman et à ses pouvoirs. Elle remua les pierres de son pied chaussé d'une sandale, mais, pour le moment du moins, le médaillon avait disparu. Il valait mieux peut-être laisser tomber, se dit-elle avec lassitude. Pour finir, il ne l'avait pas protégé du pire.

Du sentier lui parvinrent des bruits de pas et des murmures. Le « télégraphe » du village avait vite fonctionné. Un instant plus tard, un groupe d'hommes transportant une porte en bois apparut. Des yeux sombres et attentifs croisèrent son regard, puis se baissèrent vers le cadavre. Comme un seul homme tous se découvrirent. Leur chef regarda Cathy. « Constantin... *astinomia* », dit-il en mimant quelqu'un en train de courir.

La police. Constantin devait être l'homme qui avait trouvé Leon. Elle lutta pour se concentrer. « Il ne faut pas... — elle chercha un instant le mot grec — ... le

384

bouger. Il doit rester là où il est jusqu'à ce que la police arrive. »

L'homme grommela et acquiesça de la tête.

« Voulez-vous attendre auprès de lui ? » Elle souligna sa demande avec un geste de la main, ne croyant pas qu'ils puissent comprendre son mauvais accent grec. « Je... rentre à la maison. Pour préparer. Vous resterez ? »

Il y eut une rumeur d'approbation.

Cathy passa vivement une main sur son visage gonflé de larmes. « Merci. » Elle s'éloigna du petit groupe aussi vite qu'elle le put. Adam serait-il encore là ? Sûrement pas. Mais elle devait vérifier. Quoi qu'il ait fait, elle ne supporterait pas de le perdre lui aussi.

La maison était silencieuse et vide. Elle entendait des bruits de voix en provenance du sentier, plus bas. « Adam ? appela-t-elle d'une voix qui n'était qu'un chuchotement dans la pénombre. Tu es là ? »

Pas de réponse.

Dans la cuisine le fourneau ronflait. Elle souleva la plaque. Les restes d'un paquet de vêtements s'embrasèrent, retombèrent en un tas de braises ardentes avant de disparaître sous ses yeux parmi les bûches qui flambaient. Elle laissa retomber la plaque. Courut à la porte. Elle pleurait à nouveau : les larmes brûlantes, épuisantes ruisselaient sur son visage, tombaient sur son chemisier. Sa gorge la piquait, son nez coulait. Elle s'immobilisa un instant pour écouter. Rien. Adam était parti. Elle retourna dans la cuisine, attrapa son sac à main sur la table et l'ouvrit pour prendre un mouchoir.

Elle y trouva un petit mot qu'elle déplia. Griffonné à la hâte, il était par endroits quasiment illisible. « *Maman... Je ne l'ai pas fait exprès. Je te le jure. Il m'a attaqué. Je l'ai...* » Elle ne put entièrement déchiffrer le mot suivant mais supposa qu'il s'agissait de « poussé », « *et il est tombé. J'ai essayé de l'aider. J'ai arraché son couteau. Crois-moi. Je n'avais pas l'intention de le tuer.* » Pas de signature.

D'une main tremblante elle déchira soigneusement le mot en mille morceaux qu'elle jeta dans le feu. Puis elle s'écroula sur une chaise, resta sans bouger, mains immobiles et légèrement serrées sur la table devant elle, et attendit.

*

« Il ne s'échappera pas de l'île. » Yannis, appuyé au chambranle, yeux fixés sur les montagnes à l'horizon, alluma une cigarette. « Et s'il le fait, je le trouverai.

— Yannis, je vous en supplie... » Cathy était assise à la table devant un verre de vin auquel elle n'avait pas touché. Sa voix était enrouée par l'épuisement. « ... C'est mon fils.

— Et Leon, dit Yannis d'une voix calme et dure comme le granit, était mon ami. Plus que mon ami. Mon frère. » Il tira sur sa cigarette. Les bruits de la vallée arrivèrent jusqu'à eux. « Dites-moi la vérité. Vous l'avez vu ? » Ses yeux étaient hostiles.

Elle n'hésita qu'une seconde. « Non. » C'était ce qu'elle avait raconté à la police. C'était l'histoire à laquelle elle ne changerait pas un iota pour tout l'or du monde. Elle n'avait pas revu Adam depuis qu'en compagnie de son beau-père il était parti pour le village le matin du meurtre. Elle avait écouté en silence le récit, répété mot pour mot par plus de témoins qu'il n'était nécessaire — de la beuverie et de la violente querelle qui avait suivi à la *taverna* — personne ne connaissait les raisons de la soudaine explosion, la conversation ayant eu lieu en anglais, même si la plupart semblaient penser qu'elle avait à voir avec l'argent. Adam avait asséné un coup à Leon qui avait utilisé ses énormes poings pour le vaincre et l'humilier comme il l'avait fait avec Nikos. Adam avait crié, menacé, supplié avant de se précipiter sur le sentier. Où, ainsi qu'il ressortait de façon indubitable de tous les témoignages — et comme elle l'avait appris de la bouche même d'Adam — il avait guetté son beau-père. Et l'avait tué. Le couteau portait ses empreintes digitales. Et il avait disparu. Elle posa son front sur son poing serré. « Non, répéta-t-elle doucement. Je ne l'ai pas vu. Il n'est pas venu ici. Pourquoi l'aurait-il fait ? »

La police l'avait crue. Deux jours avaient passé, sans qu'on retrouve aucune trace d'Adam. Deux jours pendant lesquels elle avait à peine mangé et n'avait pas fermé l'œil, s'attendant à tout instant à la nouvelle de son arrestation. Elle était épuisée émotionnellement et physiquement. Et si les autres lui avaient au moins témoigné une certaine compassion. L'hostilité impitoyable, inflexible — et justifiée, elle devait l'admettre — de Yannis, surgi impromptu, avait été dure à supporter.

Il partit sans dire un mot. Elle ferma les yeux, et comme toujours les rouvrit immédiatement pour chasser l'image qui s'y était gravée : l'arrivée du petit groupe sombre qui avait ramené Leon à la maison, couché sur une porte, yeux ouverts et aveugles dans la lumière brillante, une immense tache de sang s'étalant sur la poitrine, vidé de toute sa vie débordante et fougueuse. Ils l'avaient étendu sur cette même table et elle l'avait recouvert d'un drap. Puis étaient venues les questions. Les terribles explications. Le plus affreux, c'était que ce n'était pas le coup de couteau qui pour finir l'avait tué, même s'il était pratiquement certain qu'il n'y aurait pas survécu. Abandonné avec une blessure mortelle sous un soleil de plomb, il avait rampé jusqu'au ruisseau, puis s'était effondré, avait roulé dans la ravine abrupte et glissé inconscient dans l'eau. Privé de la protection de son talisman en or, Leon s'était noyé à quelques centaines de mètres de l'endroit où la femme qui le lui avait donné était morte, tout aussi horriblement. Laisse tomber, s'était dit Cathy. Laisse tomber. Ne cherche pas ce maudit médaillon. Il fait plus que porter malheur.

Elle fixa son verre de vin. Dans le crépuscule qui s'amassait, il brillait comme un rubis. Rouge sang. Elle détourna son visage.

« Vous mentez », dit doucement Yannis dans l'embrasure de la porte.

Elle sursauta et tourna vers lui de grands yeux écarquillés.

« Vous mentez, répéta-t-il.

— Non.

— Adam était ici. »

Elle mit ses mains autour de son verre pour les empêcher de trembler et continua à le fixer fermement de ses grands yeux. « Qu'est-ce qui vous fait dire ça ? »

Il l'observa un moment d'un air sceptique, puis dit doucement : « Vous ne savez toujours pas ? »

— Quoi ? »

Il garda un instant le silence en continuant à l'examiner.

« Yannis... quoi ? Qu'est-ce que je ne sais pas ?

— Pourquoi votre fils a tué votre mari. »

Elle ferma les yeux sous le coup de la douleur. « Non, je ne sais pas.

— Venez avec moi. »

Étonnée, elle se leva, le suivit sur la terrasse et dans l'escalier menant au jardin. Lorsqu'elle comprit où il l'emmenait, son cœur se mit à battre douloureusement.

Il faisait sombre dans la Cabane du Berger, et ses yeux mirent un certain temps à accommoder. Elle jeta un regard circulaire. Pour autant qu'elle pût voir, rien n'avait changé. Partout une épaisse couche de poussière. Pas un brin d'air, une vraie fournaise. Très vite, elle se mit à transpirer et la sueur trempa son chemisier.

Yannis se dirigea vers la cheminée et s'empara d'un levier rouillé posé contre le mur. Cathy le regarda sans mot dire introduire le levier entre deux dalles, soulever une des pierres jusqu'à ce qu'il puisse glisser une main dessous et la relever en la faisant pivoter sur des gonds bien huilés, révélant un coffre métallique fermé par un énorme cadenas. Yannis plongea une main dans sa poche et en sortit une clé. Le lourd couvercle s'entre-bâilla. « Voilà, dit-il calmement, ce pour quoi il est mort. Comme d'autres avant lui. »

Cathy s'agenouilla à côté du trou, explora le coffre. Il était presque vide, mais sa main qui tâtonnait trouva quelque chose : un petit sac beaucoup plus lourd qu'elle ne l'aurait cru et qui fit un bruit métallique lorsqu'elle le souleva. Elle regarda au fond du coffre. Il y en avait trois ou quatre autres du même genre. Yannis prit le sac, l'ouvrit et versa une partie de son contenu dans sa paume. L'or brilla dans le rayon de soleil qui passait par la porte. Cathy s'empara d'une des pièces et la tint à la lumière. Elle ne la reconnut pas aussitôt bien qu'elle vît qu'elle était anglaise. D'un côté on distinguait le portrait de George V et au revers saint Georges et le dragon. « Qu'est-ce que c'est ?

— Un souverain. Un souverain en or. Négociable à tout moment partout dans le monde. »

Cathy s'assit sur les talons en secouant la tête. « Mais... que font-ils ici ? Comment y sont-ils arrivés ? »

Yannis lui reprit la pièce, rejeta le sac dans le coffre et rabattit le couvercle. « Rentrons à la maison. Je vais vous expliquer. »

*

« Pendant la guerre, comme vous le savez, les Allemands et les Italiens ont envahi et occupé la Grèce. » Yannis se versa un verre de vin et s'assit à califourchon sur une chaise en face d'elle. « Mais la Grèce ne s'est jamais soumise. Nous nous sommes battus dans les villes et les villages. Nous étions une armée, une véritable armée, et nous avons résisté jusqu'au bout. » Il se tut un instant. Cathy l'observait, intriguée malgré elle. Cette partie de l'histoire, du moins, elle la connaissait un peu. Yannis leva la tête. « Le problème, c'était qu'il n'y avait pas une armée mais deux.

— Les royalistes et les communistes, dit Cathy. Leon en parlait souvent. Je crois qu'il détestait encore plus les communistes que les Allemands.

— Exactement. Et pour de bonnes raisons... car tandis que nous, qui nous battions pour notre roi et notre patrie, risquions nos vies, nos armes et notre or pour libérer la Grèce, ces ordures de communistes attendaient en amassant les pièces d'or et les armes, comme des vautours qui regardent agoniser des lions pour pouvoir s'en repaître en toute sécurité plus tard. »

Son visage habituellement bon enfant était soudain devenu haineux et sa balafre livide. La guerre civile qui avait suivi le départ des forces de l'Axe vaincues avait été beaucoup plus dure que l'occupation, car elle avait opposé le frère au frère et le père au fils. Nombre de familles en Grèce étaient encore déchirées par les séquelles du conflit.

« Et l'or ? demanda Cathy.

— Le gouvernement britannique soutenait les partisans — avec des armes, des agents spéciaux — et avec de l'or. De l'or pour combattre les Allemands. Pour acheter des armes, des explosifs, pour corrompre, pour nourrir l'armée en guenilles dans les montagnes. » Yannis renversa la tête et vida son verre d'un trait. « Le problème, c'est que pendant que les royalistes employaient l'or qu'ils recevaient dans le but auquel il était destiné, les rouges gardaient tout ce sur quoi ils pouvaient mettre la main. Pour l'utiliser plus tard. Contre nous, leurs frères. » Les mots étaient amers.

Rien de tout cela n'était nouveau pour Cathy.

Yannis rentra la tête dans les épaules et prit la bouteille avant de se remettre à parler. L'histoire pour finir était simple : 1949, la guerre civile tirait à sa fin, l'Elas, l'armée de guérilla procommuniste, était en fuite, c'était chacun pour soi. Leon, Yannis et quelques-uns de leurs camarades royalistes avaient suivi les traces d'un groupe d'hommes de l'Elas dont ils savaient qu'ils transportaient l'or des partisans. Les deux groupes s'étaient rencontrés dans les montagnes au nord de l'île et un affrontement particulièrement sanglant avait suivi, affrontement qui avait mis définitivement Leon hors de combat en lui infligeant une blessure qui avait failli le tuer.

« Et les hommes de l'Elas ? » demanda Cathy.

Yannis alluma une cigarette, recula bruyamment sa chaise et alla à la porte où il se tint le dos tourné. « Ils sont morts. »

Il y eut un long silence. « Tous ? demanda Cathy.

— Tous. »

Une fois de plus, un silence pesant s'installa entre eux. Yannis se retourna, le visage dans l'ombre. La fumée de sa cigarette s'élevait paresseusement dans l'air. « C'était la guerre, dit-il. Ces hommes avaient commis des atrocités. Il y avait eu trop de sang versé.

— Et... il y avait l'or », ajouta Cathy, en essayant, sans succès, de ne pas trahir l'horreur qui se faisait jour en elle.

Yannis revint à la table. Son visage était impassible. « Non. Il n'y en avait pas. L'or s'était volatilisé. Apparemment sans laisser de traces. À l'époque, on n'y pouvait rien : il fallait emmener Leon et nos autres camarades blessés en lieu sûr. Mais il n'a jamais oublié et moi non plus. Quand les combats ont cessé, il a été convenu que je devais essayer de retrouver la trace de l'or. Il devait bien être quelque part. Il était évident qu'ils l'avaient caché avant qu'on les ait rattrapés. Ce fut une longue tâche...

— Mais vous l'avez menée à bien. »

Il haussa les épaules. « Oui. J'ai fini par découvrir qu'ils étaient passés par un petit village haut perché dans la montagne. Minuscule. Quelques cabanes. Une église. Ils s'étaient cachés là pendant quelques jours. Comme dans tous les autre endroits que j'avais retrouvés, il y avait trois possibilités : ou bien l'or n'avait jamais été laissé là, ou bien il avait été caché, découvert et volé, ou bien...

— Il y était encore, suggéra Cathy comme il laissait sa phrase en suspens.

— Oui. Au début, ce n'était guère prometteur. J'ai parlé aux paysans et au pope. Les paysans ne savaient rien. Le pope n'était au village que depuis peu. Toute trace avait disparu. Jusqu'à ce que, quelques mois plus tard — vers la fin de l'année dernière — je mette la main sur le pope qui officiait au village quand les terroristes y étaient passés. Il se souvenait d'eux. Il s'en souvenait très bien. C'était la seule fois où la guerre avait atteint le village. Et il avait été surpris : les communistes montraient plus de respect envers notre sainte mère l'église qu'il ne l'aurait cru. Malheureusement, un terroriste était mort. » Les lèvres de Yannis esquissèrent un pâle sourire. « Il a dit la messe d'enterrement.

— La messe d'enterrement », répéta Cathy qui ajouta : « Vous voulez dire de l'or ?

— De l'or. Ils l'ont mis en terre en grande pompe, un camarade tombé, mort pour la cause. » Les mots étaient sardoniques. « Ça valait le coup d'essayer. Et j'avais eu vent de rumeurs. Quelqu'un d'autre était sur la piste et me talonnait. J'ai sauté dans un avion pour Londres.

— Noël, dit Cathy.

— Pardon ?

— Noël. Ça explique Noël. Pourquoi Leon n'est pas venu. Pourquoi il m'a laissée seule. Seule avec Nikos. »

Yannis haussa une épaule, tira sur sa cigarette.

« Alors... Leon est venu vous rejoindre et vous avez découvert que c'était de l'or qui était enterré là-bas.

— Oui.

— Comment avez-vous fait ? Personne ne s'y est opposé ? Parmi les gens du village. Ça n'a pas fait jaser ? »

Il sourit de nouveau de son petit sourire cruel. « Tout a son prix et l'endroit était bien choisi. Isolé, replié sur lui-même. Le silence s'achète cher, mais il s'achète. Il y a les fils à éduquer et les filles à doter. Et la menace de représailles si les langues des bavards se déliaient. »

Accablée, Cathy pesa soigneusement ce qu'il venait de dire. « Et bien sûr il y a la respectable société Kotsikas et Fils, finit-elle par dire d'une voix amère. Fondée sur de l'or volé.

— Volé ? Comment ça ? À qui appartient-il ? Qui y a le plus droit ? »

Elle garda le silence.

« Et c'est pour ça, ajouta calmement Yannis, qu'Adam a tué Leon.

Elle releva vivement la tête. « Comment pouvez-vous le savoir ? Les preuves sont tout à fait indirectes... Qu'est-ce qui vous fait penser qu'Adam avait même connaissance de tout ça ? Comment pouvait-il ? »

Il se pencha sur la table, mains à plat, son visage tout près du sien. « Parce que je lui avais dit. Je lui avais montré l'or. Sur ordre de Leon.

— Pourquoi ? Pourquoi ?

— Parce que nous avions besoin d'échanger une...

394

comment dire... une matière première qui pouvait soulever quelques questions contre quelque chose qui
n'en soulèverait aucune. Il y a des organisations en
Amérique, des organisations qui disposent de pouvoir
et d'influence. Un arrangement a été conclu. Il a fonctionné. Personne n'a posé de questions sur la passion
du jeu chez Adam...

— Mon Dieu ! » s'exclama Cathy qui enfouit son
visage dans ses mains.

Il y eut un long silence. Elle releva la tête. Yannis
l'observait. « Saviez-vous, demanda-t-elle avec
détachement, que le père d'Adam était un joueur invétéré ? »

Il fit un petit geste dédaigneux avec les mains.

« Saviez-vous que le père d'Adam s'est suicidé à
cause du jeu ? » Sa voix était très calme, très résolue.

Il fit signe que non.

« Leon le savait, poursuivit-elle. Leon le savait ! »
répéta-t-elle avec force. Il avait horriblement brisé la
promesse qu'il lui avait faite. « *Je veillerai sur ton fils
comme s'il s'agissait du mien.* » Oh, quelle ironie !

« Ce que nous savons et ce que nous ne savons pas,
dit Yannis au bout d'un moment, qu'est-ce que ça
signifie ? Tout ce que je sais, c'est qu'Adam a tué
Leon. »

Elle releva la tête d'un air de défi. « Comment
pouvez-vous en être si certain ?

— La clé, répondit-il tranquillement.

— Quelle clé ?

— La clé du coffre. On a pris de l'or. En grande
quantité, autant qu'un homme pouvait en emporter.
Vous croyez que je ne le saurais pas ? J'en avais la responsabilité. Mais le cadenas n'était pas forcé. Il avait

395

été ouvert. Avec une clé. Trois personnes seulement connaissaient l'existence de ce coffre. Moi, Leon... et Adam. Et il n'y avait que deux clés. La mienne. Et celle de Leon. Il n'y avait pas de clé sur le corps de Leon. Elle avait été prise. Par celui qui l'a tué. » Il examina son visage incrédule. Soudain il lui dit d'une voix douce : « Je suis désolé. »

Elle secoua sa tête baissée, ne souffla mot.

« Où est-il ? demanda-t-il.

— Je ne sais pas. »

Il ne la questionna pas davantage. Dressa l'oreille. « Quelqu'un vient. »

Un instant plus tard, Cathy entendit elle aussi le bruit d'une voiture qui montait la route étroite conduisant à la maison. « Je suppose que c'est de nouveau la police », dit-elle avec lassitude.

Yannis, qui s'y connaissait mieux qu'elle en moteurs de voiture, répondit : « Je ne crois pas. »

Une portière claqua et dans le silence des pas résonnèrent sur le raidillon qui menait du parking à la maison. Yannis alla nonchalamment à la porte et attendit. « Ah, murmura-t-il au moment où la porte de la terrasse s'ouvrit. Je me demandais combien de temps il faudrait avant que le jeune blanc-bec ne revienne fourrer son nez par ici. »

Le visage de Nikos était tiré. Apercevant Yannis, il leva le menton et lui lança un regard de défi.

« Qui est-ce ? » demanda Cathy en rejoignant Yannis à la porte. Nikos, ignorant délibérément la présence de l'autre homme, s'avança et lui prit la main.

« J'étais à Athènes. J'ai appris la nouvelle dans les journaux. Papa... » Il s'interrompit. Les larmes lui montèrent aux yeux.

« On t'avait dit de ne pas remettre les pieds ici, lança Yannis.

— Oh, pour l'amour du ciel ! » Cathy se tourna brusquement vers lui, tremblant soudain d'une rage qu'elle avait jusqu'à présent contenue. « Son père est mort ! Donnez-lui la permission de rentrer le pleurer ! »

Yannis la fixa un instant droit dans les yeux, haussa une épaule et tourna les talons ; il sauta par-dessus le muret de pierre et sans un regard s'éloigna sur le sentier qui descendait au village.

Ils restèrent un instant silencieux. Sans un mot, Cathy tendit les bras et, comme un enfant, il vint enfouir son visage au creux de son épaule. Il finit par relever la tête. « Que s'est-il passé ? Les journaux disent qu'Adam... ? »

Elle le prit par la main, le conduisit à la table. « Assieds-toi. Je vais t'expliquer. »

*

Ils ne revirent pas Yannis mais de toute évidence il était revenu à un certain moment pendant la nuit, car, au matin, le coffre caché sous les dalles de la Cabane du Berger était vide. « Je suis bien contente, déclara Cathy, sur le seuil de la Cabane en contemplant la mer au loin. Je ne veux rien avoir à faire avec cette saleté. » Un vent violent s'était levé pendant la nuit avant de retomber à l'aube, mais la mer au large était toujours agitée et couronnée d'écume, et une houle venait mourir sur le rivage.

« Que vas-tu faire ? » demanda calmement Nikos dans son dos.

Elle secoua la tête. « Pour le moment, je ne peux rien. Il y a des choses à faire. Et la police m'a demandé de rester encore. Mais dès que ce sera possible... — elle se tourna vers lui, se réfugia dans ses bras et posa sa tête sur son épaule d'un air las — ... je veux rentrer chez moi », dit-elle.

*

Plus tard dans la journée, un policier à l'air grave leur rendit visite. Nikos se trouvait sur la terrasse, Cathy dans la cuisine en train de préparer du café. Elle entendit leurs voix et vint à la porte. L'homme lui lança un coup d'œil et continua à parler à toute vitesse à Nikos. Elle les regarda l'un après l'autre, essayant de suivre la conversation. La mine de Nikos était sévère. Le policier esquissa un salut et partit. Nikos se tourna vers Cathy.

« Qu'est-ce qu'il y a ? demanda-t-elle. Que s'est-il passé ? »

Il s'approcha d'elle et lui prit la main. « On a volé un bateau la nuit dernière. Dans un village de pêcheurs au nord de l'île. »

Le cœur de Cathy fit un bond dans sa poitrine. « Ils pensent que c'est Adam ?

— Ils en sont presque sûrs. Un gosse a aperçu quelqu'un qui correspondait à son signalement dans les montagnes près du village. Il n'a cru bon d'en parler qu'après le vol du bateau. » Il vit briller une lueur d'espoir dans ses yeux et il secoua violemment la tête, lui serra la main à lui faire mal. « Non, Cathy. Écoute-moi jusqu'au bout. On a retrouvé le bateau ce matin. Dans une crique, un peu plus haut sur la côte. Il y a eu un grain cette nuit. Le bateau s'est échoué sur les rochers.

— Et... Adam ?

— Aucune trace de lui, répondit-il doucement. Cathy, je suis désolé. Je suis vraiment désolé. »

Elle nia farouchement de la tête. « Ça ne veut rien dire. Pas nécessairement. »

Il ne souffla mot.

« Et l'or ? » demanda-t-elle, après un long silence.

Il prit un air dubitatif. « Il doit avoir également disparu. La police l'aurait certainement mentionné si elle l'avait trouvé.

— Un radeau de sauvetage digne de Midas », dit-elle d'une voix douce-amère.

Nikos la prit silencieusement dans ses bras, la tint contre lui jusqu'à ce que les larmes viennent. Au loin, la mer s'était calmée et miroitait sous un ciel d'un bleu implacable.

Épilogue

L'enquête de la police parut à Cathy de courte durée et fort peu rigoureuse : le dossier fut ouvert et refermé presque aussitôt, le seul suspect étant porté disparu et vraisemblablement noyé. Cathy avait beau être bien placée pour savoir que c'était une hypothèse logique, la brutalité même des événements la faisait souffrir. Le fait d'ignorer si Adam était mort ou vivant était le côté le plus douloureux du cauchemar. Elle n'avait qu'une idée en tête : rentrer chez elle. Et c'était précisément ce qu'on ne l'autorisait pas à faire pour le moment. Il restait des formalités à accomplir, un écheveau inextricable de paperasserie à démêler. Sans la présence de Nikos à ses côtés, elle pensait qu'elle aurait pu sombrer dans le désespoir ou devenir folle.

Leon fut enterré au cimetière du village, au côté de sa première femme qui était morte pour lui. Cathy en fut heureuse : cela semblait juste. Les obsèques furent une épreuve. Épouse de la victime et mère du meurtrier, il lui fallut faire appel à toutes ses ressources pour affronter une cérémonie aussi publique. Tout le village y assista et les ferries successifs déver-

401

sèrent leur cargaison de gens venus du continent, d'Athènes et d'au-delà pour accompagner Leon à sa dernière demeure. Elle reconnut peu de visages lorsqu'elle reçut poignées de mains et condoléances ; elle passa la journée dans un état de tension nerveuse et d'ahurissement ; quand enfin elle put s'échapper, elle avait dépassé le stade du repos et des larmes.

Yannis ne vint pas et de cela au moins elle lui fut reconnaissante.

Au cours des jours suivants, la vie, comme elle le doit même dans les pires moments de chagrin et de regret, finit par revenir plus ou moins à la normale. Ce n'était pas la première fois que Cathy avait de bonnes raisons de se réjouir de l'isolement de la maison : au moins n'avait-elle pas à endurer les regards ni les chuchotements qui l'auraient certainement accompagnée si elle s'était trouvée dans le village. Prostrée et épuisée, elle s'enferma, se reposant sur une Anna silencieuse mais plus serviable que jamais pour faire le nécessaire. Nikos resta, fils attentif et respectueux selon toutes les apparences. Mais, la nuit, leurs corps se cherchaient avec un désespoir toujours croissant et un besoin obsessionnel l'un de l'autre.

Les obsèques terminées, Nikos repartit pour Athènes s'attaquer à une tâche herculéenne : prendre les rênes de l'affaire. Il revint un jour plus tard, éreinté, avec une serviette bourrée de papiers dans lesquels il se plongea une bonne partie de la nuit. Cathy déposa une quatrième tasse de café à côté de lui, mit une main sur son épaule. « Tu viens te coucher ? »

Il soupira, appuya un instant sa joue contre sa main. « Dans un petit moment. Il y a trop à faire.

— Tu restes longtemps ?

— Seulement demain. Je dois ensuite retourner là-bas deux jours. Nous approchons du but. Gikas est excellent, très efficace, et le bureau de Londres semble s'en sortir. Nous allons tirer la situation au clair, tu verras. »

Elle renversa la tête en arrière, ferma les yeux. « Oh, mon Dieu, comme je voudrais que nous puissions rentrer à la maison ! dit-elle avec une soudaine intensité. Je mourrai si je ne peux pas partir d'ici, je le jure ! »

Il se leva, se tourna vers elle, la prit dans ses bras. « Allons, allons ! Du cran. Il n'y en a plus pour longtemps. Ils nous laisseront partir bientôt. Encore une poignée de formalités et nous pourrons tout oublier. » Il l'écarta de lui, la regarda d'un air grave. « Et alors, tu devras prendre une décision. »

Elle soutint fermement son regard.

« Je ne te quitterai pas. Mais je ne mentirai pas. Plus jamais. Ou tu vis avec moi au grand jour ou tu me congédies. Je ne me plierai plus aux préjugés et opinions d'autrui. Je veux que tu sois ouvertement mienne. »

Elle baissa la tête pour appuyer son front contre son épaule et ses boucles rebelles effleurèrent la peau de sa joue. « Nous en parlerons plus tard. À la maison. Laisse tomber pour l'instant. Je t'en prie. »

Il l'embrassa dans les cheveux. « D'accord. Pour l'instant. Mais tu dois y réfléchir.

— Je sais, dit-elle doucement. Je sais bien. »

Il repartit le lendemain en promettant de revenir dans deux jours. « Je vais commencer à préparer les valises, dit Cathy. Ils devraient nous laisser partir bientôt. Il y a tant à faire. Autant m'y mettre dès maintenant. Ça m'occupera.

— Bonne idée. Je rentrerai par le bateau du soir, mercredi. »

Consciente que les yeux d'Anna étaient fixés sur eux, elle l'embrassa sur la joue. « Fais bien attention. »

Un peu plus tard, pendant qu'Anna était descendue au village pour le ravitaillement, elle s'autorisa une pause dans ses travaux et s'assit à l'ombre d'un olivier, une tasse de café à portée de main et son bloc à dessin sur les genoux. Mais, comme très souvent ces derniers temps, son crayon ne tarda pas à s'immobiliser. Des images envahissaient son esprit : Adam, bambin intelligent, précoce, les yeux brillant d'espièglerie. Puis jeune homme, au charme et à l'habileté déjà apparents, se frayant un chemin dans la vie à coups d'éclats de rire et de reparties rapides. Les brusques accès de colère et les excuses désarmantes. Le mouvement de sa tête. Le timbre de sa voix. Mort. Se pouvait-il qu'il fût vraiment mort ? Un meurtrier. Comment était-ce possible ? Mais faiblement, la voix toujours présente de l'honnêteté argumentait, se cuirassait contre la douleur. Le père d'Adam s'était tué. Adam avait tué quelqu'un d'autre. Ce n'était pas si différent. Les germes avaient toujours été là.

Des pas sur le sentier rocailleux qui courait le long du muret du jardin lui apportèrent une distraction bienvenue : la mère d'Anna, toute de noir vêtue, trois petits enfants pendus à ses jupes, montait péniblement la pente raide. Elle sourit timidement en voyant Cathy qui, prise d'une soudaine impulsion — tout était bon pour interrompre le terrible flux de souvenirs —, s'ap-

404

procha du muret. « Bonjour, *Kiria*. Comment allez-vous ? Le petit va mieux ? »

*

« *Kiria* Bouyoukas a eu son bébé. Un petit garçon. » Anna épluchait les pommes de terre devant l'évier. « On dit qu'elle a souffert. J'ai rencontré sa mère chez le boulanger.

— Le bébé se porte bien ?

— Oh oui. » Anna se tut.

Cathy l'observa un instant puis demanda soudain : « Anna ? Es-tu malheureuse à cause de ce qui s'est passé ? Tu n'es pas obligée de rester avec moi si ça ne te dit rien, tu sais...

— Oh non ! » Anna releva brusquement la tête. « J'aime travailler pour vous. » Elle regarda Cathy avec de grands yeux alarmés. « Vous n'êtes pas satisfaite de moi ?

— Bien sûr que si. C'est juste que... tu es très silencieuse ces derniers temps et que... eh bien, je me demandais s'il y avait quelque chose qui n'allait pas. Quelque chose que tu ne m'aurais pas dit. » Anna se mordillait la lèvre d'un air inquiet. Cathy posa une main sur son bras. « J'ai parlé à ta mère ce matin, poursuivit-elle très gentiment, j'ai pris des nouvelles de ton petit frère. Elle m'a répondu qu'il n'avait pas été malade... Anna, mon chou, qu'est-ce qu'il y a ? » Le couteau était tombé dans l'évier et le visage de la jeune fille était devenu très pâle. Elle fixait Cathy en silence. Cathy passa un bras autour de ses épaules. « S'agit-il d'un jeune homme ? Tu vois quelqu'un ? Oh, ne te tracasse pas... Je n'ai rien dit à ta mère... Tu sais que je ne ferais

405

pas ça. J'ai simplement déclaré que j'avais dû me tromper. » Elle sentit le corps mince trembler sous son bras. « Anna, dis-moi ce qui ne va pas.

— Il a dit qu'il vous parlerait, répondit Anna. Il m'a promis qu'il vous le dirait.

— Qui ? Qui a promis ?

— *Kirios* Nikos. » Les mots étaient à peine audibles.

Il y eut un long silence déconcerté. Puis : « Je ne comprends pas, dit Cathy sur le même ton gentil. Je crois que tu ferais mieux de m'expliquer. »

*

Elle eut deux jours et une longue nuit pour mesurer les implications de l'histoire qu'Anna lui avait racontée. Au retour de Nikos, elle l'avait si souvent tournée et retournée dans son esprit qu'elle ne savait plus que croire. Nikos rentra par le bateau du soir qu'elle regarda, comme si souvent auparavant, traverser la baie et jeter l'ancre dans le petit port. Il arriva à la maison, en nage, assoiffé et fatigué. « Bon sang, laisse-moi passer une tenue plus confortable ! » Il se débarrassa de sa veste et l'embrassa. « Tu me sers à boire ? »

Elle s'exécuta en silence. Quelques minutes plus tard, il la rejoignit sur la terrasse, en chemise à col ouvert et pantalon léger. Il se laissa tomber sur une chaise, accepta la boisson qu'elle lui offrait, alluma une cigarette puis pencha la tête de côté pour la regarder d'un air interrogateur. « Cathy ? Il y a quelque chose qui ne va pas ?

— Oui, répondit-elle.

— Quoi ? Qu'est-ce que c'est ? »

Elle respira à fond. « La mère d'Anna est allée dans la montagne, l'autre matin. Elle allait voir ses ruches pour récolter du miel. J'ai parlé avec elle. »

Sourcil levé, il exhala une longue spirale de fumée qui s'éleva lentement.

« Anna m'avait dit que son petit frère était malade. Pour s'excuser d'être en retard. Elle était aussi rentrée chez elle — du moins c'est ce qu'elle prétendait — une ou deux fois pour aider à le soigner. Je me suis inquiétée de la santé de l'enfant. Il n'a jamais été malade. Anna mentait. »

Il était devenu totalement immobile. Son verre sur la table était resté intact.

« Je l'ai questionnée, poursuivit très calmement Cathy. Je lui ai demandé si elle voyait un jeune homme.

— Et elle t'a répondu, dit Nikos très posément, qu'elle avait bel et bien vu un jeune homme. Moi.

— Oui. » Elle releva la tête, les yeux brillant de colère. « Pourquoi ne m'as-tu pas dit ? Tu étais resté sur l'île. Tu n'arrivais pas d'Athènes ce soir-là…

— Si. » Il lui tendit une main qui ne tremblait pas. « Viens t'asseoir. Je t'expliquerai. Plus tard.

— Explique-moi maintenant. » Elle croisa les bras d'un air obstiné.

« Je ne voulais pas te quitter. Je ne le pouvais pas. J'avais peur pour toi. Peur de ce que papa pourrait faire. Je ne pouvais pas m'en aller, malgré ses menaces. Je me suis fait déposer par un pêcheur du continent au nord de l'île. Je suis revenu ici le lendemain… Mais je savais que je devais échapper aux regards de papa et de Yannis. J'ai dormi dans la cabane abandonnée, là-haut dans la montagne… »

— Celle dans laquelle nous avons fait l'amour, murmura-t-elle.

— Oui.

— Pourquoi ne m'as-tu pas prévenue que tu étais ici ?

— J'allais le faire, poursuivit-il patiemment. Mais je t'ai dit... Je devais être prudent. J'avais peur pour toi. Et puis, je dois le reconnaître, peur pour moi également. Tu sais combien papa pouvait être violent... »

Elle lui tourna le dos.

« Cathy ? demanda-t-il d'une voix calme. À quoi penses-tu ? » Elle l'entendit s'approcher d'elle.

Elle se retourna. « Je ne sais pas quoi penser. »

Ses yeux se rétrécirent. « Je vois.

— Explique-moi, continua-t-elle. Explique-moi ce qui s'est passé.

— Visiblement tu sais ce qui s'est passé. Anna te l'a dit.

— Dis-le-moi, toi. »

Il haussa les épaules. « Je l'ai arrêtée au passage, ce matin-là. Je voulais savoir si tu étais saine et sauve. Et j'avais besoin d'aide : de nourriture, d'eau. Elle a accepté. Elle est loin d'être stupide et elle ferait n'importe quoi pour toi...

— Ou pour toi », lança Cathy.

Il haussa de nouveau les épaules. « Elle savait qu'il y avait un problème. Que tu étais malheureuse. Que papa te traitait mal. Elle m'a dit que tu étais malade. Qu'il ne voulait pas te laisser sortir de la maison...

— C'était vrai.

— Alors j'ai simplement décidé de ronger mon frein jusqu'à ce que je puisse te voir...

— Mais pourquoi n'as-tu pas laissé Anna me dire

408

que tu étais ici ? Pourquoi n'as-tu pas envoyé de message ?

— Chérie, je te connais trop ! Je sais combien tu peux être têtue une fois que tu as pris une décision. Et dès que j'ai eu le temps de réfléchir, j'ai su — j'ai su bien sûr ! — que tu avais menti en disant que tu ne m'aimais pas. Et j'ai compris pourquoi. Si tu apprenais que j'étais là, je craignais que tu ne défies papa et ne viennes me trouver. Ne vois-tu pas que je voulais te protéger, pas aggraver la situation ? J'ai pensé qu'il devrait partir tôt ou tard. C'est ce que j'ai attendu. J'avais l'intention de te convaincre de le quitter, de partir avec moi pour de bon. En Amérique peut-être. N'importe où. Je m'en fichais. Mais, dans l'intervalle, je ne voulais rien faire qui puisse le mettre plus en colère qu'il ne l'était déjà. Il était capable de te tuer, tu le sais bien. »

Elle ne dit rien.

« Cathy, ne doute pas de moi. » Il la prit dans ses bras et posa son visage sur ses cheveux. « Je t'en supplie, ne doute pas de moi. Je ne le supporte pas.

— Quand tu as appris ce qui s'était passé, demanda-t-elle d'une voix étouffée, pourquoi n'es-tu pas venu immédiatement ? »

Il l'écarta de lui, abaissa son regard vers elle. « Réfléchis, dit-il. Yannis savait ce qui s'était passé entre nous. Il savait ce que mon père m'avait fait. Et s'il avait découvert que je me trouvais sur l'île ce jour-là ? J'ai entendu le brouhaha, saisi quelques propos çà et là et j'ai paniqué. J'ignorais alors qu'Adam était impliqué dans l'affaire et que la police n'avait aucune raison de rechercher quelqu'un d'autre. Tout ce que je savais, c'était que papa était mort — assassiné, bon sang ! — et que j'étais dans un endroit où je n'aurais pas dû me trouver. Je suis retourné au nord de l'île, j'ai regagné le continent par le même chemin qu'à aller et je suis rentré discrètement à Athènes. La nouvelle était alors dans les journaux. Tu connais la suite. »

Elle s'appuya contre lui avec lassitude. « Je craignais... », dit-elle et elle s'interrompit.

« Quoi ? Qu'est-ce que tu craignais ? »

Elle secoua la tête. « Je ne sais pas, chuchota-t-elle.

— Regarde-moi. »

Elle leva les yeux vers lui.

« Tu m'aimes ?

— Tu sais bien que oui.

— Alors, fais-moi confiance. » Sa voix était très calme, ses mains fermes sur ses épaules et son regard inébranlable. « Fais-moi confiance, répéta-t-il.

— Oui. Bien sûr que je te fais confiance. Je suis désolée. C'est juste que... quand Anna m'a raconté... ç'a été un choc, c'est tout. Que tu aies pu me mentir. »

Il l'attira de nouveau et la serra doucement contre lui, une main dans ses cheveux. « Je te l'aurais dit si j'avais vraiment pensé que c'était nécessaire. Mais pour être franc, lorsque je suis rentré à Athènes, j'étais mortifié d'avoir paniqué et de m'être enfui. Je le suis toujours. Je n'arrive pas à croire que j'aie pu faire une chose pareille : te laisser affronter seule une telle horreur. Je regrette de tout mon cœur de ne pas être resté. Et je suppose que c'est la raison pour laquelle je n'ai pas voulu t'en parler. Je ne voulais pas que tu saches combien j'avais été lâche. Je ne voulais pas te décevoir. C'est tout. Je le jure. Je veux seulement tout oublier.

— Et rentrer à la maison, ajouta-t-elle.

— Oui. » Il lui prit le menton et l'embrassa. « Et rentrer à la maison, répéta-t-il. Nous le ferons. Bientôt. »

*

Il fallut encore attendre une longue semaine avant qu'on ne leur annonce qu'ils étaient libres de partir ; le soulagement fut tel que Cathy en pleura. Le chagrin léthargique dans laquelle elle avait été plongée pendant l'attente apparemment interminable se dissipa comme par enchantement et elle se lança à corps perdu dans les préparatifs de départ. Ils voyageraient en bateau, une brève période de détente avant d'affronter les problèmes qui les attendaient. Car il y aurait des problèmes, elle n'en doutait pas un seul instant. Pour le moment, elle voulait seulement s'en aller, afin de se donner une chance de parvenir à accepter une double tragédie : la mort de Leon et celle d'Adam. Elle aspirait au vent frais et à la pluie d'été. Elle aspirait à de vastes cieux et à l'espace de la côte du Suffolk. Elle avait envie — besoin — de paix pour panser ses blessures.

Elle errait de pièce en pièce. Les valises étaient quasiment faites et la maison semblait déjà vide, inhabitée. Le rêve de Leon était détruit, anéanti comme il l'avait été lui-même. Elle sortit sur la terrasse pour guetter le ferry du soir. Le vent avait soufflé toute la journée et continuait à se lever. Le bateau était en retard. Elle descendit l'escalier pour se rendre dans la chambre. Là aussi il ne restait plus que quelques effets personnels à emballer. Elle ouvrit la penderie vide pour vérifier que rien n'avait été oublié, inspecta les tiroirs tout aussi vides. Dans la chambre de Nikos, elle vérifia méthodiquement que tout était prêt pour le départ du lendemain.

Ils allaient rentrer à la maison.

Malgré le vent elle entendit le coup de sifflet du ferry qui contournait le cap avant d'entrer dans la baie. Nikos venait.

Elle ouvrit un autre tiroir. Il contenait encore quelques vêtements : des chemises et des pulls soigneusement pliés qui n'attendaient que d'être mis dans les valises. Elle devait rappeler à Nikos ce soir de ne pas les oublier. Elle essaya de refermer le tiroir mais il se bloqua. Elle le secoua impatiemment pour le dégager. « Zut ! » Il était bel et bien coincé. Elle le tira et, avec une soudaineté qui la fit sursauter, il se débloqua, lui échappa des mains, cogna contre son genou et répandit son contenu un peu partout. « Zut, zut, zut ! » répéta-t-elle tout en se frottant le genou avant de se baisser pour ramasser les vêtements épars.

Elle faillit ne pas faire attention au reflet de l'or ; regretta à jamais de l'avoir aperçu. Très, très lentement, elle tendit la main vers le petit objet brillant qui était dissimulé dans les plis d'une chemise bleu clair. Lourd et familier, il reposait au creux de sa main. Elle le fixa pendant ce qui lui parut être un très long moment, mettant de l'ordre dans ses idées, essayant de réfréner l'effroi qui montait en elle. Le médaillon disparu. Le talisman qui avait perdu son pouvoir ; qui avait été arraché du cou d'un homme mort ou mourant.

Comment était-il arrivé dans les mains de Nikos ? La police avait passé deux jours à fouiller le lieu du crime. Le médaillon était demeuré introuvable.

Elle avait beau lutter, il lui était impossible de ne pas tirer les conclusions qui s'imposaient. Nikos lui avait déjà menti une fois. Doux Seigneur... la tromperie était-elle plus grande qu'elle ne l'avait imaginé ? Son esprit refusait d'envisager une telle idée.

Adam avait poignardé Leon... accidentellement, croyait-elle... et l'avait laissé pour mort. Mortellement blessé, Leon s'était traîné jusqu'au ruisseau et, trop faible, s'y était noyé. Tels étaient les faits. Mais était-ce sûr ? Leon s'était-il traîné jusqu'au bord de l'eau ? Ou bien — horrible hypothèse — l'y avait-on traîné ? Personne n'avait cherché de tels indices : cela semblait inutile. Maintenant qu'Adam, qui avait reconnu sa culpabilité, s'était enfui, quel autre suspect restait-il ?

Qui donc ?

Elle secoua une fois la tête, puis une deuxième, d'un air farouche. « Adam a tué Leon, dit-elle fermement à voix haute. Il me l'a dit lui-même. C'est Adam. »

Mais alors, que penser de cela ? Sa main se referma sur le médaillon.

« Si tu m'aimes, avait déclaré Nikos, fais-moi confiance. »

Et immédiatement après, la voix de Leon résonna soudain dans sa tête, *aussi distinctement que s'il s'était trouvé dans la pièce avec elle. « Que Dieu te maudisse, femme. Que Dieu te maudisse, sale pute. Tu m'as volé mon honneur et mon fils. Prends garde au châtiment, car il viendra. »*

Elle ferma les yeux un instant. « Adam a tué Leon », répéta-t-elle, mais elle perçut la terrible note de doute que trahissait sa voix.

Le ferry siffla de nouveau en approchant du rivage.

Très soigneusement, elle remit le tiroir sur ses glissières, replia les vêtements et les rangea. Elle garda un long moment dans la main la babiole qui, elle le savait, représentait autant pour le fils que pour le père. Quelle impulsion superstitieuse — quelle peur ? — avait conduit à casser cette chaîne ? Et dans quelles circonstances ?

« Si tu m'aimes, fais-moi confiance. »

Comment était-il arrivé ici ?

Un jour, elle le lui demanderait. Mais pas maintenant. Non. Pas encore. Pas avant d'être sûre d'être assez forte pour affronter la réponse. « Comment n'ai-je jamais compris, demanda-t-elle, très doucement, dans le silence oppressant, à quelles terribles — vraiment terribles — extrémités l'amour peut conduire ? »

Au bout d'un long moment, elle remit soigneusement le médaillon entre les plis de la chemise et referma le tiroir.

Le ferry devait maintenant avoir accosté. Nikos venait.

*

Ils étaient en pleine mer lorsque le tremblement de terre se produisit, deux jours plus tard. À l'épicentre, des villages entiers furent détruits lorsque la terre s'ouvrit traîtreusement sous eux. Le continent et les îles plus éloignées souffrirent cependant moins, même si les secousses suffirent à semer la terreur et à abattre, çà et là, un bâtiment. Bien que Cathy ne le découvrît que plus tard, la maison dans la montagne avait été, bizarrement, la seule du village à être touchée par le

414

cataclysme. La structure de la maison s'affaissa en même temps que la terre : les poutres se brisèrent, les murs s'inclinèrent en tous sens, les eaux du ruisseau envahirent la terrasse et le jardin saccagé. En quelques instants, ce qui faisait la gloire et l'orgueil de Leon fut détruit. Seule la Cabane du Berger fut épargnée et continua à se dresser, minuscule et solide, sur son éperon rocheux.

61250 Lonrai

Composition réalisée
par S.C.C.M. (groupe Berger-Levrault)
Paris XIVe

Nº d'édition : 31579
Nº d'impression : 991068
Dépôt légal : mai 1999